邊荒傳說

黃易◎著

〈卷十五〉

新人間158

邊荒傳說

【卷十五◆目錄】

〈卷十五〉

第一章◆永活心中

第一章 永活心中

黎明前的暗黑裏，在強烈的東北風吹拂下，劉裕、燕飛、屠奉三和宋悲風，於覆舟山東面林木區的邊緣處，觀察敵方陣地的情況。覆舟山北臨玄武湖，東接富貴山，與鍾山形斷而脈連，山形若倒置之船，乃建康城北面最重要的屏障。覆舟山東坡和其東面一帶，燈火遍野，顯示敵人的主力，部署於覆舟山之東，以應付從江乘方向來的敵人，只從其陣勢，已知桓謙中計了。

劉裕輕鬆的笑道：「我敢保證楚軍半夜驚醒過來後，沒有闔過眼。」

屠奉三冷哼道：「夫地形者，兵之助也。料敵制勝，計險阨遠近，上將之道也。知此而用戰者必勝，不知此而用戰者必敗。現在桓謙兵布覆舟山之東，顯是料敵錯誤，此戰必敗無疑。」

宋悲風道：「這也難以怪責桓謙，首先是他沒想過我們敢在激戰之後，竟會連夜推進，還以為我們犯上躁急冒進、急於求勝的兵家大忌，豈知我們從東而來的所謂大軍，只是虛張聲勢。其次是吳甫之和皇甫敷的水陸部隊，全被我們打垮，建康楚軍的水師，又集中到石頭城，等於拱手讓出建康下游的制江權，致令我們能神不知鬼不覺的潛至覆舟山之西，從背後突襲桓謙。」

燕飛不解道：「桓玄何不把兵力集中建康，倚城一戰，那麼鹿死誰手，尚未可料。」

劉裕從容道：「問題出在建康高門的取向。淑莊的忽然離開、桓玄弒兄的傳言、桓玄的稱帝，動搖了高門大族對桓玄的支持。桓玄不是不想憑城力抗，但卻害怕建康高門臨陣倒戈，令他重蹈攻打建康時的情況，故希望能借覆舟山的地勢，硬拒我們於城外。更希望我們在陸路受阻下，冒險從水路攻打建康，那樣駐於石頭城的船隊，便可發揮順流勝逆流的戰術，把我們打個落花流水。桓玄！你錯啦！」

此時魏詠之來到眾人身旁，報告道：「東陵的敵人，正在城內整裝待發，照我的估計，他們會在天明後出城，來覆舟山與敵人的主力軍會合。」

劉裕沉著的問道：「從東陵到這裏來，要花多少時間呢？」

魏詠之答道：「即使是先鋒騎隊，也需小半個時辰。」

屠奉三欣然道：「那時桓謙早完蛋了。」

劉裕又問道：「敵方主力軍情況如何？」

魏詠之道：「敵人的主力部隊約一萬八千人，結的是背山陣，以步兵爲主，組成五個相互間有距離、但又能互相掩護的方陣，因其處於地勢險阨處，如我們從東面進攻，確實輸面較大。幸好現在我們於東面的五千部隊，作用只在牽制敵人。」又道：「我們的手足，已依統領之令，把旌旗遍插覆舟山周圍各處山頭，現時敵人看不眞切，但天明時，保證敵人會大吃一驚，心志被奪。」

劉裕仰望天空，道：「是時候了！」魏詠之領命而去。

劉裕表面冷靜從容，事實上他心中正翻起滔天的浪潮。苦候多年的一刻終於來臨，覆舟山之戰將會把他和桓玄之間的形勢徹底扭轉過來，從此桓玄將會被逼處絕對的下風，直至兵敗人亡。對於眼前一戰，他有十足的把握和信心，不但因他戰略得宜，令桓玄內外交困，更因北府兵乃天下最精銳悍勇的部隊，當北府兵在連戰皆勝的優勢下，士氣登上顚峰，天下根本沒有一支部隊能攖其鋒銳。劉裕清楚明白自己在北府兵心中，活脫脫是另一個謝玄的化身，沒有一個人不深信，他劉裕正帶領他們踏上勝利的大道。如一切順利，午後時分他便可以踏足建康，而他第一個要去的地方，不是代表南方皇權的台城，而是朱雀橋旁烏衣巷內的謝家大宅，想到這裏，劉裕心頭更是一陣激動。

「咚！咚！咚！」戰鼓聲響。覆舟山西面己方陣地，傳來一下接一下直敲進人心的戰鼓聲，此爲劉毅知會他開始行動的訊號。當戰鼓轉急轉密，他們的八千騎兵會兵分三路，一路直撲敵人後背，另兩路繞襲敵人左右後翼。鼓聲會把蹄音掩蓋。桓玄派兵守覆舟山，實爲不智之舉。自晉室南渡，覆舟山成爲皇家藥圃，也是晉帝遊樂的地方，開闢了多條可供馬兒馳騁的山道。也因此他們全騎兵的隊伍，可以把騎兵的優點，發揮至極。此時親兵牽來戰馬，劉裕心中浮現王淡眞淒美的花容，正是她盛裝被送往江陵的神態模樣。劉裕生出奇異的感覺，後方雖然有千軍萬馬，天地卻只剩下兩個人，一個是他，另一個是桓玄。劉裕深吸一口氣，壓下心頭波蕩的情緒，踏鐙上馬。

巴陵。太守府。高彥來到正在大堂伏桌書寫的卓狂生一旁坐下，訝道：「你昨夜沒有睡過嗎？」

卓狂生停筆道：「正如姚猛那小子說的，長期養成的習慣很難改變，我們夜窩族過慣了日夜顛倒的生活，在非常時期，只好勉強改變，現在情勢鬆馳下來，一切回復『正常』，當然！我是說我們夜窩族的『正常』生活。」

高彥猶有餘憤的道：「提起姚猛那小子便令老子我心中有氣，這麼好的女子，竟要錯過。」

卓狂生邊把毛筆放進筆洗裏清理，邊道：「我卻認爲小猛這次做對了。當小裕平定南方，我們則救回千千主婢，邊荒集將進入它的黃金時期，至少有十至二十年的盛世。在一段長時間內，南北兩方都無暇去管邊荒集，且因荒人與南北兩大勢力，我是指小裕和拓跋珪，有著千絲萬縷的關係，所以他們不論如何，都會給我們荒人留點情面。想想吧！只看在小飛分上，誰敢來動我們荒人？」

高彥皺眉道：「這和小猛的事有甚麼關連呢？」

卓狂生把筆擱在筆架上，悠然抱胸道：「當然大有關係，如果小猛入贅左家，留在南方，不但錯過了邊荒集最顛峰的歲月，還要想法子適應截然不同的新生活，試問他怎快樂得起來？俗語有云，慣做乞兒懶做官，小猛正是這種人。告訴我，今後你有甚麼打算？」

高彥道：「現在是否言之過早呢？一天未幹掉桓玄，爲老聶和老郝報仇，我們恐怕仍難抽身。」

卓狂生微笑道：「當我們進佔巴陵，便注定了桓玄敗亡的命運。告訴我，桓玄會是我們小裕的對手嗎？桓玄能否守得住建康？只看老手和老程能駕『奇兵號』直抵兩湖，便曉得桓玄時日無多。縱然桓玄能逃返老家江陵，也無法應付一場兩道戰線的戰爭。」高彥爲之啞口無言。

卓狂生得意的道：「所以我剛問你的事，不但沒有言之尙早，且是迫在眉睫。一旦建康落入小裕手中，我們便要決定去留。」

高彥苦笑道：「我當然希望能立即和你們趕回邊荒集去，參與拯救千千和小詩的行動，說到底她們之所以會到邊荒集去，我也要負上責任，可是……」

卓狂生諒解道：「自家兄弟，我怎會不明白你？你和老程都該留下來，因爲這是形勢的需要。小白雁既然不可以離開，你當然要留下來陪她，對嗎？保證沒有人敢說你半句閒話。」

高彥道：「那你準備何時離開呢？」

卓狂生答道：「我和小猛商量過，今晚便走。」

高彥愕然道：「你竟不等建康被小裕攻下的消息傳來便要走嗎？」

卓狂生道：「如此會太遲了。小飛返回邊荒集之日，便是邊荒集大軍啓程之時。橫豎這裏再用不著我們，更何況有你高彥小子在，還要我們來幹甚麼？」

高彥無奈的道：「幹掉桓玄後，我和小白雁會立即趕回邊荒集，看看能否出點力。」

卓狂生緩緩站起，拈鬚微笑道：「桓玄仍有退路，要斬下他的臭頭不會這般容易。你回去時，說不定可趕上千千在鐘樓的公開表演，然後拉大隊到重建後的第一樓喝祝捷酒。」接著雙目射出憧憬的神色，油然道：「那也是我這本天書最後的一個章節，希望有個大圓滿的結局吧！」

桓玄帶頭策馬馳出台城，後面跟著數以百計的親兵。不久前，他才威風八面、躊躇滿志的馳進皇城。豈知帝位尚未坐熱，已要倉皇逃難。直到這刻，他仍不相信這種事會發生在他身上，他更不明白，自己錯在哪裏？噩耗從覆舟山傳回來，今早黎明時分，北府兵強攻覆舟山己軍陣地，不到半個時辰，守軍便告崩潰，桓謙當場戰死，將士四散逃亡，劉裕大軍可在任何一刻直撲建康。桓玄策馬御道，只見兩旁家家戶戶門窗緊閉，大街小巷杳無人蹤，眼前景象，令他心生寒意。若這是老家江陵，保證所有人跑出來協助守城，絕不會有人躲起來，這個想法令他感到愈快離開愈好，只有在江陵，他才會感到安全。

正要右轉往石頭城的方向，驀地前方一女子攔在路中，張開雙臂。桓玄一看嚇了一跳，連忙勒馬，後方緊隨的二千親衛，跟著慌忙收韁。桓玄直衝至女子身前十步許處方停下來，整個騎隊就那麼停在那女子前方，情景詭異非常。

桓玄從馬背上俯視女子，大訝道：「你在幹甚麼？」

此女正是任青媞，她緩緩放下雙臂，笑意盈盈的道：「聖上要到哪裏去呢？」

換了是別人攔路，桓玄肯定揮鞭便打；又換過是任何人問這句充滿諷刺意味的話，桓玄必來個白刀子進紅刀子出。偏是任青媞俏立長街之中，美目淒迷，身段優美，玉容更散發著前所未有的詭異艷光，桓玄卻是沒法生她的氣。親衛來到他左右，手全按到兵器上，防任青媞忽然發難。桓玄忘情地瞧著任青媞，心中奇怪爲何在此等時刻，自己竟會留神她的美麗。此女多了他以前從未在她身上發現的某種氣質，但是甚麼氣質，他卻難以具體描述出來，只覺得非常引人，且動人心弦。她攔著去路，是否想追隨自己呢？若有此女侍寢，確可稍爲彌補被逼逃離建康的失落。想到這裏，連桓玄都感到自己於此等時刻起色心，是有點過分，但卻沒法壓抑心中的渴望。

桓玄無意識地以馬鞭指指天空，暗嘆一口氣，道：「北府兵隨時殺至，朕要走了！」

任青媞從容道：「聖上在建康尚有五千戰士，均爲荊州舊部，人人肯爲聖上效死命，又有戰船七十餘艘，可倚仗的是天下最堅固的城市，如能拚死固守，並非沒有勝望。只要能穩守數天，待西面援軍源源而至，大有可能扭轉敗局。現今聖上說走便走，不戰而退，把京師拱手相讓，豈爲明智之舉？」

桓玄不耐煩的道：「軍國大事，豈是你婦道人家能知之？只要我返回江陵，重整陣腳，便可捲土重來，藉處於上游之利，立於不敗之地，先前的情況並沒有改變過來。不要再說廢話，你肯不肯隨我一道走？」

任青媞露出一個高深莫測的詭異笑容，淡淡道：「一錯豈容再錯？聖上竟以爲一切可以回復先前的樣子，卻忘記了在所有人心中，聖上已被劉裕打敗了，還要急急如喪家之犬般逃離京師，溜返老家江陵，這算哪門子的君王呢？」

桓玄勃然大怒，揚起馬鞭便向任青媞兜頭照臉的揮打，左右親衛也都祭出兵器。任青媞格格嬌笑，以一個曼妙的姿態伸出春葱般的玉指，點在鞭梢處，來勢凶猛的馬鞭立呈波浪的形狀，去勢全消。

馬上的桓玄雄軀劇震時，任青媞已衣袂飄飄的借勢後撤，還傳話回來道：「殺你的權利可要留給另一個人了！我來送聖上一程，是要告訴聖上我是多麼的看不起你。祝聖上一路順風。」

桓玄看著任青媞遠去的優美倩影，氣得幾乎想不顧一切的追上去把她殺掉，但當然只止於在腦袋裏想想。保命要緊，桓玄大喝一聲，似要盡洩心頭的悲憤，然後領著親隨，轉入橫街，朝石頭城的方向疾馳而去。

平城。楚無暇來到倚窗而立的拓跋珪身後，從後抱著他的腰，嬌軀緊貼在他背上，溫柔的道：「族主在想甚麼呢？爲何近日族主總像滿懷心事的樣子呢？」拓跋珪嘆一口氣，沒有答她。

楚無暇道：「族主肩上的擔子太沉重了！」

拓跋珪冷然道：「誰的肩上沒有重負？事情總要有人去做，當老天爺挑中了你，你推都推不掉。如果我承受不住壓力，撒手不管，眼前便是亡國滅族的厄運。要我拓跋珪卑躬屈膝當別人的奴才，是我絕不會做的事。」

楚無暇道：「奴家從未見過族主眞正開心快樂的樣子，族主嘗過無憂無慮的滋味嗎？」

拓跋珪雙目射出緬懷的神色，悠然神往的道：「我當然曾經有過快樂的日子，那是和燕飛一起度過的。我們一起去打架，一起去偷柔然鬼的馬，一起去冒險，那些日子眞爽，既驚險又好玩，充滿了笑聲和歡樂，天不怕地不怕，從不去想明天。」

楚無暇輕輕道：「所以燕飛一直是族主最要好的兄弟。」

拓跋珪大生感觸的道：「自從燕飛的娘傷重去世後，他就變了，變得沉默起來，悒鬱寡歡，我開始不了解他，在很多事情的看法上亦出現分歧。我和他在邊荒集重遇後，覺得他變得開朗了，但我和他的距離卻似更遠。但不論如何改變，他始終是我最好的兄弟和知己。如果失去了他，我會感到孤獨。」楚無暇沉默下來。

拓跋珪忽然道：「是否仍剩下一顆寧心丹呢？」

楚無暇抗議的道：「族主……」

拓跋珪打斷她道：「不要說廢話，我清楚你想說甚麼。快把寧心丹拿來。」

楚無暇抱得他更緊了，用盡了力氣，幽幽道：「有無暇陪你還不夠嗎？」

拓跋珪淡然道：「這是非常時期，我必須保持最顛峰的狀態，不容有失。」接著雙目精光電閃，沉聲道：「爲了徹底擊垮慕容垂，我願意付出任何代價。」

大江上處處都是北府兵的戰船，或巡弋河域，或泊往石頭城，到處飄揚著劉裕和北府兵的旗幟。北府軍從水陸兩路進入建康區，佔領各戰略要點和大小城池，扼守御道，不到半個時辰，南方諸城之首已在北府兵絕對的控制下。此時劉裕將會乘船到達建康的消息廣傳開去，在民眾的自發下，加上幫會領袖王元德、辛扈興、童厚之等推波助瀾，數以萬計的民眾湧向大碼頭區，歡迎他們心中眞命天子的來臨。可是前往迎接劉裕的高門大族卻是寥寥可數，王弘、郗僧施和朱齡石等努力發動下，肯來迎接劉裕的仍不到百人，可見高門大族對劉裕猜疑甚重，歧見極深。

入城儀式由劉穆之一手策畫，思慮周密，對建康高門的反應早在算中。對劉裕來說，民眾的支持最重要，至於高門大族，則可用政治手段來解決。劉裕最希望是抵達建康，立即驅馬直奔烏衣巷，但在劉穆之的勸說下，卻不得不正視現實的形勢，以大局為重。劉裕在燕飛、屠奉三、宋悲風、孔靖和北府兵將領何無忌、魏詠之等簇擁下，於大碼頭區登岸，在群眾雷動的喝采歡呼聲中，他獨自登上臨時架設的高台，向群眾講話。這篇講辭由劉穆之一手包辦，首先痛數桓玄的罪狀，闡明擁戴司馬德宗復位的決心，同時表達了繼續採用謝安鎮之以靜的政策，改革桓玄的劣政。這回當權者與民眾直接的對話，是晉室開國以來破題兒第一遭，登時贏得震動建康的熱烈歡呼，更贏得民眾的心。然後劉裕在群眾夾道歡迎裏，舉行進入台城的儀式。軍容鼎盛的北府兵向建康所有人展示他們嚴格的紀律、訓練的精良，也鎮著了對劉裕持不同看法的高門權貴。

甫入台城，劉裕立即換上便服，在燕飛、屠奉三和宋悲風的陪伴下，從側門離開，乘船由水路趕赴謝家。謝家早得知會，由謝道韞率家中上下人等在碼頭處恭候，卻不見謝混，顯示他對劉裕仍存敵意。

謝道韞精神看來不錯，施禮問好後，謝道韞平靜的道：「小裕你做得很好，沒有辜負安公和你玄帥對你的期望。」

燕飛和屠奉三交換個眼色，均感不妙，謝道韞止水不波的神態，在這舉城歡騰的情況下反是異常的，顯示謝道韞正努力壓制情緒，又或她早感哀莫大於心死，故能保持平靜的心境。

劉裕的心早已飛到謝鍾秀那裏去，並沒有察覺謝道韞異樣的情況，道：「小裕之有今天，全賴安公和玄帥的提攜。嘿！孫小姐她……」

隨謝道韞來迎的謝家諸人，包括梁定都等護院，人人露出黯然神色，令宋悲風也察覺不妙處。

劉裕色變道：「孫小姐她……」

謝道韞垂首道：「鍾秀她聽到小裕會來的消息後，一直哭個不休。」接著目光投往宋悲風，道：「請宋叔代我招呼燕公子和屠當家，到忘官軒喝口熱茶。」然後向劉裕道：「小裕請隨我來！」

劉裕緊隨謝道韞身後，進入南園，他一顆心全繫在謝鍾秀身上，對園內動人的冬景，視如不見。這是他第二次踏足此園，心情卻與上回有天淵之別，不只是不像上次般偷偷摸摸，這回是光明正大，且他亦成了建康最有權勢的人，跺一下腳便可令南方震動，更因他現在面對的是可決定他幸福不可測知的未來。不論他現在變成了誰，不管他手中掌握多麼大的權力，對他來說，他仍是上回到這裏來的那個劉裕，在感情上他依然脆弱，容易被傷害。愛憐之意從內心深處狂湧而起，只要謝鍾秀恢復健康，他會在下半生盡心盡力的愛護她，令她快樂。

謝道韞步伐轉緩，低聲道：「小裕到我身旁來。」劉裕的心像被狠狠重鞭了一記，生出不祥的感覺。趕到謝道韞身旁，和她並肩走在林木夾道的碎石路上。謝道韞沒有朝他瞧去，輕輕道：「小裕明白自己所處的位置嗎？」

劉裕不祥的感覺更強烈了，道：「孫小姐她……」

謝道韞打斷他嘆道：「我正是怕你這個樣子。有生必有死，生死是人倫之常，沒有甚麼大不了的，誰曉得死後的天地，不是我們最憧憬和渴望的歸宿之處呢？小裕你已成爲南方漢人的唯一希望，你要當仁不讓的肩負起這個重擔子，如此才不會有負安公和小玄對你的期望，也不會令我和鍾秀失望。」

劉裕色變止步。謝道韞多走兩步，然後回過頭來凝視著他，臉上透出神聖的光澤，輕柔的道：「鍾秀拒絕你，正因她把己身的幸福視爲次要。一直以來，她最崇拜她爹，而你正是延續她爹夢想的人，所以她揭破了你和淡眞的私奔，更置自身的終生幸福不顧，就是希望她爹統一天下的理想能有實現的一天。高門大族的人都明白自己的處境，謝家的女兒更清楚自己的位置。如果她和你的戀情傳了出去，將徹底摧毀建康世族對你的信任。鍾秀爲的並不是自己，而是大局，爲此她亦付出了最沉痛和慘重的代價。」

劉裕聽得熱淚盈眶，道：「我要見孫小姐，她……」

謝道韞道：「她哭得支持不住，睡了過去。唉！讓她睡足精神，然後再由你給她一個驚喜，希望老天見憐。」

劉裕毫不掩飾的以衣袖揩拭掛在臉上的熱淚，稍覺安心，道：「孫小姐定會不藥而癒的。」

謝道韞雙目射出無奈感慨的神色，道：「這是我們每一個人的心願。自安公過世後，我們謝家子弟面對的是連串的苦難和死亡，感覺已開始麻木了。我們必須作最壞的打算，小裕你定要堅強起來，鍾秀若要走，便讓她走得安樂平靜，充滿希望。」劉裕劇震無語。

謝道韞滿懷感觸的道：「鍾秀對淡眞之死始終不能釋懷，認爲自己須負上最大的責任，這是沒有人能解開的死結，包括小裕你在內。有時我會想，與其讓鍾秀終生背負著這沉痛的歉疚，不如讓她早日解脫，離苦得樂。如果小裕你眞的愛護鍾秀，該明白我說這番話的含意。」

劉裕的熱淚又忍不住奪眶而出。謝道韞轉過身去，背著他柔聲道：「抹乾你的淚，小玄去前仍是談笑自若，因爲他早看破生死事屬等閒，根本沒有值得害怕或悲傷之處。小裕隨我來吧！」

燕飛、屠奉三和宋悲風在忘官軒內席地而坐，由一個小婢伺候他們。屠奉三見此婢容色秀麗，卻不知她是否宋悲風口中的小琦，到燕飛開口喚她的名字，感謝她奉上的香茗，方證實她的身分。宋悲風若無其事的要她退下，小琦依依不捨地離開。落在屠奉三這明眼人眼裏，亦深信小琦對宋悲風眷戀極深。三人都是心情沉重，因爲謝鍾秀吉凶未卜，而他們又無能爲力，只望老天爺格外開恩，因劉裕的出現令她有回生之望。

宋悲風沉聲道：「我們何時走？」

燕飛和屠奉三均感愕然，前者向後者傳個眼神，屠奉三道：「到哪裏去？」

宋悲風道：「小裕告訴我的，收復建康後，你們會立即動身到邊荒去，與荒人一起出發進行拯救千千小姐的行動，當然不可漏了我的一份。」

屠奉三皺眉道：「我要離開，小裕已非常不滿，宋大哥你怎可亦捨他而去？更何況謝家比任何時候更需要你。」

宋悲風不悅道：「眼前形勢清楚分明，桓玄根本不是小裕的對手，只看小裕何時直搗他的老家。我有甚麼不可以抽身的？如果我沒有在拯救千千小姐的行動上盡一分力，安公是不會原諒我的。」

屠奉三求助的眼神投向燕飛，燕飛正容道：「宋大哥可肯聽我燕飛幾句肺腑之言？」

宋悲風一呆道：「小飛有甚麼話要說呢？」

燕飛道：「小裕可以沒有屠奉三，卻不可以沒有你宋悲風。只要有宋大哥在他身旁，人人都曉得小裕沒有忘記安公和玄帥，否則宋大哥也不肯留在小裕身邊。我當然不會反對宋大哥隨我們一道走，不過權衡輕重下，這裏實在更需要宋大哥。」宋悲風露出思索的神色，顯然是被燕飛情眞意切的言辭打動。

屠奉三道：「大哥留下吧！北方的事就交給我們，保證不會令大哥失望。」

宋悲風沉吟半晌，嘆道：「你們何時走？」

屠奉三心中大喜，卻不敢表露半點出來，因爲他的確不願宋悲風隨他們去冒險，讓宋悲風捨下對他充滿期望的小琦不顧。忙答道：「待小裕見過孫小姐，不論情況如何，我們都會向他辭行。」宋悲風默然無語。

此時梁定都匆匆走進來，道：「有位叫慕清流的公子，求見燕爺。」三人爲之錯愕。

燕飛訝道：「他在哪裏？」

梁定都恭敬的答道：「他正在松柏堂等待燕爺。」

謝鍾秀面容清減了，但仍是那麼美麗動人，俏臉猶有淚漬，唇角似掛著一絲笑意。劉裕心顫神震地揭開睡帳，在床沿坐下，帳被經香薰過後的氣味撲鼻而來，淚水卻沒法控制的從眼角瀉下。自古紅顏多薄命，但爲何這種人間慘事卻偏要發生在他身上，老天爺爲何對他這般殘忍？從燕飛的語調中，他已知道燕飛不看好這美女的病情，但他仍抱著一線希望，可是此刻得睹謝鍾秀的容顏，才眞正明白燕飛的話。謝鍾秀現在的艷光照人是反常的，顯示燕飛的眞氣，的確燃點了她的生命力，但也像西下的夕陽般，霞彩雖是奪人眼目，但她的生命也到了日暮的最後時刻。她能撐到這一刻，是否爲要見他最後一面呢？小樓上層寧靜平和，伺候謝鍾秀的婢女都退往樓下去，與謝道韞一起靜待。

謝鍾秀似有所覺，眼睫毛微微顫動。劉裕強壓下心中的悲痛，抹乾淚水，俯身輕喚道：「秀秀！秀秀！劉裕來了！」

出乎劉裕意料之外的，謝鍾秀倏地張開秀眸，雙目射出熾熱的神色，然後不顧一切的坐起來，投入劉裕懷裏，用盡力氣抱緊他的腰。劉裕頓感天旋地轉，宇宙無限的開闊，直至地老天荒的盡頭。他忘掉了建康、忘掉了戰爭、忘掉了過去的所有苦難、甚至忘掉了可怕和不可測的未來。

劉裕伸臂把謝鍾秀擁個結實，隨著從內心最深處湧出來的感情巨浪，輕聲道：「一切都過去了！我們可以重新開始。」在這無比動人的一刻，他沒有半丁點怨意，只剩下最濃烈的深情熱愛。

謝鍾秀在他懷裏喚道：「劉裕！劉裕！我一直相信你會成功的。」

劉裕回到現實裏，感受著謝鍾秀在他懷中的抖顫，全身生出針刺般的麻痺感覺，說不出話來。

謝鍾秀從他懷裏仰起俏臉，天眞的問道：「殺了那奸賊嗎？」

劉裕俯首愛憐地審視她的如花玉容，苦澀和悲傷徹底征服了他。眼前的好女子仍是如此青春煥發，散發著灼人的艷光，誰能接受她會於此芳華正茂之時，遽然離世。這是絕不可以接受的。人力是多麼的渺小。儘管他成爲南方之主，對眼前的情況卻是完全無能爲力，只能眼睜睜看著最不希望發生的事發生。

謝鍾秀訝道：「竟給他溜掉了嗎？」

劉裕有點不知自己在說甚麼的答道：「這個奸徒大勢已去，不論他逃到哪裏去我都不會罷休，就算他逃到天腳底，我仍會追到那裏去。」

謝鍾秀用盡力氣看他，向他傳遞心中激烈的情緒，玉容亮了起來，美艷不可方物，興奮的道：「我早知他鬥不過你。我很開心，自爹去後，我從未這樣開心過。劉裕呵！你不再怪秀秀了？」

劉裕痛心的道：「我怎會怪秀秀？我從來沒有怪過秀秀，秀秀只是爲我著想。」在這一刻，他生出不顧一切打破摧毀阻隔高門和寒門間那道無形之牆的強烈衝動，如果謝鍾秀不用克制對他的愛，今天便不會是這樣子。

謝鍾秀喜孜孜的道：「秀秀放心了！」

劉裕道：「秀秀要好好的休息，睡醒了便會好轉過來。」

謝鍾秀嬌軀輕顫，搖頭道：「我是不會好過來的！秀秀心中明白。趁秀秀尚有點氣力，我要告訴你，秀秀現在心中很平靜、很快樂。」

劉裕一聽她這麼說，哪還忍得住，淚水忽然不受控制的奪眶而出。謝鍾秀舉手以羅袖爲他揩淚，溫柔的道：「不要哭嘛！爲甚麼要哭呢？剛才我夢見淡眞，她仍是那麼活潑可愛。我告訴她，我很快便會去陪她，她是不會寂寞的。」劉裕再壓不下心中的悲苦，肝腸寸斷的嗚咽起來。

謝鍾秀把粉臉埋在他胸膛處，輕鬆的道：「謝家的兒女是不會害怕的，生老病死，只是自然之道。秀秀深信終有一天我們又可以在一起。爹常說生命是不斷的變化，日來月往，春去秋來。如果你認爲我已死了，那我便死去了，但只要你認爲我沒有死去，我將永遠活在你的心中，除非你不再愛我。」

劉裕悽然道：「不要再說這種話，你是不會死的，我對你的愛更是永遠不會改變。」

謝鍾秀再次仰起俏臉，深情的道：「我能待至此刻，已是上天的恩賜，我曾以爲沒可能看到你的勝利。劉裕呵！讓秀秀去吧！我早已失去活下去的氣力。在淡眞走後，我便不想活了。請替秀秀謝謝燕飛，沒有他，我是絕對無法等到這令人振奮的一刻。」

劉裕心中縱有千言萬語，只能化作一句話說出來，淚流滿臉的嗚咽道：「秀秀不要走！」

謝鍾秀雙目閃著奇異的光芒，柔聲道：「裕郎親我！」劉裕低下頭去，吻到的是令人心悸的冰寒。

燕飛來到正憑窗眺看外面景色的慕清流身旁，後者一臉欷歔的嘆道：「或許在很多年以後，眼前的景物已蕩然無存，但有關謝家倜儻風流、鐘鳴鼎食的韻事仍會流傳下去。烏衣巷豪門中，以王、謝兩家爲代表，而支持他們高貴獨特的傳承，有三大支柱，像鼎之三足，一爲門閥制度、二爲九品中正的選官方法，三爲清談玄學的風氣，令他們能在歷史的文化長河中別樹一幟。唉！俱往矣！謝安、謝玄去後，後繼無人矣！」

燕飛道：「慕兄似是滿懷感觸，不知這次來找燕某，有何指教呢？」

慕清流從容道：「我還是首次公然踏足謝家，心情頗爲異樣，教燕兄見笑。燕兄還會見到向雨田嗎？」

燕飛點頭道：「我該仍有見到他的機會。」

慕清流轉過身來，含笑打量燕飛，道：「勞煩燕兄爲我向他傳幾句話，告訴他一天他保有典籍，一天仍是我聖門的人，請他恪守聖門的規矩和傳承，萬勿讓他的支派至他而亡。」

燕飛爽快答道：「慕兄原來爲此事而來，我定會將慕兄這番話如實向他轉告。」

慕清流道：「燕兄猜錯了，我只是忽然心中一動，想起燕兄是最佳的傳話人選。今日來此是特地向燕兄道別，並對燕兄令我聖門避過此劫的恩情，致以深切的謝意。」

燕飛訝道：「想不到慕兄竟會說客氣話，事實上這是對你我雙方均有利的事。我同樣該感謝你。」

慕清流笑道：「本來我要說的，並不是客氣話，但給你這麼一說，倒眞的變成了客氣話。」

燕飛生出輕鬆的感覺。本來他因謝鍾秀的事心情直跌至谷底，可是慕清流的口角春風，卻大大舒緩了他沉重的情緒。慕清流肯定是名士的料子，所以他最仰慕的人是謝安，因爲他體內流的正是名士的血液。可以這麼說，慕清流乃聖門中的名士。

慕清流道：「能與燕兄相交一場，實是人生快事，在烏衣巷謝府與燕兄話別，對我更是別具深長的意義。此地一別，將來怕無再見之日，祝燕兄旗開得勝，奪得美人歸。燕兄珍重。」說畢告辭而去。

燕飛直送他到外院門，返回主堂松柏堂時，劉裕赫然在堂內，神情木然，由屠奉三和宋悲風左右陪伴著他，兩人同樣神色黯淡，燕飛不用問也知謝鍾秀已撒手而去。燕飛走至劉裕前方，他多麼希望眼前發生的一切只是個不眞實的夢境——一個幻覺，可是感覺是如此眞實，心中的悲痛是如此的折磨人，縱然他擁有仙門的秘密，亦感到陷身其中，無法自拔，就像掉進捕獸陷阱中的猛獸，掙扎愈大，傷害愈深。對謝家他有深厚的感情，在安公辭世前謝家風光的歲月裏，謝鍾秀是建康的天之驕女，擁有謝家子弟詩酒風流的獨特氣質，猶記得她當眾向謝玄撒嬌的情景，可憐在時代的大漩渦裏，她卻成了犧牲品。回想起一去不返的美麗歲月，眼前殘酷的現實，是多麼令人難以接受。

劉裕伸出雙手，和他緊緊相握。出乎燕飛意料，他沉著冷靜的道：「燕兄要走了！」

燕飛握著他冰冷的手，感受著他內心的沉痛，朝屠奉三瞧去，後者微一頷首，表示已向劉裕辭行。

燕飛道：「孫小姐走了？」

劉裕仍握著他的手不放，道：「鍾秀走了，走得開開心心的。不過對我來說，她並沒有走，她將永遠活在我心中。」

燕飛搜索枯腸，仍找不到可安慰他的隻字片語。他或許是世上最明白劉裕的人，所以也比其他人更不懂得如何可安慰他。燕飛壓下心中的沉痛，道：「如果沒有其他事，我和奉三立即起程。」

劉裕點頭道：「我明白。替我把千千和小詩帶回邊荒集去。唉！我多麼希望能與燕兄再次並肩作戰，大破慕容垂，讓千千主婢回復自由。只恨我也失去了自由，從今以後，我再沒法過浪蕩天涯的日子，那將成爲我生命中最動人的一段回憶。」

燕飛直覺劉裕終於接受了曾令他感到矛盾和躊躇不前的位置，接受了老天爺的安排，也可說是認命了。他要殺桓玄，便要接受現實，登上南方之主的寶座，再無法脫身。正如燕飛自己在因緣巧合下，踏上朝仙門邁進的不歸路；劉裕也是身不由己，一步一步朝帝王的位子前進，沒法回頭。

燕飛道：「好好的幹！你不但主宰著南方萬民的福祉，更掌握著文清和任后下半輩子的幸福，好好珍惜你所擁有的，如此才不會令兄弟們失望。」這是燕飛能想出來安慰他的話。

劉裕放開他的手，勉強擠出點笑容，道：「讓我和宋大哥送你們一程，送至大江對岸，順道喝兩口酒，預祝燕兄和屠兄凱旋而歸。」

此時何無忌匆匆而至，報告道：「劉毅已把文武百官齊集皇城內，正等候統領大人向他們說話。」

劉裕愕然無語。屠奉三拍拍他肩頭，道：「讓宋大哥代你送我們吧！」

劉裕目光投向燕飛，射出濃烈的感情，道：「我們還有相見之期嗎？」

燕飛沉吟片刻，坦然道：「大概沒有了，劉兄珍重！」說罷和屠奉三告辭離開，宋悲風隨之。

直至三人消失在門外，劉裕仍目不轉睛地呆看著空蕩蕩的大門。何無忌在旁輕喚他道：「統領！統領！」

劉裕一震醒來，雙目回復神采，沉聲道：「立即召劉穆之、王弘、劉毅到這裏來，你和詠之也須列席。」何無忌微一錯愕，接著領命去了。

建康節日狂歡的氣氛仍未過去，大街小巷擠滿了出來慶祝的人，從河上看過去，更是煙花處處，鞭炮聲響個不停。他們在謝家的碼頭登上小艇，由宋悲風划艇，送燕飛和屠奉三到大江彼岸。

屠奉三見宋悲風默然無語，知他仍在為謝鍾秀之死傷心不已，為分他的心神，故意道：「我們或許仍有機會見到小劉爺，但再見到宋大哥的機會便微乎其微。」

燕飛訝道：「原因何在？」

屠奉三道：「因為此間事了後，大哥會避居嶺南，不問世事。」

燕飛望向宋悲風，問道：「嶺南在哪裏？」

宋悲風果然愁懷稍解，雙目射出憧憬的神情，油然道：「那是個很遙遠的地方，不論天氣環境、風俗習慣，均和江南有很大的分別。唉！我想起建康，便感到疲倦，該是歇下來的時候了。」

燕飛目光投往前方，在蒼茫暮色裏，代表著秦淮風月的淮月樓和秦淮樓正隔江對峙，情景依舊，可是其賦予燕飛的意義卻已大不相同。屠奉三說得不錯，假若紀千千忽然興起，要重返雨枰台緬懷昔日的歲月，他便與劉裕有重聚的機緣。千千啊！你究竟身在何方呢？對於不可測知的未來，縱然他掌握了天地之秘，仍感到顫慄和無能為力。

屠奉三的聲音傳入耳中道：「我從未想過淮月樓會改變我的一生，不論是設陷阱伏殺乾歸，又或與淑莊結下不解之緣，都是事前從沒有想過的。」

燕飛正生感慨，一時間，三人各想各的，都想得癡了。小艇駛經朱雀橋，守橋的北府兵兄弟見是三人，忙大聲嚷叫打招呼。歡喝聲中，小艇從河口流出大江。就在此時，燕飛生出感應。

謝家主堂松柏堂內，劉裕回復無敵統帥從容冷靜的本色，像沒有發生過任何事般，聽取手下第一謀士劉穆之分析眼前的形勢。王弘、魏詠之、劉毅和何無忌分坐兩旁。

劉穆之續道：「照現在的情況看，我們已得到民心，儘管建康高門對統領仍感難以接受，卻是無可奈何，只好接受現實。」

劉裕皺眉道：「為何他們仍不肯接受我呢？我已表明心跡，並沒有篡晉之心。」

王弘嘆道：「因為他們認為統領的表白，只屬權宜之計，一旦消滅了桓玄，便會露出眞面目。」

何無忌憤然道：「我們是否非得到他們的支持不可呢？」

劉毅道：「這要分兩方面來說，如果得不到建康高門的支持，整個管治班子將告崩潰，南方會變得四分五裂。可以想見的是大部分人會投向桓玄。另一方面，社會也會出現動盪不安的情況，迷失了方向。為了對付桓玄，我們必須保持建康的穩定。」

王弘苦笑道：「高門和寒門對立的情況，並不是今天的事，而是歷經數百年的積習，他們懷疑統領，是正常的事。」

劉裕點頭道：「說到底，就是我出身的問題，令他們不信任我。」接著向劉穆之道：「先生有何解決的辦法？」

劉穆之拈鬚微笑道：「政治的事，必須以政治手腕解決。首先我們要令建康高門曉得我們是尊重他們的，這種事不能只憑空口白話，而是要有實際的行動，以安定他們的心。」

魏詠之道：「我們讓原本的文武百官，人人得復職留任，不就成了嗎？」

劉穆之胸有成竹的道：「新人事，自然有新的作風，如果一切如舊，會令建康高門看不起我們，認為統領只是個不懂政事的粗人。何況高門中亦不乏支持我們的人，像王公子便是其中之一。」

劉毅聽得心中佩服，問道：「先生有何良策呢？」

劉穆之微笑道：「首先統領大人絕不可以像桓玄般把要職高位盡攬己身，還要把最高的職位讓出來，只要把兵權牢牢掌握在手裏，其他一切便無關痛癢。」

何無忌拍腿道：「好計！」

王弘憂心忡忡的道：「可是現在建康高門最害怕的事，是統領和他們算賬。」

劉毅熟知建康高門的情況，頷首同意。魏詠之卻聽得一頭霧水，不解道：「有甚麼賬好算的？」

王弘道：「桓玄在時，投向桓玄者大不乏人，他們大部分人都受到李淑莊的影響。到李淑莊忽然離開，他們已是騎虎難下，悔不當初。」

劉穆之欣然道：「這個更易解決，我們來個一石二鳥之計，就把桓玄最重用的人，提拔到剛才我提出的位置，如此建康高門的猜疑，將會雲散煙消。」目光投往劉裕，看他的決定。

劉裕問王弘道：「這個人是誰呢？」

王弘精神大振，道：「這個人肯定是我堂兄王謐，自統領入城後，他一直躲在家中，怕給統領捉去斬首示眾。」

劉裕又問劉穆之，道：「該給他個甚麼官位才好？」

劉穆之心中一陣激動，他渴望的事、他的夢想，終於實現了，就是有機會得遇明君，以展胸中的才能抱負。他毫不猶豫把想好了的計畫奉上，恭敬的道：「我們借皇上之名，任命王謐為侍中，兼領司徒和揚州刺史，再由他和朝廷眾官商議，以決定其他人的任命。如此將可盡釋建康高門的疑慮。」

王弘大喜道：「堂兄這回是因禍得福，必會好好爲統領效力，論官位，他要比以前的安公掌更大的權力。」

劉毅道：「但我們必須先給你堂兄任命的指示，才不會出岔子。」

王弘道：「這方面絕沒有問題，請統領大人賜示。」

劉裕攤手道：「我可以有甚麼意見呢？這方面你問的人該是劉先生而非劉統領。」眾皆失笑，氣氛倏地輕鬆起來，在劉穆之的計謀下，最難解決的事已迎刃而解。

劉穆之從懷裏掏出函卷，趨前雙手奉予劉裕道：「這是我在江乘起草的人事任命，請統領大人過目。」劉裕用神看了他一眼，方接在手，展卷細閱。

王弘訝道：「劉先生難道早在江乘之時，已能預見今天的情況？」何無忌等無不露出留心聆聽的神色。

劉穆之謙虛的道：「那時我軍氣勢如虹，又得明帥猛將指揮，大局已定，故而我能猜出個大概。」這番話同時捧了何無忌、劉毅和魏詠之，三人登時對他好感劇增。

劉裕欣然讀出卷上的任命道：「劉毅當青州刺史，何無忌當琅琊郡內史，魏詠之當豫州刺史，三位可有異議？」

三人同時喜出望外，因爲三個職位均是能獨當一面的地方首長，總攬當地的軍政大權，連忙齊聲謝恩。劉裕心忖只差未喚三人作卿家，但手上的權力與皇帝老子沒有任何分別。唉！他不由又想起謝鍾秀，忙把噬心的情緒硬壓下去。這並不是悲傷的時刻，戰事仍在如火如荼地進行著。一俟穩住了建康，追殺桓玄的大計將全面展開。

劉裕道：「這裏我卻不大明白，劉先生在我的名字下寫上揚州刺史，但又以硃砂批了個『辭』字，究竟是甚麼意思？」

王弘也奇道：「劉先生剛才不是說由我堂兄兼領揚州刺史一職嗎？」

劉穆之解釋道：「這是一個姿態，以表明統領並沒有總攬大權的野心，先由人提出，然後由統領推掉，現在這個推舉統領的人，非令堂兄王謐莫屬。」

劉裕讚嘆道：「如此手段，我想破腦袋都想不出來。不過我的官銜卻有好一大串，首先是『使持節』，然後都督揚、徐、兗、豫、青、冀、幽、拜八州諸軍事兼徐州刺史，似乎仍表現出我的野心。」

王弘笑道：「只是名實相副吧！由統領都督八州軍事，是理所當然的事，因為統領正是最高統帥，誰敢說半句話？」

劉穆之道：「穩定了朝政後，可由王謐和群臣商討，選出德高望重的人，到尋陽把皇上迎返建康，如此建康將再沒有人懷疑統領有不軌企圖。」

劉裕嘆道：「服了！一切照劉先生的辦法去做。」

王弘興奮得跳起來，道：「我現在立即去找堂兄，再派人敲鑼打鼓用八人大橋把他抬進宮內去，途中會向他解釋甚麼叫江湖義氣，統領絕不是像桓玄般朝意夕改、反覆難靠的卑鄙之徒。」

紀千千微僅可聞的聲音在心靈最深處傳來，呼喚道：「燕郎！燕郎！你在哪裏？」

漫長的苦候終於過去，所有焦慮、憂思、惦念，牽腸掛肚的愁結，化作心弦震盪的驚喜。燕飛閉上眼睛，紀千千的玉容在心靈的空間逐漸浮現，應道：「我正在趕赴邊荒的途中，千千在哪裏呢？」

紀千千秀眸射出恐懼的神色，道：「我不知道身在何方。離開滎陽後，我們一直在趕路，沿途都有房舍可以住宿，但大家都要擠在一塊兒，令我沒法進入與燕郎作心靈傳信的境界，更感到心力交瘁。現在終於停歇下來了，這裏是山區，共有百多間房子，儲存了大量生火取暖的木材。燕郎呵！千千眞的很害怕，慕容垂又在玩他誤敵、惑敵後再以奇兵取勝的手段。」

燕飛道：「這回我們得千千指點，早有提防，慕容垂的手段再不靈光了！千千現在心靈的力量很弱，不宜妄用心力。不用害怕，很快我們便會再次相聚，一切苦難都會成爲過去。千千務要保持平和的心境，心無罣礙，元神方可重新強大起來，與我再在心靈內作最親密的接觸。」

紀千千的花容露出歡喜安心的神色，道：「明白了！燕郎別了！」

此時屠奉三的聲音傳入耳中道：「到了！」燕飛睜開雙目，感覺煥然一新。上弦明月，升上東面天際，水一般的清光，照亮了大江的兩岸，夜空詭秘迷人。宋悲風和屠奉三都目不轉睛地打量燕飛，顯然感到他異常之處。小艇抵達大江北岸。

宋悲風雙目射出深刻的感情，道：「我們相交的日子雖短，但我這輩子都不會忘記。廢話我不說了，我亦深信這世上沒有事能難倒燕飛和屠奉三。請了！」

兩人輪流伸手和宋悲風相握，想起以往肝膽相照、同生共死的歷歷往事，而此處一別，可能再沒有相見之日，以燕飛的灑脫、屠奉三的冷傲，亦不由泛起離情別緒。

宋悲風垂首道：「請代宋悲風向千千小姐和詩姑娘問好！」

燕飛答應一聲，領先投往北岸。屠奉三道：「多謝宋大哥以身作教，令我茅塞頓開。」說罷這才隨燕飛去了。

兩人立在岸旁，目送宋悲風人艇遠去，對岸萬家燈火，正是南方最偉大的城市建康。

屠奉三搖頭嘆道：「我像剛作了一場大夢，到此刻方醒覺過來，但仍有點不眞實的古怪感覺。」

燕飛大有同感。在掌握仙門之秘後，他對人間世的看法已起了天翻地覆的變化。屠奉三的感觸並不是沒有原由的，生命本身確實具有夢幻般的特質，只在某些時刻，我們才會全心投入，忘掉了過客的感覺。點頭道：「你對著淑莊夫人時，還有這種感覺嗎？當然沒有，所以夫人成了你生命中最珍貴的遇合。珍惜眼前的一切，因爲得來眞的不易。」

屠奉三露出深思的表情，然後問道：「剛才你在艇上想到了甚麼，雖然看不清楚你的眼神，但卻從你臉容的變化，看到你內心情緒的轉變。」

燕飛道：「我只是想到千千罷了！沒有甚麼特別的。」

屠奉三露出疑惑的神情，卻沒有追問下去，道：「我們走吧！」

燕飛嘆道：「暫時走不了！」接著轉過身去，向著前方的山林沉聲道：「盧兄在等我嗎？請現身相見。」屠奉三心中一震，別頭看去，一道人影從林內掠出來，正是盧循。

松柏堂。各人轉而商量追殺桓玄的軍事行動。

劉裕道：「桓玄現在還可以有甚麼作爲呢？」

劉穆之道：「現今建康上游，仍屬桓玄的勢力範圍。照我猜，他會先我們一步到尋陽去，然後挾持皇上返回老家，重整陣腳，再實行鎖江的戰略，逼我們逆流西攻，而他則以逸待勞，佔盡上游之利。」

何無忌笑道：「這次再行不通了！當巴蜀落入毛修之的手上，巴陵又被兩湖軍佔據，桓玄將陷進四面受敵的劣勢。」

劉毅深悉建康高門的情況，皺眉道：「可是被桓玄挾天子以令諸侯，會令我們名不正言不順，此事必須想辦法解決。」

魏詠之道：「司馬德宗只是個有名無實的皇帝，我們索性廢了他另立新君，不是解決了這個問題嗎？」

劉毅道：「這麼做似乎不太妥當呢！」

劉穆之道：「這不失爲可行之計，但手段卻必須斟酌，例如我們可聲稱接到皇上的詔書，任命皇族的某人代行他的天命，並大赦天下，只桓玄一族不赦，如此我們不但師出有名，且可令桓玄的異姓手下生出異心，實爲一石數鳥之計。」

劉裕心悅誠服的道：「不論如何乍看沒有辦法解決的難題，到了先生手上，卻只幾句話便解決掉。此事便依先生之言。」劉穆之連忙謙辭，不敢居功。

劉裕道：「解決了名義上的問題，現在該輪到商討對付桓玄的事了。」見眾人的目光全集中在他身上，沉聲道：「我要親自領軍西上，對桓玄窮追猛打，不讓他有絲毫喘息的機會。」何無忌、魏詠之和劉毅齊聲叫好，只有劉穆之沉默無語。

劉裕目光投往劉穆之，訝道：「先生不同意嗎？」

劉穆之道：「眼前當務之急，仍是建康的政事。在軍事上，誰都曉得桓玄不是統領的對手，但在民生政事上，我們尚未有表現。我爲的是南方日後的繁榮興盛，而不是計較眼前戰事的勝敗得失。」

劉裕不解道：「只要有先生坐鎮建康，推行利民之策，我還有甚麼不放心的？」

劉穆之從容道：「這又回到高門和寒門對立的問題。要推行利民之政，自然會損害高門的利益，不論我提出的政策是多麼用心良苦，由於我出身寒微，根本沒有人會重視。只有統領坐鎮建康，以身作則，我們方可以改革朝政，以嚴刑峻法，管束內外，令自安公去後施政混亂的情況徹底改變過來。現今統領大人在建康臣民心中，聲勢如日中天，打鐵趁熱，只要能及早施行新政，讓人人感到統領確有秉承安公遺志的決心，可收事半功倍之效。」

劉裕首次對劉穆之的提議感到猶豫，只有讓自己不歇下來，方可化悲憤為力量，所以他把心神全放在追殺桓玄的事上去。在一定的程度上，他也想離開建康這傷心地，淡化謝鍾秀之死予他的沉重打擊。可是在內心深處，又曉得劉穆之句句金玉良言，一切全為大局著想。一時間劉裕的內心矛盾至極點。

眾人中，除劉穆之外，以劉毅最懂政治，進言道：「劉先生之言有理，且殺雞焉用牛刀？以桓玄的膽小，必會退返老家，龜縮不出，再以手下將領鎮守江陵下游城池。這方面便交由我們去處理，為統領清除所有障礙，再由統領直搗桓玄老家，如此方可顯示統領的威風。」

何無忌奮然道：「劉毅說得對！此等小事便交由我們去辦。」

劉裕沉吟片刻，斷然道：「好吧！我就撥出二萬名北府兄弟，戰船一百五十艘，組成西征軍團，趁桓玄新敗之時，西上追擊。此軍團以劉毅宗兄為主帥，無忌和詠之為副。所謂百足之蟲，死而不僵，你們萬勿輕敵，勿要因求勝心切，躁急冒進。」

劉毅、何無忌和魏詠之三人大聲應喏。劉毅更是喜上眉梢，因得劉裕捐棄前嫌，破格重用。何無忌和魏詠之對劉裕已是奉若神明，且隱隱明白劉裕委劉毅以重任，是安撫何謙派系北府兵的高明手段，故而全無異議，欣然接受。

此時手下來報，諸葛長民已奪得歷陽的控制權，被他生擒的刁逵，剛押送至建康，正等候劉裕的發落。劉裕聽畢，起身道：「是入皇城的時候了。」

盧循來至兩人身前，面無表情的道：「我在此等了燕兄三天三夜，終於盼到燕兄。這回我絕無惡意，只想向燕兄請教幾個問題，燕兄可否借一步說話？」

燕飛向屠奉三望去，徵求他的意見。屠奉三識趣的道：「我在前方的小丘處等待燕兄。」說罷掠過盧循身旁去了。

盧循嘆了一口氣。燕飛道：「盧兄有甚麼話想說呢？」

盧循道：「我已變得一無所有，心灰意冷，再沒有捲土重來的勇氣。這回來是要求燕兄坦白相告，以澄清我心中的疑惑。」

燕飛感覺不到盧循有絲毫敵意，更清楚他的心事，點頭道：「我會盡量坦白，盧兄請賜教。」

盧循苦笑道：「盡量坦白？唉！這算是甚麼話呢？天師他也是如此，不論我如何懇求，偏是不肯告訴我事情的眞相。燕兄！幫我一個忙好嗎？徐師弟不幸戰死沙場，天師道已成明日黃花，我和燕兄再不是敵人，也自認沒有挑戰燕兄的資格，燕兄仍不肯讓我得個明白嗎？」

燕飛嘆道：「說吧！」

盧循道：「天師究竟是命喪於燕兄劍下？還是眞的已水解成仙？」

燕飛苦笑道：「你問了最關鍵的問題，但要知道答案，會令你付出下半輩子也要背負重擔的代價，你願意接受嗎？」

盧循一字一句決然道：「不論代價如何大，我是心甘情願，請燕兄賜告。」

燕飛道：「天師的確是成仙去了，我和他並沒有分出勝負，如果硬拚下去，最有可能是同歸於盡的結局。」

盧循全身劇震，雙目射出懾人的神采，整個人似回復了生機，猛瞪著燕飛。

燕飛道：「天師的仙去，是由他選擇的，我則在旁協助。盧兄還有別的問題嗎？」

盧循道：「燕兄肯賜告，我盧循永不忘燕兄大恩。一理通，百理明，所謂天降火石，是不是天地心三珮合一的現象？否則天師不會對甚麼『劉裕一箭沉隱龍，正是火石天降時』的說法，嗤之以鼻。」

燕飛點頭道：「你問了另一個最關鍵的問題，天師之所以能破空而去，正因與我一起目睹三珮合一、開啓了洞天福地的秘徑。我和天師在翁州決戰，無意中發現合我們兩人之力，可重演天地心三珮合一、開啓仙門的效應，而天師則把握機會，穿越仙門，抵達彼方。燕某言盡於此，希望盧兄再無疑惑。」

盧循正容道：「敢問燕兄，如我練成黃天大法，是否亦有開啓仙門的大福緣？」

燕飛心中暗嘆，孫恩之所以不肯告訴盧循破碎虛空的眞相，大抵認爲盧循毫無機會。他更清楚練成黃天大法，離能破開虛空尚遠，何況黃天無極怕只有孫恩才能練就，盧循根本是沒有機會的。自己的心腸太軟了。

燕飛苦笑道：「這是個沒有人曉得答案的問題，黃天大法之上尚有黃天無極，那是至陽之氣的極致，能無窮無盡地竊取天地間至陽的力量。如果盧兄能成就此功法，盧兄可設法尋我，說不定我可玉成盧兄的心願。」盧循大喜，拜謝而去。

燕飛來到丘頂等候他的屠奉三身旁，道：「走吧！」

屠奉三皺眉道：「走了嗎？」

燕飛若無其事的道：「走了。」

屠奉三大惑不解的道：「他來找你竟不是為孫恩報仇嗎？我還以為你會順手幹掉他，徹底除去天師軍的禍患。」

燕飛道：「天師軍是眞正的完蛋了，再不會成為禍患。」

屠奉三好奇心大起，道：「盧循來找你只為說幾句話？你們之間還有甚麼好說的？」

燕飛苦笑道：「可以放過我嗎？」

屠奉三道：「事實上我和劉裕對你和孫恩決戰的結果，早已有所懷疑，因為你說起那次的決戰，不但表情古怪，又似不願多提，更從沒有說過孫恩被幹掉，語氣含糊。你究竟有甚麼事須瞞著我們呢？」

燕飛苦惱的道：「孫恩的確去了，且永遠不會重回人世，我要說的就是這麼多。」

屠奉三道：「正是你這奇怪的描述，令我心生疑惑。盧循肯定曉得一些我們不知道的事，所以才對你生不出復仇之念，不過他仍未能弄清楚眞正的情況，故來求證於你。我有說錯嗎？」

燕兄伸手摟著他肩，道：「兄弟！告訴我，我會害你嗎？」

屠奉三立即軟化，苦笑道：「當然不會。唉！人總是有好奇心的，但你這人總教人摸不透，內心像藏著很多不可告人的秘密似的。與你有關的異事又數之不盡，像三珮合一便玄之又玄，教人看不通想不明。你可以滿足我的好奇心嗎？」

燕飛道：「看！這個天地是多麼的美麗。我們正前往邊荒集去，與荒人兄弟一起出發，到北方與慕容垂作生死決戰。救回千千和小詩後，我們將得到渴望已久的自由，可各自選擇自己的生活，你則可和心愛的人雙宿相棲，盡情享受生命的賜予。這就是掌握在我們手上的命運，得來不易，所以千萬別讓其他無關痛癢的事，影響了我們的心境。」

屠奉三皺眉道：「眞的是無關痛癢嗎？」

燕飛坦然道：「不知道的話，就沒有關係。有些事，不知道會比知道好，知道後可能會後悔。如果對你有益處，你以爲我仍會瞞著你嗎？」

屠奉三笑道：「終於肯承認有事情瞞著我了！」

燕飛苦笑道：「想瞞你屠奉三那麼容易嗎？我現在不知多麼後悔把事情告訴盧循，可能害得他以後再也不快樂，沒法好好的享受生命。」

屠奉三道：「肯定與洞天福地有關。天下間，眞有這麼怪異的處所？」

燕飛道：「少想爲妙。事實上洞天福地是否眞正的洞天福地，沒有人知道，包括我在內。好了！我可以說的就是這麼多，可以動身了嗎？」

屠奉三道：「我們是不是直奔邊荒集呢？」

燕飛道：「我們先到壽陽，待我辦妥一些事後，再往邊荒集去，該不會花很多時間。」

屠奉三欣然道：「又有不可告人的事了！不過這回我不會再追根究柢了。」

燕飛仰望夜空，腦海浮現安玉晴的倩影，一顆心登時灼熱起來，不但因可見到安玉晴，更因可借助她的至陰無極，越過萬水千山，與紀千千進行心靈的約會。

〈卷十五〉

第二章◆新的未來

第二章 新的未來

劉裕從小東山返回建康，雪飄如絮，他的心情亦壞透了。早上他送別了以劉毅為主帥的征西軍團，下午到小東山主持謝鍾秀的葬禮，把她埋香在安公和玄帥之旁。在謝道韞的堅持和劉裕的同意下，一切從簡，在建康除謝家外，曉得此事者並沒有幾個人。劉裕本欲以夫君的身分，視謝鍾秀為妻，為她立碑，卻受仇視他的謝混激烈反對，謝家內附和者亦大不乏人，令謝道韞也感無能為力，劉裕只好憤然打消這個念頭。劉裕神情木然的策馬而行，朝朱雀橋的方向前進，陪伴他的十多個親衛中，尚有心情像他般低落的宋悲風。死者已矣，入土為安，但他們這些活人，仍要在人世的苦海中掙扎浮沉，謝混充滿仇恨的目光，仍不住浮現在劉裕的腦海內。他更清楚地認識到高門對寒門的歧視，縱然在他的武力下，建康高門不得不俯首屈服，但在一些節骨眼處，高門仍是守舊如昔，堅持他們的立場。所以雖然明知桓玄不是料子，建康上游城池的高門將領，仍有不少人投向桓玄，似乎他們畏懼他這個寒門統帥，更甚於洪水猛獸。

劉裕想到任青媞，她現在正在幹甚麼呢？是否在淮月樓忙碌著，打理她的青樓和五石散的買賣。只有她迷人的肉體和動人的風情，方可舒展他跌至谷底的情緒。他早曉得留在建康不會有好日子過，但以大局為重下，他卻不得不暫緩親自追殺桓玄的行動。好吧！待會便去密會任青媞，希望能借助她忘掉一切傷心事。此時抵達朱雀門，把門的兵士稟告，載著江文清和朱序的船抵達建康。劉裕精神一振，加速朝設於石頭城內的帥府馳去。

紅子春和姬別進入夜窩子，前者嘆道：「看！夜窩子又興旺起來了，且不比以前遜色，我從未見過這麼多人擠在夜窩子內。」一群夜窩族從兩人身旁策騎馳過，見到兩人無不招呼問好，瞬又遠去。

姬別避過迎面而來腳步不穩的一個老酒鬼，應道：「高小子想出來的邊荒遊，效果出奇的好，來夜窩子的，只要有半成的人肯光顧紅老闆的生意，保證你應接不暇，賺個盆滿鉢滿。」

夜窩子內東大街的路段，人來人往，絕大部分是外來的遊人，都是生面孔，只看他們興奮和樂在其中的表情，便知道他們深深被夜窩子醉生夢死的風情吸引，顛倒迷醉。

紅子春欣然道：「賺夠啦！我現在甚麼都不去想，只希望燕飛那小子早點回來，然後我們大夥兒動身去把慕容垂的卵兒打出來。」

姬別哈哈笑道：「我有沒聽錯？邊荒集的頭號奸商竟說自己賺夠了，想金盆洗手。聽說我們的劉爺五天前已攻陷廣陵，佔取建康是早晚間事。你以前不是說過要到建康開青樓和酒館嗎？所謂朝中有人好做官，何況現時連皇帝小兒都成了你的兄弟，還不乘機到建康大展拳腳嗎？」

紅子春伸手搭著他的肩頭，嘆道：「我說賺夠了便是賺夠了，你當我在說瘋話嗎？坦白說，經過這麼多的災劫，人也看開了很多，錢是永遠賺不夠的，生命卻是有限，行樂及時啊！」

姬別道：「難道你竟眞的決定金盆洗手，退出商場？我警告你，閒著無事的日子並不好過，只有忙得七竅出煙，卻能偷閒到青樓胡混一晚，方感受到人生的眞趣。」

紅子春摟著姬別進入古鐘場，場上人山人海、攤檔帳幕如林，在綵燈的映照下，令人幾疑進入了人間異境。

紅子春道：「你不用替我擔心，積數十年的功力，我比任何人更懂得如何打發時間。把千千小姐和小詩迎回來後，我便把手上的青樓酒館分配給曾爲我賣命的手下兄弟，讓他們過過當老闆的癮兒。」

姬別一呆道：「你竟是認眞的？」

紅子春傲然道：「做生意當然錙銖必較，但我更是一諾千金的人，說一就一，說二就二，何時曾說過不算數的話？」

姬別道：「你是否準備到建康去呢？」

紅子春沒好氣的道：「我會那麼愚蠢嗎？天下再沒有一個地方，比邊荒集更適合我。對！我以前確實說過想到建康發展，但說這話時的邊荒集跟現在是完全的兩回事，那時每天起來，都不知道能否活著躺回去。現在邊荒集徹底改變了，所有人都是兄弟，甚麼事情都可以和平解決，成了人間的樂土，只有蠢材才想到離開這裏。」

姬別笑道：「明白了！」接著話題一轉，道：「這些日子來，我忙得差點老命都要賠出來，全爲了我們的『救美行動』，難得今晚偷得一點空閒，你道我們該到何處盡興呢？」

紅子春道：「本來最好的節目，是先到說書館聽一台說書，然後到青樓偎紅倚翠，只恨卓瘋子不在，其他人說的書都沒有他那種百聽不厭的味道，只好將就點，就到呼雷方新開的那所青樓捧場如何？」姬別立即贊成，談笑聲中，兩人擠過人群，朝目的地舉步。

在石頭城帥府的大堂，劉裕見到朱序，他從未見過朱序這般神態模樣，眉頭再沒有像以前般深鎖不解，雙目再沒有透出無奈的神色，出奇地輕鬆寫意，且卸下軍裝，作文士打扮，有種說不出的瀟灑。登時令劉裕記起他要辭官歸故里的唯一請求，和自己對他的承諾。兩人如故友重逢般伸手相握，一切盡在不言中。劉裕心中暗嘆，朱序肯定不曉得自己心裏多麼羨慕他，如果他劉裕能如他這般於誅除桓玄後，歸隱山林，是多麼的理想。可是冷酷的現實卻不容許他這般去做，在這一刻，他比任何時刻，更不願坐上皇帝的寶座。偉大的台城，是很多人夢寐以求想住進去的地方，但在他眼中，只是座封閉的無形牢獄，任何住進去的正常人，皆有可能變爲不正常的人。朱序沒有說半句話，但已勾起他連串的心事。他本以爲謝鍾秀下葬後，他的心情可以平復過來，實況卻非如此。

朱序以帶點激動的語氣道：「統領成功了，桓玄大勢已去，聲威亦如江河日下，他的餘日已是無多。恭喜統領大人。」

劉裕心中充滿苦澀的滋味，猶似感覺著謝鍾秀令他心碎神傷的冰寒香唇。勉強振作精神道：「大將軍準備何時返鄉享福？」

朱序茫然不覺劉裕的心事，喜動顏色的道：「如果統領大人同意，我明早立即啓程。」

劉裕被他高漲的情緒感染，回復了點精神，點頭道：「只要是大將軍所願的，我必盡力，我立即派人去辦理爲大將軍解職卸任的文書，並將大將軍的居地定爲食邑，大將軍可以安安心心的去過寫意的日子。」

朱序連忙道謝，隨口的道：「蒯恩確實是個不可多得的人才，有智有謀，心地亦好，有他在會稽主持大局，統領大人可以放心。」

劉裕欣然道：「若小恩曉得大將軍這麼看得起他，肯定非常高興。」

朱序忽又壓低聲音道：「但統領大人卻須提防劉毅這個人，此人驕傲自大，目中無人，打勝仗回來更是不可一世。我明白統領大人派他率領征桓軍的苦心，但防人之心不可無，像劉毅這種小有才幹，卻自尊自大的人我見得很多，現在他是沒有法子，一旦權勢在手，誰都不能令他心服。」

劉裕的頭立即大起來，坐了這個位子，便有隨這位子而來的煩惱，要防手下裏是否有心存不軌的叛徒。他對劉毅已格外小心，希望他知情識趣，安於本分。他清楚朱序的爲人，會這樣鄭重警告自己，肯定確有其事。但他並不擔心這次劉毅率軍西征會出岔子，因爲有何無忌和魏詠之兩大心腹將領箝制他，且劉毅比任何人都清楚，若於現時的形勢下開罪他劉裕，只是死路一條。

朱序又道：「統領大人的這條路並不好走，除掉桓玄後，不服的人會陸續出現，這是高門和寒門對立的問題。但我深信統領大人必能逐一化解，那些蠢人只是不自量力罷了！」

劉裕感激的道：「多謝大將軍的提點，沒有大將軍的鼎力支持，我劉裕絕不會有今天。今晚我定要爲大將軍設宴洗塵，就當是送別大將軍，慶賀大將軍榮退的晚宴。」

朱序笑道：「統領大人不用客氣，我最怕應酬，更何況文清正在內堂等候統領大人，統領大人的好意我心領了。」

劉裕一想也是，只好依他的意思。兩人再閒聊幾句後，劉裕腳步匆匆的逕自去見江文清，百結的愁腸也因即將與江文清重聚而稍得紓解。

壽陽城。燕飛回到鳳翔鳳老大的府第，赫然發覺卓狂生和姚猛在座，正在大堂與屠奉三和鳳翔喝酒，興高采烈。

見燕飛到，卓狂生笑道：「酒鬼來了！肯定鳳老大珍藏的三罈雪澗香完蛋了。」

鳳老大笑道：「不要說三罈雪澗香，喝掉我的身家都沒有問題。他日小劉爺當了皇帝，我和我的兄弟們大把好日子，甚麼都可以賺回來，只是邊荒遊已足可令壽陽人人金銀滿屋。」

姚猛怪笑道：「鳳老大好，我們好，大家都好，再喝一杯。」

燕飛在屠奉三和鳳老大之間坐下時，三人又各盡一杯。卓狂生殷勤爲燕飛注酒，笑道：「鳳老大已安排了一艘輕快的風帆，明早載我們往邊荒集去，省去我們的腳力，待我們去打得燕人落花流水，這一杯是爲千千和小詩喝的。」

燕飛先與三人分別碰杯，在卓狂生、姚猛和鳳老大怪叫吆喝聲中，把酒傾進喉嚨。久未有雪澗香沾唇的燕飛，登時生出美妙無比的感覺，活像整個邊荒都在體內滾動，不由想起紀千千初嘗雪澗香滋味的那句話。邊荒集眞好！

屠奉三道：「向支遁大師報上好消息了嗎？」

燕飛點頭表示見過，接著有點難以啓齒的道：「我決定現在立即動身。」

鳳翔訝道：「不用這麼急吧！遲個一天半天沒關係吧？」

燕飛歉然道：「我是想獨自一人先走一步，三位大哥明早再坐船北上。」屠奉三等均感錯愕。

卓狂生斬釘截鐵的道：「不許！」這回輪到其他人呆瞪著他，包括燕飛在內。

卓狂生以手指隔桌指著燕飛，不悅道：「你這小子很機靈，曉得我不肯放過你，會逼你說故事，所以故意撇掉我們，好能自由自在，天下間哪有這麼便宜的事？」

燕飛心叫冤枉，他眞的從沒有往這方面想過，只因支遁告訴他，安玉晴忽然興至，到了邊荒探訪天穴，他才不得不連夜趕去，好與她相見，但這個原因是沒法說出來的。特別是卓狂生，若給他曉得安玉晴的存在，更是不得了。屠奉三露出心虛的神情，因爲他也有他的故事，如果給卓狂生收到點風聲，肯定是沒完沒了之局。坦白說，即使是親如手足兄弟，但每個人多多少少總有些不想告訴別人的秘密，更何況卓狂生是要把秘密寫進天書去，公諸於世。

屠奉三大有同病相憐之意，幫腔道：「燕飛是有要緊的事去辦，老卓你最好知情識趣，不要阻延了小飛的事。」

卓狂生一副不肯罷休的神態，雙手改爲交叉抱胸，「嘿」的一聲道：「屠當家何時變得和小飛兒同聲同氣，爲他說好話？我敢保證連你都不曉得他忽然要獨自北上的原因。對嗎？」

燕飛拿他沒法，只有咳聲嘆氣。看在算是外人的鳳翔眼裏，心中湧起一股暖意。眼前的四個荒人，正表現了荒人親如手足的深切情意，大家了解甚深、無所不容，所以卓狂生才會肆無忌憚地有話直說，而燕飛不願拂逆對方的意願，不想傷害另一方，否則以他之能，說走便走，卓狂生恐怕連他的影子都摸不著。偏是燕飛選擇了最困難的辦法，就是要說服卓狂生，求這瘋子讓他上路。

屠奉三聳肩道：「我當然不曉得原因，但卻可猜出個大概，燕飛要去獨自處理的事必與支遁大師有關，且不方便告訴我們，老卓你別強人所難。」他說的話和語調毫不客氣，但正是如此，方顯出他們之間超越了一般朋友的感情，肝膽相照，所以不用轉彎抹角，想甚麼就說甚麼。

卓狂生好整以暇的道：「他現在去見誰？又或去辦甚麼事？甚至是否故意避開我？老子我毫不在乎。我想知道的，只是有關他的幾件事，只要小飛肯開金口作出承諾，我現在放他一馬又如何？小猛你站在那一邊？」

姚猛想不到自己竟被捲入漩渦，舉手投降道：「小弟保持中立。」

卓狂生破口罵道：「你這糊塗小子，身爲夜窩族的大哥，竟不懂爲族人爭取福利，這算甚麼娘的夜窩族？我的天書記載的不但是荒人的歷史，更是我們夜窩族最輝煌的歲月，若少了邊荒第一高手四戰南方第一人孫恩的壯舉，會是多麼失色？哼！再給你一次表明立場的機會，否則我會把你的劣行向族人公告，看你還有甚麼面目去見人？」

姚猛軟化向燕飛等人道：「你們聽到了！卓瘋子在威脅我，我是被逼的。唉！小飛！你發發好心，湊些東西來滿足他吧！」

屠奉三攤手向燕飛表示無能爲力。鳳老大則雙目放光，道：「卓館主的確有他的理由，坦白說，我也想知道得要命。」

燕飛迎上卓狂生熾熱渴望的眼神，苦笑道：「如果有些事說了出來，令聽者有害無益，那又如何呢？」

卓狂生拈鬚笑道：「哈！有意思啦！世間竟有聽聽也會生出害處的事？如此我更想知道。小飛啊！說到人生經驗，我當然是你的長輩，過的橋多過你走的路。你的擔心只是白擔心。人是很奇怪的生物，懂得篩選、懂得過濾，只會揀愛聽的事情去聽，同時會以自以爲是的方式去接受、去理解、去消化。明白嗎？刺激過後，不相信的事會忘個一乾二淨，只挑愛記的東西來記牢。所以你的憂慮是不必要的。」

燕飛幾乎被他說得啞口無言，勉強找話來回答他，道：「但有些事，我只想留在自己心中，不希望別人曉得。」

卓狂生欣然道：「這個更容易處理，你只須告訴我大概。而我的天書，在未來二十年絕不會向外公開，待現在發生的一切變成了褪色的回憶，我的天書才開始流傳，到時已成了遙遠的故事，令聽的人也認眞不起來。哈！我對你已是格外開恩，像高小子的〈小白雁之戀〉便絕沒有這種優待。燕飛，識相點吧！」

燕飛拗他不過，頹然道：「你怎麼說便怎麼辦吧！」

卓狂生大喜道：「放人！你可以走了。」

江文清坐在內堂，神色平靜。兩個伺候她的小婢，見劉裕到，慌忙施禮，一副戰戰兢兢的神態，令劉裕忽然感到自己正如日中天的權力威勢。江文清先命兩女退下，秀眸射出深刻的感情，看著劉裕在她身旁地蓆坐下。劉裕看得出江文清細心打扮過，臉抹紅妝，石黛畫眉，頭戴小鳳冠，耳掛鎏金嵌珠花玉環，身穿燕尾花紋褂衣，披搭五色絲棉雲肩，猶如霓虹彩霞，飄逸多姿，令她更添高貴的嬌姿美態。若讓任何不知她底細的人此時見到她，只會以爲她不知是哪家豪門的美麗閨秀，而沒法想像她在怒海戰船上指揮若定的英姿。

劉裕心中湧起沒法說出來的感覺，眼前的美女就像只爲他而活著，向他展示最美好的一面，更以實際的行動，表明了無心於江湖的心跡。或許這只是一種錯覺和誤會，但在這一刻，他的確有這個想法，且深信不疑。劉裕心中被濃烈的感情佔據。眼前人兒是他可以絕對信任的人，他可以向她傾吐任何心事，當然不包括任青媞在內。而更不用擔心她會害自己，因爲他們的命運已連結在一起，他的榮辱，就是她的榮辱。又或許他永遠無法對她產生像對王淡眞或謝鍾秀，那種如山洪暴發般的激烈情懷，但他們之間卻有著最深厚的感情，不但不會被時間沖淡，反會隨時間不住加深，彷如長流的小河，終有一天注入大海裏，再不受邊際的局限。劉裕平靜下來，困擾他多天波動不休的情緒消失得無影無蹤。得妻如此，夫復何求？

江文清向他展現甜蜜的笑容，喜孜孜的道：「劉郎呵！最沒有可能辦到的事，你都辦到了。當聽到你攻入建康的消息，我眞的不敢相信自己的耳朵，直到抵達建康，才眞的相信。爹在天之靈，當非常欣慰。」

聽著江文清溫柔動人的聲音，劉裕感到整個人放鬆下來，勞累同時襲上心頭，只想投入江文清的香懷裏，忘掉一切狠狠的睡一覺。被催眠了似的道：「我很矛盾！」話出口才曉得不妥，江文清興高采烈的來到建康，自己怎可大吐苦水，掃她的興？

江文清理解的道：「是否感到負在肩上的擔子太重，有點兒吃不消呢？」

劉裕愕然道：「文清眞了解我。這個大統領的位子不容易坐，如果幹掉桓玄後，我和文清可以攜手到邊荒集去，我會感到輕鬆很多。」

江文清微笑道：「你以爲還可以退下來嗎？你只有堅持下去，還要比任何人做得更出色。」

劉裕苦笑道：「正因我完全明白文清的話，才會感到矛盾。」

江文清道：「我知道你是因受鍾秀小姐過世的事影響，所以心生感慨，人總會有情緒的波動，過去了便沒有事，何況有人家陪你呢！」

劉裕暗吃一驚，江文清的耳目眞靈通，不過也難怪，自己的親衛裏，不乏來自大江幫的人，謝鍾秀的事當然瞞不過她。江文清該不曉得自己和謝鍾秀之間眞正的關係，否則不會用這種輕描淡寫的語調說話。

江文清輕柔的續道：「我剛和劉先生談過話，他說你把朝政全交給他打理，令他可以放手革故鼎新，首先是整頓法制紀律，然後再推行利民之策。所以你到建康只五天光景，建康便有煥然一新的氣象，不論上下，都奉公守法，不敢逾越。」

劉裕嘆道：「政治我根本不在行，幸有劉先生為我出力。」

江文清欣然道：「勿要妄自菲薄，知人善任，正是治國之主的先決條件。否則朝政紊亂，一個人怎管得了這麼多事？」

劉裕沮喪的道：「當統領已令我感到負擔不來，皇帝嘛！我現在真是想也不敢想。桓玄稱帝，建康的高門已沒法接受，何況是我劉裕一介布衣。」

江文清斂起笑容，平靜的道：「不管你心中有甚麼想法，難道你認為自己仍有別的路可走嗎？」

劉裕呆了一呆，沉吟道：「我不太明白文清的意思，一天我軍權在手，誰能奈何得了我？」

江文清淡淡道：「如果你眞的這樣想，便大錯特錯。或許有你劉裕在的一天，的確沒有人敢拂逆你。但你走的路子，只是重蹈桓溫的覆轍，而你的兒子，更會踏上桓玄的舊路。為了我們的將來，你必須面對現實，絕不可以感情用事。」

劉裕愕然看著她，好一會後才以詢問的語調輕輕道：「我們的未來？」

江文清霞燒玉頰，垂下螓首，嬌羞的點了點頭。劉裕渾身劇震，忘情的嚷起來道：「我的老天爺！文清不是哄我吧？」

江文清白他一眼，嗔道：「都是你不好！」

劉裕再按捺不住內心的激動，趨前伸手抓著她香肩，顫聲道：「我們的孩子……」

江文清投入他懷裏，用盡氣力抱緊他，再沒有說話。劉裕生出全身麻痺的奇異感覺。懷中的美女竟懷了他的孩子。不久前他就如眼前這般擁抱著謝鍾秀，可是謝鍾秀已玉殞香消，他已失去了謝鍾秀，再不能承受失去江文清的打擊。他生出和江文清血肉相連的親密感覺。在這一刻，他曉得自己可以爲她做任何事，作出任何的犧牲。他會用盡一切力量去保護他們，令他們得到幸福。

他像從一個夢醒過來般，腦袋裏響起屠奉三那兩句金石良言——你在那位置裏，便該只做在那位置該做的事情。在目睹那麼多死亡後，剛剛才舉行過葬禮，而就在這個時刻，一個新生命就要誕生了，且是他的骨肉，那種對比是多麼的強烈。劉裕感到腦筋前所未有的清晰，完全掌握到自己的位置。他創造了時勢，但這個他一手形成的形勢，卻反過來支配著他，令他欲罷不能。既然實況如此，又沒有退路，他最聰明的做法，當然是只做應該做的事，文清對政治的敏銳，實在他之上。

劉裕輕柔的撫摸江文清纖滑的玉背，一字一句的緩緩道：「告訴我該怎麼做吧！我全聽你的吩咐。爲了我們的將來，我會好好的學習。」

平城。崔宏進入大堂。偌大的空間，只有拓跋珪一人據桌獨坐，神態從容冷靜，若有所思。

崔宏直抵桌子另一邊，施禮道：「族主召見屬下，不知有何吩咐？」

拓跋珪示意他坐下，崔宏在他對面坐好後，拓跋珪朝他望過去，道：「崔卿可有應付慕容垂的良策？」

崔宏爲之一呆，露出苦思的神色。拓跋珪微笑道：「難倒崔卿了。崔卿沒有隨便拿話來搪塞，正顯示崔卿不想向我說空話。想當年對著慕容寶，崔卿計如泉湧，著著精妙，比對起現在的情況，是截然不同的兩回事，爲甚麼會出現這個情況呢？」

崔宏羞慚的道：「我心中並非沒有應付之策，但卻沒法拿得定主意，因爲慕容垂的手段教人看不通摸不透，有太多的可能性。只好等我們對慕容垂軍力的部署，有多一點情報時，方釐定應對的策略。」

拓跋珪搖頭道：「那時可能已太遲了。我們必須在令我們悔不當初的事情發生前，及早掌握慕容垂的戰略，否則慕容垂絕不會讓我們有糾正錯誤的空檔。」

崔宏頹然道：「寒冷的天氣和風雪，令我們得到緩衝的空隙，但也限制了我們的行動，令我們沒法掌握慕容垂大軍的動向，也沒法在這階段擬定對策。」

拓跋珪冷然道：「只要我們能掌握慕容垂的心意，比之得到最精確的情報，並沒有實質上的差別。」

崔宏爲之錯愕無語，乏言以對。慕容垂向有北方第一兵法大家的美譽，善用奇兵，想揣測他眞正的心意，談何容易？拓跋珪似是凝望著他，但他卻感到拓跋珪是視而不見，完全沉浸在自己的思域內。只聽拓跋珪平靜的分析道：「慕容垂本身絕不怕我，他怕的人是燕飛，不是因燕飛的兵法比他高明，而是對燕飛的武功，甚至對燕飛這個人，生出懼意。這種心理非常微妙。且有一點是我們不應忽略的，便是在情場的較量上，他始終屈居在絕對的下風，因爲直至此刻，紀千千仍不肯向他屈服投降。」

崔宏差點衝口而出想問的一句話，就是族主你怎曉得紀千千尙未向慕容垂屈服？可是拓跋珪說這番話時，那副理所當然的神態，卻令他沒法問出口。更令他不想反駁的原因，是拓跋珪極度專注的神態，似乎能把心力全投入對慕容垂的分析中，不管對錯，拓跋珪這種能把精神完全集中的思考能力，本身已具無比的鎭懾力。他從未見過拓跋珪這種神情，心中生出異樣的感覺。

拓跋珪續道：「在這樣的心態下，慕容垂會如何定計呢？」

崔宏雖是才智過人，但眞的無法就這番對慕容垂心態的分析，揣摩慕容垂的手段。道：「只要能殺死燕飛，慕容垂的心中再沒有障礙。」

拓跋珪拍桌道：「不愧我座下第一謀士，想到問題關鍵所在。」

崔宏心叫慚愧，他只是順著拓跋珪的話來說，怎樣都稱不上甚麼聰明才智，卻得到第一謀士的讚語。

拓跋珪沉吟道：「可是在一般情況下，不論慕容垂派出多少高手，都是力有未逮，因爲我的小飛武功蓋世，神通廣大，打不過便可以開溜，誰能攔得住他？只有在一個情況下，慕容垂可以置燕飛於死地，就是當邊荒勁旅北上之時，落入慕容垂精心布置的陷阱中。以小飛的爲人，絕不肯只顧自己，捨下荒人兄弟突圍逃走，如此便只有力戰而死的結果。這是慕容垂收拾小飛的唯一辦法。」

崔宏明白過來，心悅誠服的道：「族主明見，此確爲慕容垂能想出來的最佳策略。現在我們致勝的關鍵，正在於能否與荒人夾擊慕容垂，如果荒人被破，我們將處於挨打的下風劣勢。」

拓跋珪道：「不止是下風劣勢，且是必敗無疑。我是個懂得自量的人，不論軍力兵法，我仍遜於慕容垂，所以才說他不怕我。且沒有了小飛與我並肩作戰，不但對我是嚴重打擊，還會影響我軍的士氣和鬥志。燕飛不單是荒人的英雄，還是我族的英雄，試想想假如慕容垂高舉著燕飛的首級，到城外示威，會造成怎樣的效應。」

崔宏聽得心生寒意，先不說對拓跋族戰士的影響，他自己便第一個感到吃不消。

拓跋珪道：「以慕容垂的精明和謀略，絕不會看不到致勝的關鍵，正在於不讓邊荒勁旅與我們作戰略上的連結和會合。由此便可以對他的手段揣測出一個大概。」

崔宏點頭同意道：「我們固守於一地，是靜態的；荒人部隊卻必須長途行軍，也讓慕容垂有機可乘。」

拓跋珪胸有成竹的道：「慕容垂是不會調動主力大軍去對付荒人的，因爲這是輕重倒置，在兵法上並不聰明。所以慕容垂也不會親自去對付小飛。」

崔宏一震道：「龍城兵團！」

拓跋珪笑道：「猜對了！我們一直想不通燕軍在太行山之東的調動，現在終於明白了。如果我沒有猜錯，慕容垂的主力大軍正從秘密路線，直撲平城、雁門而來，而由他最出色的兒子慕容隆指揮的龍城兵團，已穿越太行山，扼守荒人北上所有可能經過的路線，嚴陣以待。如果我們讓慕容隆得逞，我們將輸掉這場仗，也輸掉我拓跋族的未來。」

崔宏虛心的道：「我們該如何應付呢？請族主賜示。」

拓跋珪道：「首先我們仍須掌握敵人的部署和行蹤。」

崔宏發起呆來，兜兜轉轉，最後仍是回到這個老問題上，如果能知道敵人的行蹤，他崔宏也不會一籌莫展。事實上他對拓跋珪憑甚麼可知悉慕容垂和他的主力大軍已離開滎陽，仍是摸不著頭腦。

拓跋珪從容道：「我們的探子辦不到的事，不代表沒有人辦得到。我已請出一個人，此人肯定不會令我們失望。」

崔宏忍不住問道：「敢問族主，此人是誰？」

拓跋珪沉聲道：「就是秘人向雨田。」

崔宏尚是首次聽到向雨田之名，再次發起呆來。拓跋珪扼要地解釋了向雨田的來龍去脈，道：「我見過此人，難怪燕飛對他如此推崇，此人眞不愧秘族第一高手，照我看比之燕飛也相差無幾。我不輕易信人，但對他我是絕對信任的。小飛更不會看錯人。」

崔宏此時心情轉佳，點頭道：「若我們能掌握燕人的動向，確實大添勝算。」

拓跋珪沉吟片刻，肅容道：「我要問崔卿一個問題，崔卿必須坦誠相告，絕不可以只說我愛聽的話。」

崔宏恭敬的道：「請族主垂問。」

拓跋珪目光投往上方的屋樑，沉聲道：「假如在公平情況下，我們拓跋族和荒人聯軍，與慕容垂和慕容隆會合後的部隊，作正面交鋒，那一方勝算會大一點呢？」

崔宏露出苦思的神色，最後嘆道：「仍是敵人的勝算較大。」

「砰！」拓跋珪拍桌道：「說得好！所以我們絕不容龍城兵團參加最後的一場決戰。慕容垂看準對荒人有可乘之機，故派出慕容隆來對付荒人，可是螳螂捕蟬，黃雀在後，龍城軍團同樣予我們有可乘的機會。只要我們能和邊荒勁旅好好配合，龍城兵團將失去參與決戰的機會。」

崔宏道：「有甚麼要我去辦的，請族主吩咐，屬下即使肝腦塗地，也要爲族主辦妥。」

拓跋珪道：「沒有比崔卿再適合的人選，也沒有人比崔卿更熟悉荒人，我會調派五千精兵予崔卿，由崔卿親自爲他們打點裝備、加以操練。當向雨田有好消息傳回來，我要崔卿立即領軍南下，與荒人全力對付龍城兵團。其中細節，崔卿可與從邊荒來的丁宣仔細斟酌，而丁宣也是你的副手。明白嗎？」崔宏得到這般重要的任命，精神大振，大聲答應。

拓跋珪露出輕鬆的神色，欣然道：「慕容垂這輩子犯的最大錯誤，不是錯信小寶兒，而是對紀千千情難自禁，惹怒了荒人，也惹出了我的兄弟燕飛，而燕飛亦成了他致敗的關鍵。」崔宏大有同感，如果沒有燕飛，眼前肯定不是這個局面。

拓跋珪道：「去吧！我要你手下的部隊保持在最佳的狀態，當你有詳細的計畫，便來和我說，讓我們仔細商榷。」崔宏領命去了。

窗外仍是細雪飄飄。近日天氣轉暖，外面下的可能是這個冬天建康的最後一場雪。帳內溫暖如春，不但因房裏燃著了火盆，更因劉裕心中充滿暖意。江文清蜷伏在他懷裏，沉沉的熟睡過去，俏臉猶掛著滿足的表情，唇角牽著一絲甜蜜的笑意。劉裕心中充滿對懷內嬌娘無盡的憐愛，記起她驟失慈父的苦日子，那也是他最失意的時候，他們互相扶持，撐過荊棘滿途最艱苦的人生路段，現在終於到了收成的一刻。她腹中的孩子，不但代表他們的未來，更代表他們深厚誠摯禁得起考驗的愛。劉裕清楚知道，尋尋覓覓的日子終於過去了，他現在要安定下來，珍惜所擁有的事物。不可以再感到猶豫、矛盾。幸福就在他手心內，只看他如何去抓牢。

從邊荒到鹽城；從鹽城到建康；接著是海鹽、廣陵、京口，到現在再次身處建康，劉裕一直憑復仇的意志堅持著，花盡所有精神氣力，用盡所有才智手段，施盡渾身解數，爭取得眼前的成就，創造了不可能的奇蹟。可是謝鍾秀的死亡，不論他如何開解自己，仍無情地把他推向崩潰甚至萬念俱灰、生無可戀的邊緣。甚麼南方之主，對他再沒有半丁點兒意義。就在這一刻，江文清抵達建康，還帶來了天大喜訊，驅散了他的頹唐和失意。沒有一刻，比這一刻他更感到自己的強大，縱使天掉下來，他也可以承擔得起。爲了江文清，爲了他們的孩子，爲了殺死桓玄，他會全心全意去做好他所處位置該做的事。再沒有絲毫猶豫、絲毫畏縮。嗅著江文清髮絲的香氣，他忘掉了一切。

高彥門也不敲歡天喜地地直衝入房內，手舞足蹈的大嚷道：「攻陷建康了！攻陷建康了！」尹清雅被驚醒過來，迷迷糊糊地坐了起來，棉被從她身上滑下去，露出只穿輕薄單衣的上身。

高彥撲到床邊，忽然雙目放光，目不轉睛地死盯著她露出被外起伏有致的嬌軀。尹清雅「啐」的一聲，嬌羞的拿起被子掩蓋春色，臉紅紅的罵道：「死小子！有甚麼好看的？天未亮便到人家床邊大呼小叫，是否想討打了？」

高彥吞了一口唾沫，道：「建康被我們攻陷了！」

尹清雅嬌軀劇震，失聲道：「甚麼？」兩手一鬆，棉被二度滑下，登時又春意滿房。

高彥無法控制自己似的坐到床上去，把她摟個軟玉滿懷，滿足的道：「建康被我們攻陷了。」

尹清雅顫抖著道：「不要胡說，我們在這裏，如何去攻陷建康呢？」

高彥緊擁著她，嘆息道：「我太興奮了！攻入建康是劉裕和他的北府兵團，大家是自己人，他攻入建康，不就等於是我們攻入建康嗎？」

尹清雅顫聲道：「桓玄那奸賊呢？」

高彥道：「好像逃返老家江陵去了。老劉眞了得，返回廣陵後，不用一個月的時間，幾乎把桓玄的卵子打掉。老劉派了個人來，囑我們守穩巴陵，其他的事由他負責。眞爽，我們不用去打仗冒險了！」

尹清雅淚流滿面，沾濕了高彥的肩頭，嗚咽道：「高彥高彥！你說的是眞的嗎？不要哄人家。」

高彥離開她少許，心痛地以衣袖為她吹彈得破的臉蛋兒拭淚，道：「不要哭！不要哭！你該笑才對！這些事我怎敢騙你？據來人說，劉裕已派出征西大軍，追擊桓玄那奸賊，桓玄已是時日無多。」豈知尹清雅哭得更厲害了，似要把心中悲苦，一次全哭盡。

燕飛在邊荒飛馳著。他不停地急趕了兩晝一夜的路，現在是離開壽陽後第二個夜晚。雨雪在黃昏時停止，天氣仍然寒冷，但之前北風呼呼，冰寒侵骨的情況已減輕。奔跑對他來說不但是一種修練，還是一種無法代替的享受。定下目的地後，他的「識神」退藏心靈的最深處，與「元神」渾融為一，無分彼此，沒有絲毫沉悶或不耐煩的感覺，身體亦感覺不到疲倦。腳下的大地，似和他的血肉連接起來，邊荒的一草一木，全活了過來般，變成有思想有感覺的生命，燕飛用他的心靈去傾聽它們、接觸它們，無分彼此。燕飛輕盈寫意的飛奔，雙腳彷彿不用碰到地上的積雪。皎潔的明月，孤懸在星夜的邊緣，天地以他為中心，為他在邊荒的旅程合奏出偉大的樂章。

白雲山區出現前方，他的心神亦逐漸從密藏處走出來。天穴將在未來悠久的歲月裏，躺臥在山區之中，孤單卻永恆，默默見證邊荒的興盛和沒落。不同的人，會對天空生出不同的感覺、不同的猜測、不同的想法。但他們可能永遠不曉得天穴的真相。這個想法，令他生出悲哀的感覺，對同類的悲哀。這回他是要到北方去，從慕容垂的手裏把他至愛的人兒和她親如姊妹的婢女救出來，天下間再沒有任何人能阻止他。過往他所有的努力，都是朝這個目標而付出的。他完全了解劉裕向桓玄報復的心境。為了能殺死桓玄，劉裕可以付出任何代價。他燕飛也是如此，為了與紀千千重聚，他會用任何的手段，不惜一切。他感應到安玉晴；安玉晴也感應到他。一切是如此順乎天然，不用經人力勉強為之，他們的心靈已緊鎖在一起。

安玉晴盤膝安坐天穴邊緣一塊被熏焦了的大石上，並沒有回頭看他，直至燕飛在她身旁坐下，才對他展露一個溫柔的笑容，輕輕道：「你來了！」

燕飛有點想告訴她有關劉裕的勝利，卻感到安玉晴該超然於人間的鬥爭仇殺之外，遂按下這股衝動，道：「玉晴在想甚麼呢？」

安玉晴目光重投天穴，道：「我甚麼都沒想，一直到感覺你正不住接近，腦子裏才開始想東西。既想燕飛，想著千千姊，也想起我父母。」

燕飛生出與她促膝談心的美妙感受，微笑道：「我明白那種感覺。」

安玉晴像沒有聽到他說的話，呢喃道：「我爹便像他的師父那樣，畢生在追求破空而去的秘密，如果不是我娘令他情不自禁，肯定他會終生不娶，那就不會有我這個女兒。他的內心是苦惱和矛盾的，其中的情況，你該清楚。」

燕飛湧起沒法形容的滋味，感到與安玉晴的關係又往前邁進了一大步，她很少談及關於她家的事，現在卻是有感而發，向他傾訴。

安玉晴目泛淚光，道：「可是當他煉成洞極丹，又確實清楚的知道破空而去並非妄想，卻把寶丹讓給我服下，他對我的愛寵，令我……令我……」

燕飛安慰她道：「玉晴肯接受你爹的好意，他一定非常欣慰。」

安玉晴道：「我本來是不肯接受的，因為我曉得寶丹對他的意義。不過爹說了一句話，令我沒法拒絕他。」

燕飛好奇心大起，道：「是哪句話呢？竟可說服玉晴。」

安玉晴正處於激動的情緒裏，嗚咽道：「我爹……我爹說，只有這樣做，才可表示他對我們母女的愛。」尙未說畢，早淚流滿面。

燕飛自然而然地伸手把她摟入懷裏，心中感慨，他明白安世清，明白他爲何這樣做，因爲如果自己處於他的情況，也會作出同樣的選擇。只恨當他處於那樣的情況下時，並沒有選擇的自由，只好朝另一方向努力，幸好現在一切難題都解決了，只剩下紀千千和安玉晴培養元神的最後難關。他更慶幸自己向安玉晴提出與她和紀千千攜手離開的保證，不但沒有辜負安世清對女兒的苦心，更令他和安玉晴墜入愛河，得到美滿的結果。擁抱著她，便像擁抱著一團能融化他心神的熱火，一時間，除紀千千外，其他的事物他都忘得一乾二淨，就像他們從來沒有存在過。

安玉晴默默地流淚，不知過了多少時候，安玉晴從他懷裏仰起螓首，輕柔的道：「當我第一眼看到你燕飛，便感到你是邊荒的化身，你體內流的血脈便像邊荒的大小河川。」

燕飛深情的道：「你喜歡邊荒嗎？」

安玉晴害羞的把俏臉重新埋入他被她淚水沾濕了的衣襟去，以微僅可聞的聲音道：「我喜歡邊荒，更喜歡邊荒集，那是個奇異美妙的地方。夜窩子在白天是不存在的，只有當夜色降臨，夜窩子才誕生於邊荒集的核心處；白晝來時，夜窩子又會像一個美夢般消失。天下間，還有比夜窩子更奇妙的地方嗎？」

燕飛從沒有想過，對邊荒集，安玉晴有這麼深刻的情懷，而換個角度去解析安玉晴這番話，她正以她獨特含蓄的方式，採迂迴曲折的路線，來回應自己對她的愛。她和紀千千的分別亦在這裏。紀千千熱情放任，她的直接大膽，可令人臉紅心跳。安玉晴又道：「你現在是否正要北上去救千千姊呢？」燕飛點頭應是。

安玉晴道：「我有預感，燕飛一定會成功的。我會回到家裏陪伴爹娘，等待你們的好消息。」燕飛呆了一呆，說不出話來。

安玉晴淺笑道：「很奇怪人家沒嚷著跟你去嗎？如果玉晴連燕飛這點心意都不明白，怎配是你口中所說的紅顏知己？」

燕飛尷尬的道：「我只是不想玉晴捲入人世間醜惡的事裏，而最醜惡的事，莫過於戰爭。戰場上，所有平時看來正常的好人，都會變成無情的殺戮者，因爲不是殺人，便是被殺，在那種時刻，人性最令人害怕陰暗的一面，會暴露無遺。」

安玉晴輕輕道：「人家早明白了！爲何還要長篇大論呢？如果玉晴硬是堅持要隨你去，才說出這番話來嚇唬玉晴也不遲呢。」

燕飛感受到安玉晴內在一直隱藏著的另一面，心中愛憐之意更盛，道：「玉晴不用返壽陽去，胡彬會安排支遁大師返回建康，保證路途平安，因爲魔門的威脅再不存在。哈！胡彬對劉裕有一個請求，你道是甚麼呢？」

安玉晴興致盎然的道：「不要賣關子，快告訴玉晴。」

燕飛道：「他請求劉裕讓他有生之年，安安樂樂的在壽陽當太守。」

安玉晴欣然道：「看看壽陽充滿生機朝氣的樣子，便知胡將軍作出了明智的選擇，他也是被邊荒迷倒了。」又問道：「你有心事嗎？何不說來聽聽。我吐露心事後，整個人都輕鬆起來。」

燕飛皺眉道：「我的心事，你該知道得一清二楚。唔！還有甚麼心事呢？」

安玉晴隨意的道：「說說你的爹娘吧！我從未聽你提起過他們。」

燕飛心中登時像打翻了五味瓶，各種滋味湧了上來，苦笑道：「這的確是我的心事，可能因我採取逃避的方式，所以似沒有這方面的心事。唉！我眞的不知該從何說起。」

安玉晴道：「不說也不要緊。對不起！勾起你的心事。」

燕飛道：「沒關係。自出生後，我便只有娘沒有爹。每次看到我娘眼中的憂色和寂寞，我心中就痛恨爹對娘的負心和無情。但現在我的想法已改變過來，爹對娘是情深如海的，他看我時的眼神絕不是騙人的。唉！我有點語無倫次了，玉晴肯定愈聽愈糊塗。情況是這樣的，我最近才曉得年幼時遇上的一個人，他就是我的爹。唉！」

安玉晴緊抱著他，道：「不用再說了，你肯把心事說出來，玉晴已很感動。」

燕飛道：「有機會再告訴玉晴有關我爹娘的事。現在有一件急事，是我必須和千千作心靈的連結，好弄清楚她現在的情況和位置。此事關乎到拯救她們主婢行動的成敗，卻會耗用玉晴大量的心力，恐怕玉晴在短期內難以復元。」

安玉晴欣喜的道：「能爲千千姊稍盡棉力，玉晴不知多麼高興呢！爲甚麼要說客氣話呢？」

燕飛微笑道：「如果千千正在安眠，效果會更爲理想。」

安玉晴柔聲道：「那便讓玉晴送你一程，好讓你進入千千姊的夢鄉。我從未想過生命可以這般有趣，燕飛你準備好了嗎？」

燕飛提醒她道：「記著要適可而止，妄用心靈的力量，會對你造成永久的傷害。」

安玉晴微嗔道：「知道了！首先我的至陰會與你的至陰結合，然後進入至陰無極的境界，陰極陽生，你的至陽之氣會強大起來，令你的元神能無遠弗屆。當你與千千姊的心靈結合爲一，我們聯手的至陰之氣，會令她的元神得到裨益，補充她損耗了的精神力，令你們之間的傳訊再沒有困難。」

燕飛一震道：「且慢！」

安玉晴從他懷裏仰起俏臉，訝道：「你想到甚麼呢？」

燕飛露出苦思的神色，劇震道：「我想到令你們的元神兼具陰陽的方法了。」

安玉晴倏地坐直嬌軀，呆看著他。燕飛看了她好半晌後，道：「關鍵處就在陰極陽生、陽極陰生兩句話上。」

安玉晴搖頭道：「我仍不明白。」

燕飛道：「安公送給我的道家奇書《參同契》內指出，陰之中永遠藏有一點眞陽，陽之中也永遠藏著一點眞陰，只是未顯露出來而已！我想到的，就是把玉晴至陰之內這點眞陽點燃的方法。至於能否成功，我們立即可以知道答案。」

安玉晴皺眉道：「現今的當務之急，不是要和千千姊的心靈連結嗎？」

燕飛道：「兩件事並沒有衝突。當我們的至陰之氣，渾融無間，我的太陽眞火自然而然在眞陰內發生，此爲天地自然之理，不能悖逆。」

安玉晴道：「可是水中火發，火中水生，不但不是自然之象，且是逆天行事，你的願望落空的機會很大。」

燕飛道：「那便眞的要多謝著述《參同契》的魏伯陽。他在第一章便提出先天八卦和後天八卦的關係。由先天至後天，乾坤逆轉，先天為體，後天為用。所謂無極而太極，太極生兩儀，兩儀生四象，四象生八卦，天地一切變化盡在其中。我們正是要逆天返回混沌前的先天狀況，我們要順應的是先天之道，而不是後天的道。」

安玉晴沉吟道：「可是即使你能令水中火發，可是那個眞陽，只是你的眞陽，與我並沒有關係。」

燕飛微笑道：「如果我眞陽發生的地方，恰是玉晴至陰中那點陰中之陽又如何呢？」安玉晴嬌軀劇震，秀眸明亮起來。

燕飛道：「玉晴的至陰之氣，經洞極丹改造後，由後天轉化為先天，故能練成至陰無極。問題在玉晴那點陰中之陽，仍處於後天狀態，故不能和先天之陰結合，生出水中火發的奇事。我要做的，就是令玉晴的陰中之陽，從後天轉化為先天，令不可能的事變為可能。這期間玉晴可能還有一段路要走，但不可能的再非不可能了。」

安玉晴呼喚道：「燕飛啊！」

燕飛再度把她擁入懷裏，道：「奇異的心靈旅程即將開始。玉晴不要害羞，我需要的是你全心全意、沒有任何猶豫的心靈結合，雙方間再沒有任何界限。當你成為了我，我也成為了你，我才可捕捉偵測到你那陰中之陽，再加以改造和引發。玉晴須僅記著四句歌訣，就是『太極圖中一氣旋，兩儀四象五行全，先天八卦渾淪具，萬物何嘗出此圈』。所有的可能性，無不被包含其中。」

安玉晴用盡力氣抱著他，心滿意足的道：「燕飛啊！玉晴把自己託付給你。」

燕飛心中燃燒著愛的燄火，那不單只是對紀千千和安玉晴的愛，而是一種廣衍的愛；對天地萬物的深情，無窮無盡的愛。天穴變得模糊起來。燕飛閉上眼睛，退藏到心靈的深處，肉體的感覺消失了，只剩下心靈的觸感。在這片神秘的淨土裏，安玉晴在等待著他、期盼著他。一反上回與安玉晴作元神會合的步驟，燕飛把至陰眞氣注入她正全力運轉的至陰無極內，便若千川百河，奔流進大海裏去。他們的心靈緊密的結合在一起，再難分彼此，支持著他們的，是烈火般的愛戀。也不知過了多少時候，或許只是刹那的光景，一股截然相反的力量，在這陰氣的汪洋核心處冒起，登時激起陣陣渦漩，由內而外往汪洋擴展。天地旋轉飄舞，他們兩心合一的在這動人的世界裏翱翔，一股莫以名之的火熱，如旭日初昇，打破了黑暗，光耀萬物，爲大地帶來了無限的生機。

安玉晴在他心靈最深處歡呼道：「燕飛！我們成功了。你預期的事，正如你所料般發生。」

燕飛回應道：「玉晴快樂嗎？」

安玉晴答道：「玉晴從未這般滿足和快樂過，令我再不假外求，不作他想。至陰和至陽的結合，像心靈的結合般，本身已是任何人夢寐以求的終極夢想，一切是那麼的動人，那麼的完美無瑕。」

燕飛喚道：「我要去找千千了。玉晴必須排除萬念，一念不起的守著那點不昧的陽火，我自會懂得如何借取玉晴的至陰無極。」

安玉晴欣然道：「燕郎放心去吧！玉晴全心全意的支持你。」

燕飛感受著安玉晴對他沒有任何保留的愛。這種愛並不止於男女之情，而是超越了人類的七情六慾，一種對生命和存在的熱愛。在安玉晴親暱地喚他燕郎的聲中，燕飛化作一股能量，越過茫茫的黑暗，尋找被萬水千山遠遠分隔的另一個與他有親密關係的心靈。

建康。黃昏時分，劉裕返回石頭城的帥府，與江文清在內堂共膳。

江文清喜孜孜的看著劉裕夾起飯菜送到她的碗裏，欣然道：「看我們小劉爺的開朗神情，是否有好消息呢？」

劉裕輕鬆的道：「有好消息，也有壞消息。壞消息是桓玄比我們早一步抵達尋陽，擄走司馬德宗，再挾持到江陵去。幸好我們早擬定應付之法，否則會手足無措。」

江文清不解道：「可以有甚麼應付的方法呢？」

劉裕道：「在司馬休之的支持下，我們聲稱由他那裏得到司馬德宗的秘密詔書，任命武陵王司馬遵，代行皇帝的職權承制，且大赦天下，桓玄一族當然不包括其內，如此我們又可名正言順的讓朝廷保持正常的運作。」

江文清道：「此計定是劉先生想出來的，他特別擅長處理危機。好消息又是甚麼呢？」

劉裕道：「好消息便是桓玄還不死心，仍認爲自己有反敗爲勝的機會，竟於此軍心動盪的當兒，派重兵守衛尋陽東的湓口，但兵力不過一萬，戰船在五十艘之間，由何澹之、郭銓和郭昶之指揮。」

江文清皺眉道：「湓口城防堅固，不易攻破，你是否輕敵了？」

劉裕道：「我怎會輕敵呢？一天未殺桓玄，我仍不敢言勝。桓玄需要時間重整軍容，我們何嘗不需要時間以站穩陣腳。現在征西大軍已挺進至桑落洲，與湓口的桓軍成對峙之勢。」

江文清熟悉大江水道，曉得桑落洲位於湓口之東，是大江中的一個小島。不解的道：「這算是個好消息嗎？」

劉裕道：「當然是好消息，巴陵位處湓口和江陵之間，扼守著大江的水道，進可攻退可守。桓玄犯的錯誤，是誤以爲兩湖軍不足爲患，才會派軍據守巴陵下游的湓口，而我又故意教兩湖軍按兵不動，示之以弱，豈知我早有部署，在適當的時機，我會教桓玄大吃一驚。」

江文清道：「桓玄仍擁有強大的反擊力，如果兩湖軍從巴陵出動，夾擊溢口的敵人，桓玄可從江陵出兵，沿江東下，我們將從上風被逼落下風。」

劉裕微笑道：「所以我說要等待時機。」

江文清嗔道：「還要賣關子？快說出來！」

劉裕笑著道：「關鍵處在我有毛修之這一著棋子，他和彭中的水師船隊，回巴蜀已有好一段日子，好該做出點成績來。我對毛修之的能力並不清楚，但彭中卻是個難得的人才，如果我所料不差，數天內他們會有好消息傳回來。」

江文清白他一眼道：「難怪你一副得意洋洋的神態，原來早胸有成竹。」

劉裕沉聲道：「我並沒有得意忘形，只是正以最佳的耐性在等待著。」

江文清給他這句沒頭沒腦的話弄得糊塗起來，訝道：「大人在等待甚麼呢？」

劉裕平靜的道：「我在等待手刃桓玄的一刻，然後就是文清委身下嫁我劉裕的時候了。」

江文清又喜又羞的垂下螓首。劉裕目光落在江文清身上，徐徐道：「這一刻，將會很快來臨。」

燕飛把安玉晴送至泗水南岸，方折返邊荒集。他計算好時間，屠奉三等船抵達邊荒集的一刻，於北門入集。他們的歸來，轟動全集，不但因他們帶回來劉裕攻陷建康的喜訊，更因人人苦候出征的大日子終於來臨。當夜眾人立即舉行鐘樓會議，出席者有燕飛、屠奉三、姬別、紅子春、費二撇、慕容戰、姚猛。列席者王鎮惡、龐義、小軻和方鴻生。主持者當然是卓狂生。程蒼古和高彥留在巴陵，陰奇則留在南方爲劉裕打點物資的輸送，江文清和劉穆之到了建康，都沒法出席這個關係到邊荒集生死榮辱的會議。

卓狂生從窗子旁回到他的主席位，欣然笑道：「各位邊荒集的能人長老，今天是我們邊荒集最值得慶賀的大日子。你們聽到聲音嗎？窗外古鐘場擠滿了我們荒人的兄弟姊妹，人人翹首望著古鐘樓，等候我們會議的結果。只是這個行動，已顯示出我們荒人空前的團結。所以此戰勝利必然屬於我們。」眾人登時起鬨，姚猛和小軻等年輕一輩更是鬼嚷怪叫。

卓狂生一興奮，又走到窗旁，向外面數以萬計的荒人舉手狂呼道：「荒人必勝！燕人必敗！」一呼百諾，外面立即爆起轟天動地的回應，「荒人必勝，燕人必敗」的喊叫聲，潮水般起伏著。直到卓狂生返回主席位，外面的喝采歡呼聲方逐漸消歇。

卓狂生得意的道：「看！我們荒人要把千千和小詩迎回來的心意，始終是那麼堅定，熱情從沒有減退過。」

紅子春怪笑道：「館主你何時到古鐘樓頂說一場書，如果有現在那麼多的人來聽，可爽透了。」

卓狂生露出陶醉的神色，喃喃道：「不要說那麼多的人，有一半人已相當不錯。」接著乾咳一聲，正容道：「經過多月來的部署和準備工夫，只要一聲令下，我們可以立即上路。整個行軍計畫，由鎮惡作初步的擬定，再由慕容當家和拓跋當家反覆推敲。這方面不如由鎮惡來說。」

眾人的目光全移到王鎭惡身上去。王鎭惡雙目精光閃閃，道：「這幾天天氣轉暖，部分積雪開始融化，不過天氣仍然寒冷，道路仍是難行，不過這對我們並不構成障礙，因爲我們可從水路北上。」

費二撇接口道：「由於手頭銀兩充足，我們在南方大批的搜購船隻，然後在鳳凰湖的造船基地加以改良，現在有船隻二百多艘，如全載滿人，一次可以運送五千名兄弟，但不包括戰馬和物資。」

姚猛道：「那怎麼夠呢？」

卓狂生喝道：「聽書要聽全套，小猛你不要插嘴打岔。」

姚猛訝道：「你是和我一起回來的，為何你像是無所不曉，我卻變成了個傻瓜？」

姬別笑道：「不恥下問正是我們卓名士的優點，否則何來甚麼小白雁之戀？這方面小猛你該向老卓學習。」

慕容戰笑道：「不要吵了！鎮惡早針對此點想出對策。我們這回的『救美行動』，最大的兩個難題，是天氣和戰場偏遠。第一道難題只有老天爺有辦法，人是無法解決的，只好待天氣轉暖，大地春回。不過如果我們等道路積雪完全融解才起程，肯定誤了時機。」

拓跋儀接口道：「所以鎮惡想出一個辦法，就是利用接近戰場的崔家堡為基地，作我們在北方立足的據點。從崔家堡到平城去，快馬五天可達。」

姚猛忍不住的道：「我們何不驅船直抵平城，與拓跋軍會合。燕飛你認為我說得對嗎？」

燕飛正想起香素君，拓跋儀這次不是可以見到她嗎？聞言皺眉道：「小猛你有點耐性好嗎？你聽不到老卓說鎮惡他們是經過深思熟慮的嗎？你是不是想代替高小子的位置，要人罵才覺得舒服。」

眾人哄堂大笑。姚猛尷尬的道：「不說便不說吧。」

各人目光又回到王鎮惡身上。王鎮惡為姚猛打圓場道：「姚兄剛才提出的意見，是我們起始時其中的一個方案，到最後才放棄。不但因我們無法一次把所有兄弟、物資和戰馬全送到平城去，更重要是這樣發揮不了我們荒人部隊牽制、突襲和夾擊的作用。只有在接近戰場處，立穩陣腳，進攻退守，方可悉從我們的意願。」

姬別道：「在過去的兩個月，我們陸續把兵員、物資和戰馬送往崔家堡去，現今崔家堡已聚集了五千名兄弟，由呼雷老大主持。」

屠奉三道：「難怪不見了呼雷方，此計妙絕。」又問道：「慕容垂是否曉得我們有崔家堡這個秘密基地呢？」

王鎮惡道：「肯定瞞不過他，否則他也不配稱爲北方第一兵法大家。」

姚猛一呆道：「如果他趁我們人尚未到齊，發動大軍狂攻崔家堡，我們……」見人人都瞪著他，再說不下去，立即閉嘴。

費二撇嘆道：「如果慕容垂能在如此惡劣天氣和道路難行的情況下，對崔家堡發動攻勢，不如直接去攻擊平城，一了百了。」

姚猛舉手投降道：「不要罵了！我認錯！承認自己說了蠢話。」

屠奉三淡淡道：「你說的絕不是蠢話，只是時機的判斷出錯。慕容垂絕不會容我們和拓跋軍會合，又或聯手夾擊他。慕容垂也絕不會直接攻打崔家堡，而會在我們從崔家堡趕赴平城途中，伏擊我們，這叫取易不取難。」

屠奉三的話，爲姚猛爭回不少顏面，令他得意起來。

慕容戰神色沉重的道：「因受天氣的影響，我們必須以崔家堡爲前線基地，這也令我們再難成爲奇兵。另一方面我們卻完全不曉得慕容垂的部署情況，單就這方面而論，我們實處於劣勢。」

紅子春罵道：「高小子顧著自己風流快活，不肯回來，如有他在，這小子根本不怕風露雨雪，也只有他能盡悉敵情。」

燕飛笑道：「不要怪他，他是應該留在兩湖的。不過走了個高彥，卻來了個向雨田，我已委任他爲高小子的繼承人，並保證他不會比高小子差。」

眾皆愕然，摸不著頭腦。拓跋儀道：「我可以證實此事，小飛在廣陵時，派人傳來口信，教我通知敝族主，召向雨田來爲我們效力。」

卓狂生雙目放光的盯著燕飛，沉聲道：「以向雨田這麼驕傲的人，又和你燕飛處於敵對的立場，怎肯爲你所用呢？小飛你要解釋清楚。」

紅子春也道：「這是不可能的。」

燕飛苦笑道：「怎麼都好，現在不是解釋的時候吧！老子我還要趕夜路。」

龐義訝道：「趕夜路？你要到哪裏去？」

燕飛道：「當然是去採聽敵情，別忘了我也像高小子般，不畏風雪。高小子留在兩湖和小白雁卿卿我我，我這個作他兄弟的，只好接替他工作。」

慕容戰道：「有我們的燕飛親自出馬，大家都放心了。現在該決定起程的時間，如果立即成行，我也不會反對。」

王鎮惡道：「今晚或明早，分別不大。這回我們出征，兵員貴精不貴多，只有一萬之眾，但都是禁得起考驗的戰士，近幾個月來日夕操練，正處於最巔峰的作戰狀態。」

屠奉三道：「那誰留守邊荒集？」

費二撇撫鬚笑道：「正是費某人，不過我只是裝個樣子，實務由我們的方總巡負責，他對邊荒遊這盤生意不知多麼賣力，令遊人賓至如歸，當然更絕不用擔心安全的問題。」方鴻生得費二撇當眾讚美，臉都漲紅起來，不住躬身回禮。

卓狂生笑道：「看來一切準備就緒。老龐！你的第一樓興建好了嗎？」

龐義傲然道：「你失憶了嗎？剛才還和我說新的第一樓比以前的更宏偉壯觀。」

卓狂生「啐啐」連聲道：「你好像沒有來過古鐘場看賣藝耍把戲，這叫一唱一和。我問第一樓興建好了嗎？你只該答『興建好了』，如此我便可以說下去，明天我們的北征大軍，就在第一樓前舉行誓師儀式，並以紅紙把第一樓的正大門封閉，待千千小姐回來親手爲第一樓解封開張，明白嗎？」眾人轟然響應。

卓狂生大喝道：「就這麼決定。明早儀式之後，我們邊荒勁旅立即起程。我們荒人從來沒有眞的輸過，此仗也不會例外。」

慕容戰道：「現在我們是否該全體到鐘樓之頂，向我們的兄弟姊妹公布這好消息呢？」眾人再次大聲答喏。外面靜候的荒人們，聽到議堂傳出一陣又一陣的呼叫，也不甘人後的齊聲喝采歡呼，聲音此起彼落震盪著古鐘場。

〈卷十五〉

第三章◆踏上征途

第三章　踏上征途

拓跋儀和燕飛登上小丘，喧鬧聲仍隱隱從後方的邊荒集傳來，天上星羅棋布，壯麗迷人。

拓跋儀縱目四顧，道：「天氣的確轉暖了，樹上的冰掛融掉了大半。我眞替你高興，終於盼到這日子。唉！」

燕飛道：「爲何嘆氣呢？」

拓跋儀道：「我在擔心千千，事實上每一個荒人心裏都在擔心，怕有不幸的事發生在她們主婢身上。慕容垂始終是個男人，一旦獸性發作，便不會再對她們以禮相待。」

燕飛訝道：「別人或許會擔心這方面的問題，但怎會是你呢？我已告訴過你，我和千千有遙距傳遞訊息的異能。」

拓跋儀苦笑道：「你告訴我是一回事，可是我仍是半信半疑，怕你只是因思念過度，產生幻覺，又或把夢中的事當作眞實的情況。」

燕飛啞然笑道：「你令我開始感到卓瘋子的話有道理，人只會選擇他愛相信的事去相信。坦白告訴你，我這次要先行一步，是要去找尋一個我親眼目睹的地方，慕容垂的大軍正藏身該處，做著開山劈石的鬬路工夫，雪一融掉，他會穿山越嶺的直撲平城，以雷霆萬鈞之勢一舉攻陷之，然後幹掉小珪，那時我們也完蛋了，所以我絕不容許這個情況出現。」

拓跋儀難以置信的道：「你親眼見到？」

燕飛道：「嚴格來說，是我通過千千的記憶看到，那是窮山峻嶺內一塊平坦的高地，搭建起近百間房子，還有數不清的營帳，兵力當超過三萬人。」

拓跋儀一震道：「眞令人想不到，慕容垂竟如此深謀遠慮，這些房子當是風雪封路前建成的，可知他對攻打平城，早有預謀。」又嘆道：「如果我們以爲他會等冰雪融解、春暖花開之時，才從滎陽動身，定會被他殺個措手不及，不單小珪沒命，我們也不能活著回來。」

燕飛道：「現在你相信了吧？」

拓跋儀道：「我不是不相信，但人總會胡思亂想，疑神疑鬼，你又不在我身邊，怎能怪我？在平城附近最大的山就是太行山，隔斷了東西，慕容垂藏身的地點該在太行山之內。我的娘！太行山綿延千里，支脈眾多，要在山內找某一高地，談何容易？等於大海撈針。」

燕飛微笑道：「你又忘記我超人的本領了。只要千千在那裏，我便能生出感應。還記得當日慕容垂從邊荒帶走她們的情況嗎？千千在那一條船上，亦瞞我不過。」

拓跋儀尷尬的道：「你的本領太令人匪夷所思，我常記不起來。」

燕飛拍拍他肩頭道：「好了！就送到這裏如何？」

拓跋儀欲言又止。燕飛見狀道：「說吧！大家兄弟，有甚麼話不可以說的？」

拓跋儀道：「我想請你幫我一個大忙。」

燕飛訝道：「你要我如何幫你呢？」

拓跋儀道：「族主現在只肯聽你燕飛說的話，其他人說甚麼都沒有用。所以我把丁宣安排到族主的身邊，也是借用你的名義。」

燕飛道：「你想退隱了。」

拓跋儀苦笑道：「沒有人比你更明白我。我爲的並不是自己，而是素君和她的孩子，她害怕戰爭，我不想令她擔憂。」

燕飛道：「你自己呢？」

拓跋儀坦然道：「大丈夫馬革裹屍，直到今天，我仍不知害怕爲何物。不過這只是指上沙場而言，對族主我眞的感到畏懼，他變了很多，有點不擇手段，也令我感到疲倦，想好好的休息，眞正的歇下來。我希望你能爲我向他說幾句好話，讓我在此戰後退下來。族主肯定不高興，不過也只有你能令他同意。」

燕飛慨然道：「我怎會不幫你這個忙呢？你放心吧！我曉得如何和他說的了。」拓跋儀大喜。燕飛再拍拍他肩頭，疾掠下坡，瞬即遠去。

劉裕昂首闊步的步下殿階，簇擁著他的是一眾以王謐爲首的文武大臣。剛才舉行的朝會裏，由於牽涉到幾個重要的任命，關係到高門大族的利益，引起了人選的激烈爭辯，作個幌子的代行皇帝司馬遵只有聽的分兒，手握大權的劉裕，只提出由謝混當中領軍，其他的職位便由王謐去處理。劉裕肯讓謝混出任要職，並不是因爲他喜歡謝混，而是在劉穆之力勸下，又看在謝道韞的情面，勉強同意。眞正的情況，是他憎恨謝混，而謝鍾秀病情突然惡化，謝混亦難辭其咎。

宋悲風和他的十多個親隨，正在殿外牽馬候他，這批親隨精選自北府兵，沒有一個是原大江幫的人。劉裕先向王謐等告辭，依足禮數，這才與宋悲風和親隨們會合，策騎奔出皇城，沿途民眾見到劉裕，無不歡呼喝采，顯示他極得人心。

宋悲風欣然道：「不到十天工夫，建康已有全新氣象。大人肯以身作則，嚴以律己，又政紀肅然，故能令行禁止，撥亂反正。現在建康政治清明，盜賊絕跡，民心安定，南方大治之期不遠了。」

劉裕慚愧的道：「我哪有這般本事，全賴劉先生爲我辦事，故能事事得體，件件有方，兼且桓玄的施政糟透了，只要革去他的弊病，便見成效。」

宋悲風笑道：「那至少在這方面，我們該多謝桓玄。」

劉裕含笑點頭。自謝鍾秀辭世後，他還是首次見到宋悲風的笑容，可見時間確可療治創傷。但爲何自己心中的傷口，卻從未癒合過，只是埋藏得更深了。希望殺死桓玄後，情況會轉好。

此時他們偏離往石頭城的大道，轉入小巷，來到任青媞秘巢門外。大門立即張開，讓他們馬不停蹄地進入宅內。開門的是個俏婢，看她的模樣該懂得兩下子功夫，大有可能是任青媞逍遙教的舊人。劉裕無心深究，對任青媞他是信任的。不久後，他在內堂見到任青媞，其他人則留在外堂等他，負起守護之責。

任青媞滿臉喜色，神采飛揚，卻一言不發，牽起他的手便往臥房去。劉裕雖不慣在大白天和女人歡好，但被她誘人風情吸引，不一會便迷失沉醉於她動人的肉體中，雲雨過後，任青媞伏在他胸膛處，嬌喘細細的道：「妾身很快樂，從未這麼快樂過，多謝大人。」

劉裕伸手輕掃她滑溜溜的香背，微笑道：「你在多謝剛才的事嗎？」

任青媞嬌羞的道：「那當然包括在內，但我要多謝的，是大人賜予青媞的一切。在此順道向劉爺報告，青媞這方面一切順利，試過青媞五石散的建康高門，人人讚不絕口，淮月樓的生意更勝往昔。」

劉裕嘆了一口氣。任青媞嗔道：「你不高興嗎？」

劉裕違背良心的道：「你開心我便高興，怎會不高興呢？」

任青媞知他心意，不再提起這方面的事，岔開問道：「朝廷方面的事應付得來嗎？」

劉裕生出與愛妾私房裏談公事的古怪感覺，道：「總要自力更生啊！何況只要肯動腦筋，沒有辦不到的事。你該曉得我是個粗人，只略通文墨，那手字更是見不得人。穆之常說甚麼字乃人之衣冠，我批閱公文的字若太不像樣，會被大臣們笑話。唉！我現在這把年紀，怎樣把字練好呢？練好刀法倒還可以。幸好穆之的長處之一，是可以在沒有辦法中想出辦法來，你道他怎樣教我呢？」

任青媞興致盎然的嬌笑道：「難道他握著你的手來寫嗎？」

劉裕失笑道：「當然不是這樣，否則索性由他操筆。他要我把字寫得大一點，以氣勢取勝，且能藏拙。哈！我便依他之言，看起來眞的好多了，不過一張紙，只夠我寫上六、七個字。」

任青媞聽罷笑得花枝亂顫。劉裕擁抱著她，心中大有異樣的感受，以前怎會想到，與任青媞竟會發展出如此親密的關係。

任青媞笑了好一會，問道：「桓玄方面有沒有新的發展？」

劉裕欣然道：「昨夜我收到久候多時的好消息，毛修之和彭中沒有辜負我的期望，已收復巴蜀，聚眾起義，並以我之名，向遠近發出文告，條列桓玄的罪狀。」

任青媞道：「這確實是天大的好消息，桓玄有甚麼反應？」

劉裕道：「巴蜀陷落我手上的事，對桓玄當然是青天霹靂，打破他據上游力守的美夢。他只好作垂死的掙扎，分派將領駐防巴郡、巴東郡和巴西郡，希望能圍堵毛修之和彭中，不讓他們衝出蜀境。」

任青媞道：「有用嗎？」

劉裕笑著道：「我們走著瞧。」

任青媞沉吟片刻，輕輕道：「爲何你把揚州刺史這個最重要的職位，讓給王謐呢？」

劉裕道：「這是穆之的主意，以穩定建康高門之心。」

任青媞道：「原來是權宜之計。王謐年事已高，身體也不好，亦難有甚麼大作爲，籠絡他是好事，不過劉爺須謹記揚州刺史一職的實權，要牢牢控制在手裏，否則讓有野心的人當之，必會出事。」

劉裕隨口應道：「我明白。」

任青媞嗔道：「我是怕劉爺口說明白，卻不是眞的明白。妾身太清楚劉爺了！劉爺很容易對人推心置腹，奈何別人不是這般想呢？」

劉裕訝道：「青媞似意有所指，何不清楚點說出來，如論聰明才智，我實在及不上你。」

任青媞道：「不要誇獎我。我的聰明才智，全獻上給劉爺。我想說的，是晉室失政已久，加上桓玄篡位，天命已移，自問不凡之輩，皆蠢蠢欲動在等待時機，現在當然是眾志成城目標一致，可是桓玄一去，不甘心屈從於你者，會想盡一切陰謀詭計把你推倒。創業雖難，但守業更不易呢。」

劉裕皺眉道：「青媞心目中這些人是誰呢？」

任青媞道：「當然是握有兵權，可以威脅到你存亡的人。」

劉裕道：「你是否指我的北府兵兄弟中，有人不服我呢？」

任青媞道：「不論是高門大族，又或你北府兵的手下中，不服你者大有人在。青媞正處於李淑莊以前的微妙位置，誰都不曉得我們的關係，故我能知道一些你不知道的事。」

劉裕說不出話來，自己並不是心狠手辣的人，但在形勢所逼下，不願意的事也要去做。爲了江文清、爲了任青媞，更爲了自己的孩子，他劉裕絕對不能手軟。

任青媞輕柔的道：「像你的堂兄劉毅，與你一樣出身布衣，卻並非正統的臣主之分，心中不服，乃自然不過的事。」

劉裕道：「爲何你特別提起他呢？」

任青媞道：「因爲劉毅出征之前，曾多次到淮月樓與他的高門友好聚會，每次都有謝混參與，而謝混則是建康說你壞話說得最多的人。所以妾身忍不住提醒劉爺。」

劉裕點頭道：「明白了！」

燕飛站在一座高山之巔，極目遠眺。太行山脈在前方延展，似直探往大地的盡頭，廣衍百里。拓跋儀說得對，如果沒有他靈奇的方法，休想尋找彷如滄海一粟的部隊。山勢高處，仍是白雪皚皚，其冰封的情況，肯定不會因春天的來臨而終結。但地勢低的地方，冰雪已開始融解，顯露出山石的本色。太行山是平城和中山間縱橫南北千里的大山脈，只有一條通道，是爲井陘關。但當然慕容垂不會以此作通道，否則何來奇兵可言？爲躲開拓跋珪探子的耳目，唯一方法就是借太行山作掩護，攻拓跋族一個措手不及。

這次決戰，關係到大燕帝國的生死存亡，所以慕容垂會把能抽掉的軍隊，全投入這場戰爭去。要知慕容垂的主力大軍，爲征討慕容永，駐紮在滎陽、長子一帶，所以其首要之務，是須與都城中山的燕兵會合，然後傾力攻打拓跋軍和荒人部隊，最理想是分別擊破。燕人兩方部隊會合的地點，當是太行山某一戰略要塞，進可攻退可守，令慕容垂於決戰前，完全掌握了主動之權。粗略估計，慕容垂可調動的兵員，總兵力當有十萬之眾，而拓跋珪手上的兵力，只在三萬許人間，這還是因爲拓跋珪在參合陂之戰聲威大振，得塞外各族來附。但即使拓跋珪的部隊，加上荒人，總兵力仍不到慕容垂的一半，故此要擊敗慕容垂，須鬥智而不鬥力。因爲慕容垂絕非是桓玄之輩，不論才智謀略，均稱冠北方。拓跋珪這位挑戰者，即使在兵力相等的情況下，能否取勝仍屬疑問，何況現今燕人兵力遠在拓跋族和荒人聯軍之上。而他們最大也是唯一的優勢，全繫於千千這個神奇探子身上，令他們這方事事能洞燭機先，否則死了都不知是怎麼一回事。

他現在離井陘關不到二十里，而慕容垂的秘密營地，亦該離井陘關不遠。燕飛之所以有這個想法，不但因他靈奇的感應，更因照他猜測，於慕容垂秘密營地的房舍，該由中山方面的燕人負責建成，而在冰天雪地的情況下，所有物資，只有借道井陘關，送往太行山西某處。安玉晴雖然沒有直接參與這場決定北方誰屬的爭霸戰，但卻爲此戰作出重大的貢獻，令燕飛能與紀千千作心靈的連結，並大幅提升紀千千心靈的力量，也令燕飛在心靈傳感上再作出突破，大大有利他們這一方在戰略上的部署。想想都覺人生眞的很奇妙。一念爲惡，一念爲善，命運往往決定於一念之間。當年他遇上安世清，雖然安世清因受丹毒影響，對他不懷好意，還想害死他，但他絕沒有因此而仇視安世清，且以德報怨，冒不測之險爲安世清除掉體內積毒。正因安世清的神志回復清明，後來方有練成洞極丹一事，造就了安玉晴。其因果的關係，確實像冥冥中自有主宰。這是否就是命運呢？

想起安玉晴，他心中充滿暖意。他和安玉晴的愛戀，超乎了世俗男女之愛，獨立於七情六欲之外。

與萬俟明瑤的初戀，是世俗的，當時他沉溺迷戀著她動人的肉體，但對安玉晴，只是心靈的交接，又或眼神相觸，甚至互相擁抱，已可帶來最大的滿足，不假他求。他直覺感到安玉晴對他也是如此，這是否才是眞正的愛？他和紀千千的關係亦有別於安玉晴，如果安玉晴像一潭清澈的湖水，紀千千便像一團烈火，這又是否至陰和至陽的分異。他不知道，但他極想知道。就在此時，他感應到另一個熟悉的心靈。

劉裕坐在帥府大堂內，聽劉穆之向他彙報今天最新的消息。一邊聽著，一邊卻分了一半心神在思索任青媞今早在枕邊向他提出的「忠告」。任青媞是個絕頂聰明的女人，眼光獨到，她說的話，絕非無的放矢，著眼的是自己的弱點，而她與自己現今目標一致，榮辱與共，所以最不願見到他劉裕在朝廷的明爭暗鬥中失蹄落馬。

劉穆之總結道：「現今的形勢對我們非常有利，建康的人心大致上已穩定下來，一切都在我們的控制之下。」

劉裕道：「穆之認爲王謐是否眞心爲我們辦事？」

劉穆之道：「王謐的情況特殊，當桓玄入京時，他投向桓玄。桓玄登基，便是由他親手把司馬德宗隨身攜帶的玉璽解下，故建康高門一致認定他犯了叛國欺君的大罪，萬死而不足以解其咎，可是現在我們卻全力保住他，還委他以重任，故而他全心全意的支持我們，因爲如果讓別人上場，他肯定死得很慘。王謐現在根本沒有第二條路走。」又道：「聽王弘說，王謐在桓玄來前和現今是兩個樣子，外貌蒼老了近十年，頭髮變得稀疏了，身體也比以前差。可見他本身極不好受。」劉裕聽得有點驚心動魄，心忖自己該不會變老了吧。

劉穆之道：「大人忽然問起王謐，是否準備親自到前線領軍？」

劉裕沉吟片刻，道：「我想問穆之一件事，穆之最要緊坦白地告訴我。」

劉穆之訝道：「是甚麼事呢？」

劉裕道：「我現在究竟處在怎樣的一個位置上？」

劉穆之微一錯愕，思量半晌後，道：「若直接點說，大人所處的位置，是個人人想取而代之的位置，因爲名義上雖仍是司馬氏的天下，但實權卻全掌握在大人手上。大人正是南方朝廷無名卻有實的君主。」

劉裕點頭道：「無名而有實，穆之這個形容非常貼切。」

劉穆之道：「既然大人問起這方面的問題，穆之當然不敢隱瞞。王族故不容大權長期旁落於大人手上，加上你布衣出身的背景，建康高門中懷異心者亦大有人在，所以建康的權力鬥爭，絕不會因誅殺桓玄而止，反會愈演愈烈，這種情況自古皆然。而這也才是正常的情況。」

劉裕道：「我該如何應付呢？」

劉穆之道：「大人必須把軍權掌握在手上，在關鍵的事情上，一步也不能退讓，誰敢不接受大人的安排，逾越了本身的職權，便須認眞對付。帝王之術從來如此，大人是別無選擇。」

劉裕沉聲道：「穆之是怕我心軟了。」

劉穆之道：「我怕的是大人在江湖打滾慣了，把江湖那一套搬到朝廷來。在政壇上，講的是利害關係，誰都不理會甚麼江湖義氣、兄弟之情，事事不留餘地。只要情況許可，便來個趕盡殺絕，對敵人仁慈，會令自己遭殃。當年安公在位時，絕不對司馬道子讓步。而安公的本錢，便是令北府兵獨立於朝廷之外，不讓司馬氏插手。」

劉裕點頭道：「明白了。唉！可是我對政治的鬥爭，不但感到厭煩，更自問不在行。」

劉穆之道：「這個並不重要，憑大人的才智，當很快掌握其中訣竅。爲政之道，最重要是知人善任，所以大人必須在朝廷建立支持自己的班底，只要把國家治理得妥當，民眾歸心，其他的事自可迎刃而解。」

劉裕欣然道：「對！自己不懂得的事，便交由信任的人去做。幸好有穆之助我，否則建康這個攤子，眞不知會如何爛下去。」

此時手下來報，孔靖求見。劉裕要手下去請他進來，劉穆之則辦事去了，到大堂剩下劉裕一個人，不由諸般感受襲上心頭。他進一步體會了自己的處境。劉穆之雖說得婉轉，事實等於說他劉裕四周的每一個人，都是潛在的敵人，一旦他露出破綻和弱點，想取他而代之者便會用盡陰謀手段，群起攻之。其中絕沒有人情道理可講，一切只講切身的利益。如此情況，不但是他始料不及，更是從沒有想過的。以前支持他的是向桓玄報復的念頭，現在已逐漸轉而爲責任的問題。負在他肩上的重擔子，不但關係到至親和忠心追隨自己的人的榮辱，還有是視自己爲救主的平民百姓。他劉裕出身貧農，最明白民間的疾苦，怎可對他們的苦況視若無睹？自己攀上了這個位置，便要負起這個位置的責任，否則如何向愛戴自己的人交代？他一定會好好的學習。

向雨田攀岩越坡如履平地的來到燕飛身旁，伸手和他緊緊相握，大笑道：「燕兄！我們又見面了！」

燕飛亦心中歡喜，欣然道：「人說天下無不散的筵席，又說山水可相逢，這回我們正是重聚於山水之中。」

向雨田放開燕飛的手，微笑道：「幸好我只完成了一半的任務，否則就會不到燕兄。」

燕飛訝道：「一半的任務？」

向雨田道：「你的兄弟拓跋珪託我爲他找尋慕容垂的主力大軍和龍城軍團的影蹤，現在我已發現龍城軍團的藏兵地，卻仍未找到慕容垂的主力大軍，遂找到你這裏來。」

燕飛道：「甚麼龍城軍團？」

向雨田環目四顧，道：「龍城軍團就是由慕容垂最出色的兒子慕容隆指揮的兵團，一向駐守於中山東北方遠處的龍城，以鎮懾塞北諸族，特別是庫莫奚部和柔然人。你的兄弟因慕容隆率麾下兵團秘密進入中山，生出警覺，囑我找尋他們的蹤跡。果然不出他所料，慕容隆的兵團已秘密行軍直抵五迴山，越青嶺、過天門，再開鑿山路，抵達附近太行山一處支脈低丘間的密林處，照我看他們是要伏擊你們荒人，因爲該處離平城太遠了。」

燕飛道：「他們如何抵禦寒冷的天氣？」

向雨田道：「他們於藏身的密林處建起數百間可擋風的簡陋房舍，又砍下大批木材生火取暖。我去偵察他們時，秘密基地只有三千許人，不過兵員正由秘密山道不住調過來。此著確爲奇兵之計，如果你們完全不覺察他們的存在，肯定會吃大虧。」接著續道：「至於慕容垂的主力大軍，我仍未有頭緒，眞教人頭痛。」

燕飛微笑道：「這個倒不用擔心。」

向雨田欣然道：「我當然不會擔心，說頭痛只是我見到你老哥前的情況，現在見到你，甚麼痛都消了。你可以憑靈覺偵察到紀千千的所在，對嗎？」

燕飛雙目亮了起來，點頭應是，充滿希望的道：「憑你我兩人之力，你猜我們有多少勝算，可把她們主婢救出來呢？」

向雨田露出一個古怪的神色，道：「攻其無備，加上你又能準確掌握她們的位置，至少有二、三成的機會。如果你可以暗地指使紀千千和她的婢女配合我們，勝算可增至五成。不過！唉！我該不該說呢？」

燕飛不解道：「還有甚麼問題呢？」

向雨田道：「我們或許能成功救出她們，但你的兄弟肯定會輸掉這場仗。」

燕飛明白過來，頹然無語。他不是思慮不及向雨田周詳，但因太在意紀千千和小詩，致忽略了隨之而來的後果。

向雨田道：「事實上現在慕容垂最大的破綻和弱點，正是紀千千，如果沒了紀千千，我們極可能在慕容垂發動前，仍沒法摸得著他的影子。而且打草驚蛇，當慕容垂曉得他的部隊再非奇兵，會改變戰略。更重要的一點，是你們荒人牽制了龍城兵團。試想如果我們救出了紀千千和她的婢女，荒人還爲何而戰？荒人是絕不會爲你的兄弟賣命的。」

燕飛仍沒法回話。向雨田伸手搭著他肩頭道：「你絕不需爲此難過，感到對不起她們。坦白說，我們並沒有十足的把握，所以明智之舉，是靜待時機，至少等擊破龍城軍團後，再想辦法。」

燕飛好過了點，同意道：「是的！我太過衝動了。」

向雨田道：「你放心吧！慕容垂自以爲勝算在握，絕不會傷害她們主婢，我們始終會有機會。我向雨田拚掉老命，也要助你完成救美的行動。」又問道：「你感覺她們在哪個方位呢？」

燕飛伸手指著山連山的西北方遠處，道：「該在那個方向，離開我們至少有數百里。」

向雨田一呆道：「那慕容垂的藏兵處，離平城將不到二百里。好傢伙，不愧善用奇兵的兵法大家，令人完全沒法想到。」

燕飛道：「以慕容垂的行事作風，這區域該廣置暗哨，我們要小心點，如被發現，便太不值了。」

向雨田目光投往西面，道：「太陽快下山了，天黑後我們才動身吧！」

孔老大喝了口熱茶後，笑道：「這兩天天氣回暖了，冰雪開始融解，走在街上濕溜溜的，很容易滑倒。」接著嘆道：「從前的好日子又回來了，玄帥過世後，我一直不敢到建康來，想不到現在又可以大搖大擺的在街上走。」

劉裕隱隱感到有點不妥當，他和孔靖的關係非比尋常，有甚麼話不可以直說出來，偏偏孔靖卻先兜幾個圈子，可知他是有所求而來，而他的要求，絕不簡單。果然孔老大轉入正題道：「我想到建康來發展。」

劉裕聞弦歌知雅意，登時大感煩惱。孔靖是廣陵、京口一帶地區的幫會大龍頭，近年更因自己的關係透過荒人大做北馬南賣的生意。現在自己成爲建康的當權者，水到渠成下，孔靖當然希望在建康大展拳腳。問題在水漲船高下，孔靖的幫會勢力亦會因此而入侵建康，無可避免地損害此地幫會的利益，致生衝突。在一般的情況下，或單靠孔靖本身的力量，所謂猛虎不及地頭蛇，孔靖必定會被建康的幫會排擠，致難成事，甚至會損兵折將。所以孔靖先要得到自己的支持，才敢在建康發展。建康是南方最大的都會，是財富集中的地方，也是南方幫會的大肥肉，孔靖想分一杯羹，是最正常不過的情況。孔靖在建康不是沒有地盤，但只限小規模的騾馬買賣，但孔靖顯然不甘於此，於是要爭取更大的利益。可是自己的成功，本地的幫會也有出力，雖遠及不上孔靖的全力支持，但自己如忽視他們的利益，是說不過去的，何況他不看僧面也要看佛面，不可以不給宋悲風這個從中穿針引線的人面子。

抵建康只十天光景，他便深切體會到當這個無名有實的建康之主的爲難處。如只論江湖道義，他此刻便該拍胸膛保證力挺孔靖；可是站在爲政者的立場，便須平衡各方面的利益，避免亂局的出現。劉裕剛下定決心好好學習當權者之道，但如果有別的選擇，他眞的不願面對眼前由孔靖引發的兩難局面。他一直以身作則，由自己示範何謂大公無私，眞要推搪，說一些冠冕堂皇的話並不難，但卻會令孔靖失望。

劉裕微笑道：「大家兄弟，你的事便是我的事，老大你心中有甚麼想法呢？」話雖然這麼說，但他卻清楚自己是口不對心，但有甚麼法子呢？任青媞說得對，他和孔靖再非目標一致，孔靖爲的是本身和幫會兄弟的利益，他劉裕爲的是整個南方的大局。

孔靖道：「有統領這兩句話，我孔靖便放心了。爲了不讓統領爲難，我決定在建康只做正行生意，絕不碰賭場、青樓或放高利等偏門行業。」

劉裕暗讚孔靖聰明，如此自己更難反對，不愧是老江湖。道：「那麼老大你想幹那一行的生意？」

孔靖立即雙目放光，興奮的道：「仍是以騾馬買賣爲主，不過卻不像以前般偷偷摸摸，而是公開來做，透過邊荒集，把優秀的胡馬、胡騾，運到建康來，照規矩繳納關稅，正正式式的做買賣，統領以爲行得通嗎？」

劉裕爲之愕然。孔靖確有做生意的頭腦，憑著他和荒人的密切關係，肯定可以低價買入胡馬，再在建康以高價賣出，賺得家財萬貫。其他做馬騾生意者，怎可能是他的對手？保證不用多久，整個建康的騾馬買賣會被孔靖壟斷。再在這個基礎下，孔靖的幫會勢力會在建康落地生根，迅速發展。劉裕拖延時間，好讓負荷沉重的腦子有運作的空隙，道：「如此將牽涉到朝廷對邊荒集政策上的改變，老大你須給我一點時間，研究出一個妥善的辦法。」

孔老大知情識趣的道：「這個當然，我會耐心靜候統領的好消息。」

劉裕腦際靈光一閃，道：「我有一個提議，請老大也考慮一下。」

孔老大欣然道：「統領大人想到甚麼，吩咐下來便成。」

劉裕心忖現在的自己確實是權傾建康，說一句話，可以改變任何現狀，亦正因如此，他劉裕必須戰戰兢兢，小心謹慎，不可以稍有差錯，累己累人。道：「我爲老大想到一個可以把生意做得更大的方法，就是成爲由邊荒來的騾馬的總代理人。邊荒集的騾馬要公開的賣往南方來，一定要透過你，而你則把騾馬供應給南方的大小騾馬商，但只限騾馬，由你直接繳稅給朝廷，至於細節，我會找人設定。」

孔靖大喜道：「如此就更理想。」

劉裕心中欣慰，他眞的不想令一直毫無保留支持他的孔靖失望，令他更開心的，是從孔靖的反應看出孔靖只是想做生意賺錢，並沒有到建康爭地盤的野心。兩人又再商量了一會，孔靖歡天喜地的去了。

劉裕暗抹一把冷汗。這個位子眞不容易坐，弄得自己捕風捉影的，錯怪了好人。希望每個人都像孔靖般，安分守己，如此他就謝天謝地了。但他當然知道不會事事稱心順意，邊荒集或會成爲另一道他要面對的難題。不由記起屠奉三說過的話。邊荒集將來說不定會由他一手摧毀。唉！未來的事，未來再打算吧！

向雨田和燕飛蹲在孤懸半山的崖石處，掃視近山腳處的一個屋寨，數百幢平房依傍一起，尚有飛瀑流泉穿越其間，點點燈火，像天空的夜星。

向雨田滿足的道：「找到了！」

燕飛閉上眼睛，默然不語。

向雨田道：「感應到她嗎？」

燕飛睜開虎目，點頭應是，神情木然，顯然因紀千千在視野能及的近處而有所感觸。

向雨田道：「我又有另一個想法，不論是下面慕容垂的山寨，又或龍城軍團的山寨，前身該是太行山原居民的山村，只是被燕人徵用了，再加以擴建，設立寨牆。所以必有四通八達的山道，只要把山道鑿寬，便可讓大軍通過，否則不可能在短短數月間興建出這麼有規模，既有活水供應，又能禦寒的山寨。」

燕飛目光掠過山寨四周豎立如林的營帳，樹木均被砍掉，外圍處築有十多座瞭望塔，可監察遠近情況，即使憑他和向雨田的身手，要神不知鬼不覺地潛入山寨仍不容易，何況還要帶她們主婢離開。一旦給敵人纏上，必是力戰而亡的結局。

向雨田讚嘆道：「看！山寨後方近峭壁處還有個小湖，可以想像原居於此處的山民，生活是多麼和平安逸，與世隔絕。」

燕飛記起慕清流，道：「差點忘了爲一個人向向兄傳話。他叫慕清流，不過你肯定沒有聽過他的名字，因爲這名字是他到建康才改的，但他卻是除了向兄之外，貴門最出色的人物，也是貴門的新領袖，他自稱屬於貴門內的花間派，向兄印象中有這麼一個人嗎？」

向雨田大感興趣的道：「他有多大年紀？要你向我傳甚麼話？」

燕飛道：「他的年齡該不過三十，他要我轉告你，一天你仍保管著貴門的典籍，就仍屬聖門的人，必須履行聖門傳人的責任。」

向雨田微笑道：「他是看準我不會放棄《道心種魔大法》，這幾句傳話更是要警告我，他隨時會執行門規。他奶奶的！這個傢伙武功如何？你和他交過手了嗎？」又笑道：「不知如何，自從到過邊荒集後，習染了你們荒人說粗話的作風，嘴邊不掛上兩句粗話，說起來總有不夠勁兒的感覺。」

燕飛道：「你或許誤會了他，我曾親耳偷聽他和門人的秘密對話，斬釘截鐵地下達放棄向你執行門規的指令，又在我面前指出你是不受任何成規門法束縛的人，對你顯然非常欣賞。」

向雨田道：「你太不明白我們聖門裏的人，愈是欣賞你，愈是想殺你。你們竟沒有動手嗎？」燕飛搖頭表示沒有。

向雨田思索道：「這表示他的確是厲害的角色，眼力高明至曉得與你動手是有敗無勝。唉！天下間，也只有燕兄一人能令我向雨田甘敗下風。」

燕飛笑道：「向兄不要妄自菲薄，如我們眞的要動手分出生死勝敗，結果仍是難以預料。」

向雨田輕鬆的道：「不要捧我了，上回交手，你仍未出你的絕招，感覺上我雖有一拚之力，可是縱使我們兩敗俱亡，但你老哥卻有死而復生的絕古奇技，我只會死得徹底，誰勝誰負，已不用我說出來了。」

燕飛忍俊不住的道：「沒有人在我耳旁大嚷『爲了紀千千，你必須回來』，我能否死而復生，尚是未知之數。」

向雨田啞然笑道：「說得不對！因爲你已有上回的經驗，這次不用別人大叫大嚷，也懂得自己回來。」

燕飛道：「此事我絕不會冒生命之險去驗證。慕清流的確是個危險的人，你提防他是應該的。」

向雨田有感而發的道：「我絕不是危言聳聽。《道心種魔大法》，一直被敝門的人視爲聖門典籍中最高的心法，而持有此典者，均爲聖門中武功最高強的人，否則早被人奪去寶典。慕清流既如燕兄所述，當與我所差無幾，他對寶典有野心，是正常不過的事。且他教你轉告的話，隱含如我肯放棄寶典，他便以後都不會干涉我的事的意思。」

燕飛當然不會爲向雨田擔心，儘管魔門傾盡全力，仍奈何不了他。道：「我還沒有問你，得到下卷後，你練出甚麼心得來呢？」

向雨田立即雙目放光，興奮的道：「那感覺等於下面的山寨，於崎嶇難行的窮山峻嶺內，忽然發現疑無人處別有天地。眞要多謝你老哥以身作則的啓發，聰明如我師父，也就是你的親爹，也練到出大岔子，事實上，在敝門的歷史上，從沒有人能練成《道心種魔大法》，皆因甚麼陰神陽神，均是虛無縹緲的東西，觸摸不著亦感覺不到，怎樣努力都沒有用，且愈用功走火入魔的機會愈大。」

燕飛道：「聽向兄的語氣，已是成竹在胸了。」

向雨田欣然道：「有燕兄作先例，我再蠢些也會有點成績。最令我信心十足的，是我讀完下卷後，終於想破從聖舍利吸取元精的秘法，改變了我的體質稟賦，多活上百來二百年絕不稀奇，有這麼長的壽命，夠我過足活著的癮兒。」

燕飛道：「如此向兄或會是古往今來最長壽的人了。」

向雨田道：「不但可以長壽，還可以青春不老，否則活到一百歲，老得牙全掉光了，還要多捱一百年，請恕我敬謝不敏。」

燕飛失笑道：「向兄說得很有趣。」順口問道：「慕清流要你遵守的規矩，是甚麼規矩呢？」

向雨田聳肩道：「就是必須收傳人，讓本道的傳承繼續下去。唉！這是一道難題，我曾有一個想法，就是在破空而去前，把聖舍利和寶典毀掉，就讓它們從此消失於人世。」

燕飛大訝道：「爲何向兄會有這個想法呢？」

向雨田苦笑道：「因爲我不想多製造幾個花妖出來。要練成《道心種魔大法》，不得不借助聖舍利，而其中凶險，實難以向外人道。我師兄便是個慘痛的例子。以師父如此超卓的人物，也落得妻離子散的結局，到最後仍要含恨而逝。你說吧！這樣的東西，還應不應流傳人世？別的人怎可能像我般幸運，遇上燕兄，親眼目睹你死而復生，不用再半信半疑。」

燕飛道：「你現在打消了這個念頭嗎？」

向雨田道：「是好是歹，始終是師父傳下來給我的東西，想是這麼想，可是師父傳下來的道統，至我而絕，我豈非成了罪人？雖然你和我都明白這個人間世只是一時的幻象，但偏偏《道心種魔大法》恰是破迷解幻的奇書，我更不願如此寶物毀在我向雨田手上。」

燕飛不解道：「既不想害人，又不願毀去聖舍利和寶典。那你能有甚麼辦法？」

向雨田的眼睛亮起來，道：「在未來的百多年，我仍不用爲此煩惱，我會活得開心快樂、多姿多采，更要遍遊天下，嘗盡人世間的經驗。到我感覺到自己只剩下數十年的壽命，才收徒弟，且一收便多收幾個，這些徒弟將會是一些賦性薄情自私的人，來個以毒攻毒，看看會不會出現奇蹟，如果不成，我的良心也會好過點。」

燕飛愕然道：「爲何不只收一徒呢？那頂多只害了一個人。」

向雨田道：「聖舍利只得一個，《道心種魔大法》亦是獨一無二，如果他們是心性狠毒的人，自然會來個你爭我奪，互相牽制，再無暇四處作惡，因怕樹敵太眾，難以消受，這樣不是等於間接做好事嗎？」

燕飛啞然笑道：「你的方法眞古怪，是否行得通，恐怕老天爺才知道。」

向雨田欣然道：「這是沒有辦法中的辦法，師父臨終前，命令我不論能否修成大法，必須把本道心法傳下去，否則我眞的會讓大法失傳，聖舍利則永不出世。慕清流的警告根本不能對我起任何作用，我向雨田豈是別人左右得了想法的人。」又道：「收幾個劣徒仍沒有眞的解決問題，所以我又想出疑兵之計，令後人碰也不敢碰《道心種魔大法》。」

燕飛好奇心大起，問道：「向兄的腦袋肯定裝滿離奇古怪的念頭，何謂疑兵之計？」

向雨田道：「你想不到，是因你不是在我的處境裏，不會在這方面花精神思考。而我必須動腦筋，想出解決的方法。我說的疑兵之計，非常簡單，就是巧妙布局，讓所有人都認爲我練《道心種魔大法》練出岔子，致走火入魔，然後我忽然消失得無影無蹤，那誰都以爲我死於沒有人能尋得到的秘處去了。」

燕飛點頭道：「你這個以身示範的方法的確是匪夷所思，但肯定會令想修練大法的人三思。試想能像你這般活上百多二百歲的，天下能有幾人？那時你肯定是天下第一高手，如果連你這樣的人物，也修不成大法，其他的人何來修法的資格。」又笑道：「不過肯定人人都想奪得聖舍利，因爲你已示範了聖舍利的益處，不但可以多活百來年，且長生不老。」

向雨田苦笑道：「這是沒法子的事，難道我活數十年便詐死嗎？那我可不甘心。」

燕飛道：「你可以早點破空而去嘛！」

向雨田欣然道：「正因我可以隨時離開，所以我才不願離開，且感到活著的生趣和意義。看看眼前的山景是多麼的美麗，這個人間世是多麼令人留戀。依我估計，沒有多一百年的工夫，我仍未能達到你揮灑自如，要走便走的境界。我會耐心的循序漸進，不會急於求成，玩玩練練，百年的光陰彈指即過。只要想到有出口可以離開人間世，我絕不會感到寂寞，以前認爲沒有半丁點意義的事，也會變得有趣起來。前天我看著一片樹葉，一看看了幾個時辰，愈看愈感到造化的奇妙。」

燕飛拍拍他肩頭道：「明白了！向兄是奇人奇行，說得我幾乎羨慕你起來。我未來的命運，大致上已有了既定的路線和方向，但向兄的未來卻有無盡的可能性。」

向雨田嘆道：「你眞是我的知己，不論我活到多少歲，我仍會牢牢記著我們之間的友情。」接著精神一振道：「該是分手的時候了，待我探清楚慕容垂的秘密山路通往何處，然後到平城通知你的兄弟，再到崔家堡會你，與你並肩作戰，先破慕容隆的龍城軍團，再助你從慕容垂手上把美人救出來。哈！看！生命是多麼的有樂趣。」

燕飛道：「你走吧！趁此機會，我要留在這裏與千千進行心靈的聯繫，告訴她脫離苦海的日子已不遠了。」

向雨田笑道：「何用羨慕我？你擁有的東西，都是我夢寐以求的。我走啦！崔家堡見。」

卓狂生提著一罈雪澗香，來到船尾處，龐義正在那裏發呆。見卓狂生抵達身旁，龐義道：「你不是把自己關起來寫天書嗎？」

卓狂生笑道：「朝寫晚寫是不成的，人生除寫書外，還有無數的東西要留意，才能吸取新的材料。哈！老龐你是否有甚麼心事呢？說出來聽聽如何？我可以爲你分憂的。」

龐義警覺的道：「不要胡思亂想，我沒有心事，到這裏來只是想吹風。」

卓狂生瞇起雙目來打量他，道：「不要騙我了，沒有心事，何不倒頭大睡，卻要到這裏來挨凍？是不是爲了娘兒呢？你現在的神情有點像高小子單戀小白雁的樣子。」

龐義老臉一紅，怒道：「沒有這回事。」

卓狂生哂道：「不是想娘兒，難道是在想漢子嗎？想漢子會臉紅的嗎？」

屠奉三來到兩人後方，笑道：「誰想漢子想到臉紅呢？」接著走到龐義另一邊，道：「過了泗水了！」

龐義苦笑道：「卓瘋子只愛查探別人的隱私，實犯了我們荒人的大忌，我看終有一天他會成爲荒人的公敵。」

屠奉三嘆道：「我和你是同病相憐，自起程後，卓館主一直不肯放過我，剛才我便被他逼供了近兩個時辰，弄得我睡意全消。」

卓狂生道：「不要怪我，我仍感到你有所隱瞞，語焉不詳，沒法交代一些關鍵性的細節。不過也有很多精采的地方。最遺憾是燕飛沒有和那甚麼慕清流分出勝負。」

屠奉三道：「你錯了，掌握不到眞正精采的地方，事實上他們已較量過了。高手過招，豈用刀來劍往？而我們的小飛已達不戰而屈人之兵的境界，這才是眞正的高手。」

卓狂生點頭道：「對！對！不戰而屈人之兵，我會在書中強調這一點。」接著又道：「盧循竟會來找燕飛，又不是爲孫恩報仇，教人百思難解。」

屠奉三苦笑道：「眞後悔告訴你這件事。」

龐義忿然道：「他是個瘋子，只要你露出破綻，給他覷隙而入，他會像蛇般纏著棍子上，教你沒法脫身。」

卓狂生聳肩道：「老龐你是指你剛才忍不住臉紅的秘密，被我看破了嗎？」龐義只好閉嘴。

卓狂生滿意地吁出一口氣，道：「我們等待了逾一年的大日子，終於來臨。看！這是多麼壯觀的船隊。在紀千千芳駕光臨邊荒集前，有誰想過我們荒人會團結在同一個理想下，爲共同的目標拋頭顱、灑熱血，沒有人會有絲毫猶豫，沒有人皺一下眉頭，締造出我們荒人最光輝的時代。」

龐義咕噥道：「我們荒人都是亡命之徒，過慣刀頭舔血的生涯，人人是不怕死的好漢。」

卓狂生搖頭道：「老龐你錯了，因爲你不了解自己，更不明白荒人。我們荒人都是愛惜生命的，因爲他們比其他人更懂得去掌握命運、享受生命。」

屠奉三忍不住道：「那又爲何現在人人奮不顧身的願冒生命之險呢？」

卓狂生微笑道：「正因他們懂得享受生命，所以明白生命的樂趣，正在於掌握今天，眼前的每一刻都要活得精采，想到做甚麼便去做甚麼，至於明天是生是死，誰都無暇去理會。而現在最該做的事，就是把千千和小詩迎回邊荒集來，這更關係到我們荒人的榮辱。若變成縮頭烏龜，苟且偷生，還怎樣快樂得起來呢？」

龐義道：「你的話倒有點歪理。」

卓狂生嗤之以鼻道：「歪理？正理又是甚麼？告訴我，你爲何肯隨隊遠征？」龐義爲之啞口無言。

卓狂生笑道：「放心吧！我的天書已接近尾聲，等完成後，就算你跪在我跟前哭著求我聽你的故事，也無法令我提筆搖桿。所以你若是聰明的人，想要你的故事能流芳百世，便該珍惜眼前的機會。」

屠奉三失笑道：「你不怕會手癢嗎？」

卓狂生拈鬚而笑，目光投往天上的星空，射出憧憬的神色，柔聲道：「不寫不等於不說。我會走遍天之涯、海之角，踏遍窮鄉僻壤，把我的說書廣傳開去。我說書的對象再不是付得起錢的人，而是沒法接觸外面世界，又對外面遼闊的天地充滿好奇心的小孩子，讓他們曉得眞正的英雄是怎樣的人。告訴他們，最一無所有的人，如何成爲公侯將相；出身布衣貧農者，也可成就帝王不朽功業；花心的小子，竟有可能變得情深如海。我會在孩子們的心中播下創造命運的種子，讓種子將來有開花結果的一天。哈！說完了！該是喝幾口雪澗香的時候了。」

紀千千乍醒過來。睡在她身旁的小詩又在夢中哭了。軍隊起程不久，小詩忍受不住路途顚簸和天寒之苦而病倒了。到抵達屋寨，在惡劣的生活條件下，雖然有紀千千悉心照顧，小詩的病況仍是時好時壞，始終沒有好轉過來。紀千千明白她的病因，不但是旅途辛苦，更因爲小詩心中在害怕，過度憂慮致爲病魔所乘。她亦深切體會到小詩內心的恐懼。她們正深陷在戰爭的漩渦裏，現今身旁一起與她們受苦的所有人，包括和她們擠在同一座房子裏的風娘和十多個慕容鮮卑族的女戰士，甚至在屋寨內和四周營地的數萬戰士，正踏上開往戰場沒法掉頭的路上。在不是你死便是我活的戰火裏，一方將被摧殘和毀滅，不論流血的是燕郎一方的人，又或是慕容垂的人，紀千千都感到不忍和痛心。山風在屋外呼嘯。敗的一方固然悽慘，勝的一方也絕不好過，這是個對誰都沒有好處的殘忍遊戲。在這一刻，仙門變得遙不可觸，像一個毫不眞實的幻覺。她強烈地思念燕飛，只有在他強而有力的懷抱裏，她才可以戰勝不安和恐懼，忘掉一切不幸的事。

就在此時，她的精神生出變化，整個人似要往下方沉降下去，地蓆像化爲不見底的深淵，燕飛的聲音同時在她心神的空間內響起，召喚她道：「千千！千千！」

紀千千喜出望外的回應道：「燕郎！啊！燕郎！你在哪裏？」心靈的聯繫倏地建立起來，比以往任何一次更快速、直接和眞實，就像燕飛在伸手可觸的近處。下降的感覺停止了，紀千千感到輕盈起來，再不受肉體的羈絆，轉而往上騰升。

燕飛的聲音在她心靈中響起道：「千千，不用害怕。這不是很奇妙嗎？你現在經歷的，是陽神借夢體出竅的情況。我已經來了，正站在可以俯瞰你所處屋寨的位置，我的純陰眞氣，直接影響著你，激發了你陽氣的活力，現在你的陽神正不住凝聚，很快我們又可以見面了。」

一股莫以名之的喜悅，充滿紀千千的心神，像所有苦難均已成爲過去。下一刻，她感到離開了自己的身體，化爲沒有實質輕煙似的物體，就那麼升離了臥蓆，穿過屋頂。天地暗黑起來，一團光雲卻在上方亮起，逐漸凝聚，出現燕飛高挺的雄軀。紀千千呼喚道：「燕郎！燕郎！」上升的速度驀地加速，然後她發覺已投入燕飛的懷抱中，感覺是如此地有血有肉，如此地眞實，不再有絲毫懷疑。

兩人熱烈地親吻。良久後，燕飛離開她的香唇，微笑道：「我們又在一起了。」

紀千千狂喜地瞧著燕飛，他俊偉的臉龐籠罩在一片金黃的色光裏。嚷道：「你眞的來了嗎？」

燕飛緊擁著她，欣然道：「看！」黑暗消失了，寬廣而深邃的夜空出現在上方，遮天蓋地，其壯麗處，超乎了以前她見過的任何星空。紀千千心神震盪的叫了起來。

燕飛把她的身體轉過去，伸手環抱著她的腰道：「看這一邊！」紀千千依言看去，百多丈的下方，燈火點點，赫然正是剛才她置身其中一座房舍的山寨。

紀千千不能置信地看著眼前的情景，顫聲道：「啊！燕郎你終於來了。」旋又不依的扭轉嬌軀，伸手摟上他的脖子，天地忽又變得幽暗無比，就像一切都消失了，只剩下他們這對苦難的鴛侶。

紀千千嘆息道：「這怎麼可能的，爲何我沒有一點心力損耗的感覺？」

燕飛道：「因爲這回與以往任何一次都不相同，我是以至陰之氣，鼓動千千的陽氣。當我們的精氣神直接聯結起來，陰極陽生，喚醒了千千的陽神，千千現在經歷的，正是元神出竅的奇遇。」

紀千千露出笑臉，旋又被擔憂的神色替代，悽然道：「小詩病倒了，一直沒有好轉。」

燕飛問清楚小詩的病況，道：「不要緊，千千或許仍不自覺，但我可以肯定的告訴你，你已臻至學武之士夢寐難求的先天至境，要治好小詩，只是舉手之勞。我現在教你一套手法，只要打通詩詩鬱結的經脈，保證她可霍然而癒。」接著把方法說出來。

紀千千煩憂盡去，喜孜孜的道：「我知道詩詩定不會相信，否則我會告訴她你來了，讓她可以分享我的歡樂。」又道：「戰爭眞是不可避免的嗎？」

燕飛愛憐的道：「千千心中是曉得答案的。這場戰爭並非個人的恩怨，而是牽涉到民族的存亡和仇恨，這個情況千古依然，從來沒有平息過。你和我必須堅強起來，面對眼前的一切。這或許是上天對我們愛情的考驗，要我們歷盡災劫，但終有一天，我們會攜手離開這裏，到達洞天福地。」

紀千千嬌呼道：「燕郎啊！千千當年尚在建康的時候，就一直在期待新的生活，追求更刺激有趣的東西，但卻從沒有想過會變成這個樣子。幸好只要想到燕郎，千千便會堅強起來，勇敢的面對一切。」又深情的道：「還記得在雨枰台時，人家問你肯不肯當我的保鏢，說任你開價。那時千千便想到，假如你要的不是金子而是人，千千該怎樣答你呢？」

燕飛大感興趣的問道：「你會怎樣答我呢？」

紀千千白他嬌媚的一眼，道：「你都沒有問，人家怎曉得呢？」

燕飛心神俱醉的道：「返回邊荒集後，我會每天陪千千在重建好的第一樓上層平台喝酒，好好享受邊荒集的生活，然後我們去找玉晴，盡情享受生命的賜與，再決定何時離開這個使人又恨又愛的人間世。」

紀千千秀眸射出熾熱的神色，令她更是艷光四射，憧憬的道：「我們何時可以返回邊荒集呢？」

燕飛道：「你現在情況如何？」

紀千千道：「慕容垂把我們看得很緊，我和詩詩等於給囚禁在屋內，由風娘和十二個身手高強的女戰士貼身監視，屋內還設有撞鐘，只要鐘鳴，屋外的戰士會蜂擁而來。」

燕飛心忖幸好他和向雨田沒有以身犯險，否則自己固然沒命，也拖累了向雨田。道：「慕容垂對我產生恐懼了，他要防範的正是燕某人。」

紀千千道：「解決了其他的問題了嗎？」

燕飛欣然道：「劉裕已攻陷了建康，把桓玄逼返江陵，而小裕亦成爲南方最有權勢的人，令我們荒人再沒有後顧之憂，現在組成萬人勁旅，正在來此途中，我只是先行一步。」

紀千千大喜道：「眞是天大的好消息，乾爹可以放心了。」

燕飛道：「這回慕容垂的奇兵之術再行不通，因著千千的提點，令我對慕容垂的軍力布置瞭如指掌。我們會打一場漂亮的勝仗，在千軍萬馬中把千千和詩詩救出來。」又問道：「最近慕容垂有說過甚麼話嗎？」

紀千千道：「自離開滎陽後，我一直沒有見過他。」

燕飛沉吟片刻，道：「差點忘記告訴你，第一樓的大門被紅條紙封了起來，好等待千千回去時親手揭開。」

紀千千露出驚喜的神色，雀躍的道：「眞要謝謝他們的盛意。千千也差點忘記告訴你，詩詩肯定對龐老闆有好印象，有一回還主動問我雪澗香是否眞的是天下第一美酒，說有機會她也要嘗一口呢。」

燕飛大喜道：「這是老龐最樂意聽到的事。唉！光陰苦短，快天亮了！我必須趁黑離開，千千要保重。」

紀千千不依的道：「人家還有很多事想告訴你啊！」

燕飛道：「哪怕沒有機會呢？不過千千若沒有要緊事，萬勿妄耗精神。現時千千的先天眞氣，已達小成之境，只要惟精惟一，修練於著意和不著意之間，可令你武功大進，如此將更有回復自由的把握。千千明白嗎？」

紀千千幽怨的道：「明白！可是如果可以的話，你定要來陪人家。」

燕飛笑道：「這個當然。天王老子都擋不住我。」

紀千千化怨為喜，道：「千千最喜歡燕郎這副天不怕、地不怕的英雄氣概。親千千吧！」

桓偉臉色陰沉的步入書齋，向正在發呆的桓玄施君臣之禮，不敢有半丁點兒的怠慢，因為昨天剛有個將領，因疏忽了侍君的禮節，觸怒了桓玄，命喪於他的斷玉寒刃鋒之下。自桓玄被逐離建康，逃返江陵，桓玄怕被人輕視，性情變得更暴戾，手段則變本加厲，動輒降罪於人，以為憑著加重刑罰，可以重建聲威，弄得更是天怒人怨。

桓玄木無表情的道：「賜坐！」

桓偉坐往右側，道：「稟告皇上，我們又有一隊送糧資往湓口的船隊，被兩湖幫的妖孽途中突襲，全部沉入江底。如果我們十天內再不能把糧資送往湓口，我們在湓口的大軍，將會陷入糧荒的劣境。」

「砰！」桓玄一掌拍在書几上，額上青筋暴現，勃然大怒道：「真沒有用。」

桓偉苦笑道：「兩湖幫之所以能死灰復燃，據報是因有劉裕派去的人在暗中主持……」

桓玄截斷他道：「管他甚麼人主持，就讓我把巴陵奪回來，殺盡兩湖幫的餘黨。」

桓偉暗嘆一口氣，道：「剛有消息傳來，以毛修之為首的巴蜀亂軍，已突破我們布置於三巴的防線，東下直逼白帝城，西線的告急文書像雪片般飛來，皇上還沒看嗎？」

桓玄目光落在几上堆積如山的文書，臉色驟變，說不出話來。桓偉不敢說話，因為曉得自己說的全是不中聽的話，對桓玄是一個接一個的打擊，以桓玄驕傲自大的性格，肯定消受不了。他更收到消息，桓玄已兩天沒胃口進食。

桓玄忽然道：「我們可否和建康講和呢？」

桓偉大感錯愕，忍不住衝口而出道：「皇上以甚麼身分和劉裕談判呢？」

桓玄張開口欲說話，卻沒法吐出一字半句。他不說話，桓偉也不敢說話，怕桓玄忽又變得暴跳如雷。

桓玄急喘了幾口氣，道：「只要劉裕肯講和，一切可以回復舊觀。司馬德宗仍在我們手上。」

桓偉頹然道：「劉裕以司馬遵代替司馬德宗，大赦天下，只不赦我桓氏一族，其心可見。聽說劉裕還把太祖皇帝的牌位從祖廟取出來，在宣陽門外當眾以火燒掉，我們和劉裕之間，根本沒有轉圜的餘地。現今我們唯一之計，是憑江陵城高牆厚，力抗敵人，希望能反敗為勝，再沒有其他辦法。」

桓玄面如死灰，再次說不出話來。

高彥進入太守府主堂，尹清雅正向程蒼古和老手兩人大發嬌嗔，見高彥進來，道：「高彥你來給我評理！這算哪門子的道理？人家要隨隊去對付桓玄那奸賊派往湓口的糧船隊，程公和老手卻硬是不許，是否看我是女流之輩，不把我放在眼裏？」

高彥和兩人交換個眼色，坐到她身旁去，微笑道：「他們是爲雅兒著想。」

尹清雅氣鼓鼓的道：「你這小子竟不幫我，這叫爲我著想嗎？爲我著想便該讓我去。」

程蒼古仍是那副不以爲忤的賭仙風範，微笑道：「我們或許不算是爲幫主著想，但肯定是爲大局著想，更是爲老卓的天書著想。幫主的安全是絕對不容有失，如果幫主隨隊作戰，我們會變得小心謹慎，既不敢冒險，又不能放手而爲，定會影響戰果。」

尹清雅扠著小蠻腰生氣道：「這就是說我會拖累你們了！你們太小看我了，當年師父也讓我到戰場去。」

高彥插口道：「你那場仗好像是敗仗來的？」

尹清雅正在氣頭上，聞言立即杏目圓瞪，狠狠瞧著高彥道：「你這死小子、臭小子。」說到最後，不知想起了甚麼，嘴角露出一絲笑意。

高彥最擅長看她的眉眼高低，陪笑道：「雅兒爲了我高小子，應該乖乖留在這裏陪我遊山玩水。因爲如果你上戰場，我也要陪你去，而我是最怕打仗的，見不得血流成河的場面。唉！大江近來肯定多了很多水鬼。」

尹清雅皺眉不悅道：「你這小子又來唬我。誰要你陪我去，沒膽鬼！」

高彥自有一套應付尹清雅的獨家本領，嘻皮笑臉道：「又多一種鬼，哈！我的戰膽肯定不大，但另一種膽卻大得多，叫色膽。」

程蒼古和老手終於忍不住笑了出來，卻不敢笑得過於厲害，不知忍得多麼辛苦。尹清雅亦禁不住的「噗哧」嬌笑，旋又板起臉孔，狠狠道：「你再口不擇言，我便掌你的臭嘴。」

高彥老著臉把頭靠到方便尹清雅掌嘴的近處，興高采烈的道：「請掌嘴！只要雅兒肯乖乖的留在城裏，我高彥可以作任何犧牲。」

程蒼古向老手使個眼色，同時起身。尹清雅忘了和高彥糾纏，大嗔道：「討論還未有結果，你們兩個要到哪裏去？」

程蒼古欣然道：「稟告幫主，老夫和老手兩老昨晚都是一夜沒睡，如果幫主沒有甚麼要緊的事要我們兩老去辦，我們想回房讓兩副老骨頭休息一下。」

尹清雅不依道：「不准走。答應了我才准去睡。」

高彥道：「讓他們先睡一覺，睡醒他們才有精神去想雅兒的問題。」程蒼古和老手如獲皇恩大赦，急忙離開。

到大堂剩下他們兩人，高彥一把將尹清雅摟個結實，還在她臉蛋上連香幾口。尹清雅任他施爲，怨道：「你這小子不肯幫我。」

高彥道：「雅兒你想想吧！現在我們是勝券在握，還何須去冒生命之險呢？老卓那瘋子臨走前千叮萬囑，絕不可以讓我們夫婦涉足戰場。他的苦心，雅兒明白嗎？」

尹清雅白他一眼，道：「甚麼我們夫婦，你娶了我嗎？」

高彥再親她一口，道：「是否有夫婦之名，又或夫婦之實，暫不在討論範圍。噢！不要動手，待我說完心裏的話後，娘子要處罰我尚不嫌遲。我想說的是，等劉裕斬掉桓玄那奸賊的臭頭後，我們便可以坐船回邊荒集，參加千千和小詩回歸邊荒集的狂歡會，保證好玩。雅兒跟著我，想悶都悶不起來。」

尹清雅終於化嗔爲喜，一雙明眸亮了起來，似在想像桓玄授首劉裕刀下的情景，又似正憧憬未來的美好日子。

燕飛披星戴月地趕往崔家堡。向雨田幫了他很大的忙，不但分擔了他的工作，負責去通知拓跋珪有關慕容垂主力大軍的動向，更找得慕容垂另一著奇兵——龍城軍團藏兵之處。慕容垂的確不愧是北方的軍事大家，利用太行山中的村落和山道，把十萬戰士隱藏起來，又利用秘密開鑿拓寬的山道，攻擊拓跋族或荒人。假設沒有紀千千這個神奇探子；假設他們不曉得慕容垂的戰略和部署，到慕容垂向他們發動雷霆萬鈞之勢的攻擊時，他們方如夢初醒，此戰勝負，不用猜也知道結果。拓跋珪還可憑城死守，多捱一陣子，他們的荒人部隊，則肯定會全軍覆沒，沒有一個人能活著返回邊荒集去，他燕飛亦不會例外，因他怎忍心捨下眾兄弟，自行突圍遁逃呢？那時拓跋珪也完蛋了。縱然有荒人的支持，能否贏慕容垂仍屬未知之數，何況是失去荒人的一萬精銳。

在三方勢力裏，荒人整體作戰能力最強，擁有最多的高手。最令慕容垂害怕的是荒人是自願上戰場，為營救紀千千主婢而戰，不論任務如何艱苦困難，沒有人會出半句怨言。且荒人身經百戰，捱慣風霜雨雪，戰士間的合作和默契均遠非當今之世任何兵團所能比擬，其萬眾一心的精神，只要稍懂兵法者，便知這樣的一個部隊是多麼可怕、難纏。所以慕容垂作出了最明智的決定，派遣多達二萬人由他最出色的兒子指揮的龍城兵團，埋伏在最具戰略性的太行山南段，務要令荒人部隊永遠到不了平城去。以慕容垂的智慧，早曉得荒人必須尋找接近戰場的前進基地，看現在龍城軍團部署的位置，便知慕容垂猜到荒人會以崔家堡作基地。離開慕容垂的山寨後，燕飛依向雨田的指示，尋得龍城軍團的山中營寨，摸清楚敵方的情況，這才趕往崔家堡與荒人兄弟會合。

夜風陣陣吹來，但不再是冰寒徹骨的西北風，而是暖和多了的東南風。風向的改變，代表著天氣的變化，而他一路掠經的地方，再不是滿鋪著積雪，部分冰雪已經融解，出現青蔥的草野。心中不由浮現送別安玉晴的情景。他們在泗水南岸分手，依依話別，當時的景況仍歷歷在目。

河風吹得安玉晴秀髮飄揚，衣衫獵獵，她一雙眸神充滿深刻的感情，道：「就送到這裏吧！好嗎？」

燕飛眞有點不想讓她離開自己，嘆了一口氣。安玉晴微笑道：「送君千里，終須一別嘛！玉晴眞的很開心，當日你向玉晴提出，要和我及千千姊一起離開這個人間世，我仍不相信我們能辦得到。但現在夢想已成爲現實，不可能的事變成了可能。玉晴再沒有絲毫懷疑。」

燕飛道：「能讓玉晴美夢成眞，是我燕飛最自豪的成就。」

安玉晴伸手撫摸他的臉頰，帶點嬌羞的道：「我們之間還用說客氣話嗎？給我三年時間好嗎？我回山後，會好好培育陰陽兼備初成形的元神。在這期間，你可以和千千姊盡情享受生命，更可讓你有足夠時間爲千千姊作準備工夫。三年期滿，你和千千姊到我家來找玉晴，我們便可以好好的在一起了。」

燕飛失聲道：「三年！」

安玉晴收回玉手，橫他一眼道：「有千千姊陪你嘛！你可能嫌三年時間不夠長呢。人家可不像你的天分那麼高，而且我習慣了獨自修行，沒有這三年苦修，或許永遠達不到破空而去的條件。準備妥當後，玉晴才可以安心陪你，嫁雞隨雞，嫁狗隨狗啊！哈！」說到最後兩句，在她臉上露出既開心又害羞、極罕出現的動人神態。

燕飛開懷道：「難得玉晴肯親開金口，委身下嫁，我燕飛……」

安玉晴先捂著他的嘴，不讓他繼續說下去，柔聲道：「世間的名分，對我不再重要，不具任何意義。和你燕飛在一起便是在一起，難道玉晴會離開你嗎？」

燕飛心中一陣感動，曾有段時間，他以爲與安玉晴是有緣無分，怎想得到情況的發展，完全出乎他意料之外，彷佛冥冥中確實有一雙命運之手，把他們以最奇妙的方式，撮合起來。回想當年初遇她時的情景，現在此刻看著她對他有無比吸引力的神秘美眸，心中的銷魂滋味，無論如何都無法以言辭表達。

安玉晴玉容回復一貫的平靜，輕柔的道：「從小到大，玉晴便有向道之心，故對世間的男女之情，不存任何期望。可是每次見到你這個人，總被你觸動玉晴心裏某種說不出來的情懷，愈感到你燕飛與眾不同，也沒法把你拋開。眞想不到男女之情可以這麼動人，玉晴感到自己很幸福。別了！」

每次記起安玉晴臨別的這番話，都令燕飛想得津津有味，重溫不厭，每次都有新鮮火辣的感覺。與安玉晴交往的初期，這位美女總有一種拒人於千里之外的姿態，有種說不出的灑脫和不受任何人事羈絆的自由自主。難得她肯吐露心聲。不過事實上安玉晴的心意絕沒法瞞他，當他和她的心靈聯繫在一起，她對他的愛就像汪洋大海般把他淹沒，令他沉醉其中。

燕飛倏地止步，蹲了下來，心中出現警兆。崔家堡出現前方，只有零星的燈火。燕飛掃視遠近山野荒林，卻沒有察覺任何異樣的情況。燕飛守心於一，排除雜念，心神進入晶瑩剔透的境界。就在此時，一道黑影出現前方，再投往左方密林，轉瞬不見。燕飛心叫好險，如果自己毫不察覺地繼續前進，定會被對方發覺。此人當是慕容隆派出的探子高手，輕功了得，特來探查崔家堡荒人的情況。燕飛不驚反喜，因可證實慕容隆的確有在前路突襲荒人部隊之意，只要他們能將計就計，反過來擊垮龍城軍團，這場仗將更有取勝的把握，對慕容垂主力大軍的士氣，亦可造成嚴重的打擊。燕飛再靜待片刻，肯定附近再沒有敵方的探子，方借著林木的掩護，朝崔家堡去了。

〈卷十五〉

第四章◆四奇之策

第四章　四奇之策

燕飛抵達崔家堡，離天明尚有二個多時辰，除了值夜的崔族戰士和荒人兄弟，其他人好夢正酣。負責當夜防護重責的是卓狂生，此君正埋首寫他的天書，聞報後火速來迎，把被荒人兄弟簇擁著的燕飛，帶到本屬崔宏卻被卓狂生徵用了的書齋，坐下後，劈頭第一句便道：「小飛你來得正好，我剛好寫到關於你的章節，別忘記你對本館主的承諾。」

燕飛苦笑道：「你似乎關心你的天書，更甚於現實中的戰爭。」

卓狂生毫無愧色的道：「兩方面我都很在乎，不過看你春風滿面的樣子，便知你滿載而歸，這方面可留待日出後舉行的會議討論，如果我現在要你稟告上來，會大減在開會時，我乍聞喜訊的刺激感，而且你又得重複再說一遍，對你對我都沒有好處，何不趁夜深人靜的良辰美時，讓我聽聽你的動人故事，千萬不要令我這個關心你的人失望。明白嗎？」

燕飛苦惱的嘆道：「甚麼事都可給你說出些歪道理來。你若眞的關心我，好應讓我先去好好睡一覺。」

卓狂生笑道：「不要推三阻四了，說吧！你這回怎麼都賴不掉的。」

燕飛凝望隔著張書几的卓狂生，好一會後道：「你滿意眼前的一切嗎？」

卓狂生愕然道：「這和你要說的事有甚麼關係呢？」

燕飛道：「當然大有關係，你先回答我的問題。」

卓狂生屈服道：「好像現在寫書的是你而不是我。好吧！我非常滿意現今的自己，非常享受眼前的一切。邊荒集的榮耀，就是我的榮耀，尤其我的天書快將完成，我當然有很大的滿足感。言歸正傳，不要再兜圈子了，不如就由天穴開始吧！天穴和你究竟有甚麼關連？」

燕飛道：「假如我說出來的事，會令你的滿足感化為烏有，一切以往能令你感到快樂的事，都失去了原本應有的意義，這樣的故事你仍堅持要聽嗎？」

卓狂生興致盎然的道：「剛好相反，我給你說得心都癢起來，不要再賣關子了。」

燕飛拿他沒法，苦惱的道：「我眞的有難言之隱，因為說出來，對任何人都沒有好處。」

卓狂生雙目放光，道：「不會那麼嚴重吧？」

燕飛苦口婆心的勸道：「想想吧！假設你正沉醉在甜蜜的美夢中，忽然枕邊響起驚雷，把你震醒過來，發覺正享受著的一切只是夢境，你會感激這雷響嗎？」

卓狂生欣然道：「如果眞的是夢，早晚會夢醒過來，遲些早些沒有分別，何況我仍可繼續尋夢。」

燕飛沉聲道：「問題在這個人生大夢，只會在嚥下最後一口氣時才會醒轉過來，又或結束，你仍要知道嗎？」

卓狂生雙目精芒閃閃，大喜道：「愈說愈精采了。我的想法和你恰恰相反，假如我曉得人生只是一場幻夢，死了便會夢醒過來，我會更珍惜夢中的一切，我此刻快被你引起的好奇心殺死了，立即給我從實招來。」

燕飛嘆道：「害了你沒有甚麼關係，因為是你自找的，但若令聽你說書的人無辜受害，卻是我於心不忍的。」

卓狂生道：「你先說出來聽聽，再讓老子我斟酌如何下筆著墨，保證寫得如幻似眞，讓人疑神疑鬼，仍能安心作夢。他奶奶的！不要再吞吞吐吐了。」

燕飛沉吟片刻，道：「如果你曉得這人間世竟有個神秘的出口，我們可以離開這個人間世，你會怎麼辦呢？」

卓狂生一呆道：「眞的有這樣一個出口嗎？」

燕飛道：「先回答我。」

卓狂生認眞的想了半晌，長長吁出一口氣道：「我大概會想盡辦法，去尋找這個出口，看看出口外是怎樣的一番情況。」

燕飛苦笑道：「關鍵處正在這裏，曉得這麼一個出口的存在，會打亂你的陣腳，令你茶飯不思，再難全心全意去享受生活，享受你手上擁有的東西。而最大的問題，在於你永遠找不到這個出口，當這變成一個遺憾時，感覺絕不好受。孫恩和安世清等人的師父，也是尼惠暉的親爹，便是窮畢生之力去尋找這個出口的人，結果是含恨而終。」

卓狂生倒抽一口涼氣，道：「我的娘！你想說的是不是關於成仙成道的事？」

燕飛聳聳肩頭道：「我不理甚麼成仙成道，我要說的只是關於這個神秘出口的事。」

卓狂生兩眼生輝的打量他，問道：「你曉得出口在哪裏嗎？」

燕飛頹然道：「你這傢伙，怎麼勸仍是冥頑不靈。對！我曉得出口在哪裏，正因我知道這個秘密，令我幾乎陷進萬劫不復的絕境裏。現在我終於找出解決的辦法，可是別人可沒我這般的幸運，所以我不想其他人重蹈我的覆轍。」

卓狂生緊張問道：「出口在哪裏？」

燕飛拿他沒法，道：「出口無處不在，只看你是否有開啓的能力。」

卓狂生愕然道：「我的娘，你在說甚麼呢？」

燕飛道：「這要從天地心三珮說起，據道家寶典《太平洞極經》所載，只要能令三珮合一，仙門便會開啓，露出通往洞天福地的入口。你這麼想曉得天穴的眞相，我便告訴你吧！天穴與甚麼天上降下的火石絕對無關，它是天地心三珮合一，打開了仙門的後果，神秘的力量從另一邊湧出來，炸開了地面，明白嗎？」卓狂生聽得目瞪口呆，一時說不出話來。

燕飛凝望著他，沉聲道：「我肯告訴你眞相，並非改變了主意，只是希望你能明白問題的嚴重性，不要再逼我，更不要把此事公諸於世。我已掌握了開啓仙門的方法，故比任何人都清楚開啓仙門的難度。孫恩並沒有命喪於我劍下，最後與他的一場決戰，演變爲合力開啓仙門，而他則從仙門溜掉，去體會出口外的情況，看看那究竟是洞天福地？還是修羅地府？以孫恩之能，都沒法獨力開啓仙門，餘子可以想見。知道仙門的存在，絕非甚麼賞心樂事。來聽你說書的人只是要尋樂子，而非想徒添煩惱，你也不想害人吧？」

卓狂生失聲道：「我的娘，你愈說愈離奇了。他奶奶的！照你這麼說，我們現在眼前的人世，豈非像個龐大無比、表面看似自由的大牢獄，而我們則成了監犯而不自覺，只有仙門是唯一逃獄的出口？」

燕飛嘆道：「不同的人，會對這樣的處境有不同的看法、不同的感受，甚至不同的反應。最極端是把自己的一生毀掉，沒法投入眼前的生活去，只是一意尋找逃生的出口，最終徒勞無功，白白浪費掉生命。唉！做人是要全心全意的，快快樂樂度過此生才是聰明的事。」

卓狂生道：「這樣的人沒有多少個，大多數人都只會當作傳奇神話來看。」

燕飛道：「就算只有一個，亦非我所願。告訴我，你相信嗎？」

卓狂生頹然道：「我清楚你是不會騙我的，更不會拿這種事來開玩笑。坦白告訴我，我卓狂生有機會嗎？」

燕飛苦笑道：「問題正在這裏，認識我的人，都知道我不會揑造這種事來騙人，如給你寫進天書去，首先害到的便是我們的荒人兄弟。荒人一向離經叛道，鍾愛新鮮古怪的事物，仙門最合他們的脾胃，找不到仙門時，卻沉迷於丹藥，那就大大不妙。」

卓狂生呆了半晌，問道：「仙門是怎樣子的？是否會出現一道門，打開便可以到洞天福地去。」

燕飛苦惱的道：「看你現在神魂顛倒的樣子，我後悔得要命。仙門並不像我們一般的門，而是個一閃即逝的空間，不論你本領如何高強，以孫恩作例子，穿過仙門時，肉身便會灰飛煙滅，只剩下道家傳說中的陽神，方可抵達彼岸，但至於另一邊是否洞天福地，則沒有人知道，包括我在內，因爲去了的人都沒法回來告訴我們，那邊是何光景。」

卓狂生長長吁出一口氣，道：「眞的是匪夷所思。唉！他奶奶的！」

燕飛道：「你現在有甚麼感覺？」

卓狂生看他一眼，俯首沉吟，道：「感覺很古怪，全身涼颼颼似的，好像身體不再屬於自己，整個人虛虛蕩蕩。」

燕飛道：「是否以往最在乎的事，例如你的說書大業、荒人的榮辱、戰爭的成敗，都變成再也無關痛癢的事。可是你的心事，卻沒法向任何人傾訴，當然我是唯一的例外。」

卓狂生朝他望去，點頭道：「你的話直說到我心坎裏去，我頗有正作著春秋大夢的奇異感受，疑幻疑眞，一切事物都失去了以往的意義。他奶奶的，這種感覺眞的要命。」又滿懷感觸的道：「到此刻我才明白爲何會有這麼多人看破世情，遁入空門，又或沉迷道術丹藥，皆因在他們內心深處，隱隱感到這個出口的存在。我的娘！這是多麼可怕，又是多麼動人的事實。我從沒有想過，別人的幾句話，可以令我整個天地觀起了天翻地覆的變化。謝謝你！」

燕飛失聲道：「謝我？」

卓狂生撚鬚嘆道：「因爲你的坦白，令我的天書眞的變成了天書。放心吧！我會懂得如何著墨，保證沒有人相信我說的是眞話，只以爲我是語不驚人死不休，憑空揑造。事實上這也是我全書的風格，沒有人會認眞看待。」

燕飛苦笑道：「那我剛才所說的豈不全是廢話？」

卓狂生正容道：「當然不是廢話。只要我隱瞞你曾向我透露眞相，那麼所有人都會心生疑問：你又不是燕飛，怎會清楚燕飛的事？最關鍵之處，是我會把仙門形容得像這個書齋入口般的門，以黃金打製，須萬斤之力方能推開，門開後是一道直通往青天的雲路，煙霧瀰漫，還有條忘憂河，喝一口便可以把生前的事徹底忘掉。他奶奶的，若這還不足以令人誤以爲我在虛構故事，我可以再加上由龍虎二獸把門，打贏牠們方可往洞天福地闖。如此誰都會把我的天書當作志怪傳奇，沒有人會認眞。」

燕飛啼笑皆非的道：「你這死性不改的傢伙，眞的拿你沒法。」

卓狂生吁一口氣道：「你該爲我高興才對，因爲我忽然又回復生機，感到在書中洩漏天機的樂趣，別人說我誇大，我也不會辯駁，只會在心中暗譏他們的無知。」

燕飛道：「那你自己又如何呢？你已曉得了不應該知道的秘密。」

卓狂生欣然道：「這個天機之秘無限地豐富了我的生命，令我能從一個超然的角度去感受眼前的一切，就像作夢，雖然明明白白曉得身在夢中，卻沒法醒過來，但又確確實實是已醒了過來，如此矛盾獨醒的滋味，既失落又動人，豈是一般人能擁有的經驗？我會背負著這個秘密，浪蕩天涯的四處說書，卻沒有人知道我在洩漏天機，直至老死。看！這是多麼感人的事？」燕飛呆看著他，說不出話來。

卓狂生道：「放心吧！以後我再不會逼你，你也不用再向我提及仙門的事，以免影響我天書下筆的方向。不過大家是兄弟，我當然關心你，你眞的有把握開啓仙門嗎？你走了，千千怎麼辦？」

燕飛苦笑道：「你又忍不住問了。」

卓狂生投降道：「不想說便不要說吧！幸好筆在我手上，我會給你們一個大團圓的結局。」

燕飛道：「沒有人曉得仙門的另一邊是怎麼一回事，所以你愛怎麼寫都可以。」

卓狂生道：「我完成天書後，會把天書藏起來，待若干年後才讓它出世，如此你便不用擔心了。否則保證尋找你的人會大排長龍。」

燕飛苦笑道：「多謝你！」

卓狂生道：「時間會沖淡一切，二、三十年後，你燕飛將變成神話裏的高手，只屬於上古時代。哈！或許我說得誇張了點，但我的看法依然沒有改變，人只會選自己願意相信的事去相信，太過離奇的事，根本在腦子裏掛不牢，轉瞬褪色，所以你眞的不用擔憂。」

燕飛還想說話，足音人聲自遠而近。一人領頭進入書齋，大笑道：「燕兄！我們又見面了！」竟然是向雨田，崔宏緊隨他身後。燕飛和卓狂生都生出從幻夢返回現實的古怪感覺，一齊起立相迎。

崔宏趨前和燕飛握手，欣然道：「見到燕兄，我生出大局已定的感覺。」

燕飛明白他的話，自己身在此處，是因沒有忍不住獨自去營救紀千千主婢，故沒有打草驚蛇，令拓跋族和荒人能掌握著致勝的契機。

卓狂生望著窗外，見天色漸明，道：「是召開會議的時候了！」

桓玄猛地從床上坐起來，一身冷汗。他急促地喘息著。剛才的夢實在太可怕了，他夢到自己的軍隊，集體向劉裕投降，北府兵從四面八方攻入江陵，只剩下他和兩千子弟兵拚死頑抗。不知如何，他孤身一人沿著大江亡命竄逃，天地昏暗迷茫。忽然前方一人攔著去路，定神一看，竟是七孔流血的桓沖，瞪著他的厲目燃燒著仇恨和憐惜。桓玄狂嘶一聲，掉頭便走，慌不擇路下，來到一個荒村，赫然竟是當日截殺司馬道子的亂葬崗，司馬道子和司馬元顯兩個無頭鬼正在崗上飄蕩，四處尋覓，似在找尋他們失去的頭顱。

桓玄嚇得魂飛魄散，忽然發覺四周景物已變，化爲江陵城內的街道，卻不見人蹤，家家門戶緊閉，桓府出現眼前。桓玄鬆了一口氣，直衝入府，大嚷道：「來人！」一女從主堂大門婀婀婷婷地走出來，神態優閒的問道：「南郡公找我嗎？」桓玄定睛一看，赫然是王淡眞，她的咽喉處有一道清楚的血痕。

桓玄狂呼一聲，醒了過來。他不斷提醒自己，只是一個夢，並不是眞的。好一會後，桓玄心神稍定。夢中的情景，會不會眞的發生呢？不！絕對不會。我桓玄絕不會輸的，最後的勝利將屬於我。至不濟便是回復以往荊揚對峙的局面，誰都奈何不了誰。

忽然足音響起。桓玄心中一緊，喝道：「是誰？」

門外親衛報上道：「桓偉大將軍求見聖上，有要事面稟。」

桓玄尚未回應，桓偉氣急敗壞地衝進來道：「白帝城被毛修之攻陷了。」

桓玄整道脊骨像冰雪般凝凍起來，再沒有任何感覺。

崔家堡。眾人聚首主堂，舉行離開邊荒後的第一個會議。卓狂生居中主持會議，諸人分坐置於左右各兩排的椅子裏，依規矩議會成員坐前排，列席者坐後排，井然有序。卓狂生乾咳兩聲，清清喉嚨，同時令鬧烘烘的廳堂肅靜下來，顯示出議會的威嚴。

當所有人把目光集中在卓狂生身上，這位「名士」欣然道：「誰做向兄的推薦人呢？」

龐義一呆道：「是否多此一舉？」

崔宏曾參加過會議，故不用推薦，但向雨田尚是首次列席，照議會的傳統，必須由議會成員推介，再由成員們舉手決定。燕飛看著卓狂生，心中生出異樣的滋味，這傢伙現在給他遊戲人間的輕鬆感覺，仙門之秘在他身上，似乎有不錯的效果。微笑道：「當然須依照規矩來辦。我燕飛願以自己的聲譽作保證，向雨田不但不是我們的敵人，還是我們的好兄弟。各位可以絕對的信任他，而他亦代替了高小子，成爲我們邊荒勁旅的首席探子，亦令我們對敵人的情況，瞭若指掌。」

眾人齊聲歡呼，且是發自眞心。向雨田的武功才智，他們都曾領教過，體會甚深，現在有他來助拳，大家並肩作戰，令他們更是歡欣鼓舞，信心大增。向雨田起身抱拳回禮，笑道：「能和你們荒人攜手合作，是我向雨田的榮幸，從這刻起，我們就是戰友夥伴，在救回千千小姐和小詩姑娘前，我向雨田向天立誓，永不言退。」眾人又再喝采歡叫，氣氛熾熱。

卓狂生請向雨田坐下後，微笑道：「請我們的頭號探子，報告敵人的情況。」

向雨田以眼光徵求燕飛的同意後，遂把燕人兩軍分布的情況詳細道出，最後道：「我們的合作夥伴拓跋族主，絕對是有資格和我們聯手作戰的英明統帥，這方面請崔兄解說。」

崔宏正容道：「我這回隨向兄回堡與各位荒人兄弟會合，並不是孤身而來，而是帶著一支五千人組成的精銳部隊，現正由丁宣領軍，到達某一指定的戰略位置，俾可在適當時機，與我們共同夾擊敵人。」眾人大喜，歡聲雷動，把會議的氣氛推上更熱烈的高峰。

慕容戰嘆道：「如此我們實力大增，更有勝算。」

崔宏道：「不是我為族主辦事，便為他吹噓，族主早有預見，猜到慕容垂會派人截擊諸位，故請向兄查探敵人情況，又撥出五千人由我指揮，準備妥當，所以向兄回平城後，我們立即起程上路，沒有耽擱時間。」眾人這才明白向雨田剛才讚賞拓跋珪的原由。

姬別哈哈笑道：「別人說慕容垂最懂用奇兵之術，但照我看這回他的奇兵之術再行不通，崔兄這個部隊才算真正的奇兵。」眾人又再起鬨。

卓狂生道：「請鎮惡說說我們這方面的情況。」

王鎮惡道：「我們這方面也有一支奇兵。若敵人正密切監視崔家堡，肯定會中計。在敵人探子的眼中，我們的五千大軍，只是前天抵達崔家堡，事實上，在此之前的三個月，我們的人已陸續到達崔兄的塢堡，以運送物資米糧為掩飾，暗裏大部分人都留下來。」

向雨田問道：「如敵人發現來時滿船是人，走時卻只剩下幾個，豈會不生疑呢？」

呼雷方笑答道：「我們的運兵船來去都在晚夜，使敵人看不眞切，人少了便以草人補數，來去匆匆，保證敵人看不出破綻。」

紅子春欣然道：「只要敵人誤以爲我們只得五千人，那餘下的五千人便可成爲奇兵。慕容隆從未與我們交過手，有心算無心下，肯定會中計。」

拓跋儀接口道：「何況敵人監視我們在這裏的動靜，極可能只是最近十來天的事，根本不曉得我們秘密運兵的計畫，已進行了三個多月。」

崔宏讚道：「好計！」

卓狂生大笑道：「各位手足，現在情況清楚分明，我們掌握了主動，佔盡上風，就看我們與龍城軍團之戰贏得是否乾脆漂亮，去了慕容垂一條有力的臂膀。」

慕容戰點頭道：「此戰必須在慕容垂攻打平城前發生，那我們便可去除障礙，與拓跋族夾擊慕容垂，教他進退兩難。」

向雨田道：「我有一個提議。」眾人目光全落在向雨田處。

向雨田雙目異芒閃爍，油然道：「當我向拓跋族主和崔兄報上敵人兵力分布的形勢時，崔兄一聽便明，且能補充我之不足，可見崔兄對太行山一帶的地理環境瞭如指掌，由他來策畫整個行動，可收事半功倍的奇效。」

眾人目光移向崔宏。崔宏給讚得有些兒不好意思，謙虛道：「我自幼隨我爹到太行山打獵，長大後仍樂此不疲，故對太行山和附近一帶的地理形勢非常熟悉，可以在這方面提供一點心得。」

姚猛大喜道：「現在連我這不通兵法的小卒，也感到勝券在握。崔堡主不用客氣，我們荒人都是自誇自讚之徒，從來不懂得謙辭，崔堡主心中有甚麼計畫，請說出來。」

燕飛從容道：「我提議此仗由崔兄作總指揮，各位意下如何？」眾人無不稱善同意。

崔宏沒法推辭，只好欣然接受，道：「我的計畫簡單易行，就只兩句話，就是誘敵出擊，再以奇兵破之。」稍頓續道：「龍城軍團兵力達三萬之眾，是我們一倍之上，其戰爭目標亦清楚分明，就是要令我們永遠到不了平城，兼且慕容隆誤以爲我們不曉得他伏兵於路上，所以誘敵之計，肯定能成功，問題在我們能否把他徹底擊垮，而我們仍能保存實力。」

拓跋儀道：「聽崔兄這麼說，已知崔兄成竹在胸，擬定了作戰大計。」

崔宏道：「坦白說，在向兄回報敵人的情況前，我眞的有無處著力的苦惱，現在卻是撥開迷霧見青天。當向兄述說敵人的情況時，我心中便有了個譜兒。」

紅子春皺眉道：「要擊敗龍城軍團並不困難，但要把慕容隆打個落花流水卻絕不容易，不但因龍城軍團是精銳之師，慕容隆更是軍事長才，最大的問題是當慕容隆見勢頭不對，可退往山區，保持元氣，如此將輪到我們進退兩難，不知如何是好。」眾人紛紛點頭同意，因爲紅子春說出他們最擔心的處境。

崔宏好整以暇的道：「慕容隆藏兵之處，太行山民稱之爲霧鄉，因其夾在兩條河之間，是從主脈延展開來的丘陵低地，三面環山，故春天時節，水氣積聚，又只有一個出口，如果我們讓他們退返霧鄉，確會出現紅老闆擔心的情況。」

一直沒有作聲的屠奉三欣然道：「現在我也確信崔兄是智謀在握了。」

慕容戰向紅子春道：「憑紅爺你看天的本領，這幾天會不會來一場大霧呢？」

紅子春道：「冬春之交，常見大霧，今天我被老卓吵醒時，便感到濕氣很重，慕容隆藏兵之處既有霧鄉之稱，晨早時分煙霧籠罩，是大有可能的事。」

龐義不解道：「我們不是要誘敵人來攻擊我們嗎？霧鄉裏是否雲霧繚繞，與我們有何相干？」

姬別笑道：「說到起高樓釀美酒，你老哥認了第二，沒有人敢認第一。但爭勝沙場，你卻完全外行。我們關心霧鄉的情況，是因為我們要把慕容隆連根拔起，趕絕他們。」

向雨田道：「此仗成敗的關鍵，是要令慕容隆沒有退路。慕容隆不是慕容寶這等庸才可比，他精通兵法，我們看到的事，他會和我們一般的清楚。所以他定會為自己留下退路，如果戰況不利於他，他會有秩序的退返霧鄉，再憑險固守，那我們將功虧一簣，陷進兩難之局。」

卓狂生精神大振道：「現在破敵之法，已呼之欲出，請崔帥賜示。」

姚猛哂道：「甚麼呼之欲出，你的軍事見識不比我好多少，我猜不到的，才不信你猜得到。」眾人忍不住齊聲哄笑起來。

卓狂生覷眼瞧他，擺出氣人的神態，咭咭怪笑道：「近朱者赤，近墨者黑，你這小子愈來愈像高彥那小子。對！我對兵法像龐老闆般外行，可是我卻有腦筋，不像你小子般腦袋長在屁股上。」

慕容戰忍著笑道：「不要說廢話了，現在我們是上戰場，不是去遊山玩水。」

眾人目光又集中到崔宏身上。燕飛留意向雨田，見他挨在椅背處，神情輕鬆，嘴角掛著笑意，顯然很享受荒人獨有無分大小，不論尊卑式的會議氣氛。

崔宏道：「我的計畫可名之為『三奇之計』，第一奇是隨我從平城來的部隊，第二奇是敵人知覺之外的五千荒人兄弟，第三奇則是由我們組織一支直搗敵人巢穴的突擊部隊，這個突擊團有百人已足夠有餘，但必須是我們武功最高強的戰士，包括了燕兄和向兄兩人，當敵人從霧鄉出擊，他們將攀山越嶺的偷進霧鄉，斷敵人的後路，當慕容隆退返霧鄉之際，會驚覺最悽慘的命運正等待著他。」

燕飛心中泛起不忍的感覺。希望與燕人的戰爭，是他最後一次上沙場，從此他可以過自己選擇的生活。

向雨田道：「如果我們趁霧突擊，那留守霧鄉的敵人不明虛實下，百人已可造成驚人的破壞力。」

慕容戰點頭道：「兵敗如山倒，只要恐慌一起，精銳之師也會變成烏合之眾。慕容隆本意是借水霧的掩護，伏擊我們，卻反過來被我們利用水霧，摧毀他的軍團，肯定是他始料所不及。」

王鎮惡喜道：「當慕容隆見形勢不利，吹響撤返霧鄉的號角聲，卻遇到從霧鄉倉皇逃出來的戰士，兩支敗軍相遇，正是龍城軍團最脆弱的一刻，如果我們能大致掌握這個相遇點的時間和位置，埋伏第四支奇兵，此戰可獲全勝。」

崔宏認眞的看了王鎮惡好半晌，欣然道：「王兄此計妙絕，也是我沒有想及的，第四支奇兵有五百人已可達致最理想的效果，最後待敵人會合後，再把他們衝斷爲首尾不顧的兩截，如此敵人將陣腳大亂，再難扭轉敗勢，只看我們能否令敵人全軍覆沒。」

卓狂生撚鬚笑道：「整個作戰計畫已然成形，就定名爲『四奇之策』，但細節仍要仔細推敲思量，我們定下行動的時間後，其他便留待在會議後討論。」又道：「這次慕容隆是作繭自縛，滿以爲可以利用太行山的形勢殺我們一個措手不及，反給我們掉過頭來巧布死局。哈！我們荒人全是夜鬼，如果能在黑夜迷夢中與敵人作戰，肯定有利我們。」

崔宏道：「事不宜遲，我們負責誘敵的五千兄弟，便於今天黃昏時分上路，作出毫無防備的樣子，引敵人上鉤。」

龐義關心的道：「如何可以令敵人以爲我們沒有防備呢？若表現得太窩囊，反會使敵人起疑。」

燕飛明白龐義的心情，他對只相處短短一段日子的小詩已是情根深種，故盡一己之力去增加這一仗成功的機會，毫不畏怯的說出心中的疑問，大違他一向多做事少說話的作風。

崔宏微笑道：「龐老闆問得好，不過這個問題由鎮惡兄來回答更適合。」

王鎮惡當仁不讓的欣然道：「我在構想整個行動之時，並沒有把崔堡主的奇兵計算在內。黃昏大軍上路時，我們做足一切應該做的事，派出先頭部隊探路，又於沿途高地設置崗哨，但卻在輜重處下工夫，裝作攜帶大批物資糧食和兵器弓矢上路，讓敵人有明確的攻擊目標。加上行軍緩慢，敵人將有充裕的時間於最有利他們伏擊的地點發動，如此我們便可掌握敵人襲擊我們的位置。」

呼雷方問道：「裝載物資的騾車都是空的，對嗎？」

王鎮惡道：「如果是空車，會讓敵人從輪痕的深淺看出端倪，故須以重物代替糧資物料，方可以引敵人入彀。」

向雨田讚嘆道：「好計！」

卓狂生向崔宏道：「敵人會於何處攻擊我們呢？」

崔宏道：「如果我們沿太行山北上，兩天後可抵霧鄉外的林野，那裏有一片叫北丘的丘陵山地，最適合敵人埋伏施襲。而由丁宣率領的奇兵，正藏身於北丘西北三十里處的山野，可與我們配合無間。」

卓狂生長笑道：「大局已定！大局已定！各位手足，還有甚麼好提議？」

屠奉三沉聲道：「對此戰我沒有異議，但此戰之後又如何呢？慕容垂會有何反應？我們應否乘勝追擊，突襲慕容垂，把千千和小詩救出來？」

眾人沉默下來，大堂鴉雀無聲。燕飛心中暗嘆，打敗慕容垂雖不容易，但仍可因應形勢變化作出部署，擬定作戰計畫，可是如何救出千千和小詩，卻是另外一回事，即使能大敗慕容垂，恐怕仍難達到這個最終的目標，所以人人啞口無言。當然！他們並不曉得他與紀千千暗通心曲的超凡能力，而這亦成爲能否救出千千主婢最大的關鍵。

向雨田打破靜默，道：「那就要看慕容垂會不會帶她們主婢到平城去，如果慕容垂把她們留在山寨裏，我們的機會便來了。」

龐義眉頭大皺的道：「我們如何可以弄清楚慕容垂把她們帶走還是留下呢？」

向雨田瞥燕飛一眼，笑道：「這個包在我身上。」眾人除拓跋儀外，都是半信半疑，不過人人領教過向雨田的本領，知他有鬼神莫測的手段，故沒有說話。

龐義道：「假設慕容垂帶她們上路，又如何呢？」

屠奉三淡淡道：「我們照樣攻擊山寨，令慕容垂痛失後援基地，沒法持久作戰，也讓我們大增勝算。」

龐義慘然道：「最怕慕容垂見勢不妙，來個玉石俱焚，我們便……唉！」

大堂內鴉雀無聲，落針可聞。龐義說出了所有人最擔心的事，如果把慕容垂逼上絕路，誰都不曉得他會如何處置千千主婢。

燕飛道：「未到最後一刻，慕容垂絕不會傷害她們主婢兩人。我們要營造出一種特殊的形勢，逼慕容垂一戰定輸贏，當這個情況出現時，我有信心可把千千和小詩從慕容垂的手上救出來。」

卓狂生喝道：「不要多想，我們只能走一步算一步。散會。」

建康。石頭城。劉穆之來到劉裕背後，施禮道：「大人召我來有何要事？」

劉裕似正眺望窗外的景色，輕鬆的道：「我要離開建康，穆之須爲我作出安排，務要於我不在的時候，穩住建康。」

劉穆之一震道：「是否攻下湓口了？」

劉裕油然道：「尚差一點點，但毛修之已攻陷白帝城，截斷了桓玄的大江上游，更令桓玄沒法反擊巴陵，甚至動彈不得。桓玄並不是蠢人，曉得如讓這個情況持續下去，他必敗無疑。所以桓玄會下命令，要他在湓口的軍隊主動出擊，攻打我們在桑落洲的兄弟，只要桓玄能擊退我們，便可暫鬆一口氣，放手轉攻巴陵，然後反擊毛修之，這是桓玄最後一個扭轉敗局的機會，也是他唯一的生路，桓玄絕不會錯過。」

劉穆之道：「大人是否準備親自到桑落洲，指揮這場戰事？」

劉裕淡淡道：「此戰是不容有失，如純論實力，湓口敵軍實高於我們在桑落洲的軍隊，所以我必須親赴前線，以振奮我軍士氣。」

劉穆之沉聲道：「大人絕不可在這時刻到前線去。」

劉裕旋風般轉過身來，大怒道：「甚麼？」

劉穆之垂下頭去，沒有答他。劉裕怒容漸去，露出歉疚的神色，道：「對不起！穆之！我失態了，我……唉！」

劉穆之抬起頭來，面對劉裕道：「大人不是曾問我，大人現在究竟正處於那一個位置上？該如何做好這個位置應做的事？現在正是考驗大人的時刻。」

劉裕皺眉道：「我不明白！」

劉穆之道：「大人等於現今朝廷無名有實的君主，派出猛將精兵，討伐叛賊。與以往不同的地方，是大人已把兵權交給了遠征的將領，如果大人於關鍵時刻，卻到前線戰場把指揮權收回來，便是和前線將領爭功，也剝奪了他們立大功的權利，故萬萬不可。」

劉裕煩惱的道：「可是……可是……唉！」

劉穆之道：「我明白大人在擔心劉毅他們會出岔子，可是疑人勿用，用人勿疑，大人既把指揮權下放給他們，須貫徹始終，讓他們展現才能。試想如果在桑落洲的指揮者是大人，於對峙十多天後，眼看勝利在望，忽然大後方的聖上要御駕親征，大人會有甚麼感受？」

劉裕一呆道：「我倒沒有想過這點。」

劉穆之道：「大人沒有慮及這方面的情況，是因尚未習慣自己所處的位置，以爲自己仍是戰場上的統帥。」又道：「大人是不用擔心的。不論劉毅、何無忌或魏詠之，都是身經百戰的北府兵猛將，兼且我軍士氣高昂，足可應付任何情況。更何況桓玄大勢已去，荊州軍士無鬥志，現在又是離湓口主動出擊，必敗無疑。」

劉裕嘆了一口氣。劉穆之道：「如此戰大勝，將廓清通往江陵之路，桓玄敗勢已成，誰都不能逆轉過來，那時大人便可考慮親自到前線督師，未爲晚也。」

劉裕吁出一口氣，道：「穆之言之有理，正是因此戰牽涉到成敗，我才會這般緊張。」

劉穆之從容道：「大人置身於此戰之外，尚有另一個好處，就是讓建康的高門貴胄，曉得大人手下猛將如雲，有資格打垮荊州軍者比比皆是，更令他們不敢起異心。」

劉裕苦笑道：「我被你說服了。不過我定要手刃桓玄，在這事上我是不會退讓的。」

劉穆之道：「這方面我可以作出妥善的安排，我會派人秘密知會無忌和詠之，讓他們清楚大人的心意，當時機成熟時，大人可親赴戰場，指揮攻打江陵的戰役。」

劉裕愕然道：「爲何不直接向劉毅說？」

劉穆之道：「這是大人必須掌握駕馭手下將領的手段，不同的人，有不同的出身背景、不同的性格才情，不能視之如一，否則會出亂子。劉毅生性高傲，視人不如己，但確是個有才能的人，故能得何謙重用。這樣的一個人，肯定不會錯過斬殺桓玄的機會，如此他便可立下最大的功勞，成爲大人外聲勢最顯赫的人。我不直接向他說，是怕他陽奉陰違，令大人希望落空。」

劉裕嘆道：「聽穆之這麼一說，我有點後悔了，我是否用錯了他？」

劉穆之正容道：「大人委劉毅以重任，是絕對正確，且是非常高明的一著，化解北府兵的派系鬥爭於無形之中，所以我沒有說過一句反對的話。」

劉裕沉吟道：「劉毅會不會成爲禍患呢？」

劉穆之道：「那就要看他是否自量，是否肯安分守己。不過這是除掉桓玄後的事了，現在大人聲威如日中天，誰敢冒犯大人？」

劉裕沉重地喘了幾口氣，接著平靜下來，點頭道：「全賴穆之提點，我才不致犯錯，但我定要親手殺死桓玄。」

劉穆之道：「當湓口敵軍被破，桓玄拚死頑抗，毛修之、劉毅和尹清雅三軍圍擊江陵，便是大人親赴戰場的時刻，因爲只有大人才有駕御三支不同部隊的資格和能力，那時劉毅那敢有異議？」

劉裕終於展露笑容，點頭道：「依穆之之言，我會耐心的等待那一刻。」劉穆之暗舒一口氣。

在拓跋儀力邀下，燕飛和向雨田到他在崔家堡的「家」，與香素君共膳。香素君已是大腹便便，故不能親自下廚。看她滿足幸福的模樣，更堅定燕飛玉成拓跋儀心願的決心。

膳後燕飛和向雨田一道離開，後者笑道：「人世間最令人戀戀不捨的，便是親情，包括了夫妻之愛，父慈子孝。但我們秘人卻反其道而行，除族長有繼承權的子女外，其他孩子出生後，便須與父母分開，由族人共同撫養和培訓，從小接受最嚴格艱辛的鍛鍊，體質弱點兒的都捱不住，十個孩子只有三、四個能活下去。所以剛才看到素君夫人的模樣，心中有種很古怪的感覺。」

燕飛心忖難怪秘人這麼難纏，若不是化解了萬俟明瑤的仇恨，眞不知如何了局。道：「有件事我一直想問你……」

向雨田道：「先讓我把話說完。剛才我說自己有古怪的感覺，是觸發起對自身的反思。我之所以這麼尊敬師父，正因他不但傳我武功，令我成爲不平凡的人，更因爲他塡補了我們秘人最渴望也最缺乏的親情。好了！問吧！」

燕飛道：「參加了你們的狂歡節後，接著幾年我和小珪都在那個時節重返沙漠，卻始終沒法找到你們舉行狂歡節的那片綠洲，令我們非常失望。究竟是怎麼一回事呢？」

兩人踏入崔家堡的中園，沿著小徑在林木裏穿行，此時枝葉仍有結霜，但冰掛已不復見。天色一片灰暗，雖不算好天氣，不過園內的桃樹、梨樹都爭相萌芽，嫩綠的草破土而出，充滿著春天的氣象。空氣濕潤。

向雨田訝道：「我倒沒想過你們竟會對我們的狂歡節念念不忘，不惜萬水千山的去尋找那片我們名之為『沙海中的幽靈』的綠洲。那是個奇怪的綠洲，在過去百年間時現時隱，狂歡節後再過半年，綠洲便被風沙覆蓋了，所以你們沒法找到。」

燕飛道：「該是那塊土地下面有水源，風沙去後，便會回復生氣。」

向雨田點頭同意道：「理該如此。」又笑道：「你們該不是想再參加狂歡節吧，只是沒法忘記明瑤，難怪你的兄弟拓跋珪追問我關於明瑤的事，你在長安重遇明瑤時又那麼的震撼了。」

燕飛不願重提舊事，岔開道：「趁現在有點時間，我們好好休息，天黑後我們就上路。」

向雨田尚未有機會回答，卓狂生從後方追上來，嚷道：「小飛！我有事找你。」

向雨田拍拍燕飛肩膀，笑道：「我去找地方睡覺了！你好自為之，哈！」說畢大步去了。

卓狂生來到燕飛身旁，抓著他臂膀，來到園中的方亭坐下，道：「我真的沒有機會嗎？」

燕飛苦笑道：「看！這就是仙門的後遺症，可以令人坐立不安，茶飯不思。」

卓狂生道：「沒有那般嚴重。仙門的感覺在我身上是蠻好的，令我大增生存的意趣，有點超乎於人世的優越感。不過人總是有好奇心的，最怕你日後忽然行蹤不明，想找你來問個清楚明白都辦不到。」

見燕飛仍在瞪著他，投降道：「唉！算我沒用！告訴我吧，我是否完全沒有機會呢？」

燕飛道：「如果我告訴你尚有一線的機會，你將會變成另一個人，再不是卓狂生，而是瘋了，變為把餘生都花在尋找仙門上的瘋子。這是何苦來哉？沒有人可以肯定仙門是好事還是壞事，放棄一切去追求吉凶難卜的事，是不是很愚蠢呢？我是別無選擇，你卻是可以作出選擇，放聰明點吧！」

卓狂生神情呆滯的嘆道：「你這麼說，是因為你認為我根本沒有半丁點兒機會。這事實是多麼的殘忍，不要看我終日嘻嘻哈哈的，事實上我的內心充滿說不出來的痛苦……」

燕飛失聲道：「你痛苦？不要誆我了！你是邊荒集最懂得找樂子的人，不但懂得如何用最精采的方法打發日子，更懂得如何去改造身處的環境，像你這樣的一個人，竟來向我說你內心充滿痛苦？」

卓狂生嘆道：「或許我是誇大了點，不過痛苦是與生俱來的事，沒有人能倖免，那是一種常感不足的感覺，也是一種令你想到如果可以這樣，便會更理想的感覺，而當然這種『理想』，是永遠不能圓滿達致的。我以前並不清楚這種感覺的由來，現在終於清楚了，因爲我們所擁有的所謂『存在』，根本不是終極的存在，而只是一段局限在某處的短暫旅程。」

燕飛苦笑道：「我早警告過你，有些東西是不知道比知道更好，看你現在的模樣，便印證了我的話。」

卓狂生道：「大家兄弟，說話可以坦白點，我是否眞的全無機會？」

燕飛道：「這句話我眞的說不出口，皆因沒有資格，但照我自身的經驗，你如想臻至孫恩的境界，必須散去本身的武功，從頭練起。」

卓狂生倒抽一口涼氣道：「怎麼成呢？你沒有速成點的方法教我嗎？像高小子般，你可以改造他體內的眞氣嘛！」

燕飛道：「問題在於你並非生手，而是一等一的高手，兼且體內眞氣走的是與玄門正宗截然不同的路子，令我無從入手，幫不上忙。何況即使我能改造你的逍遙氣，離達至孫恩的境界仍有一段遙不可及的路程，你要我怎麼說呢？唉！弄成你現在這副苦樣子，我後悔得要命。」

兩人對望一眼，忽然一起捧腹笑起來。卓狂生喘著氣笑道：「你這小子眞殘忍，粉碎了我的仙門夢。」

燕飛笑得上氣不接下氣，辛苦的道：「我是爲你好，相信我吧！若人生是大夢一場，便作個好夢，盲目去追求永遠不能拿到手的東西，好夢會變成噩夢。」

卓狂生摸著肚皮，道：「事實上我們說的東西一點也不好笑，但爲何我卻笑得這麼厲害呢？」

燕飛道：「不要問我！」

卓狂生平靜下來，沉吟道：「你是不用後悔的，我逼你多透露點眞相，一方面是受我尋根究柢的天性驅使，另一方面也想弄清楚自己的處境。自從你口中曉得這個可能是天地間最大的秘密後，我對自己的存在有了全新的反思，忽然感到一切都充滿意義。他奶奶的！生命是多麼的神奇！此處之外還有彼處，生死之外，尙有其他，造化是多麼的令人難以想像。我以前總是渾渾噩噩的過日子，現在卻像從一個夢中驚醒過來般，看到以往視而不見的東西，從一個更寬廣、如若鳥兒的俯瞰，去看待以前平常不過的事物，卻得出完全不同的意義。我的生命也因而無限地豐富起來。」

燕飛懷疑的道：「希望你這番話是眞心的，不是故意說出來安慰我，以減低我內疚的感覺。」

卓狂生叫屈道：「當然不是騙你，我每一句都是肺腑之言。既然有仙門之秘，當然也該有生死之秘。或許死了之後，我會有另一番遇合。我此生與仙門無緣又如何呢？至少我也沾上了點仙緣的邊兒，已勝過其他身在幻象而不自覺的傢伙。」

燕飛道：「你不會把這些想法寫出來吧！」

卓狂生欣然道：「放心吧！我懂得下筆的分寸。現在我最擔心的是你，爲何你說自己沒有別的選擇呢？」

燕飛苦笑道：「又來了！你總要逼我。」

卓狂生正容道：「對仙門我是認命了，仙門會變成我內心一個不可告人的秘密，你再不用擔心我會變成眞的瘋子。不過人是有好奇心的，想你滿足我的好奇心，不算太過分吧！」

燕飛屈服道：「好吧！橫豎都錯了，再多錯點也沒有甚麼分別。我是能長生不死的人，即使肉身毀掉，仍會變成永遠死不去的遊魂，而我唯一解脫的途徑，就是從仙門逃逸，所以我才說別無選擇。」

卓狂生發呆片刻，點頭道：「明白了！」接著欲言又止，最終都沒有說出來。燕飛曉得他想問自己如何安排紀千千，只是問不出口。

燕飛攤手道：「沒有別的問題了嗎？」

卓狂生凝望著他，道：「我不知該同情你還是羨慕你？」

燕飛道：「我雖然掌握破空而去的手段，但實質的處境和你沒有多大分別。我不曉得仙門外是怎樣的天地，就像你不知道死後會發生甚麼事，兩下扯平。對嗎？」

卓狂生撚鬚笑道：「對！我們面對的都是不可測的將來，這也是所有生命的特質，不知從何處來，往何處去。今天我們在這裏的一番對話，我永遠不會忘記。我現在的確很快樂，卻與以前的快樂不同，是一種痛苦的快樂，一種認命的快樂。」說畢哈哈一笑，灑然而去。

看著他遠去的背影，燕飛大生感觸。卓狂生的情況，正顯示出他一直不肯洩露天機的堅持是正確的。任何人曉得仙門之秘後，都會生出壓抑不住的衝動，想穿過仙門去看看另一邊的光景，可恨他燕飛卻是無能爲力。紀千千是絕無僅有的例子，因爲他可以和自己作心靈的融合，令自己對她有法可施，其中的過程，亦是非常凶險。假設紀千千沒法培育出陽神，會是怎樣的情況。這個想法，想想已足以令他遍體生寒，更感激老天爺的眷寵。

拓跋珪和楚無暇策馬馳上平城東南十多里處一座小山丘上，數十名親衛則在丘下戍守。山野在丘下往四方延展，在日落的餘暉映照下，大地一片蒼茫，嘆為觀止。

拓跋珪目光投往東面貫斷南北於地平遠處的太行山脈，嘆道：「春天終於來臨，我們拓跋族的春天也來了。」

楚無暇欣然道：「族主今天的心情很好呢！」

拓跋珪微笑道：「不是很好，而是從未如此好過，也想到以前不敢深思的事。」

楚無暇興致盎然的道：「族主在想甚麼呢？」

拓跋珪沉吟片刻，似在思索該不該告訴楚無暇，自己腦袋內正在轉動的念頭，然後道：「我在想未來的國都。」

楚無暇訝然道：「奴家還以爲族主正思量戰事的進展。」

拓跋珪微笑道：「當崔宏領兵離開平城的一刻，我便有勝券在握的感覺。從小我便愛思考未來，我並不甘心只當個一方霸主，對拓跋族我有個神聖的使命，就是建立一個強大的帝國，繼晉帝之後統治天下。」又從容道：「思考未來，也是一個令我輕鬆起來的妙法，使我不再囿於眼前的困局，從中解放出來，有一種無限開闊自己視野的樂趣，眞的很動人。」

楚無暇朝他望去，露出心迷神醉的表情，吁一口香氣道：「族主眞是超凡的人。」

拓跋珪傲然道：「正如我剛才說的，若我的志向只是威霸一方，會見一步走一步，絕不會處處從整體大局著想。但我志不在此，而是以一統天下為己任，眼光不但要放遠點，還要超越自己本身的局限，如此方有可能成就不世的功業。」

楚無暇道：「族主把我說得糊塗了，族主有甚麼局限呢？我倒看不出來。」

拓跋珪笑而不語。楚無暇不依道：「族主啊！」

拓跋珪掃視遠近的原野，淡然自若道：「教我如何回答你呢？無暇雖然冰雪聰明，但對政治卻是外行，難道要我大費唇舌嗎？」

楚無暇轉個話題問道：「那族主告訴我心中的理想國都，是哪座城池呢？」

拓跋珪顯然真的心情大好，微笑道：「無暇這麼好奇，我便滿足你的好奇心，我心目中最理想的國都是洛陽。」

楚無暇一呆道：「竟然不是平城？」

拓跋珪談興甚濃的道：「為何無暇猜是平城呢？」

楚無暇道：「平城地近北疆，與族主根據地盛樂遙相呼應，是建都的好地點。」

拓跋珪點頭道：「在未來一段很長的日子裏，平城仍是理想的設都地點，是平定北方最優越的據點。可以這麼說，平城是用武之城，洛陽卻是統治之都。」

楚無暇道：「以城池的規模而論，平城不是沒法和洛陽相比嗎？為何在武事上，平城卻比洛陽優越？」

拓跋珪道：「從軍事戰略的角度去看，洛陽位於河洛諸水交匯的平原，論交通，確實四通八達，非常方便，但在地理形勢上卻是孤立而突出，且處於黃河之南，在控制富饒的河北地區，有一定的難度，所以必須在鞏固國力後，方能圖此。」接著雙目精芒電閃，充滿憧憬的神色，油然道：「我們鮮卑拓跋氏，是諸族中最晚進入中原者，論文化亦遠遠落後。到今天在長城內取得平城和雁門作據點，仍沒法拋掉在馬背上生活、遊牧民族逐水草而居的包袱。」稍頓後，續道：「在以武力征東伐西的日子裏，活在馬背上的方式，與我們戰鬥的方式是一致的，更養成我們強悍善戰的性格。可是我們可以在馬上得天下，卻不能在馬背上統治天下。能否治天下，就看我們能否擺脫部落式的遊牧形態，與漢族融合，迅速華化。否則不論我們的武力如何強大，最終也只會是曇花一現，好景不長。」

楚無暇露出感動的神色，由衷的道：「無暇從未遇上過像族主般高瞻遠矚的人。以前無暇最崇拜的人是我爹，他雖然滿腦子計畫，但視野卻局限在眼前的形勢上，遠比不上族主廣闊無垠的視野。」

拓跋珪像聽不到她的讚許般，雙目異芒閃閃，緩緩道：「由平城到洛陽，正代表我族的崛興。平城畢竟偏處北方，且受到正逐漸轉強的柔然人寇邊威脅；而洛陽乃漢晉以來的政治文化中心，地近南方，在政治地位、文化傳統和地理條件上都遠較平城優越。而最重要的一點，是只有遷都洛陽，方可推行種種必須的改革，進一步與華夏文化融合。」

楚無暇不解的道：「爲何只有遷都，方可以進行改革和華化呢？」

拓跋珪道：「這是新舊交替必然產生的情況，求新者總會遭到堅持過往傳統的勢力激烈反對。以平城爲都，與以盛樂爲都分別不大，故能水到渠成。可是若遷往洛陽，在各方面都會起著天翻地覆的變化，故舊勢力不但會反對遷都，更會反對華化，怕的是不僅難以統治漢人，還會被漢人同化，失去我們賴以立國的強悍民風。所以現時族內與我持不同看法的人仍是佔多數，他們認爲南遷等於放棄祖宗遺留給我們的福地、放棄自身的文化，且會因水土不服致我們的威勢由盛轉衰，所以遷都的壯舉，未必能在我的手上完成。哈！我們怎會忽然扯到這方面去？」

楚無暇柔聲道：「族主說的話，令無暇很感動呢！」

拓跋珪啞然笑道：「感動？無暇對政治產生興趣嗎？」

楚無暇道：「無暇對政治沒有興趣，卻對族主的想法有很大的好奇心，更明白族主為何視馳想未來為一種令自己輕鬆起來的有效辦法，無暇聽著族主的話時，也是渾然忘憂，心胸開闊，忘掉了眼前正不住逼近的戰事。」

拓跋珪冷哼道：「慕容垂！」

楚無暇有感而發的道：「族主的心意令人難以測度，更非一般人所能想像。每次我看到族主在沉思，心中都會生出懼意，因為不明白族主在想甚麼？」

拓跋珪大感有趣的道：「無暇怕我嗎？」

楚無暇撒嬌道：「當然害怕，最怕失去族主對無暇的寵愛，那無暇只好了結自己的性命，沒有了族主的呵護，活下去還有甚麼意義？」

拓跋珪笑道：「沒有那般嚴重吧！事實上說感激的該是我，沒有你的佛藏和寧心丹，此仗鹿死誰手，尚是未知之數。如果我能大敗慕容垂，無暇該記一功。」

楚無暇歡喜的道：「無暇是族主的，當然該盡獻所有，只要族主肯讓無暇伺候終生，無暇便心滿意足。」

拓跋珪沉吟片晌，道：「無暇是否精通煉丹之術？」

楚無暇嬌軀一顫道：「族主為何要問呢？」

拓跋珪不悅的道：「先回答我的問題。」

楚無暇委屈的垂下頭去，微一頷首。

拓跋珪欣然道：「那無暇可否爲我多煉幾顆寧心丹出來呢？」

楚無暇幽幽的道：「要製成有同樣效果的寧心丹，恐怕要有『丹王』之稱的安世清方辦得到。可是最後一顆寧心丹，已給族主服食，再沒有樣本供安世清推敲其火候成分，所以縱然安世清肯出手，也沒法完成族主的願望。」

拓跋珪失望的道：「那你懂得煉製甚麼丹藥呢？」

楚無暇不情願的道：「我只懂煉製五石散。可是……」

拓跋珪截斷她道：「那你便煉些五石散來給我試試看，如果眞的有不良的後遺症，我會立即停止服用。」

楚無暇抗議道：「族主！」

拓跋珪二度打斷她的話，沉聲道：「照我的話去做。」

楚無暇雙目出現悔疚的神色，但沒有再說話，因爲她明白拓跋珪的性情，一旦下了決定，天下再沒有人能改變他。她改變不了他，恐怕燕飛亦無能爲力。

劉穆之步入書齋，劉裕正伏案審閱堆積如山的各式詔令文告，看他的模樣便知道他在受苦。

劉裕抬起頭來，嘆道：「坐！唉！穆之不可以代我處理這些惱人的東西嗎？」

劉穆之到一側坐下，微笑道：「我已爲大人揀選過了，全是不得不讓大人過目的文書任命。而這只是個開始，大人心裏要有個準備。」

劉裕苦笑道：「有很多地方我都看不懂，須穆之爲我解說。唉！到現在我才明白，爲何建康的政治是高門大族的政治，因爲只有他們才寫得出這樣的鬼東西來，也只有他們才明白自己在寫甚麼。」

劉穆之忍俊不住笑道：「大人有甚麼不明白的地方呢？」

劉裕苦惱的道：「不明白的地方多不勝數，眞不知從何說起，不過有一個名辭令我印象特別深刻，因爲在不同的奏章文摺裏多次提及，就是『土斷』。」

劉穆之動容道：「大人注意到的，正是近百年來最關鍵的問題，看來大人的政治觸覺非常敏銳。」

劉裕愕然道：「怎會這麼巧的？請先生爲我解說。」

劉穆之微一沉吟，似在斟酌如何遣辭用句，方能令劉裕更易明白，道：「魏晉時期，是動盪混亂的時代，壞日子遠比好日子多，但遠因卻萌芽於漢代。自漢武帝開始，發展貿易，貨幣通行，可是這種情況在漢末卻逆轉過來，社會不但出現特權階級，還發生土地兼併的現象，喪失土地的農民愈來愈多，從商品的經濟轉化爲莊園經濟。」

劉裕點頭道：「這個特權階級，便是現今的高門大族了。」

劉穆之點頭應是，續道：「魏晉皇朝權力分散，加上戰亂頻仍，邊塞的胡族又不斷入侵，令情況更趨惡化。魏晉的政治，形成了士族和寒門的對立，士族的地主，具有政治上的特權，而庶族的地主，便爲豪強，二者雖都擁有土地，但由於政治上的不平等，故存在尖銳的矛盾。像天師道之亂，正是南方本土豪強對高門士人的反擊。」

劉裕神色凝重的點頭道：「我現在看到問題的嚴重性了。」

劉穆之道：「問題的嚴重性實遠過於此。普通百姓由於土地流失，被逼負擔沉重的租稅，同時又要負上傜役和兵役，令他們無以爲生，遂淪爲與奴僕分別不大的田客、部曲和吏家，還有不少人被掠賣而淪爲官私奴婢，作爲國家編戶的農戶因而不住減少，更進一步削弱朝廷的統治力量。在這民不聊生的情況下，動亂起義此興彼繼，經濟更是凋敝不堪。」

劉裕點頭道：「這個我明白，我之所以當兵，便因貧無立錐之地，致走投無路。」

劉穆之道：「所以自王導開始，便進行多次土斷或土改，最終的目的正是要把土地和農奴從土地擁有者手上釋放出來。現在大人該明白己身的處境，建康的高門大族，最害怕便是利益受損，不能保有他們享用已久的特權和土地，故而安公失勢，擁護司馬道子者大不乏人，後因司馬道子過於腐敗，又只顧私利，才有人起而反對他。桓玄之所以得到建康高門的支持，皆因他們是一丘之貉，互相包庇。」

劉裕的神色更凝重了，沉聲道：「難怪建康高門這般懷疑我，不過他們的懷疑是對的，現在我恨不得能立即把這個情況改變過來。」

劉穆之道：「建康的高門，最害怕的就是大人會繼安公之後，推行新一輪的土改，由於大人出身庶族，不像安公般本身是高門的一分子，若進行改革，會更爲徹底，對高門的利益損害也更深遠徹底。」

劉裕頭痛的道：「我該怎麼辦呢？」

劉穆之道：「土改是勢在必行，否則如何向民眾交代？不過用力的輕重，改革的深淺，卻要拿捏得精確，才可取得大部分高門世族的支持。如果像大人希望中的徹底改革，大人將成爲建康高門的公敵，南方變得四分五裂，朝廷亦會崩潰。」

劉裕道：「這豈不是進退兩難之局？我定要繼安公之志進行改革，但改革定會引起部分高門的反感，我該如何處理？」

劉穆之道：「此正是大人目前處境最精確的寫照，辦法只有一個，就是清除所有反對你的力量，直至沒有一個人敢有異議，你說出來的話、下達的命令，不論世族豪強，人人都要俯首聽命。」

劉裕倒抽一口涼氣道：「甚麼？」

劉穆之道：「論打仗，大人遠比我在行，殺死桓玄後，戰爭仍會繼續，且擴展至南方每一個角落，是另一個形式的戰爭，但也包括了實質的干戈。要贏取這場戰爭，同樣需要優良的戰略和部署，絕不可以樹敵太眾，致敵我對比不成比例。我們既要強大的武力作後盾，更要巧妙的政治手段去配合，如此方有改革成功的希望。」

劉裕吁出一口氣嘆道：「唉！我寧願面對千軍萬馬，也不願對著這般的爛攤子。」

劉穆之道：「大人絕不可以退縮，大人便是長期黑暗後的第一線曙光，是民眾最新的希望。大人如果放棄改革，將失去群眾的支持。」

劉裕想到江文清，想到她懷著的孩子，想到任青媞，點頭道：「我只是吐苦水發洩一下，我當然不會退縮。」

劉穆之道：「打一開始，大人和建康高門便處於對立的位置上。他們並不信任你，而我們第一步要做的事，就是爭取他們之中有志之士的擁戴和支持。可以預見即使去掉桓玄，反對者仍會陸續出現，他們都是精於玩政治的人，絕不會明刀明槍的來和大人對著幹，而只會耍陰謀手段，例如分化大人手下有異心的將領，所謂暗箭難防，大人絕不可以掉以輕心。」

他的話令劉裕想起任青媞，她的最大功用，正是要令暗箭變成明箭，令他曉得如何去提防和反擊。

劉穆之說得對，戰爭並不會因桓玄之死而了結，鬥爭仍會繼續下去。創業固難，守成更不容易。

劉穆之道：「政治鬥爭，是一場你死我活的鬥爭，沒有人情可言，所以大人必須明白自己的處境，做只應該做的事。」

劉裕沉吟片刻，再望向劉穆之時雙目精光電閃，點頭道：「我眞的非常感激穆之的提點，不知如何，到建康後，我雖有清醒的時間，但大部分時間都是渾渾噩噩的，好像正在作夢。」

劉穆之笑道：「因爲大人的心神用在與桓玄的戰事上，如果大人能親赴戰場，大人的心情將大是不同。」

此時宋悲風進來，湊到劉裕耳旁低聲道：「任后傳來信息，她希望今晚見到大人。」

劉裕心忖任青媞主動約見他，肯定有要事，點頭表示同意。在這一刻，他深切地體會到，他已毫無選擇的被捲入建康波譎雲詭、險惡萬狀的政治鬥爭裏去。

〈卷十五〉

第五章◆惡毒謠言

第五章　惡毒謠言

崔家堡中門大開，大批戰士從堡內馳出來，沿河北上，靠西岸而行，最使人矚目是接著來長達半里的騾車隊，達二百輛之多。

卓狂生和王鎮惡策騎走在最前方的先鋒部隊裏，前者回頭觀看，笑道：「我們的軍隊看起來還比較像運糧兵，敵人會不會因此起疑？」

王鎮惡正仰觀迷濛多雲的夜空，在火把燄光的映照下，他的臉上掛著興奮的神色，信心十足的道：「我們的所有手段，都是迎合敵人的猜想，要令敵人產生自以為是的錯誤想法，更以表面的事實告訴敵人，我們並不曉得他們正埋伏前路，換了我是慕容隆，肯定會中計。」

卓狂生點頭道：「你看吧！我們的兄弟人人神態輕鬆，正因他們曉得我們此戰有十足的把握。現在我們沿河北上，有河流作東面的屏障，只須留神西面的情況，慕容隆肯定無計可施，只有等我們後天離開河道，路經北丘之際，方能發動突襲，一切盡在我們的算計中。」

王鎮惡滿懷感觸的道：「我終於又再領軍打仗了。唉！我本以為永遠沒有這個機會，可是邊荒集把我的生命改變過來，眞有夢境般不眞實的奇異感覺，最怕只是在作夢，夢醒過來我仍是那個失去所有希望和鬥志的人。」

卓狂生淡淡道：「假如我告訴你眼前只是個集體的幻夢，你會怎麼想呢？」

王鎭惡微一錯愕，沉吟片刻後道：「但我的確曉得自己不是在作夢。眞的作夢時，你會是迷迷糊糊的，不會去想是否在作夢，而當你想到正身在夢中時，便是要醒來的時候了。」卓狂生苦笑無語。

王鎭惡轉話題道：「有件事我想徵求館主的意見。」

卓狂生大感榮幸，以爲王鎭惡這個一代名將之後，要向他請教打仗的意見，欣然道：「鎭惡心中有甚麼疑難，儘管說出來，看看我有甚麼地方可以幫得上忙。」

王鎭惡道：「邊荒集雖然是個好地方，但卻不太適合我，我是天生的勞碌命，行軍打仗甘之如飴，但醉生夢死、今朝不知明夕事的生活不太適合我。」

卓狂生這才曉得誤解了他的心意，道：「這叫人各有志，鎭惡對將來有甚麼打算？」

王鎭惡道：「我想到建康投靠小劉爺，館主認爲我這個想法行得通嗎？」

卓狂生道：「如果此戰能大破慕容垂，鎭惡肯定得到拓跋珪的欣賞，看拓跋珪重用崔宏，便知拓跋珪不但求才若渴，且重視漢人，近水樓台，鎭惡何不投靠拓跋珪，肯定是水到渠成的事。」

王鎭惡露出不屑的神色，道：「我始終是個漢人，當然希望能爲自己的民族出力。」

卓狂生道：「明白了！不知是否因長期在邊荒集生活，我已逐漸忘掉了漢人的身分，只當自己是荒人。鎭惡到建康投靠劉裕，絕對行得通，我會修書一封，向劉裕推介鎭惡，這封推介信將由鐘樓議會的全部成員簽押，包括燕飛在內，保證鎭惡抵建康後，會立即得劉裕重用。」

王鎭惡大喜拜謝，但又有點難以啓齒的道：「館主寫的這封信，可否只論事實呢？」

卓狂生啞然笑道：「好小子！怕我像說書般誇大。放心吧！我懂得如何拿捏的了。哈！事實上即使我沒有一字虛言，看的人也會覺得是誇大，因爲鎭惡確實是千軍易得、一將難求的那一個猛將，北丘之戰，將證實我的評語。」

劉裕黏上鬍子，掩蓋本來的面目，在宋悲風陪同下，離開石頭城。建康的確不同了，不但回復了安公在世時熱鬧繁華的景況，街上的人更多了笑容，人人神態輕鬆，一片盛世昇平的情況。劉裕記起燕飛離開前說的一番話，四周民眾未來的福祉正掌握在自己手上，如果他劉裕退縮或放棄，百姓會重新墜入飽受建康權貴和高門欺壓剝削的痛苦深淵內，自己可以這般狠心嗎？他比任何時候更深刻體會到自己的處境。因著高門和寒門的對立、利益的衝突，他正處於與高門對敵的狀態裏。現在沒有人敢逆他之意，只因為沒有人惹得起他，可是當除去桓玄之後，他便不得不把權力分攤出來，以維持南方政權的運作，他獨攬大權的現況將會改變過來。

宋悲風的聲音在他耳旁響起道：「穆之眞有本領，你看建康就像脫胎換骨似的，一切井然有序，我在建康的街頭從未聽過這麼多歡笑聲，安公在位時也沒有這般太平盛世的狀況。」

劉裕笑道：「原來宋大哥心中想的，和我相同。」同時心中想著，要自己把南方的民眾，拱手讓人，任人欺侮凌辱，他絕辦不到。而唯一能達致這目標的方法，就是成爲南方的眞正當權者，鏟除所有反對的勢力，最後便是皇帝的寶座。

宋悲風低聲道：「好好的幹，安公和玄帥的心願，大有可能在小裕手上完成。」

劉裕伸手搭上宋悲風肩頭，道：「只要我有一口氣在，絕不會令宋大哥失望。」

燕飛離水登岸，向雨田來到他身旁，道：「果然不出所料，附近沒有敵人的探子。」

燕飛向對岸打出手號，伏在對岸的兄弟，連忙把數艘載滿行囊的小艇推進河水裏，然後划艇把物資送過來。他們這支突襲敵人大後方的部隊，包括燕飛和向雨田在內，剛好是一百人。艇上的行囊除乾糧和食水外，全是由姬別親選，在雨霧中仍可發揮強大殺傷力的厲害火器暗器。而有資格參與這次行動者，均是武功高強之輩，稍次一等都沒法入選。運人運貨，小艇須來回多次方能完成任務，燕、向兩人遂在岸旁一處高丘放哨，監視遠近動靜，如發現敵人探子，他們會出手格殺，因為這個行動必須完全保密，方能見成效。

向雨田道：「你還會想明瑤嗎？」

燕飛道：「若我說完全沒有想她，肯定是騙你。但很古怪，我想起她時心情很平和，不像以前那般總會勾起我的情緒。你有想她嗎？」

向雨田道：「我不時會想起她，特別是閒著無聊的時刻。但我明白你的心情，事情已告一段落，希望明瑤能從這次打擊回復過來，忘掉以前一切不如意的事，展開新的生活。她是個堅強的女子，在感情上或許比你和我更堅強。」

燕飛道：「希望如你所猜吧！你說得對，在感情上我是很脆弱的，自娘去後，我便像無主孤魂似的，沒有著落，那種感覺令人生不如死。」

向雨田點頭道：「我明白你的心情，就在你失去對生命的依戀，準備不顧生死去刺殺慕容文的一刻，你忽然遇上明瑤，遂令你瘋狂的戀上她，更受到最慘痛的打擊。如果有前生，你定欠下明瑤不少情債。」又沉吟道：「人是否有前生呢？」

燕飛道：「人是否有前世今生，我沒有閒情去想。我只知道令人感到生命最有意義的就是愛，所以即使是窮凶極惡之徒，也要找尋目標傾注他們的愛，這就是人性。年少時我便聽過一件事，關於一個肆虐塞邊的獨行大盜，一生殺人如麻，連婦孺孩子都不放過，但卻最愛他的馬，坐騎雖逐漸老邁仍不肯捨棄，終因愛馬腳力不濟，被追捕他的人追上，他竟爲愛馬擋箭，致死於亂箭之下。」

向雨田道：「支持人活下去的，愛之外還有恨，像你便是因矢志爲娘親報仇，故勤修武技，且重遇兒時的夢中人，只可惜現實太殘酷了，你找錯了傾注愛的對象。」

燕飛喃喃道：「我眞的找錯了對象嗎？」

向雨田苦笑道：「我只是順著你的語調說，根本是胡言亂語。」

燕飛看著最後一艘小艇靠岸，道：「和你在一起，話題總會回到不願記起的往昔日子去，但我們必須放眼將來——是動身的時候了。」

劉裕喝著任青媞奉上的香茗，看著她在身旁坐下，忍不住問道：「有甚麼要緊事呢？」

任青媞神色平靜的道：「建康正流傳著一個謠言，是與劉爺有關的。」

劉裕皺眉道：「是甚麼謠言呢？」

任青媞淡淡道：「有人四處造謠，說劉爺與王恭之女王淡眞有染，王恭爲家羞不願外傳，把她送給桓玄作妾，卻被桓玄發覺她並非完璧，遂冷淡待之，王淡眞悲憤交集下，只好一死了之。」

「砰！」劉裕一掌拍在身旁的小几上，小几立告解體、四腳斷折，頹然散跌地上。任青媞嚇了一跳朝劉裕瞧去，見他雙目噴出怒火，額上青筋暴現，盛怒難禁。她從未見過他這個樣子，顯然動了眞火。

劉裕憤怒得幾乎喪失理智，恨不得立即動用手上的力量，把造謠的人揪出來，以酷刑對付。淡眞是他的死穴，他根本不想被人知道，何況說得如此不堪，如此偏離事實，嚴重損害淡眞死後的清譽。劉裕不住叫自己冷靜。劉穆之說得對，敵人是不會明刀明槍來和自己對著幹的，只會用各種陰謀手段，從各方面打擊他。沉聲道：「說下去！」

任青媞道：「這個謠言最先在高門年輕子弟間傳播，言之鑿鑿，還說你是在廣陵安公的葬禮舉行期間，與王淡眞偷情。我曾設法追查謠言的來頭，卻直到此刻仍找不到那個造謠生事的人。」

劉裕默然不語，雙目卻是殺機劇盛。

任青媞柔聲道：「劉爺猜到誰是造謠者嗎？」

劉裕道：「青媞！」

任青媞輕輕道：「妾身在聽著呢。」

劉裕道：「你教我該怎麼處理？」

任青媞道：「不論是否確有其事，劉爺永不要主動提起此事，若有人說，不但要來個一概不認，還要誰敢說便殺誰，謠言自然會平息。」

劉裕皺眉道：「可是事情根本不是這樣子，這是最卑鄙和無恥的誣衊，對淡眞小姐更是惡意詆毀，我怎可以容忍？」

任青媞道：「這肯定是極端秘密的事，我便從來沒有聽過，桓玄亦肯定不知情。既然知者不多，那誰是造謠者，就呼之欲出。劉爺要處理此事，必須讓我曉得那人是誰。」

劉裕的臉色難看起來，道：「我的確曾與淡眞小姐相戀，卻沒有結果便無疾而終。唉！他奶奶的！我現在很想殺一個人。」

任青媞道：「殺誰？」

劉裕一字一字的緩緩道：「謝混！」

任青媞像早知道答案般，神色如不波止水，道：「你下得了手嗎？」

劉裕露出一個苦澀無奈的表情，微一搖頭。

任青媞淡然自若的道：「如果劉爺可狠下心腸，殺死謝混，妾身便要恭喜劉爺。」

劉裕愕然道：「恭喜我？」

任青媞道：「當然要恭喜劉爺，此舉將鎮懾南方高門的所有人，讓人人清楚知道，劉裕是惹不得的，你既然可殺謝混，更可以殺死任何人，誰不害怕呢？」

劉裕道：「我並不想別人害怕我。唉！我怎可以對謝混下手呢？別人會認定我是忘恩負義之徒，包括我北府兵的手足在內。」

任青媞道：「那就要看謝混是否識相，當人人認為他可殺之時，你下手殺他，絕不會有人敢說你半句閒話。」

劉裕慘然道：「只要道韞夫人在世一天，不論謝混如何開罪我，我也沒法對他痛下殺手。」

任青媞平靜的道：「那待她不在時又如何呢？」劉裕愕然，露出思索的神情。

任青媞道：「王夫人自夫君和兒子陣亡會稽，身體一直很差，加上鍾秀小姐辭世，恐怕來日也已無多。」劉裕頹然無語。

任青媞道：「這個謠言，該不是由謝混親自捏造出來的，因為謝混終究是謝家子弟，絕不會損害一個已過世的苦命女子的名節，不符謝氏的作風。」

劉裕一呆道：「青媞這番話是甚麼意思？」

任青媞自顧自的說下去，道：「更有可能是謝混向別有居心的人，洩露劉爺與淡眞小姐的戀情，而這個居心不良者，依據部分事實來渲染誇大，弄出這個謠言來。這個眞正的造謠者，說不定希望劉爺一怒之下處決謝混，便可令建康高門對劉爺生出惡感，更會令劉爺失去軍心和民心，此計確實非常毒辣。」

劉裕雙目精光大盛，沉聲道：「劉毅？」

任青媞道：「劉毅是其中一個疑人，但其他人也有可能，例如諸葛長民。」

劉裕失聲道：「諸葛長民？這是不可能的，你該曉得他是王弘的摯交，也是最初表態支持我的人之一。」

任青媞道：「他支持你，是支持你成爲北府兵的領袖，而不是讓你變成大權獨攬、有機會登上帝座的人。近來諸葛長民、郗僧施和謝混過從甚密，不過他們風流習性不改，總愛到淮月樓來聚會，又不用人陪酒，顯然談的是不可告人的事，怎瞞得過我？」劉裕的臉色變得更難看了。

任青媞道：「妾身主動求見劉爺，是怕劉爺不曉得自己的處境。據我所知，司馬休之亦頻頻與各地握有實權的王族宗親暗通消息，諸般反對你的勢力正蠢蠢欲動，就像當日桓玄入京後的情況，不住有建康高門與你互通聲息，只不過情況掉轉過來罷了！」

劉裕道：「我還可以信任誰呢？」

任青媞道：「建康高門中支持你的亦大不乏人，王弘是其中之一，你可以絕對信任他。」又道：「聽說你有意親征桓玄，但現在情況特殊，你是宜靜不宜動。」

劉裕斷然道：「不！我一定要手刃桓玄那個狗賊。」

任青媞道：「那便要找一個人來代替劉爺指揮建康的軍隊，此人必須是劉爺絕對信任的，且有能力應付任何動盪。」

劉裕道：「我立即召蒯恩回來，有他坐鎮建康，誰敢鬧事，誰便要死。」

任青媞歡喜的道：「劉爺終於掌握帝王之術了。」

劉裕一頭霧水的道：「這與帝王之術有甚麼關係？」

任青媞道：「很快劉爺會明白甚麼是帝王之術。妾身曉得劉爺今晚還要返石頭城去，光陰苦短，待妾身好好伺候劉爺，令劉爺忘掉一切煩惱。好嗎？」

劉裕暗嘆一口氣，甚麼煩惱他都抵得住，唯有觸及淡眞最令他受不了。這個位置眞不好坐，成爲眾矢之的更令人難受。任青媞「嚶嚀」一聲，投入他懷裏。擁著她灼熱的嬌軀，劉裕的心神卻飛到建康上游的桑落洲。宰掉桓玄後，他會把全副精神投入朝廷的鬥爭裏去，鏟除所有反對他的勢力，依劉穆之的計畫逐步改變社會不公平的現狀。他已再不屬於自己，而是屬於南方的百姓，又或別人的夫君、孩子的父親。

劉裕回到石頭城，立即急召劉穆之到書齋說話，因江文清曾讚許劉穆之對處理危機很有一手，而他正面臨到建康後第一個危機，而憑他劉裕有限的政治智慧，實在解決不了眼前的問題，只好借助劉穆之的腦袋。最可怕的謠言，就是既有事實根據，再把事實加以歪曲的謠言，眞眞假假，最易混淆眞相，致謠言愈演愈烈。他劉裕便因卓狂生的甚麼「一箭沉隱龍」而得益，遂也比任何人更明白謠言的威力和可怕處。他一定要在謠言成災前把火頭撲滅，不是爲他自己，而是爲了王淡眞，她在天之靈是絕不容人騷擾的。

劉穆之在睡夢中被喚醒過來，匆匆來到書齋，仍是一副睡眼惺忪的模樣，但到劉裕把任青媞的話如實道出，劉穆之已睡意全消。劉裕期待的看著劉穆之，但實在想不出這智者有何解決的良方。

劉穆之沒有詢問消息的來源，沉吟片刻，點頭道：「大人看破這是有人蓄意陷害謝混之計，穆之非常同意，而能想出此計的人心術高明，大不簡單。」

任青媞是劉裕的秘密，就算像劉穆之般的心腹，他也不願向劉穆之透露，故只好照單全收，沒法告訴劉穆之此爲任青媞的看法，與自己無關。亦進一步證明了任青媞的識見和智力。

劉穆之續道：「此事可大可小，如不小心應付，後果難以想像。對建康高門來說，聲譽比任何東西都更重要，如果大人在他們眼中成了好色無恥之徒，將令管治出現危機。但最大的問題，仍在世族和庶族的對立上。」

劉裕道：「先生可有應付之法？」

劉穆之從容道：「敢問大人，大人與王小姐是怎樣的一種關係？」

劉裕見劉穆之神態冷靜，對他信心大增，雖不情願，仍坦然相告。劉穆之聽罷，同意道：「謝混確實是最有可能洩秘的人，其他人絕不會知道得這麼詳細。在說出我的辦法前，穆之要先清楚大人的心意。」

劉裕愕然道：「甚麼心意？」

劉穆之正容道：「大人是否想殺謝混？」

劉裕苦笑道：「剛才乍聞謠言的一刻，確實想得要命。唉！我怎可對他下手？我怎可做忘恩負義的人？」

劉穆之淡然道：「如果謝混密謀造反又如何？大人總不能永無休止的容忍他。」

劉裕道：「我可以軟禁他，又或把他放逐到偏遠的地方，對付他這麼一個人，有很多辦法。」

劉穆之道：「如果讓謝混曉得不論他如何開罪你，大人仍不敢殺他，會不會助長他的氣燄？」

劉裕一呆道：「我倒沒有想及此點。」

劉穆之沉聲道：「正如剛才黃昏時穆之說過的話，大人必須拋開個人的喜惡，以最有效的手段去應付反對大人的諸般勢力，絕對不能心軟，不管那人是誰。」

劉裕嘆道：「可是如我殺謝混，別人會怎樣看我呢？北府兵的兄弟又會怎麼想？我實不願雙手沾上謝家子弟的鮮血。」

劉穆之道：「那就要看大人處理謝混的手段，只要處理得宜，即使大人把他斬了，別人也沒法說半句閒話。」

劉裕精神一振道：「穆之有何妙法？」

劉穆之道：「大人可以找來王弘，由他把大人說的話傳播開去，首先來個一概不認，聲明王小姐與大人絕無男女私情，由於這根本是事實，日後自會水落石出，不用大人親作解釋。」

劉裕點頭道：「的確是一個辦法，將來擊殺桓玄，自有桓玄方面的人為我澄清淡真到江陵後的情況。」

劉穆之道：「大人同時可教王弘放出風聲，指造謠者是謝混，由於謝混與大人的不睦，在建康權貴間是眾所皆知的事，沒有人會懷疑這個推測，兼之謝混早有前科，曾誣指大人害死他的爹和兄長。」

劉裕皺眉道：「指出謝混是造謠者，可以起甚麼作用？」

劉穆之道：「大人還可教王弘傳達幾句話，說大人念在安公和玄帥的恩情，會容忍謝混犯三次錯誤，捏造謠言算第一個錯誤，如再多犯兩個錯誤，必殺無赦。以後便要看謝混是否懂得安分守己，如果一錯再錯，大人殺了他，也沒有人認為大人是忘恩負義之徒，因為大人已給他機會，只是他死性不改罷了！」

劉裕苦笑道：「穆之的辦法肯定有效，至少能在一段時間內令謝混不敢再亂說話。可是我如何向道韞夫人交代？如她問我是否謝混再多犯兩次錯後，我便殺他，我該如何回答？」

劉穆之微笑道：「大人可在王弘傳話前，請宋大哥知會道韞夫人，說大人這個公開的警告，是用心良苦，目的是鎮懾謝混，希望他從此改過，否則害人終害己，大人只是為他好而已！」

劉裕喜道：「先生確實智慧通天。不過若謝混不領情，一錯再錯，我是否真的要殺他？」

劉穆之淡然自若的道：「不殺他如何服眾？」

劉裕為之愕然無語，最想不到的是劉穆之與任青媞看法相同，不由記起任青媞所說的帝王之術。

劉穆之看他半晌，沉聲道：「大人須清楚明白自己所處的位置，有些事是別無選擇。大人當然不可胡亂殺人，但有功必賞，有罪必罰，功過分明，才能建立大人的權威。像劉毅之輩，雖然明知他存有異心，但若他在桑落洲大破桓軍，大人亦必須對他論功行賞，才是正確的做法，如此才會人人樂於為大人效力。」

劉裕忍不住問道：「這是否帝王之術呢？」

劉穆之道：「所謂帝王之術，就是駕馭群臣的手段，每個人的風格都不同，大人一向以誠待人，這是大人的優點。但對冥頑不靈之輩，這一套卻行不通，否則令出不行，如何管好國家？」

劉裕長長吁出一口氣，道：「明白了。」接著又道：「據我的消息，諸葛長民和司馬休之都在暗裏蠢蠢欲動，我該如何對付他們？」

劉穆之道：「我們現在不宜對他們有任何行動，否則會被認爲是以莫須有的罪名誅除異己，弄得人人自危。一切待誅除桓玄後，再待有異心者露出尾巴，我們才以雷霆萬鈞之勢，將他們連根拔起。」

劉裕點頭表示明白，道：「幸好有穆之爲我籌謀定計，否則今晚我肯定難以入寢。」

平城。拓跋珪在主堂召開出戰前的軍事會議，重臣大將盡集一堂，計有長孫嵩、叔孫普洛、長孫道生，漢人許謙和張袞。能參與這個會議者，均是拓跋珪的心腹，因爲會議所觸及的事，均爲機密，絕不容消息外洩。

拓跋珪先嘆息一聲，道：「想當年苻堅聲勢如日中天，滅我代國，還把代國分爲兩部，黃河以東由劉庫仁統治，黃河以西歸劉衛辰，不相統屬，互相牽制。我拓跋珪成爲亡國之奴，幸得劉庫仁照拂，沒有他的恩德，我拓跋珪肯定沒有今天。」長孫嵩和叔孫普洛都是在拓跋珪崛起初期，率眾向他投誠的部落領袖，聞言憶起過去，無不有往事如煙的感覺。

接著拓跋珪雙目精光電閃，不怒自威的沉聲道：「可是劉衛辰卻狼子野心，屢欲將我殺害。哼！劉衛辰太不自量力了，我在牛川召集舊部，登上代主之位，他仍不識好歹，竟派兒子劉直力鞮率九萬人來襲，卻被我以五千之眾，大破劉直力鞮於鐵歧山，並乘勝追擊，渡河南下，直撲劉衛辰都城悅拔城，斬殺劉衛辰父子和其部眾五千餘人，投屍黃河，又俘獲戰馬三十餘萬匹、牛羊四百餘萬頭，自此我們的國力由衰轉盛，附近再沒有敢反對我的人。」

眾人看著拓跋珪，都有點不明白他爲何在這個重要的時刻，不立即轉入正題，討論如何打贏眼前迫在眉睫的一戰，卻去緬懷舊事。

拓跋珪仰望大堂的樑柱，夢囈般道：「你們可曉得我爲何能以五千之眾，大破劉直力鞮的九萬戰士於鐵歧山？」

在座者不乏親歷那次決定性戰役的人，不過該戰之所以能獲勝，原因錯綜複雜，牽涉到敵我雙方各方面的情況，例如劉直力鞮狂妄自大，輕視拓跋珪，躁急冒進，還有天時氣候、地理環境、拓跋珪指揮有術諸如此類，實難以幾句話概括，而現在的情況顯然不適於任何人作長篇大論。

堂內仍是一片默靜，只有拓跋珪說話的餘音，似還縈迴眾人耳鼓內。拓跋珪逐一接觸各人的目光，平靜的道：「因爲我曉得自己再無退路，不是敵敗，便是我亡。」眾人聽得不由熱血沸騰起來，齊聲呼喝，以宣洩心中的激動。氣氛登時熱烈起來。

拓跋珪語調一轉，慷慨陳辭道：「在中原地區，當今之世，只有一個人配作我拓跋珪的對手，那個人就是慕容垂，只要能殺此人，我在中原將再無敵手。此戰我們亦是沒有退路，如若敗北，我們沒有一個人能活著離開，就算能僥倖脫身，也只是東逃西竄，看何時被人宰掉，天地雖大，卻再沒有我們容身之地。」

眾人再齊聲呼喝，以示死戰的決心。人人清楚明白拓跋珪說的話，如果此戰失敗，慕容垂將成獨霸北方之勢，那時即使能落荒逃走，有誰敢收容他們？且還要斬下他們的頭顱向慕容垂邀功。

拓跋珪冷然道：「慕容垂絕不是另一個劉直力鞮，他絕不會犯上劉直力鞮的錯誤，更遠非慕容寶可比，我們這一仗比任何以往的戰役更不可退縮，要和慕容垂鬥智鬥力。」接著露出一個胸有成竹的燦爛笑容，道：「可是我卻可以告訴各位，勝利的契機正掌握在我們手上，只要我們拋開對慕容垂的畏懼，全心全意立下拚死之心，慕容垂將遭遇他生平第一場敗仗，而此仗將令他燕國亡國滅族，永沒有翻身的希望。」眾人可以清楚感覺到他的笑容發自眞心，登時被他的信心感染。

拓跋珪微笑道：「慕容垂非常狡猾，竟冒雪行軍，從滎陽潛抵太行山之東的五迴山，與來自龍城由慕容隆率領的軍團會合，越青嶺、過天門、開鑿山路、打通太行山原居民的鳥道，然後兵分兩路，一路直抵太行山西南的霧鄉，由慕容隆指揮，準備伏擊燕飛的荒人部隊；另一路由他親自督師，潛往我們東面的獵嶺，待荒人被擊潰，立即以雷霆萬鈞之勢，全力猛攻平城。慕容垂啊！你的奇兵之計這回再行不通，我拓跋珪豈是慕容永之流，被你玩弄於股掌之上，這次你會發覺算人者人亦算之，你能逞威風的日子已沒有多少天了。」

人人聽得精神大振，想不到拓跋珪竟能對慕容垂的情況瞭如指掌。要知慕容垂之所以能縱橫戰場，未嘗一敗，皆因他精擅以奇制勝之術，令人沒法捉摸其虛實，加上將士用命，無人能攖其鋒銳。可是如果慕容垂的奇兵不成奇兵，將是另一回事，眾人心中對慕容垂的恐懼，登時大幅削減。

拓跋珪道：「當崔宏率領五千精銳，離開平城，已奠定了我們的勝利。崔宏的部隊，才是眞正的奇兵，當他與燕飛取得聯繫，會將計就計，把莫容隆兵力達三萬人的龍城軍團連根拔起，狠挫慕容垂一方的士氣。」

眾人無不對拓跋珪生出高深莫測的感覺，亦更增對他的信心。崔宏一軍秘密離平城而去，沒有人曉得所爲何事，直到現在由拓跋珪揭盅，他們方曉得是負擔如此深具戰略意義、關乎到整場決戰成敗的重要任務。誰都曉得如邊荒勁旅被擊潰，他們再沒有與慕容垂爭雄鬥勝的本錢。

長孫嵩在眾人中地位最崇高，與拓跋珪更是關係密切，問道：「慕容垂在獵嶺的兵力如何？」

拓跋珪道：「兵力在六萬到七萬人之間，裝備整齊，加上慕容垂的指揮能力，我們絕不可以掉以輕心。」經過整個冬季集結兵力，召集各部，不計算隨崔宏出征的五千人，現時平城、雁門兩城的兵力總和是二萬二千人，與慕容垂在獵嶺的兵力仍有一段距離。

長孫道生道：「只要我們憑城堅守，加上兩城間互相呼應，肯定可令慕容垂無功而去。」

拓跋珪搖頭道：「不！我們要主動出擊，爽快俐落的與慕容垂在日出原大戰一場。」日出原是平城和獵嶺間的平野之地，如在那裏決戰，將會是正面硬撼，沒法借助地勢和天然環境施展突襲伏擊的戰術，風險當然也最高。眾人同時露出震驚的神色。

拓跋珪從容道：「這是得到最豐碩戰果的唯一辦法。若我們能在戰場上壓倒慕容垂，關內諸雄誰敢出關來惹我？只好坐看我們攻入中山，收拾燕人，那時中原之地，將是我拓跋珪囊中之物。」

叔孫普洛皺眉道：「縱然加上荒人部隊，我們的軍力仍少慕容垂二至三萬人，我們恐怕勝算不高。」

張袞亦道：「我們何不倚城而戰，慕容垂如久攻不下，也算輸掉此仗。」

拓跋珪平靜的道：「知己知彼，百戰不殆。從你們的反應，可曉得你們仍未能拋開對慕容垂的懼意。但我可以肯定的告訴你們，慕容垂已失去戰爭之神對他的恩寵，這一仗將是他生平第一次敗仗，也是他最後一場戰爭。」

大堂內鴉雀無聲，靜待他說下去。拓跋珪環視眾人，沉聲道：「不論慕容垂如何人強馬壯，這次終是勞師遠征，將士思歸，加上龍城兵團被破，勢令慕容垂陣腳大亂，將兵士氣低落，兼之糧線過遠，令慕容垂不得不速戰速決，凡此種種，均是不利慕容垂的因素，要破慕容垂，此爲千載一時的機會，更是唯一的機會。如讓他知難而退，折返中山，以後鹿死誰手，誰可預料？」不待眾人說話，接下去道：「你以爲我們比不上燕人嗎？錯了！我們的戰士，在任何一方面，只有在燕人之上而不在其下。燕人入中原久矣，已失去當年牧馬草原的強悍作風，而我們仍保留塞外民族的堅毅性格。論戰馬，最好的馬兒都留在我們這一方，慕容垂得到的全是次一等的戰馬。還有……」說到這裏停了下來，待人人露出渴望他說下去的神情時，大喝道：「還有就是我的兄弟和邊荒勁旅，當我們硬阻慕容垂於日出原，形成兩軍對峙之勢，邊荒勁旅便成奇兵，可從任何地方鑽出來，予慕容垂最致命的一擊。慕容垂因有此顧忌，將有力難施，陷入進退兩難的劣境。主動再非在慕容垂手上，而是在我們的掌握中。我有十足信心可以贏得這場戰爭，關鍵是你們肯不肯拋開對慕容垂的畏懼，全心全意來爲我效死命。」眾人轟然應喏，齊聲答應。

早朝後，劉裕邀王弘到他在皇城內的官署說話，屏退左右後，劉裕道：「你聽過最近有關我和淡眞小姐的謠傳嗎？」

王弘嗤之以鼻道：「這樣的謠傳，誰會相信？我當然聽過，只有沒腦袋的人才會相信。先不論我清楚大人的爲人，王淡眞又哪是一般女子？謠言中的情況根本不可能在現實中發生，何況更發生在廣陵玄帥的統領府？那是絕無可能的。」

劉裕心忖如沒有鍾秀為他們穿針引線，他確實連想見淡眞一面都不可能，幸好謝混如何無良無恥，仍不肯出賣他的堂姊。不過王弘說的話，亦教劉裕好生為難，因為如請他闢謠，豈非是欲蓋彌彰，自打嘴巴。

王弘又道：「大人不必把這種閒言閒語放在心上，我們建康子弟最不好就是愛論別人是非長短，沒有謠言便像不能過日子。」

劉裕心念一轉，道：「但會不會有人眞的相信呢？」

王弘道：「不論謠言如何荒誕無稽，總會有捧場的人，或別有用心者以訛傳訛，大人眞的不用介懷，這種謠言傳一陣子便會消斂，再沒有人記得起是怎麼一回事。」

劉裕皺眉道：「究竟是誰如此卑鄙，製造這般惡毒的謠言，損害淡眞小姐的名節呢？」

王弘露出古怪的神色，道：「大人想追究造謠者嗎？」

劉裕一呆道：「你曉得是誰嗎？」

王弘嘆息道：「大人最好不要問。」

劉裕沉聲道：「是不是有人告訴你造謠者是誰呢？」

王弘見劉裕神情沉重，奇怪的道：「大人為何不立即問造謠者是誰，反先計較是誰告訴我呢？」

劉裕不肯放過的道：「究竟是諸葛長民還是郗僧施告訴你的呢？」

王弘露出吃驚的神色，欲言又止。劉裕步步進逼道：「你不要騙我。如今在建康，可以令我信任的人沒有多少個，你是其中之一，千萬不要令我失望。」又放輕語氣道：「我並不是要追究任何人，只是想平息這個損害淡眞小姐清白的謠傳。」

王弘苦笑道：「當謠言廣爲傳播時，總有人猜測誰是造謠者，這是謠言的孿生兄弟，與謠言本身同樣是不可信的。」

劉裕不悅道：「你仍然要瞞我？」

王弘屈服道：「是郗僧施告訴我的，他是在爲大人抱不平。」

劉裕幾可肯定上一句話是眞的，下一句話卻是王弘爲郗僧施說好話，事實上郗僧施告訴王弘造謠者的眞正身分，是要增添謠言的可信度，以動搖王弘對劉裕的支持。王弘的話，也證實了任青媞提供的情報的精確性。禍根仍是劉毅，環繞著他，以他爲中心逐漸形成了一個反對他統治的集團。由於劉毅是北府兵的重要領袖之一，手掌兵權，又在北府兵內自成派系，遂令建康與他交好的高門子弟，對他生出憧憬，希望借助他的力量，阻止自己登上帝位。

劉裕淡淡道：「僧施是否告訴你，造謠者是謝混呢？」

王弘道：「原來誰是造謠者的傳聞，早傳入大人耳中。」

劉裕裝出處之泰然的模樣，微笑道：「謝混這小子眞不長進，我對他已是格外重用，他卻仍是冥頑不靈。我現在最怕他受人利用，幹出大逆不道的事來，令我爲難。」

王弘見他沒有再提郗僧施，鬆了一口氣，道：「我曾勸過他，只是他仍對他父兄之死耿耿於懷。有時我眞不明白他，建康人人清楚明白他父兄之死與大人無關，要怪便只有怪他爹，只是他卻不肯接受。」

劉裕道：「你願意幫謝混那小子一個忙嗎？也等於幫我一個忙。」

王弘義不容辭的道：「請大人吩咐！」

劉裕道：「請你替我向謝混發出警告，說我念在謝家的恩情，可以容忍他犯三個錯誤，這次造謠是第一個錯誤，如他敢再多犯兩個錯誤，必殺無赦。他並不是蠢人，以後該知道行規步矩，不過不可以直接告訴他。」

王弘愕然道：「不直接告訴他，如何爲大人傳話呢？」

劉裕微笑道：「這叫以毒攻毒，以謠言制謠言。你幫我把話廣傳開去，愈多人知道愈好，顯示我對謠言深惡痛絕的心意，縱然是謝家子弟，我也會認眞對付。」

王弘呆了起來。劉裕道：「你可以爲我做好這件事嗎？」

王弘再沉吟片刻，點頭道：「這不失爲沒有辦法中的辦法，希望他經過這次警告後，好自爲之，不要一錯再錯，否則大人話既出口，將收不回來。」

劉裕從王弘的反應，看出劉穆之此計的成效，因爲王弘的反應，正代表其他高門的反應，認爲他劉裕是用心良苦，只是想謝混回頭是岸。兩人又再閒聊一會，王弘告辭離去。

太行山。燕飛和向雨田登上一個山頭，遙望霧鄉所在處的山峰。

向雨田道：「今晚我們該可抵達指定的地點，還有一天一夜可以好好休息，養精蓄銳。」

燕飛默然無語。向雨田問道：「你在想甚麼？」

燕飛苦笑道：「還有甚麼好想的？」

向雨田點頭道：「在想紀千千了。換了我是你，也會患得患失，因爲在正常的情況下，縱然能打敗慕容垂，仍沒法救回她們主婢，最怕慕容垂來個玉石俱焚，不過這個可能性微之又微，因爲慕容垂絕不會陷於這種田地。擊退慕容垂的可能性絕對存在，但要把慕容垂這樣一個軍事兵法大家徹底擊垮，卻是難比登天的事，憑我們的實力是沒法辦到的。」又道：「幸好現在並非正常的情況，因爲你擁有與紀千千暗通心聲的異術。」

燕飛道：「慕容垂會不會帶千千主婢赴戰場呢？」

向雨田道：「這個很難說。」

燕飛嘆了一口氣，顯然非常煩惱。

向雨田道：「我倒希望慕容垂把她們帶在身邊，否則會令你非常爲難。」

燕飛明白他說的話，指的假若慕容垂把她們主婢留在山寨，那燕飛將別無選擇，要突襲山寨，把人救出來。而如果她們主婢安然而回，荒人便完成大任，再不會冒生死之險，到戰場與燕軍拚個你死我活。失去荒人的助力，拓跋珪將勝算大減，動輒有全軍覆沒之厄，而他燕飛好歹都是半個拓跋族人，怎忍心看到這情況的出現。

燕飛搖頭道：「慕容垂若曉得慕容隆被破，絕不會放心讓她們留在山寨。」

向雨田同意道：「理該如此。」又道：「如果單打獨鬥，你有信心在多少招內收拾慕容垂？」

燕飛道：「你將我看得這麼高明嗎？」

向雨田笑道：「你自己看呢？慕容垂雖有北方胡族第一高手的稱號，但比起練成黃天無極的孫恩，怎麼說都有段距離吧！」

燕飛道：「那我便坦白點，我曾和他交手，清楚他的本領，以我現在的功法，如能放手而爲，可在十劍之內取他性命，問題在我不能殺他，否則千千和小詩肯定被他的手下亂刀分屍。」

向雨田駭然道：「如果你不能用小三合來對付他，又不能殺他，將會令你非常吃力，何不有限度地施展小三合的招數，削弱他的戰鬥力呢？」

燕飛道：「你想到甚麼奇謀妙計呢？」

向雨田道：「我想到的，你也該想到。唯一可讓她們主婢脫身之計，就是製造出一種形勢，令強如慕容垂也感到無望取勝。要營造這個特殊的形勢當然不容易，但卻不是沒有可能，當這個情況出現時，你可以向慕容垂叫陣，要他一戰定勝負，彩頭是紀千千主婢。慕容垂生性高傲，如果當著手下面前輸了你，當然不會賴賬。」

燕飛道：「慕容垂肯這麼便宜我嗎？」

向雨田道：「孫恩知道你的厲害，我知道你的厲害，但慕容垂並不清楚，只會認爲你仍是當年與他交手的燕飛，只要賭注夠吸引人，例如你戰敗則拓跋珪會向天立誓，向他俯首稱臣，永不敢再存異心，哪容得慕容垂不冒險一戰？」

燕飛頹然道：「我明白小珪，他絕不肯孤注一擲的把全族的命運押在我身上。他也是不曉得我厲害至何等程度的不知情者之一。」

向雨田攤手道：「這是我唯一想出來救回她們主婢的方法，只好考驗一下拓跋珪是不是你眞正的兄弟。」接著兩眼一轉，道：「還有一個辦法，卻不知是否行得通，就是要紀千千答應他，如他戰勝，從此死心塌地的從他。」

燕飛頹然道：「這種話我怎可對千千說出口來？」

向雨田一想也是，悵然若失的道：「對！男子漢大丈夫，這種話怎說得出口？他奶奶的！還有甚麼好辦法呢？如非別無選擇，慕容垂絕不肯與能先後殺死竺法慶和孫恩的人決戰。」

燕飛道：「還有另一道難題，即使我贏了他，如果他違諾不肯放人，又如何呢？」

向雨田道：「只要你能把他制著，哪由得他不放人？」

燕飛頭痛的道：「現在還是少想爲妙，到時隨機應變，看看有沒有辦法。」

向雨田笑道：「對！船到橋頭自然直，現在還是想想如何殲滅龍城軍團，簡單多了。」兩人下山而去。

劉裕回到石頭城，已是日落西山的時刻，手下報上宋悲風在書齋候他，劉裕心中嘀咕，他早上臨赴朝會前請宋悲風到烏衣巷謝家依劉穆之之計，向謝道韞先知會一聲，爲何會用了整個白晝的時間呢？步入書齋，宋悲風正坐在一旁沉思，見他來到，亦只是微一頷首。

劉裕到他身旁坐下，道：「王夫人反應如何？」

宋悲風沉重的道：「她很失望，不過並不是對你失望，而是對謝混那蠢兒失望。我看大小姐心裏很難過。」

劉裕大生感觸，如果可以有別的選擇，他絕不願傷謝道韞的心，她是如此可親可敬，通情達理。爲何自己會處於這麼一個位置？爲的是甚麼呢？事實上他清楚知道答案，延展在他前方的就是直通往帝君寶座的路，這條路並不好走，每踏前一步，後方便會坍塌，沒法回頭。兩邊則是萬丈深淵，稍一行差踏錯，勢爲粉身碎骨的結局。

劉裕道：「王夫人沒有認爲我們錯怪謝混嗎？」

宋悲風道：「我向大小姐道出謠言的內容，她立即猜到是與謝混那小子有關，她還說……唉！」

劉裕從未聽過宋悲風以這種語氣說謝混，充滿鄙屑的意味，可見宋悲風是如何惱怒謝混。這是可以理解的，謝氏的詩酒風流，就毀在謝混手裏。

劉裕道：「王夫人還有說甚麼呢？」

宋悲風道：「她說當年你和淡眞小姐的事，被大少爺列爲機密，知情的婢子都被嚴詞吩咐，以後不准再提起此事，所以曉得此事者有多少人，清楚分明。謝混亦不知此事，只是後來見孫小姐不時長嗟短嘆，說害了淡眞小姐，令他心中生疑，找來孫小姐的貼身侍婢詰問，才曉得事情的經過。」

不用宋悲風說出來，劉裕也猜得大概，定是謝道韞得悉謠言後，找來那知情的婢子，證實了謝混罪行。劉裕有點不知說甚麼話才好，因被宋悲風勾起他思憶謝鍾秀的悲痛。

宋悲風沉聲道：「我要走了！」

劉裕失聲道：「甚麼？」

宋悲風道：「我是來向你辭行，希望今晚便走。」

劉裕愕然片刻，苦澀的道：「大哥是否惱我？」

宋悲風嘆道：「不要多心，此事你是受害者，謝混的胡作妄爲，傷透你的心。我要走，絕不是因爲心中惱你，我很清楚你的爲人。我要走，是不想見謝家因一些無知小兒沉淪下去，不忍見謝家沒落凋零的慘況。安公和大少爺的風流，已成過去，謝家再出不了像他們那種的風流將相，再難在政治上起風雲。我既然無能爲力，只好遠走他方，眼不見爲淨，盡量苦中作樂，希望可以安度下半輩子。」

劉裕道：「大哥眞的要到嶺南去嗎？不用走得這麼遠啊！」

宋悲風道：「早走晚走，始終要離開，現在南方再沒有人是你的對手，只要你事事小心，說不定眞可完成大少爺驅逐胡虜，統一天下的宏願。好好的幹！」

劉裕頓感無話可說。宋悲風欲言又止，露出猶豫的神色。劉裕道：「宋大哥對我還有甚麼金玉良言，請說出來吧！」

宋悲風道：「不是甚麼金玉良言，今早我便想問你，卻沒法問出口。」

劉裕訝道：「究竟是關於那一方面的事呢？」

宋悲風道：「我想問你，假如謝混一錯再錯，到犯第三次大錯時，你會不會殺他？」

劉裕渾身發麻，呼吸不暢，斷然道：「只要宋大哥說一句話，我可立誓不論他如何開罪我，我劉裕都會饒他一命。」

宋悲風頹然道：「這句話我也說不出口，因爲我明白這句話會令你變成語出而不行的人。唉！大小姐告訴我謝混確實對你存有深刻的仇恨，時思報復，這種人實在死不足惜，只因他是謝家子弟，我才忍不住問你。」

劉裕道：「只要他不是犯上作亂造反的大罪，我定會放他一馬。」

宋悲風道：「這正是大小姐最擔心他會犯的錯誤，自小裕你入主建康後，他便行爲異常，且不願和大小姐說話，沒有人曉得他心中在轉甚麼念頭。」

劉裕心忖謝家眞的完了，如謝道韞有甚麼不測，謝家在謝混主持下更不知會變成甚麼樣子。

宋悲風道：「我們也不用太擔心，大小姐會找謝混說話，嚴厲的警告他，希望那小子知道進退，否則他須負起一切後果。」說罷隨即立起身來。

劉裕道：「讓我送大哥一程。唉！我是作繭自縛，小飛和奉三已離我而去，現在又輪到宋大哥，我感到很難過。」

宋悲風老臉微紅，道：「你送我到城門口好了，文清好像有事找你。」

劉裕仍未發覺宋悲風的異樣，訝道：「文清找我嗎？爲何沒有人告訴我呢？」

宋悲風道：「你見到她便清楚，代我向她辭行吧！」

劉裕沒法，只好把他直送到石頭城城門，目送他消失在燈火迷茫處，想起此地一別，日後再無相見之期，心中也不知是何滋味。

拓跋珪與楚無暇和一眾將領，立馬平城東門外，看著戰士們從城門魚貫而出，望東馳去。先鋒部隊三千人，由長孫道生領軍，分成三路行軍，向日出原推進。他們是全騎兵的部隊，任務是爲主力部隊廓清前路，佔奪日出原的最高地月丘。拓跋珪自抵平城後，從沒有疏懶下來，他踏遍平城四周的丘陵山野，而日出原一直是他心中最理想的戰場。日出原爲平野之地，變化不大，桑乾河由東北而來，横過草原，往西南流去，灌溉兩岸的草野。月丘是日出原著名的丘陵，北依桑乾河，像一條長蛇般縱貫平原近三里，位於平城和太行山之間。如能佔奪月丘，將取得制高以控草原的優勢，是日出原最具戰略價値的地點。只要拓跋族大軍能利用月丘的特殊地理環境，部署大軍，將成日出原最堅實的陣地，扼守著慕容垂往平城必經之路。

投入這次戰爭的戰士共二萬人，餘下二千人分駐平城和雁門，以防慕容垂派兵繞路突襲。不過這個可能性不大，拓跋珪只是以防萬一，因爲他隨時可令日出原的大軍回師反撲敵人攻打兩城的突擊軍，教慕容垂吃不完兜著走。拓跋珪又從兩城另外徵召工匠壯丁五千人作工事兵，隨主力部隊出發，負起運送糧草、建立陣地的防禦設施和軍中雜務。拓跋珪的心情很平靜，戰爭的來臨，反令他放鬆下來，不像以往般朝思夕慮，為茫不可測的未來而憂心。從城門馳出來的騎士人人士氣旺盛，鬥志高昂，每一個人都清楚知道，對手是北方的軍事巨人慕容垂，此戰將決定北方的霸權誰屬；但亦清楚曉得最高領袖拓跋珪此仗是成竹在胸，一切依計而行，井然有序。

楚無瑕一身武裝，風姿婥約的坐在馬背上，雙目閃動著興奮的神色，向旁邊的拓跋珪歡喜的道：「春天眞的來了，地上已不見積雪。」

拓跋珪微笑道：「大地的春天來了，也代表著我拓跋族的春天正在來臨。當慕容垂駭然驚覺我們進軍日出原，已是遲了一步，悔之莫及。」

另一邊的長孫嵩道：「慕容垂會有何反應呢？他當曉得自己的奇兵再不成奇兵。」

拓跋珪有感而發的欣然道：「任他智比天高，但想破腦袋，仍不會明白為何我們可以對他的進軍路線瞭若指掌，時間上拿捏得如此精確。只是在這方面的失誤，已足可令他陣腳大亂，進退失據。」眾人均以為他指的是向雨田這個超級探子，卻不知拓跋珪心想的卻是紀千千。沒有紀千千，眼前的優勢絕不會出現。

叔孫普洛輕鬆的道：「慕容垂驚悉我們布軍月丘之際，龍城軍團被破的壞消息同時傳進他耳中去，不知他是否抵受得了這雙重的打擊，眞希望有人能告訴我他的表情。」眾人聞言發出一陣哄笑聲。

長孫嵩道：「那時他仍有兩個選擇，一是立即退軍；一是直出草原和我們正面交鋒，而不論是哪個選擇，都是那麼困難，那麼難以決定。」

拓跋珪緩緩搖頭，道：「不！慕容垂只有一個選擇，如果他倉皇撤退，我會全力追擊，教他在回到中山前全軍覆沒，重蹈他兒子小寶兒的覆轍，慕容垂是不會這麼愚蠢的。」接著以鮮卑語高聲喝道：「兒郎們！努力啊！」

三千騎士轟然呼應，領軍的長孫道生發出指令，號角聲響起，三千騎分作三隊，放蹄像三把利劍般往遠方的日出原刺去。蹄音充滿夕照下的原野。

二百多輛騾車似一條長蛇般蟄伏岸旁，誘敵大軍經過一個白晝的休息，人與畜都回復精力。太陽下山前，他們開始整理行裝，準備天黑後上路。由小軻指揮的探子團三次派人回來傳遞消息，指前路上沒有發現敵蹤。王鎮惡、卓狂生、姬別、紅子春和龐義等人，聚在一起商討行軍的路線。

卓狂生道：「我們沿河再走一個時辰，將偏離河道，進入太行西原，由此再走兩個夜晚，可於黎明前抵達敵人最有機會發動突襲的北丘，不過這只是我們的猜測，事實上慕容隆可在我們到達北丘前的任何一刻，以快馬攻擊我們，因爲表面看來，我們太脆弱了，根本不堪一擊。」

王鎮惡搖頭道：「敵人只有兩個攻擊我們的機會，因爲只要是懂得兵法的人，當不會選在我們行軍途中發動攻擊，那時我們正處於高度戒備的狀態下，在那種情況下攻擊我們，會遭到我們最頑強的反抗。」

紅子春道：「鎮惡言之成理。唉！老卓，不是我說你，說書你是邊荒第一，對戰爭卻完全外行。」

卓狂生笑罵道：「你這死奸商，總不肯放過糗我的機會。好！我認外行了。鎮惡，告訴我們，敵人會在哪兩種情況下攻擊我們？」

王鎮惡道：「敵人最佳的攻擊時刻，是等我們經一夜行軍，人疲馬乏，鬆弛下來，生火造飯的一刻，那時我們精力尚未回復，抵抗力最薄弱，鬥志亦不堅凝，最易爲敵所乘。」

姬別笑道：「如果沒有我想出來的奇謀妙策，我們確實不堪一擊，老卓至少在這方面沒有說錯。」

龐義笑道：「卓館主眞的不賴，至少是半個兵法家，在知己知彼上，是只知己而不知彼，所以是半個兵法家。」

卓狂生苦笑道：「放過我成嗎？」眾人放聲大笑，氣氛輕鬆寫意。

王鎮惡道：「崔堡主之所以猜測敵人會在我們抵達北丘方發動攻擊，一來因北丘位於霧鄉之西十里許處，令敵人有進攻退守之利，更因爲丘陵地易於埋伏，可由四面八方對我們發動攻擊，使我們守無可守。根據小軻的情報，前路上見不到敵人，正代表慕容隆一意在北丘伏襲我們，所以不派探子來偵察，以免引起我們的警覺。」

紅子春點頭道：「明白了！」

姬別仰望天空，道：「今晚看來又是天清氣朗的一晚，視野清晰對我們行軍大增方便，敵人絕不會冒險來襲。」

王鎮惡道：「這是敵人第三個不會在我們抵北丘前發動攻擊的原因。據崔堡主說，由於地勢關係，初春時節，黎明時霧鄉一帶水氣積聚，影響到北丘一帶，致煙霧迷茫，視野不清，是敵人最佳的伏擊地點，過了北丘，敵人將失去天時地利的地理上優勢，故而慕容隆絕不會錯過這個機會，亦使我們能巧妙布局，引敵人入彀。」

卓狂生大笑道：「關鍵仍是慕容隆自以爲是奇兵，而我們則視他爲送進口來的鮮美肥肉。哈！是動身的時候了！」

北丘西南方不到五十里的一處密林內，五千名邊荒戰士休息了一整天，正等待太陽下山再續行程的一刻。他們在誘敵大軍起程後才動身，先朝西行，待遠離崔家堡後，方改向北上，爲的是避過敵人耳目。由於輕裝馬快，雖比誘敵大軍遲上路，卻遠遠把誘敵大軍拋在後方，一夜急趕，等於誘敵大軍兩夜的行程。他們會早一晚抵達北丘，埋伏在北丘西面的密林，養精蓄銳，好待螳螂來捕蟬時，他們成爲在後的黃雀。

慕容戰來到正倚樹而坐的屠奉三前方，蹲下來道：「一切順利！」

屠奉三露出燦爛的笑容，回應道：「一切順利！」兩人伸手互擊，以表達心中興奮之情，發出清脆的響音。

慕容戰嘆道：「苦待的時刻終於來臨，自千千主婢被擄北去，我便快樂不起來。」

屠奉三道：「我從沒有想過自己會爲一個女人而去出生入死，但現在卻覺得是義無反顧，理所當然。」

慕容戰道：「想想也是奇怪，由邊荒集到這裏，我沒有聽過半句怨言，每一個人都是自發性的參與這次的行動，每一個人都願意爲千千流血甚至獻上寶貴的生命。」

屠奉三道：「千千感動了我們每一個人，如果她不是犧牲自己，邊荒集早完蛋了。」

慕容戰道：「但我仍非常擔心，打勝仗並不代表可以成功把她們拯救出來，希望燕飛能再創奇蹟，完成這個近乎不可能的任務。」

屠奉三雙目閃閃生光，沉聲道：「那就要看我們能贏得多徹底，如能把慕容垂圍困起來，可逼他以千千主婢作爲脫身的交換條件。」

慕容戰道：「我想過這個可能性，但拓跋珪肯答應嗎？拓跋珪在我們胡族中是出名心狠手辣的人，如果可以，他不會容慕容垂有東山再起的機會。」

屠奉三道：「那就要看他是不是眞的當燕飛是最好的兄弟。」

慕容戰嘆道：「我並不樂觀。」

此時拓跋儀匆匆而至，道：「好險！姚猛派人回來通知我們，前面三里處有一隊由百多人組成的敵騎經過，朝北丘的方向去了，差點發現我們。」

慕容戰吁出一口氣道：「想不到慕容隆如此小心謹愼，我們須格外留神。」

屠奉三道：「不用擔心，這該是最後一支巡查附近地域的敵人騎隊，慕容隆比我們更怕被發現影蹤，引起我們的警覺。」

拓跋儀道：「我已教姚猛和他的人探清楚遠近的情況，在高處放哨，只要再不見敵蹤，天黑後我們便可以上路。」又訝然審視屠奉三道：「是否我的錯覺呢？總感到屠當家與以前有點分別，像是春風滿面的模樣。」

屠奉三笑道：「救回千千主婢有望，誰不是春風滿面呢？」

慕容戰仰首望天，道：「是時候了。」

紀千千來到正憑窗外望的小詩身旁，道：「還有不舒服嗎？」

小詩答道：「好多了！春天眞的來了，天氣暖了很多。」又壓低聲音道：「小姐！我很害怕呢！」

紀千千愛憐地摟著她肩膀，道：「詩詩又在擔心了。」

小詩抗議道：「我不是瞎擔心。你看，那邊本來有十多個營帳，現在全都不見了。」

紀千千早留意到這情況，道：「現在是行軍打仗嘛！軍隊當然會有調動。」

小詩道：「他們到哪裏去呢？」

紀千千柔聲道：「當然是到平城去，還有甚麼地方好去呢？」

小詩朝她望去，訝道：「小姐眞的不擔心嗎？這個山寨這麼隱蔽，平城的將兵可能懵然不知，那就糟糕了！」

紀千千微笑道：「不要胡思亂想了，平城由燕郎的兄弟拓跋珪主持，他是很厲害的狠角色，絕不會窩囊至此。」

小詩不解道：「爲何小姐總像很清楚外面情況的樣子呢？我眞不明白。」

紀千千道：「你不明白的事多著呢！總言之你要對我有信心，我們脫離苦難的日子快來臨了！」

小詩天眞的道：「那就好了。得到自由後，我們是否回邊荒集定居呢？」

紀千千道：「當然要回邊荒集去，天下還有更好的地方嗎？」

小詩答道：「的確沒有了。」

這回輪到紀千千訝道：「你在邊荒集時不是很害怕嗎？」

小詩不好意思的道：「起始時當然不習慣，個個都是凶神惡煞、殺氣騰騰，一副想吃人的樣子。可是相處下來，原來他們都是良善的人，對我們都非常好。」

紀千千啞然笑道：「良善是談不上啦！不過他們都是眞情眞性的好漢子。讓我告訴你一個秘密吧！他們正從邊荒遠道而來，爲我們的自由作戰。」

小詩不解道：「小姐怎會曉得呢？」

紀千千拍拍小詩肩頭，暗示風娘剛進門來。風娘舉步朝她們走過來，紀千千感到風娘要找她說話，湊到小詩耳旁低聲道：「一切不用擔心，老天爺自有最妥善的安排，詩詩受了這麼多苦，還不夠嗎？現在上床好好睡一覺，明天一定會比今天更好。」小詩依言而去。

風娘來到紀千千身旁，嘆了一口氣。紀千千直覺風娘心中很同情她們主婢的遭遇，只是無能爲力，不由好感大增，道：「大娘爲何像心事重重的樣子呢？」

風娘道：「小姐沒有心事嗎？」

紀千千聳肩道：「擔心有甚麼用呢？」心中一動，問道：「我和小詩不用到前線去嗎？」

風娘答道：「這要由皇上決定，我們很快會知道。」

紀千千生出希望，如慕容垂不在，主力部隊又被調往前線，燕飛只要有足夠人手，突襲營地，她們大有脫身的機會。旋又想到刀劍無情，在那樣的情況下，風娘定會拚死阻止，一時心中矛盾至極。問道：「皇上在哪裏呢？」

風娘微一猶豫，然後道：「皇上會於幾天內回來，屆時小姐的去留，自會分明。」接著再嘆一口氣。

紀千千忍不住道：「大娘是不是又想起舊事呢？」

風娘沉默片刻，道：「小姐心中要有最壞的打算。」

紀千千心忖這句話該向慕容垂說才對，但對風娘的關懷和提示，仍是非常感激，答道：「自失去自由的第一天開始，我一直作著最壞的打算。」

風娘有感而發的道：「那是不同的，直到今天，小姐仍抱著希望，可是當一切希望盡成泡影，那種感覺絕不好受。」

紀千千感到風娘是在描述她自己的感受，而她正是失去了期待和希望的人，因爲風娘的幸福和快樂，早被不能挽回的過去埋葬了。

紀千千道：「若我眞的失去一切希望，我會曉得怎麼做的。」

風娘悽然道：「這是何苦來哉！我已曾多次苦勸皇上，但他總聽不入耳，到頭來他只會一無所得。這樣做有甚麼意思？男女間的事怎能勉強？」

紀千千訝道：「風娘……」

風娘截斷她道：「老身只是一時禁不住發牢騷，小姐不必放在心上。唉！我的確有心事，想到以前想也不敢想的事，希望燕飛能逃過此劫吧！」

紀千千愕然道：「燕飛？」

風娘道：「不要多想。只要燕飛在世，小姐仍擁有美好的未來，對嗎？」

紀千千感到風娘這番話內藏玄機，只是沒法猜破。

風娘低聲道：「小姐早點睡吧！老身多言了。」

〈卷十五〉

第六章◆北丘之戰

第六章　北丘之戰

二更時分，燕飛和向雨田領導直搗敵人大後方的突擊隊，抵達霧鄉所在的山巒。爲免打草驚蛇致功虧一簣，軍隊於背向霧鄉的崖壁處覓地藏身休息，再由燕飛和向雨田去探路。霧鄉是太行山內一個小盆地，原爲太行山以打獵爲生的獵民聚居的避世桃源，現在終於難逃一劫，被戰火波及。以燕人的作風，他們該是凶多吉少。霧鄉四面山峰聳立對峙，只西面有出口，連接著被燕人拓寬了的山道，直通往山下的北丘。近百棟房子，平均分布在廣闊達一里的盆谷高地上，顯然都是拆掉原住民簡陋的茅房後新建成的屋舍，除此之外還有數以百計的營帳。東北面傳來水瀑之聲，一道溪流蜿蜒流過霧鄉，朝西南流去，確爲進可攻退可守的佳地。如非崔宏想出從後突襲霧鄉之計，只要龍城軍團撤回盆地內，便可穩如泰山，守個堅如鐵桶。在戰略上，慕容垂此計確實無懈可擊，立於不敗之地，只可惜任他千算萬算，也算不到他最鍾情的女子，正是他這仗的唯一破綻。

向雨田道：「你聽到嗎？」

此時盆谷內燈火黯淡，大部分人在房子或營帳內好夢正酣，只有數隊守夜的巡兵，於各關鍵位置放哨。從近五十丈的高處看下去，房舍像一個個的大盒子，與圓形的營帳合成一幅奇怪和不規則的圖案，或聚或散，在夜空下一片寧靜，讓人嗅不到半點戰爭的氣息。霧鄉的確名副其實，空氣中充滿水氣，形成薄薄的煙霧，籠罩著整個盆谷，頗有些虛無縹緲不大眞切的奇異感覺。

燕飛點頭道：「是狗兒的吠叫聲，如果我們硬闖下去，未至谷地，肯定先瞞不過狗兒的靈覺。」

向雨田道：「龍城軍團身經百戰，只要有喘一口氣的時間，便可以奮起反擊，那時吃虧的將是我們。」

燕飛道：「如果崔宏所說無誤，水氣會在晚上大量積聚，尤其於此春濃濕重之時，到天明時霧氣會在谷內聚而不散，大幅減弱狗兒的警覺性，只要我們手腳夠快，加上姬大少的厲害毒火器，該可完成任務。」

向雨田道：「如我是慕容隆，會於四面山坡上設置警報陷阱，如有外敵入侵，觸響警報，可以有足夠時間從容應付。你認爲慕容隆有我這麼謹愼小心嗎？」

燕飛看著下方雜草叢生，加上仍有很多地方因山內清寒的天氣而積雪未解，頭痛的道：「在如此霧夜，要在陡峭難行的崖壁找出敵人設置的警報陷阱，似乎超出了我們的能力，但若在白天行動，更怕驚動敵人，你有甚麼辦法呢？」

向雨田道：「我們還須防敵人一手，只宜在明晚才採取行動，否則如敵人每天都對警報陷阱作例行檢查，我們的突襲行動便告完蛋。」

燕飛訝道：「你似是成竹在胸，但我眞想不到還有甚麼辦法？」

向雨田道：「若要清除所有陷阱，又須只憑觸覺，恐怕神仙也辦不到，但只是開闢一條供我們下谷的路線，對本人卻是綽有餘裕。我們秘人長期在沙漠打滾，對危險養成奇異的觸感，那天明瑤在我們決戰時接近我們，事實上她把自己隱藏得很好，只是瞞不過我這種對危險特別敏銳的感應。」接著話題一轉道：「告訴我，你是否相信命運的存在呢？」

自第一天認識向雨田，燕飛便曉得向雨田這種說話的風格，會從一個話題扯到另一個完全與先前談論的沒有任何關連的話題去。他的腦子像裝滿非常人所能想像、稀奇古怪的念頭，對平常人沒留心的事，充滿了獵奇探索的興致。每次與他交談，燕飛總有啓發。

燕飛沉吟片晌，嘆道：「我對是否有命運這回事，一向沒有理會的興趣，因爲知道即使想破腦袋也沒法想通。不過那天在長安街頭，看著明瑤掀簾向我露出如花玉容，還風情萬種的對我展現勾魂攝魄的笑容，事後回想起來，這種巧合確實玄之又玄，似乎冥冥中眞有命運存在著，否則如何去解釋呢？」

向雨田道：「說得好！若不是明瑤當時故意要氣我，決不會掀簾對街頭一個男子微笑，而燕兄你若不是意圖刺殺慕容文，那個時刻亦不會置身在長安的街頭，看似簡單的一個巧合，是要無數的『如果』結合在一起。如果不是如此，這些事便不會發生。」

燕飛皺眉道：「向兄究竟想說明甚麼道理呢？」

向雨田道：「我想到的是天下的運數，想到誰與誰替的問題。我和你今天在這裏並肩作戰，實是命運的安排，換作另一種情況，你的兄弟絕不是慕容垂的對手，雙方的實力太懸殊了。最奇妙的是縱然明知道是命運的安排，我們也沒法去改變命運，因爲我們根本沒有選擇，只好依從命運。難道我們仍可半途而廢，坐看慕容垂滅掉拓跋珪，而紀千千則永遠成爲囚籠裏的美麗彩雀嗎？」

燕飛訝道：「爲何你忽然有這個古怪的想法呢？」

向雨田沉聲道：「我和你都清楚明白，眼前的人間世只是一個存在的層次和空間，世人迷醉其中而不自覺，而我們正身歷其境，忘情的去愛去恨，爲不同的目的和追求奮戰不休。主宰這個人間世的是一種無影無形、無所不包的力量，它在我們的思感之外，捉不著看不見，但我們卻能從自身的情況，例如你和明瑤的重逢，隱隱察覺到它的存在。我們並不明白它，也永遠弄不清楚它究竟是怎麼回事，只能稱之爲命運，但我們也很容易忽略它的存在，因爲它超乎我們認知的能力，轉瞬我們便會再次忘情的投入，忘掉剎那間的明悟。如若在一個夢裏，一刻的清醒後，繼續作我們的春秋大夢。」

燕飛生出不寒而慄的感覺，眼前所有存在的事物，究竟是何苦來哉！

向雨田道：「這正是我捨明瑤而專志於修練大法的原因，因爲只有勘破這個人世的秘密，方能眞正令我動心。想想吧！只要有一個條件不配合，你和明瑤在長安的重逢便不會發生，命運是多麼的奇異，也是多麼的可怕。但我們更懂得的是以自我安慰去開解自己，認定這只是巧合，與命運沒有任何關係。事實上自你在沙漠邊緣處遇上師父，命運便安排了你未來的路向，也決定了我的命運，決定了包括慕容垂、拓跋珪在內所有人的命運。」

燕飛感到遍體生寒，向雨田說的是最虛無縹渺的事，但卻隱含令人沒法反駁的至理。如果沒有遇上明瑤，他或許不會到邊荒集去；如果沒有高彥一意要見紀千千，他與紀千千也無緣無分；如果不是因謝安離開建康，紀千千亦不會到邊荒去。眼前的情況，確由無數的「如果」串連而成。

向雨田道：「假如我們破空而去，是否能逃出命運的控制呢？又或許甚麼洞天福地，仍只是命運的一部分？」

燕飛苦笑道：「這種事我們最好不要去想，再想只是自尋煩惱，我給你說得糊塗了。」

向雨田笑道：「你的看法，恰是命運的撒手鐧，因爲忘掉它，人才有生存的樂趣，誰願意受苦呢？」

燕飛點頭道：「的確如此！現在我們是否應離開這裏，找個地方好好睡一覺，作個忘掉一切的好夢呢？」

向雨田欣然道：「正合我意。走吧！」

劉裕清早起來，劉穆之來求見，劉裕遂邀他一起進早膳。兩人邊吃邊談，劉裕問道：「辛苦先生了，看先生兩眼布滿紅絲，便曉得先生昨夜沒有睡過。」

劉穆之道：「多謝大人關懷。昨夜我小睡一個時辰後，驚醒過來，愈想目前的情況，愈生出危機四伏的感覺，幸好想到破解之法，且是一石數鳥之計。」

劉裕大喜道：「請先生指點。」

劉穆之道：「我們立即雷厲風行的推行新一輪的土斷。」

劉裕愕然道：「我們昨天剛提及土斷，到現在我仍弄不清楚是怎麼一回事，只知道牽涉到世家豪強的根本利益，這也是他們害怕我的一個主因，在現在的時勢下推行這種大改革，會不會過於倉卒呢？」

劉穆之撚鬚微笑道：「請讓我先向大人解釋清楚土斷的內容。自晉室立國江左，曾推行多次土斷，最著名的有咸和土斷、咸康土斷、桓溫的土斷和安公的土斷。所謂土斷，是徵稅的方法，而與土斷唇齒相依的就是編制戶籍。」

劉裕點頭道：「我明白了，要公平徵稅，必須先弄清楚戶口，有翔實的戶口統計，才能有效的推行稅制。」

劉穆之欣然道：「正是如此。在咸和五年以前，田租是繼承前晉按丁徵收的制度，每丁穀四斗。可是這種按丁收租的制度並不公平，因其不分貧富，對大地主當然最有利，但對無地和地少的貧民不利。

故而在咸和五年，朝廷頒令改按丁收稅為度田稅米，田租按畝收稅，土地多的自然要多繳稅，土地少繳稅少，這度田稅米的稅制，大抵襲用至安公主政的時候。」

劉裕不解道：「那桓溫做過甚麼事呢？」

劉穆之道：「桓溫的改革，主要在編訂戶籍上。由咸康土斷，到桓溫土斷，其間二十多年，北方流民不斷遷來南方，特別是北方在殘暴的石虎統治期間，南下的流民更多，朝廷須設置僑郡以安置流民，再加上大族豪強的兼併和自耕農破產逃亡，以前編訂的戶籍再不切合實際。桓溫的改革，就是重新編訂戶籍，把逃戶流民納入戶籍，如此便可大幅增加朝廷的稅收。」

劉裕點頭道：「我開始明白了，土地戶籍的政策，正是統治的基礎，若這方面做不好，朝廷的收入將出現問題。桓溫接著便是安公，為何仍有土斷的需要呢？戶籍的變化該不太大。」

劉穆之道：「任何改革，均是因應當時的需要。桓溫推行土斷，是因兩次北伐後，人命和財力損耗嚴重，所以須增加收入。安公的土斷，是因符堅已統一北方，隨時有大舉南侵的威脅，而南方的軍力則集中在大江中、上游的地區，由桓沖率領，而建康一帶兵力空虛，有必要成立另一支軍事力量，那就是大人現在統領的北府兵了。」

劉裕嘆道：「經先生解說，我比以前更明白安公的高瞻遠矚，沒有他，就沒有淝水的勝利。」

劉穆之道：「安公的土斷，與以前最大的分別，就是既非按丁稅米，也不是度田稅米，而是按口稅米，每口二斗米。」

劉裕糊塗起來，大惑不解道：「先生剛才不是說過度田稅米是比較公平的做法，為何安公卻反其道而行？」

劉穆之道：「此正代表安公是務實的政治家，他的政治目標是要增加稅收，以建立一個新的兵團，故針對時弊，施行新政。」稍頓續道：「度田稅米本爲最公平的稅法，可是理想和現實卻有很大的距離，在門閥專政的制度下，度田稅米根本沒法推行，兼且度田稅米手續繁複，逃稅容易，而按口稅米卻手續簡單，容易推行。」

劉裕明白過來，統治階層是由高門大族所壟斷，他們怎會全心全意的去推行不利於他們的稅收改革。當然，桓溫在時，威懾南方，誰敢不從，便拿他們來祭旗示眾，自是卓有成效。可是桓溫去後，他們再無所懼，故陽奉陰違，令良好的稅收政策形同虛設。到謝安之時，良政變成劣政，嚴重損害國家的利益，謝安只好退而求其次，採取在當時情況下較有效的稅收方法。他同時得到很大的啓發，明白務實的重要性，只顧理想而漠視實際，會惹來災難性的後果。例如他一直不喜歡建康高門醉生夢死、清談服藥的生活方式，更不滿高門對寒門的壓制和剝削，但假如他要改革這個情況，在現時的形勢下，是完全不切合實際的。理想固然重要，但他更要顧及的是實際的成效，這才是務實的作風。他須以安公爲師。

劉穆之又道：「安公另一德政，是指定只有現役的軍人可免稅，其他一概人等，包括有免稅權的王公貴冑都要納稅，一視同仁。」

劉裕道：「現時的情況又如何呢？」

劉穆之道：「自安公退位，司馬道子當權，一切回復舊觀，王公大臣都享有免稅的特權，加上天師軍作亂，令朝廷稅收大減。」

劉裕道：「那我們該如何改革？」

劉穆之道：「事情欲速則不達，我們只須嚴格執行安公的土斷，暫時該已足夠。」

劉裕道：「我不明白，這與應付當前危機有甚麼直接的關係？」

劉穆之道：「大人繼續奉行安公的政策，正代表大人是安公和玄帥的繼承者，旗幟鮮明，以前擁護安公政策的高門中開明之輩，將會把對安公的支持轉移到你的身上來。這也更表明了你是有治國能力的人。」

劉裕點頭道：「我開始有點頭緒了！對！這比說任何話，更明確顯示我是秉承安公和玄帥的改革。」

劉穆之道：「另一方面，大人也是向南方高門表明，你不是要摧毀他們，充其量你只是另一個安公，所作所爲全是爲大局著想。」

劉裕道：「可是總有人會反對我重新推出安公的新政，正如當年反對安公的大不乏人。」

劉穆之微笑道：「我正是希望有人會站出來反對大人。」

劉裕愕然道：「我又不明白了。」

劉穆之道：「大人可有想過現在的你，和當年的安公有甚麼分別呢？」劉裕皺眉思索。

劉穆之沉聲道：「最大的分別，就是當大人手刃桓玄之時，南方的兵權將盡入大人之手，誰敢反對你，大人便手下不留情，這是唯一令南方由亂歸治的辦法。從歷史觀之，任何政策的推行，必須有強大的實力作後盾。我不是要大人做甚麼順我者昌、逆我者亡的事。誰不合作嗎？可革掉他的官職，只有當反對的人膽敢犯上造反，才正之以法。値此不穩定的時期，大人絕不可以退縮，只有以鐵腕治國，方是明智之舉。」

劉裕雙目亮起來，道：「明白了！」又哈哈笑道：「先生這番話，令我受益不淺。關於土斷之事，由先生負責爲我拿主意，而我則全力支持先生，先生要我怎麼辦，我便怎麼辦。」劉穆之欣然接令。

劉裕正容道：「我現在最希望的事，就是百姓能得享和平豐足的日子，至於我個人的喜樂好惡，再不重要。」

崔宏在黃昏時分返回營地，丁宣大喜來迎。崔宏見林內的營地表面一片平靜，暗裏卻衛戍森嚴，崗哨林立，欣然道：「一切無恙！」

丁宣道：「託大人鴻福，敵人並沒有在我們監視的範圍內現蹤。」對崔宏的膽識才智，他是心中佩服的，更明白這回拓跋珪讓自己當崔宏的副手，是看在燕飛的分上，隱含栽培之意。所以就任後，一直戰戰兢兢，如履薄冰，唯恐有失。丁宣雖爲漢人，但卻是在胡族統治下的北方成長，對南方的晉室政權，只有惡感而沒有好感，可是要在北方出人頭地，必須依附胡族政權，丁宣遂看中新興有爲的拓跋族。

丁宣又道：「族主方面傳來消息，他已盡起全軍，到日出原的月丘布陣，逼慕容垂作正面交鋒。」

崔宏點頭道：「明白了。」在離開平城前，他和拓跋珪釐定了全盤的作戰大計，俾能互相配合，爭取最豐碩的戰爭成果。

崔宏與丁宣步行至營地林區東南面邊緣處，遙望落日下三十里許處北丘的方向，道：「入黑後我們立即起程，秘密行軍，至北丘北面五里許處埋伏，小休兩個時辰，天明前再潛近北丘，只要見到煙花訊號，立即發動攻擊。」丁宣點頭應是。

崔宏微笑道：「這次慕容隆肯定中計，就要看我們能否把他精銳的龍城兵團徹底擊垮，此戰我們必須大勝，若只是小勝，與打敗仗並沒有絲毫分別，明白嗎？」

丁宣道：「明白了！」

建康。石頭城。劉裕在內堂與江文清吃晚飯，比起昨晚，他心情舒暢多了。自從知悉江文清懷了他的孩子後，他自然而然的把心中的愛，轉移到江文清的身上去，解開了心中的死結，對江文清呵護備至。在燭光映照下，江文清人比花嬌，令他心中愛惜之意，有添無減。

江文清看著劉裕不停地把菜餚夾到她的碗內，堆積如小山，笑道：「文清怎吃得了這麼多？」

劉裕微笑道：「爲了我們的將來，文清必須多吃點，孩子才會肥肥白白，甫出世立成壯丁。」

江文清不勝羞喜的白他一眼，道：「眞誇大！大人今晚的心情很好呢！」

劉裕點頭道：「我今天的心情的確很好，因爲我對如何治理國家，開始有點頭緒，全賴穆之爲我籌謀運策。坦白說，我一向對窮酸儒生沒有多大好感，但穆之卻令我這個看法徹底改變過來。很奇怪，他比我這個短視的粗人更講實效，不會空談甚麼先王之道、仁義道德，甚對我的脾性。」

江文清道：「穆之確實是個很特別的人，裕郎須好好待他。」

此時手下來報，蒯恩到了石頭城，正在外堂等候。劉裕喜出望外，心忖怎會來得這麼快？他原本以爲沒有十天八天時間，蒯恩仍沒法應召而回。

江文清欣然道：「小恩竟回來了，大人還不立即去見他。」

劉裕連忙起身，移過去親了江文清的臉蛋，又摸摸她微隆的小腹，這才到外堂去。蒯恩見他進來，從地蓆跳起來，神情激動，下跪道：「蒯恩向統領大人請安問好。」

劉裕搶前把他扶起來，抓著他雙臂，道：「小恩你做得很好！不！是非常的好！立下大功。」

蒯恩一臉風塵僕僕的模樣，顫抖著聲音，顯示他仍處於激動的情緒裏，道：「全賴統領大人的訓誨和提攜，小恩怎敢居功。」

劉裕偕他到一角坐下，說出心中的疑惑道：「你怎會來得這麼快呢？」

蒯恩道：「大人急訊傳來，屬下剛好在無錫接收陰奇將軍的糧資，立即快馬趕來。屬下已依大人指示，把軍符和任命文書交予陰將軍，並向他詳細交代會稽等地的情況。」

若要在現時軍中找出他最信任的人，蒯恩和陰奇肯定居於榜首，比魏詠之、何無忌、彭中等更得他信任。劉裕道：「亂區現今情況如何？」

蒯恩道：「天師軍已煙消雲散。屬下依穆之先生的指示，一方面宣稱孫恩已葬身怒海，同時把徐道覆和張永的首級，掛在會稽城東門外示眾三天；另一方面則依穆之先生的吩咐，推行安民之策，豁免當地民眾田稅半年，修補各地城池，又乘機把參與叛亂的各地豪強的土地收歸國有，再公平分發給當地農戶，這場由孫恩引起的大禍，該已告一段落。」

劉裕暗叫慚愧，劉穆之曾向他提及這些收拾天師軍遺下的爛攤子的方法，可是自己的心神全放在如何殺死桓玄一事上，當時並沒有放在心上，到此時蒯恩提起，方記起來。幸好有劉穆之這個能總攬全局，鉅細無遺的智者爲他效力，否則自己定會弄個一塌糊塗，亂上加亂。同時又想到劉穆之屢次強調，自己必須以強而有力的手腕統治南方，天師軍之亂的善後工作，正爲劉穆之說的話作出最佳的說明。因爲會稽諸城所有反對的勢力，均被他連根拔起了，所以推行利民之策全無阻力，水到渠成，取得驕人的成果。

他同時生出戒懼之心，試想如果自己是只求私利的獨裁者，不論眼前如何剝削壓逼蟻民，一時間老百姓們亦只有屈從的分兒，而沒有反抗之力。當然，到民不聊生，民眾感到縱死而無大害，自然是動亂叢生。可是若推行的是安民利民之策，人民只會感激而不會造反，效果是截然不同。他劉裕定要時常警惕自己，絕不可作傷民之舉，民眾的福祉，就在他一念之間，他怎可不誠惶誠恐，事事三思而後行，謹慎律己。劉穆之最高明之處，是藉著平定天師軍之亂把土地作重新的分配，平息了天師軍禍起的源頭。這種切合形勢，因勢施政的手法，是他須好好學習的。

蒯恩又道：「不知大人急召屬下回來，有甚麼用得著屬下的地方呢？只要大人吩咐下來，屬下願赴湯蹈火，萬死不辭。」

劉裕想起當日侯亮生自盡身亡，蒯恩到建康來報訊，徬徨無依的情形，比對起蒯恩成為北府兵中舉足輕重的猛將，聯想起自己回到建康，走投無路，不得不和司馬道子妥協的處境，一時百感交集。道：「沒有這般嚴重，我召你回來，是要你代我坐鎮建康，好讓我能抽身去對付桓玄。」

蒯恩吃了一驚，道：「如此大任，屬下恐難擔當。」

劉裕笑道：「坦白說，對政治我是外行，恐怕比你更沒頭緒。幸好政治方面有穆之負責，你只要牢牢掌握兵權，守穩石頭城，誰敢造反，就以雷霆萬鈞之勢，一舉殲滅，但這個可能性微乎其微。現今建康仍處於軍管之下，你只要約束手下，理好建康的治安便成。」又道：「待會我們找穆之先生來商量，乘機授予你一個名實相副的職位，讓你更容易管治建康。」

蒯恩仍是惴惴不安，道：「可是建康的高門……」

劉裕截斷他微笑道：「有我劉裕作你的後盾，小恩有甚麼好害怕的？建康高門中支持我們者比比皆是，若有人敢來搗亂，我們便要他們吃不完兜著走，兵權在誰的手上，便由誰來主事。再配合穆之先生圓熟的政治手段，小恩你肯定不會出問題。」蒯恩這才稍為放心，連忙謝恩。

劉裕沉吟道：「我會讓小恩見幾個人，讓他們清楚我的心意，至於我們軍內，我卻絲毫不擔心，因為人人清楚你立下的功勞。」

蒯恩欲言又止。劉裕訝道：「小恩還有甚麼話要說呢？」

蒯恩兩眼微紅，道：「屬下希望能為侯先生雪恨。」

劉裕苦笑道：「我正要賴你為我穩著建康，你怎可隨我去討伐桓玄？」

蒯恩道：「屬下怎敢違背大人的命令？屬下只希望曉得害死侯先生的妖女是誰。」

劉裕這才曉得誤會了他的意思，又大感頭痛，難道告訴他當日他和屠奉三口中的妖女是任青媞？只好道：「那時我們所知不詳，故而有此猜測，懷疑是有人洩露消息，豈知純屬誤會。說到底罪魁禍首仍是桓玄，為了大局著想，我們不該再追究其他人。」事實上他自己也不滿意自己這番搪塞的說辭，但有甚麼辦法呢？一時間他的確無法編出更有說服力的故事。

蒯恩露出半信半疑的神色。劉裕拍拍他肩頭，道：「我是為小恩你著想，此事牽涉到江湖一個神秘的門派，但他們的頭子已與燕飛達成協定，在關鍵時刻脫離桓玄，導致桓玄逃離建康。好好的幹，只要能令南方的民眾安居樂業，衣食豐足，小恩便報答了侯先生的恩情。」

蒯恩終露出信任的神色，道：「一切遵從大人的指示。」

劉裕暗嘆一口氣。想起以前闖蕩江湖時，大家肝膽相照的日子，此刻分外有感觸。自和任青媞扯上關係後，自己便為她左瞞右瞞，直到此刻，他劉裕成為建康的當權者，仍要為她向蒯恩說謊，把責任推到魔門處去。幸好蒯恩沒有追根究柢，否則他將被逼滿口謊言。希望眞相永不會被揭破，否則眞不知如何向眼前的心腹大將交代。

高彥直闖尹清雅閨房，嚷道：「好消息！好消息！這回功成利達哩！」正伺候尹清雅的婢女早對他類似的行爲見怪不怪，不待尹清雅吩咐，連忙施禮告退。

尹清雅皺眉道：「你這小子又發瘋了。」

高彥神氣的在另一邊坐下，道：「好消息一，是毛修之那傢伙攻下白帝城，兵脅江陵，令奸賊桓玄嚇得屁滾尿流，弄髒了褲襠。哈！形容得多麼傳神。」

尹清雅「噗哧」笑起來，橫他一眼罵道：「狗嘴吐不出象牙來，信你的肯定是傻瓜！唉！不過我小白雁肯定不比傻瓜好多少，否則怎會給你這小子纏上。」

高彥嘻皮笑臉的道：「甚麼都好。聽著啦！好消息二，是我們的統領大人已委任我們的賭仙出任兩湖的頭號官兒，同時把兩湖幫收編爲北府兵，且由老程決定如何論功行賞，若有幫中兄弟不想當官或當兵，悉隨其意。哈！這該算是皇恩浩蕩了。」

尹清雅毫不在意，只是狠狠盯他一眼，道：「誰想去當官都可以，這叫人各有志，但我卻不准你沾上半點兒官職，清楚嗎？」

高彥失聲道：「我有那麼愚蠢嗎？八人大轎來抬我，也抬不動我去當官，我追求的是袋中永遠有花不盡的銀兩，天天和雅兒……」

尹清雅捂著耳朵，羞紅粉臉嚷道：「我不聽！我不聽！再說我會揍你。」

高彥故作驚訝道：「你道我想說甚麼呢？我又不是說夜夜，而是天天，大白天可以幹甚麼呢？不外是遊山玩水吧！雅兒是否想到特別有趣的玩意兒呢？」

尹清雅放下雙手，沒好氣的道：「不和你胡扯，還有甚麼事，快報上來，本姑娘還有很多急事待辦。」

高彥道：「甚麼急事也及不上我即將說出的事，雅兒是不是有興趣坐上奇兵號，來個御駕親征，打得桓玄的走狗們落花流水，一敗塗地。」

尹清雅立即雙目放光，道：「你在說甚麼啊！」

高彥道：「老魏剛從桑落洲趕來，說據守湓口的荊州軍正蠢蠢欲動，故請我們出動水師，與他們在大江上夾擊荊州軍。唉！還以為雅兒會有興趣，怎知雅兒正忙得不可開交，無暇分身。」

尹清雅恨得牙癢癢的道：「死小子！竟敢耍我。」又笑臉如花的道：「為甚麼你們這些可惡的傢伙，會忽然變成大好人呢？竟肯讓人家參戰？」

高彥道：「別人不清楚你的心意，但怎瞞得過我這個作夫君的，全賴我力排眾議，說有雅兒坐鎮奇兵號，下面的兒郎們士氣肯定陡升百倍，人人奮不顧身，打起水戰來格外精神，所以甚麼人缺席都無關緊要，唯獨雅兒是不可缺席的。此戰牽涉到整個戰爭的成敗，絕對不容有失，打贏了便可直搗桓賊的老家。」

尹清雅無暇計較他自稱夫君，歡喜的道：「算你了！」

高彥說得興起，道：「老魏還帶來消息，此戰若勝，我們的統領大人會御駕親征，到前線來指揮大局，桓玄這次肯定卵蛋不保，雅兒定可報血海深仇。」

尹清雅沒好氣道：「甚麼皇恩浩蕩，甚麼御駕親征，劉裕那傢伙當上皇帝了嗎？你最愛誇大，最愛胡言亂語。」又問道：「你說的老魏是誰？」

高彥吹噓道：「當然是名震天下，老劉座下的七虎將之一的魏詠之……」

尹清雅打斷他道：「其他六虎將又是何方神聖？」

高彥尷尬的道：「這個就不太清楚。」

尹清雅兩眼上翻，道：「又是胡謅！」接著認眞的道：「但這次我定要參戰，否則船隊休想起航。」

高彥忙保證道：「這個當然不是胡謅的，我雖然膽大包天，但只限於色膽，其他方面的膽子就小得可憐。」

尹清雅道：「我們何時出發？」

高彥道：「我們立即起航，我正是來恭請雅兒移駕到奇兵號去。」

尹清雅跳將起來，大嗔道：「那還磨蹭在這裏幹甚麼，他們不等我們就糟糕了！」

高彥好整以暇的道：「雅兒不用心急，我和你是最後登船的人，好接受兒郎們的歡呼喝采，以振奮士氣，這是老程和老手兩老想出來的餿主意，與爲夫無關。」

尹清雅劈手抓著他的襟口，嗔道：「你說甚麼？」

高彥一臉無辜的神色，舉手道：「爲夫說過甚麼呢？一時記不起了！」

尹清雅運勁把他從椅內提起來，玉手一揮，高彥立即步履不穩的給送出門外去。尹清雅追在他後方，大發雌威的道：「快給我引路，否則要你的小命。」

高彥放腳便走，高嚷道：「謀殺親夫了！謀殺親夫了！」尹清雅忍俊不住的笑著追他去了。

「燕郎！燕郎！」燕飛閉上眼睛，精神像潮水般從現實的世界退返純心靈的精神天地，與紀千千的心靈接合，作最親密的接觸，他們肉體的隔離雖以百里計，但他們的心卻是零距離，渾融為一。千千並不是夢體的出陽神狀態。「千千！我們又在一起了！」紀千千火熱的愛戀，塡滿他心靈的空間，愛得那麼熾烈、那般徹底，沒有絲毫猶豫，也沒有絲毫懷疑，男女熱戀時無可避免的負面情緒，在他們融合的心靈內沒有容身之處。

「燕郎呵！你在哪裏呢？」燕飛在心靈回應道：「我在太行山區的另一角落，當地的人稱之為霧鄉，正等待黎明的來臨，一場激烈的戰役將會展開。」

紀千千低沉的嘆息道：「千千明白在這樣的情況下，戰爭是無可避免的，但總按不下內心的恐懼，最矛盾的是千千不但擔心你們，也擔心身邊的所有人，老天爺為何要把千千置於這樣的處境下呢？」

燕飛道：「千千你必須堅強起來，勇敢地面對眼前的一切，關鍵的時刻即將來臨，發生在十天八天之間。你不是要愛我至天荒地老嗎？比對起來，千千眼前的苦難只是剎那的事。為了我，為了小詩，千千必須堅強起來，還要比任何時刻更堅強，然後我們便可在一起了，永遠不再分離。」

紀千千道：「燕郎不用擔心千千，沒有人可以阻止我們的重聚，千千對燕郎有十足的信心。昨夜風娘說了很奇怪的話，她是不認同慕容垂這樣對待我和詩詩的，說我心中要有最壞的打算，可是又指出只要燕郎能避過劫數，千千仍擁有美好的將來，她說的話令我很不安。」

燕飛道：「她之所以這麼說，是因為她認為我們在此戰必敗無疑，且會敗得很慘，不過她這個看法在明早之後，會改變過來，而我們正爲此而努力。」

紀千千道：「那爲何我又能有美好的未來呢？」

燕飛微一沉吟，道：「照我猜測，風娘是下了冒死釋放你們的決心，在你們現時的情況下，她縱有心也無力。或許她曉得慕容垂的安排，例如把你們留在山寨處，又或把你們送往中山，那風娘便可以想辦法了。」

紀千千「呵」的一聲叫起來，在心靈的天地道：「燕郎是旁觀者清。」

燕飛嘆道：「可是明早之後，慕容垂的想法會改變過來。凡事有利有弊，明天之戰，如我們大獲全勝，慕容垂再沒法阻止我們荒人北上，他將會改變主意，把千千和小詩帶在身旁，不容你們離開他的視線。」

紀千千失望的道：「那我和詩詩該怎麼辦呢？」

燕飛道：「戰場上形勢千變萬化，難以測度，我們必須耐心等待機會。千千須盡量和小詩在一起，當時機來臨，千千和小詩的苦難會成爲過去。千千好好休息，養足精神，把自己保持在最佳的狀態下。我要去了！」

紀千千呼喚道：「知道了！燕郎珍重。」

燕飛睜開虎目，向雨田魁偉的臉容映入眼簾，正閃動著奇異的光芒，凝神看他。四周霧氣瀰漫，十多步外的景物已是模糊不清，像被霧吞噬了。

燕飛道：「清除了障礙嗎？」

向雨田不答反問道：「燕飛剛才是否和紀千千心靈傳感？」

燕飛道：「你感應到千千嗎？」

向雨田道：「這正是最奇怪的地方，我絲毫感應不到她，只感覺到燕兄的心靈退往遙不可觸的遠處，留下的只是一個空的軀殼，感覺上燕兄和死了並沒有分別。」又嘆道：「我眞羨慕你，坦白說，我也想嘗嘗箇中滋味，最慘是曉得自己絕沒有這福分，我是注定要孤獨終生的。」

燕飛道：「向兄不必自憐，你擁有的，已是常人夢想難及的了。」

向雨田話題一轉，欣然道：「此仗我們是穩勝無疑。」

燕飛訝道：「向兄爲何忽然這麼肯定？」

向雨田微笑道：「因爲直至谷地，我仍沒有發覺任何陷阱或障礙，顯然慕容隆根本沒有想過藏兵處會被發現，因而也沒有防禦的準備，只要我們接到訊號，冒霧突襲，肯定可把留在霧鄉的敵人逐出去。這將會是場一面倒的戰役。」

燕飛雙目射出堅定的神色，點頭道：「離天明只有半個時辰，我們很快會知道結果。」接著撮唇發出鳥鳴聲，藏在後方的百名荒人好手，小心翼翼毫無聲息地潛下來，各自進入指定的攻擊位置去。

卓狂生嘆道：「終於到了！」小軻和十多個兄弟，在兩邊丘頂插上火炬，映照出他們在北丘的駐紮地，也讓埋伏暗處的敵人清楚掌握他們的位置。他們選擇的地點，正是北丘最適合設營的地方，兩邊是高起十多丈的丘陵，由南至北界定出中間里許的疏林平野，一道溪流從東北而來，蜿蜒流過丘陵夾著的平原。不待吩咐，騾馬車分作兩大隊，緩緩注入原野，井然有序的分列兩旁，隊與隊間相隔百丈。

卓狂生喝道：「手足們！辦正事的時間到了。」像訓練過千百次般，戰士們一組一組的到達指定的地點，紛紛下馬，並解下馬鞍，讓馬兒到小溪喝水休息。只有卓狂生、王鎮惡、姬別、紅子春等荒人領袖，仍留在馬上，指揮大局。

姬別道：「雖然有霧，卻沒有想像中濃密。」

卓狂生笑道：「這裏有點霧應景便可以，最要緊是霧鄉不負其名，霧濃得伸手不見五指。哈！」

姬別道：「卓館主的心情很好。」

卓狂生道：「我的心情怎能不好呢？我最怕是行軍太慢，趕不及在黎明前到達此處，現在早了近半個時辰，當然心情大佳。」

王鎮惡喝道：「解騾！」正候命的千多個荒人戰士連忙動手，把騾和車廂分開，又把騾子集中到小溪兩旁。

姬別傲然道：「看我想出來的東西多麼精采，這叫橫車陣，由於車內放了泥石，保證可以抵受千軍萬馬的衝擊。」

王鎮惡待解騾的行動完成後，發出第二道命令，喝道：「固輪拆篷！」手下兒郎應聲行動，以預備好的木方固定車輪，令其沒法移動。同時有人把所掩蓋的帳篷拆掉，露出內中的玄虛。原來車內除了裝載泥石外，向外的一面均裝著蒙上生牛皮的防箭板，令兩邊一字直排的車陣頓成屏障，護著中間的人馬，成爲強大的防禦設施。

王鎮惡又道：「立鼓！」戰士們把擺放在其中十輛車上的大鼓搬下來，移往中間處，成其鼓陣。

王鎮惡喝道：「置絆馬索。手足們！各就各位。」這回五千多戰士全體行動，數百人往兩邊丘陵的坡底，設置一重又一重的絆馬索，其他的人取出弓矢長戈等應付敵騎的利器，在車陣後集合編整，人人雙目射出興奮的神色，皆因曉得勝券在手。

紅子春仰首望天，道：「快天亮了，該是生火造飯的好時候。」

慕容戰和屠奉三蹲在一座山丘頂，遙觀東面誘敵大軍的動靜，隔開近三里之遙，他們只能隱見火光。

慕容戰道：「這樣的薄霧，對我們來說，是有利還是有害呢？」

屠奉三道：「當然有利，至少利於追敵殲敵。」又道：「我眞擔心他們不能依時到達，現在可以安心。」

慕容戰道：「我想問你一個問題，希望你老實作答。」

屠奉三笑道：「甚麼事這麼嚴重？好吧！我投降了，我在建康遇上我的心上人，至於細節和詳情，請容打完這場仗再稟上。」

慕容戰喜逐顏開，欣然道：「眞想不到，要恭喜你了！」

屠奉三道：「不但你想不到，事前我也沒有想過，更想不到仍有人可令我心動。但一切就像天崩地裂般發生，避也避不了，且是不想躲避。」

慕容戰嘆道：「給你說得我迫不及待想知道詳情，可否多透露一點兒？」

此時一道人影從下方林野閃出，直奔至兩人身前，原來是姚猛。姚猛繞往兩人後方，蹲低道：「敵人中計了，在老卓等人陣地西面里許遠的林區內，埋伏著一支敵人的騎兵隊，雖沒法弄清楚有多少人，但肯定在五千人以上。」

屠奉三鬆了一口氣，道：「以敵人的兵力作估計，埋伏在西面的兵馬該有兩隊，每隊在五千至八千人間，這才合理。因爲敵人有三萬軍力，必是傾巢而來，全力進擊。」

慕容戰點頭認同，道：「如此留守霧鄉的龍城兵，該在一千人以下，或只是數百人，燕飛和他的人肯定可吃掉他們。」

屠奉三凝目遠方，沉聲道：「訊號來了！老卓他們開始生火造飯，顯示部署完成，他們已設置了以車陣爲主、防禦力強的戰陣。」

慕容戰道：「我們回去準備。」

荒人設陣處東北方三里許的疏林區，崔宏從樹頂躍下來，向丁宣道：「鎭惡兄他們開始生火造飯。」後方是分作兩隊，每隊二千五百人的拓跋族精銳戰士，人人體型慓悍，精神抖擻，此時所有人都爲坐騎解下馬鞍，自己則坐在地上，與坐騎一起休息，養精蓄銳好上戰場與敵人拚個死活。他們全是拓跋珪的本族戰士，忠誠上絕對無可懷疑，每個人都肯爲拓跋族的興衰獻上性命。

崔宏叮囑丁宣道：「記著！是第二輪鼓響我們才出擊，千萬別弄錯。」

丁宣答道：「我不會弄錯的。」

崔宏轉身過去，先環目掃視手下兒郎，然後打出裝上馬鞍的手勢。眾戰士如響雷應電火般跳將起來，敏捷地抓起放在地面的馬鞍，送上馬背，沒有人露出絲毫猶豫，令人感到他們熱切期待這一刻的來臨。崔宏心中一陣激動。眼前的戰士，正是他夢想中的部隊，他深信他們將是繼燕人之後，縱橫天下的無敵雄師，而拓跋珪會是另一個統一北方的霸主。到這一刻，他深切體會到拓跋珪派遣他率領眼前這五千精銳，以支援邊荒勁旅的關鍵性，否則荒人縱能取勝，其軍力亦不足以殲滅兵力逾三萬之眾的龍城軍團，那與失敗並沒有分別。他自身的計謀與荒人結合後，龍城軍團便注定了全軍覆沒的命運，打敗慕容垂的可能性終於出現。

崔宏沉著氣向仍朝戰場方向眺望的丁宣道：「荒人會在敵人呈現敗象之時，敲起第二輪鼓響，切記在鼓聲停下之際方可出擊，那時敵人將往霧鄉敗退，而你的任務是把敵人衝斷為兩截，再與從陣地衝殺出來的荒人夾擊燕軍，其他退往霧鄉的敵人由我來招呼。」

丁宣轉過身來，沉聲道：「得令！」

此時眾戰士完成裝鞍，立在坐騎旁候命。崔宏喝道：「登馬！」戰士們紛紛翻上馬背。崔宏和丁宣跳上坐騎，同時掉轉馬頭，往戰場推進。後方分成兩隊的戰士，一隊追在丁宣馬後，筆直的朝戰場方向緩馳而去；另一隊跟著崔宏，偏往霧鄉的方向。此時東方天際露出曙光，丘陵山野蒙上一重薄薄的霧氣，戰爭的時刻終於來臨。

向雨田正研玩手上的火器，道：「在這樣霧濃濕重的天氣下，這玩意仍會生效嗎？」

燕飛正用神觀看下方五十丈處敵人的營寨，不過即使是他的銳目，也只能看到二十丈許內的東西，視野便被濃霧隔絕，聞言道：「這是姬大少特別針對春濕的情況而特製的神火飛鴉，可飛行百多丈，命中目標時，鴉內火藥爆發，火油會附上對方的營帳和房舍，包準可燃著任何東西，對姬大少我們要有信心。」

向雨田仰望天空，嘆道：「天亮了！剛過去的一夜似乎特別漫長。」接著一拍背囊，道：「神火飛鴉外尚有十顆毒煙榴火炮，不過看來此仗派不上用場，可留待後用。」見燕飛沒有答他，問道：「你緊張嗎？」

燕飛道：「說不緊張就是騙你。我們在這裏等於與世隔絕，完全不清楚霧鄉外的情況，也不知道老卓他們是否依時到達設陣拒敵的地點，要到第一輪鼓響，我們方曉得一切是否順利。」

向雨田道：「對你這番話，我深有同感。過去我總是獨來獨往，一切事控制在自己手上，明白自己的能力。但戰爭卻屬群體的事，只要有一方面配合不來，便成致敗的因由，那種感覺並不好受。」忽然雙目亮起來，道：「你聽到嗎？」

燕飛沉聲道：「敵人發動了！」遠方隱隱傳來萬騎奔騰的蹄音。

天色漸明。兩列長車陣旁的荒人正默默的等待著。卓狂生急促的喘了兩口氣，向身旁的紅子春道：「等待的滋味眞不好受，最怕敵人忽然察覺是個陷阱，我們便要完蛋大吉。」

紅子春道：「放心好了！你害怕的情況，可在天明前任何一刻發生，卻絕不會在這刻發生。直到此時敵人仍沒有任何動靜，正代表敵人已上了我們的大當。可以多點耐性嗎？」

在紅子春另一邊的姬別正瞪著西面的長丘，長吁一口氣道：「我的心兒眞不爭氣，自我們的『生火造飯』開始，便不安定的跳個不停，我這個人肯定不是上戰場的好材料，如果可以有選擇，我會當逃兵。」

卓狂生罵道：「不要說洩氣的話，那你又爲甚麼來呢？沒有人逼你的。」

姬別道：「我是爲千千小姐而來，爲了她我再不願做的事也會去做。千千小姐被擄北去，是我們荒人最大的恥辱，只有把她救回來，我們荒人才可以快樂起來。」

紅子春笑道：「現在姬大少後悔了嗎？」

姬別笑道：「怎會後悔？我從沒有想過自己不能活著回邊荒集去。」

卓狂生一震道：「來了！」東西兩方，同時蹄音轟鳴。

主持東面戰線的王鎭惡大喝道：「手足們準備！」五千荒人戰士，全體額上紮上夜窩族標誌的巾帶，盾手在車陣後豎起盾牌，接著是持著長兵器的戰士，後方的三排箭手，人人彎弓搭箭，嚴陣以待。戰爭在敵我雙方的熱切期待下，全面展開。

龍城軍團確不負威震塞北的盛名，在黎明的薄霧下，以雷霆萬鈞之勢，出現在四面八方，像龍捲風般直襲荒人的陣地。如果荒人不是早有預備，又有防禦力強大的車陣，肯定會被敵蹄踏成碎粉，片甲難存，現在當然是截然不同的兩回事。敵人的主力部隊分作四隊，每隊五千人，分從東西兩方越丘下撲，來勢凶猛，彷似擊岸的怒潮，教人見之膽喪。另有兩隊各三千人，分由南北丘陵間的荒野平地，狂攻荒人陣地的兩邊側翼。指揮全局的王鎭惡神色冷靜，絲毫不爲敵人的威勢所動，冷然掃視敵方的情況，掌握敵人的強弱虛實。

驀然從東西兩方奔殺而下的前排敵騎人仰馬翻，荒人則發出震天的歡呼聲，原來是絆馬索發揮作用。絆馬索設置的位置，是經過精心計算，恰好在坡底之上兩丈許處，在薄霧草樹的掩飾裏，自以爲是奇兵突襲、穩操勝券的敵人哪看得眞切，立即中招。前數排的戰士連人帶馬滾下斜坡，直墜至坡底，登時令本是氣勢如虹的敵人，亂成一團。最糟糕的是去勢難止，前路雖被己方絆跌的人馬所阻，可是卻沒法在斜坡留步，兼且後方的戰友不住越坡而來，情況更是不堪。王鎮惡喝道：「布盾！」分三排位於車陣和兩側缺口的盾牌手，最前排坐在地上，第二排跪地，最後一排站立，全豎起盾牌，布成無隙可入的盾陣，以保護後方的六排箭手。

就在越丘攻來的敵人陣勢大亂、衝勢受重挫的時候，兩側的敵騎旋風般攻來，在這一刻，只有這兩支敵人騎兵部隊，有扭轉敗勢的能力。這個車陣的擺設，是由王鎮惡精心設計，故意讓敵人產生錯覺，以為仍有機會，不會因攻勢受挫立即退卻，如此便可令敵人陷於苦戰，遂其大幅削弱敵人戰力的戰略計策。事實上南北兩側的缺口似虛還實，正是荒人兵力最強大的地方，且不用兼顧左右兩方，反擊能力高度集中，盾手雖仍只三排，但前排的盾手用的是下有尖錐，能深種入土的重鐵盾，力足以抵受敵騎的衝擊，箭手有六排，輪番放箭下，敵騎能衝至五十步內的機會眞是微乎其微。

王鎮惡大喝道：「放箭！」一排一排的勁箭離弦而去，箭雨無情的射向敵人，最後排的箭手射出弓上之箭時，前排的箭手己裝箭上弦，射出另一輪的箭矢。敵騎紛紛翻跌。從丘坡衝下來的敵騎情況更是不堪，荒人的車陣令他們欲前無路，但又給後方不住越丘馳來的戰友擠得只能向前，投往密集如雨的箭矢中去，其情況之慘，形勢的混亂，可以想見。東面丘頂號角聲起。王鎮惡曉得是慕容隆見勢不妙，吹起撤退的號角，哪敢猶豫，狂喝道：「擂鼓！」「咚！咚！咚！咚！」鼓聲響徹北丘。

燕飛和向雨田聽到鼓聲，登時精神一振，放下心頭大石。按計畫，鼓音響起，慕容戰和屠奉三指揮的五千荒人戰士立即行動，與布車陣的荒人夾擊從西面攻打陣地的敵人，務令陣地西面的敵人部隊，不能與從東面攻打陣地的敵人會合，沒法撤返霧鄉。鼓聲倏地急劇起來，接著忽然停止。鼓響停止的一刻，正是他們進攻的時刻。

向雨田舉起神火飛鴉，微笑道：「是時候了！」燕飛早打著火摺子，湊近他手上往下傾斜的四支起飛火箭，對準安裝於鴉身的尺許長引信，然後逐一點燃。「颼！」神火飛鴉從向雨田手上起飛，在濃霧中劃出美麗的火痕，往坡下振翼飛翔而去。

百名手足兩人一組，同時如法施爲，五十隻神火飛鴉，穿過濃霧，在霧空裏劃出五十道閃亮的痕跡，像一幅無所不包，卻深具破壞力不住變化的圖案，往下罩去。只要其中有一半飛鴉命中目標，足可令霧鄉陷於火燄之中，當煙火沖天而起，慕容隆該曉得撤退無路，只餘往北逃竄的唯一生路，那時他們將遇上崔宏的五千拓跋族精銳。燕飛一聲令下，眾人齊聲吶喊，從山壁跳躍攀援而下，殺往霧鄉去。

王鎮惡只看敵方形勢，便知對方大勢已去，兩側的敵人，已隨東面的部隊潮水般往霧鄉的方向撤走。西丘後卻是殺聲震天，顯示慕容戰和屠奉三領導的部隊，已依計畫從藏兵處出擊，截著欲繞往霧鄉的敵人。王鎮惡見機不可失，大喝道：「擂鼓！」第二輪鼓音立時轟天響起。同時陣內荒人戰士齊聲歡呼，化守爲攻，紛紛上馬，一半人由卓狂生、紅子春和姬別率領，衝出車陣越丘而去，夾擊西面的敵人部隊。另一半人則由王鎮惡領軍，出陣追擊後撤的敵人。一時蹄聲震天，荒人戰士踏著敵方人馬的屍體，展開全面的反擊。

拓跋珪和楚無暇並騎馳上月丘最高點平頂丘，東面廣闊的平野盡收眼底，地平遠處太行山似已成爲大地的終結。拓跋珪以馬鞭遙指遠方，道：「那就是慕容垂藏軍的獵嶺，我眞希望能在他身旁，看他曉得我們進軍月丘時的表情和反應。」

楚無暇深吸一口清新的空氣，桑乾河從東北方傾瀉而來，流過月丘的北面，往西南而去，兩岸出現蔥綠顏色，一片大地春回的美景，生機勃勃。

拓跋珪感嘆道：「若再給我五十年壽命，我必能一統天下，即使南方有劉裕崛起，成為新朝之主，仍非我拓跋珪的對手。」

楚無暇沒有答話。拓跋珪朝她望去，訝道：「無暇為何不說話，是不同意我嗎？」

楚無暇溫柔的道：「族主正在興頭上，無暇怎敢掃族主的興，又不想說違心的話，只好索性不說了。」

拓跋珪顯然心情極佳，絲毫不以為忤，啞然笑道：「無暇直言無礙，我絕不會因你說眞心話而不高興。」

楚無暇道：「我只希望族主不要輕視劉裕，此子確是人傑，每能於絕處創造奇蹟，看輕他的人都不會有好結果。」

拓跋珪笑道：「無暇或許仍未曉得我曾和劉裕並肩作戰，對他認識深刻，比任何人都清楚他的性格和才幹。別的人或會因輕視他而犯錯，卻絕不會是我拓跋珪。」

楚無暇奇道：「那為何族主對征服南方，仍這麼有信心呢？」

拓跋珪仰望長空，吁出一口心中的豪情壯氣，油然道：「我是從天下大勢著眼，北強南弱，自古已然，以人口論之，北方人口便比南方要多。所以苻堅盡起兵力，可達百萬之眾，而謝玄僅能以八萬人迎之於淝水，由此可見南北人口的對比。」

楚無暇為之啞口無言，沒法反駁。人口是經濟最重要的因素，男以耕作，女以紡織，正是經濟的兩大支柱。拓跋珪從人口多寡去比較南北的強弱，是有道理的。

拓跋珪顯然談興甚濃，續道：「其次在軍事上，不論是我們拓跋鮮卑族，又或慕容鮮卑族，甚至羌人、氐人和匈奴人，兵種均以騎兵為主，戰鬥力強，不論組織之密、騎術之精、斥候之明，均遠在南方漢人之上，只要沒有犯上苻堅的錯誤，漢人哪是我們的對手？」

楚無暇道：「那為何直至今天，北方仍未能征服南方呢？」

拓跋珪欣然道：「無暇問得好！此正為我苦思多年的問題，只有明白前人失敗的原因，我拓跋珪方能避免犯上同一錯誤，以免功敗垂成。」

楚無暇動容道：「原來族主早深思過這方面的問題，並非一時興起，發出豪語。」

拓跋珪傲然道：「我拓跋珪怎似那些狂妄無知之輩。要征服南方，首先要統一北方，如果我能在此仗擊垮慕容垂，我有信心在二十年內蕩平北方諸雄，再給我三十年時間，南方亦要臣服在我鐵蹄之下。以我現在的體魄，活過七十歲是毫不稀奇，所以我絕不是口出狂言，而是根據現實的情況作出推斷。」

楚無暇不解道：「為何征服南方，竟需三十年之久呢？」

拓跋珪道：「以武力統一北方並不是最困難的事，我有十足信心可以辦到。但接著下來如何統治北方，才是困難所在，否則我只是另一個苻堅。淝水戰敗，帝國立即瓦解，此正顯示了苻堅並未解決治國的問題。」

楚無暇好奇心大起，忍不住的問道：「苻堅究竟在甚麼地方出了問題？」

拓跋珪神色變得凝重起來，緩緩道：「說到底，不論是石勒或苻堅，都是敗在未能將民族的關係弄好。這牽涉到兩方面的問題，首先是以一族去統治包括漢人和胡人在內的眾多民族，民族的融合豈是朝夕間能解決的事，問題遂變得沒完沒了。」稍頓續道：「其次是統一不能從血統著手而要看文化的高低，文化愈高的愈懂得治國之術，而要統一各族，則必須先統一文化，就像只有最強大的軍力，方可以征服四方，治國亦是如此，只有最高的文化，方有維持國家歸於一統的能力。」

楚無暇道：「族主這番話發人深省，可是苻堅不也是致力推行漢化嗎？但他卻以失敗告終。」

拓跋珪欣然道：「無暇這番話，恰好回答了為何我認為需三十年之久，方能收服南方的問題。文化的統一和融合，並非一蹴即就的事，苻堅正因躁急冒進，在時機未成熟下南侵，致功虧一簣，我拓跋珪豈會重蹈他的覆轍？」又道：「我之所以看中洛陽為未來的國都，正是為了統一天下的長遠利益。因為洛陽是長安外北方的文化中心，是東漢、魏、晉故都，而北方漢人則認廟不認神，頗有誰能定鼎嵩洛，誰便是文化正統所在。」

楚無暇心悅誠服的道：「族主不但有統一天下之志，更有統一天下之能，故有此鴻圖大計。」

拓跋珪別頭往月丘俯瞰，在平原上起伏的數列丘陵，已被己方戰士雄據，衛士戍守各戰略地點，安營立寨，工事兵則開始挖掘壕坑，務求在最短時間內建立起有強大防禦力的陣地。騾車隊源源不絕的從平城開來，運送儲在平城的物資糧草，場面壯觀。拓跋珪長長吁出一口氣道：「我的兄弟燕飛與慕容隆之戰，該已勝負分明了。」

楚無暇心中明白，拓跋珪之所以忽然談起將來的鴻圖大計，正因他心懸荒人的成敗，而想像未來，正是拓跋珪減輕心中憂慮的方法。拓跋珪勒馬掉頭，道：「我們回去吧！」

戰場屍橫遍野，令人慘不忍睹。此戰荒人大獲全勝，殺敵逾二萬之眾，傷的則只有二千多人，可見戰況之烈。荒人和拓跋族聯軍戰死者千多人，重傷者只數百人，比對起敵方驚人的死傷數目，這個實是微不足道的數字。他們更從霧鄉奪得龍城軍團的大量糧資和弓矢兵器，俘獲的戰馬達五千匹，成果豐碩。在崔宏和王鎮惡的指揮下，聯軍正收拾戰爭留下的殘局，一方面安葬死者，同時治理傷兵。燕飛、向雨田、卓狂生、紅子春、姬別、龐義一眾人等，立在高丘之上，觀察四周的情況。

姚猛此時策馬衝上丘頂來，甩鐙下馬，嚷道：「沒有見到慕容隆的屍身，恐怕這小子溜掉了。」

紅子春點頭道：「該是溜掉了，有人見到他在數十親兵保護下，望北逃走。」

卓狂生撚鬚道：「慕容隆把全軍盡墨的消息帶往他老爹那裏去，他老爹會有甚麼反應呢？」

姬別嘆道：「這要老天爺才知道。」眾人都想笑，卻笑不出來。戰爭是個看誰傷得更重的殘忍惡事，敗的一方固是悽慘，勝的一方亦不好受。

姚猛道：「崔堡主要我來問各位大哥，如何處置敵人的俘虜和傷兵？」

眾人的目光投往燕飛，看他的決定。燕飛不由想起拓跋珪在參合陂處理敵俘的殘忍手段，暗嘆一口氣，道：「可以自行離開的，任他們離開，我們更必須善待對方的傷重者。」

卓狂生提議道：「明天呼雷方運送物資糧草的騾馬隊將會到達，可在他卸下糧資後，把所有的傷重者送返崔家堡治理，痊癒後的敵俘，放他們離開吧！」

姬別點頭道：「這是最好的辦法。」姚猛翻上馬背，領命去了。

卓狂生道：「我們要等呼雷方到此處後才能起程，怕要在這裏多盤桓兩天，也可以好好休息，以恢復元氣。」

姬別往四方看望，苦笑道：「眞不想留在這鬼地方。」眾人深有同感。

燕飛道：「我必須先行一步，向拓跋珪報信，向兄和我一道走如何？」

向雨田道：「你想撇掉我也不成。」

卓狂生道：「眞羨慕你們，說走便走，留下這個爛攤子給我們。」

龐義道：「你也可以和小飛他們一起上路，誰敢阻止你呢？」

卓狂生道：「我豈是如此不講江湖義氣的人？且我自問跑得不夠他們兩個小子快，怕拖慢了他們的行程。」

紅子春訝道：「原來你既懂得自量，也懂得為人著想。」

卓狂生嘆道：「我沒有心情和你說笑。眞不明白自己，為何以前在邊荒集大戰連場，卻從沒有像這刻般對戰爭生出厭倦的感覺呢？眞古怪。」

向雨田淡淡道：「因為以前在邊荒集的戰爭，都是為保護邊荒集而戰，與此戰的性質不同，而戰爭正是看誰能捱下去的玩意。好好的睡一晚，明天你的感覺會是另一回事。」接著向燕飛道：「走吧！」

燕飛道：「一切依計而行，小心慕容垂會派人伏擊你們，他是堅強的人，絕不會被一場敗仗動搖，而他手上仍有足夠的實力，可以反擊我們。」說畢偕向雨田奔下山坡，如飛去了。

劉裕接過任青媞奉上的熱茶，喝了兩口，放在身旁小几上。任青媞緩緩在他身前下跪，然後伏入他懷裏去，抱緊他的腰，心滿意足的道：「想不到劉爺會這麼快再見妾身，青媞眞的很歡喜。」

劉裕生出輕鬆的感覺，由日出到日落，他忙得昏天黑地，被迫去處理無窮無盡的文書詔令，沉重的工作令他透不過氣來，可是當任青媞縱體入懷，所有煩惱一掃而空。他清楚自己不但迷戀她動人的肉體，倚賴她把握建康高門的心態和動向，更對她生出感情。曾經有一段時間，他對她既厭惡又怨恨，但此刻只剩下火熱的愛戀，這是初識她時完全想像不到的發展。每當和她在一起時，他盡力不去想江文清，隨著任青媞不住發揮「李淑莊式」的奇效，他因瞞著江文清而來的歉疚感覺，逐漸減少。他愈來愈清楚，要站穩在他的位置上，凡於他有利的事，都不可拒絕。

任青媞像頭貍貓般蜷伏在他懷裏，輕輕道：「劉爺應付謝混的手法非常高明，現在建康的世族，人人都對劉爺刮目相看，曉得劉爺待人處事是有底線的，縱然像謝混般與劉爺有特殊的關係，逾越了劉爺的底線，劉爺亦不會饒他。」

劉裕大訝道：「消息竟傳播得這麼快嗎？」

任青媞道：「劉爺是透過王弘之口向建康高門發出警告嘛！只要是在烏衣巷內首先傳播，不用一天時間就會傳遍建康高門之間，何況現在無人不對劉爺格外留神，消息比以前更速更廣。」

劉裕道：「謝混有甚麼反應？」

任青媞道：「謝混有甚麼反應，沒有人知道，但一波未平一波又起，另一則與劉爺有間接關係的謠言又出籠了。」

劉裕失聲道：「甚麼？」

任青媞道：「宋大哥是否走了？」

劉裕訝道：「你怎會這麼快知道呢？」

任青媞道：「謠言正是與宋大哥有關，說宋大哥因不滿你的所作所爲，忿然離開。」

劉裕雙目殺機劇盛，狠狠道：「又是謝混那小子，他是不是嫌命長了。」

任青媞道：「劉爺肯定是謝混造謠的嗎？」

劉裕道：「除了他之外，誰會知道？也只有他會做這種蠢事。」

任青媞道：「他在試探劉爺。」

劉裕愕然道：「試探我？」

任青媞張開美目，仰首看他，柔聲道：「他在試探劉爺是否言出必行，如果劉爺退縮，他便可以挽回面子，亦可稍挫劉爺的威風。」接著又道：「建康是個蜚短流長的是非之地，於高門中此況尤烈，高門大族的人更是視野狹窄，遠的事他們看不到，最愛月旦眼前人的缺點，再無限的擴大。謝混習染了這種不良的風氣，最懂得玩這類手段。」

劉裕差些兒破口大罵，幸好不再牽連到王淡眞，所以仍能按下心中怒火，沉聲道：「我該怎麼辦？」

任青媞把螓首枕貼他寬敞的胸膛，好整以暇的道：「很容易呢！直接把謝混押到石頭城去，不理他任何解釋，就告訴他，他已犯下第二個錯誤，如敢再犯，立即斬他的頭，看他以後是否還敢開罪你？」

劉裕一呆道：「可是我如何面對道韞夫人呢？若她因此病情加重，我劉裕萬死不足以辭其咎。」

任青媞嘆道：「如果你在此事上心軟，等於害了謝混。」

劉裕苦笑道：「謝混這次所犯的事，說大不大，說小不小，但似乎仍未至把他捉來嚴辭警告的田地。」

任青媞道：「謝混敢再散播謠言，顯然是他不把劉爺先前透過王弘發出的警告放在心上。我曉得劉爺不想殺他，不是因對他有任何好感，而是念在謝家的情分。不過劉爺也要想到，防洪患必須於水氾前，劉爺如能趁早讓那小子清楚劉爺的心意，將來便不用面對同樣的難題。」

劉裕沉吟良久，嘆道：「我眞的辦不到。最怕他不久後立即犯第三個錯誤，我將沒有選擇的餘地。」

任青媞道：「或許是謝混注定了要走上這條與劉爺對立的路吧！不要再說他了！我要劉爺寵我愛我，其他的一切再不重要。」

劉裕暗嘆一口氣，他心中曉得任青媞的看法是對的，奈何他實在不敢再刺激謝道韞，怕她消受不了。他是否須和謝混好好的談一次呢？

〈卷十五〉

第七章◆江山美人

第七章 江山美人

獵嶺。黃昏。不知為何，自午後開始，紀千千一直感到心緒不寧，難道是燕郎方面出了岔子？恨不得時間快點溜過，只有在夜深人靜之時，她才可以把心力凝聚起來，與燕飛互通心曲。天全黑後，山寨亮起燈火，紀千千耐心的等待，不住提醒自己要保持心境的清淨寧和。此時風娘來了，神色凝重。紀千千的心急遽的跳動了幾下，隱隱感到事不尋常。

風娘道：「皇上回來了！召小姐去見他，小姐請隨我來。」小詩「啊」的一聲驚呼，若要在世上找一個她最害怕的人，慕容垂肯定當選。紀千千知道推無可推，安慰小詩幾句，盡量撫平她的情緒，隨風娘離開宿處。自被帶到此山寨後，她和小詩一直被禁止踏出門外半步，這回還是第一次踏足房舍林立兩旁的泥石路。

風娘忽然放慢腳步，紀千千知道她想和自己說話，忙追到她身旁。四周全是燕兵，各忙各的，都在作戰爭的準備，見到紀千千，人人放下手上工作，對她行注目禮，那種眼光令人難受，像野獸看到獵物，一副想大快朵頤的駭人模樣。

風娘嘆了一口氣，道：「我有點擔心，皇上的神態有異往常，小姐心裏要有個準備，且千萬勿要觸怒他。」

紀千千的心直往下沉，暗叫糟糕，如果在這關鍵時刻，慕容垂放棄一貫的君子作風，獸性大發，她該如何應付？

風娘續道：「在大戰即臨，特別是勝負難料的時刻，人會處於異常的狀態，甚至做出在正常心態下不會做的事，我怕皇上現正是處於這種情況。」

紀千千心中一顫，眞想立即呼喚燕飛來救她，但又曉得他遠在數百里之外，遠水難救近火，而縱然他就在近處，如此硬闖虎穴救她，亦只是白白犧牲，一切只能靠她獨力去應付。可是她如何應付慕容垂呢？自燕飛在滎陽爲她打通經脈，又傳她百日築基的無上道法，她的眞氣內功不住在所有人的知感外暗暗增長。明刀明槍，她當然不是慕容垂的對手，但如驟然發難，說不定可重創沒有戒心的慕容垂，可是隨之而來的後果，卻是她不能承擔的，她和慕容垂之間的關係，再沒有轉圜的餘地。何況這麼一來，透露了本身眞實的情況，對將來燕飛要營救她們，會產生非常不利的影響。如何應付慕容垂，確是煞費思量。

「小姐！」風娘的叫喚，把紀千千從苦思中喚醒過來，此時剛離開寨門，進入山寨西面帳篷處處的營地，在火炬的映照下，瀰漫著戰爭隨時爆發的沉重壓力。戰馬嘶鳴。紀千千朝風娘瞧去，後者正憂心忡忡的看著她，關切之情，溢於言表。可是紀千千也看出風娘的無奈——她的無能爲力。紀千千有一種陷身狼穴的怵惕感覺，如果慕容垂撕開僞裝，露出豺狼本性，她自身的安全再沒有任何保障，而她唯一自救的方法，就是以死亡保持貞潔。在這一刻，她對慕容垂的一點憐憫已蕩然無存，只餘下切齒的痛恨。這個人間世不是虛幻而短暫的嗎？而在人世發生的一切，都帶有如斯般的特質。可是想可以這麼想，但當事情發生在自己身上，卻是她無法接受的，亦沒法因這個認知而超然其上，處之泰然。

一個與其他圓帳不同的特大方帳，出現前方，此帳與其他帳幕相隔逾十丈，加上特別的裝飾，森嚴的守護更凸顯帳內主人的身分。終於抵達慕容垂的帥帳，那也可能是她結束生命的地方。如果她死了，詩詩怎麼辦，燕郎又如何？一時間紀千千矛盾至極。

風娘像是猛下決心，湊到她耳旁低聲急促的道：「我是不會離開的。如果發生了事，小姐可大聲呼叫，我會冒死衝進去阻止。」紀千千報以苦笑，心中感激，卻不知該如何答她。

把守帳門的衛士頭子以鮮卑語揚聲道：「千千小姐駕到！」

衛士拉開帳門。紀千千猛一咬牙，向風娘投以請她安心的眼神，逕自入帳。帳門在她身後闔上。帳內三丈見方，在兩邊帳壁掛著的羊皮燈照耀下，予人寬敞優雅的感覺，地上滿鋪羊皮，踏足其上柔軟舒適。慕容垂坐在帳內中心處，一腿盤地，另一腿曲起，自有一股不世霸主的雄渾氣勢，此時他雙目放光，狠狠盯著紀千千，把他心中的渴望、期待毫無保留的顯示出來。

紀千千明白了風娘的擔憂。慕容垂確實異於往常，他火熱的眼神，正表示他失去了對她的耐性，失去了自制的能力。像慕容垂這種傲視天下的霸主，既不能征服她的心，只好退而求其次，對她的身體下手。他要得到某樣東西，絕不會退縮。尤其值此決戰將臨的時刻，他的精神和壓抑更需舒洩的渠道，而她成了他最佳的目標。事到臨頭，紀千千反平靜下來，照常的向他施禮問安。

慕容垂沉聲道：「坐！」

紀千千默默坐下，不知該回敬他令她害怕的眼神，還是避開他的目光，任何的選擇都是吉凶難卜。不過想到既然如此，還有甚麼顧忌呢？迎上他的目光皺眉道：「皇上於百忙之中召我來見，不知為了甚麼事？」

慕容垂嘆了一口氣，苦笑道：「我想見你也不成嗎？需要甚麼理由？」

紀千千稍覺安心，至少慕容垂肯給她說話的機會。平靜的道：「皇上顯然勝券在握，爲何仍像滿懷心事的樣子呢？」

慕容垂淡淡道：「我可以沒有心事嗎？除非千千肯親口答應下嫁給我慕容垂，我將煩憂盡去，並於此立誓，永不辜負千千對我的垂青。」

紀千千心叫救命，慕容垂此刻等於對她下最後通牒，文的不成便來武的。她大可施拖字訣，例如告訴他，待戰事結束後再作考慮，又或待她回去好好思量，但即使是這種權宜之計，她也沒法說出口來，不單因她不想在這種事上欺騙慕容垂，更大的原因，是因爲燕飛。她實在沒法說出半句背叛燕飛的話，假的也不成。紀千千垂首道：「皇上該清楚我的答案，從第一天皇上由邊荒集帶走我們主婢，皇上便該知道。」

慕容垂露出無法掩藏的失望神色，接著雙目厲芒劇盛，沉聲道：「我會令千千改變過來。」

紀千千暗嘆一口氣，抬頭神色平靜的回望慕容垂，她並不準備呼叫，那只會害死風娘，她亦絕不能讓燕飛以外任何男人得到她的身體，縱然這只是一個集體的幻夢。下了決定後，她再沒有絲毫懼意，道：「這是何苦來哉？皇上只能得到我的屍身。」

慕容垂雙目凶光畢露，厲喝道：「有那麼容易嗎？」

紀千千知他惱羞成怒，動粗在即，正準備運功擊額自盡，帳門倏地掀開，風娘像一縷輕煙的飄進來，叱道：「皇上！」

慕容垂正欲彈起撲往紀千千，見狀大怒道：「風娘！」

風娘神情肅穆，攔在兩人中間，帳外的戰士則蜂擁而入，一時帳內充塞劍拔弩張的氣氛。慕容垂鐵青著臉，顯然在盛怒之中，狠盯著風娘。

紀千千嘆道：「我沒有事，風娘先回去吧！」

風娘像沒有聽到她說的話，向慕容垂道：「皇上千萬要自重，不要做出會令你悔恨終生的事。」慕容垂雙目殺機漸濃。

就在此時，帳外有人大聲報上道：「遼西王慕容農，有十萬火急之事稟告父皇。」

慕容垂不悅道：「有甚麼急事，待會再說。」

倏地慕容農出現帳門處，下跪道：「請恕孩兒無禮，拓跋珪已傾巢而出，到日出原的月丘布陣立寨，似是曉得我們藏兵獵嶺，請父皇定奪。」

慕容垂容色劇變，失聲道：「甚麼？」慕容農再重複一次。

紀千千感到慕容垂內心的恐懼，那純粹是一種直覺，也是她首次在慕容垂身上發現這樣的情緒。慕容垂恐懼了，或許更是他生平第一次產生恐懼。在場者沒有人比紀千千更明白他的心事，慕容垂戰無不勝的信心被動搖了，他的奇兵之計已不成計，反過來拖累他。慕容垂已失去了主動，落在下風。

慕容垂很快回復過來，雙目回復冷靜明銳的神色，沉著的道：「風娘請送千千小姐回去。」

風娘略微猶豫，然後轉身向紀千千道：「小姐！我們回去吧！」

燕飛和向雨田在一道小溪旁坐下，後者俯身就那麼探頭進溪水裏去，痛快的喝了幾口。憑兩人的功力，本不須中途歇息，只因昨天與敵人廝殺耗用了大量的元氣，所以急趕近百里路後，他們亦感到吃不消。林內春霧瀰漫，夜色朦朧，星月若現若隱。

向雨田把頭從水中抬起來，迎望夜空，道：「你定要說服你的兄弟，我仍認爲挑戰慕容垂以決定千千主婢誰屬，是唯一可行之計。」

燕飛嘆道：「我太明白拓跋珪了，對他來說，甚麼兄弟情義，遠及不上他立國稱雄的重要性。從小他便是這個性情，沒有人能在這方面影響他。」

向雨田道：「當慕容垂曉得拓跋珪進兵日出原，他會怎麼想呢？」

燕飛道：「他會想到奇兵突襲的大計完了，而我們既知道他藏兵獵嶺，也有極大可能知道龍城兵團埋伏霧鄉，而他剩下的唯一選擇，就是和我們正面交鋒。」

向雨田思索道：「慕容垂仍有一個反敗爲勝的機會，就是趁拓跋珪陣腳未穩之時，以優勢的兵力把拓跋珪摧毀，令拓跋珪沒有和我們會師的機會。」

燕飛道：「拓跋珪既敢進軍日出原，早猜到慕容垂有此一著，當有應付的信心。」

向雨田點頭同意道：「理該如此！」說罷向後坐好，笑道：「溪水非常清甜，你不喝兩口嗎？」

燕飛移到溪旁，跪下掬水喝了幾口，道：「你說得對！慕容垂會在龍城軍團的敗軍逃至獵嶺前，向日出原小珪的軍隊發動攻擊，因爲那時軍心仍未受到影響。」

向雨田道：「你的兄弟抵擋得住嗎？慕容垂在戰場上是從沒有輸過的。」

燕飛道：「事實上小珪自出道以來，也沒有吃過敗仗，且常是以少勝多，他會利用月丘的地勢，令慕容垂不能得逞。」

向雨田道：「如果你的兄弟能捱過此役，雖說慕容垂的兵力仍比我們聯軍多出一倍人數，但只要我們守得穩月丘，糧食方面又比慕容垂充足，我們期待的形勢將會出現，我仍認爲逼慕容垂一戰定勝負，是唯一可行之計。」

燕飛道：「慕容垂用兵如神，若他曉得沒法攻陷月丘，會轉而全力對付我們荒人，不會這麼快善罷干休，只有當他束手無策之時，方會接受挑戰。」又苦笑道：「假如我們的部隊能避過慕容垂的攻擊，抵達月丘，你說的形勢將會出現，慕容垂會因糧線過長、糧資不繼而生出退縮之心，那時小珪已是立於不敗之地，你以為小珪仍會為我冒這個險嗎？我太清楚他了。」

向雨田道：「你可以表演幾招小三合給你的小珪看，讓他清楚你可以穩勝慕容垂。」

燕飛道：「小珪並不是蠢人，他該知道我絕不可下手殺死慕容垂，小三合這種招數根本派不上用場，在有顧忌下，我失敗的風險將大幅提高。你想想吧！如我不是一心要殺慕容垂，對小珪有甚麼好處呢？他是不會陪我冒這個險的。」

向雨田道：「我這個提議，你怎都要試試看，所以我才說你必須說服你的兄弟。」

燕飛苦笑道：「看情況再說吧！」

向雨田目光朝他投去，閃閃生輝，微笑道：「現在形勢逐漸分明，只要我們能兩軍會師，又能憑險據守，慕容垂不但失去所有優勢，還會陷於進退兩難的困局，而事實上慕容垂雖奈何不了我們，我們亦奈何不了他。參合陂之役絕不會重演，慕容垂更非慕容寶可比，一俟燕軍退返獵嶺，此戰便告了結。在這種情勢下，你老哥反變為突破僵局的關鍵人物。我對拓跋珪的認識當然不及你深入，但我卻從他身上嗅到狠的氣味，你的兄弟絕非尋常之輩，說不定他肯冒險一搏。錯過這個機會，以後鹿死誰手，實難預料。」燕飛苦笑無語。

向雨田道：「我不是說廢話，而是要堅定你的心，最怕是你不敢向他提出這個建議，連唯一的機會都失去了。唉！我還想到另一個可怕的後果。」

燕飛心中一顫，道：「說吧！」

向雨田道：「慕容垂這回若損兵折將而回，肯定對你們荒人恨之入骨，惱羞成怒下，他對紀千千主婢再不會客氣，好傷盡你們荒人的心，我們便要悔恨莫及。何況紀千千已成荒人榮辱的象徵，慕容垂手下的將兵，會把他們心中的怨氣和仇恨集中到她身上去，到時慕容垂不殺紀千千，勢無法平息軍隊內的怨氣。縱然慕容垂千萬個不願意，如他想戰士繼續爲他賣命，爲他征伐拓跋珪，只有一個選擇，就是處決紀千千主婢。」

燕飛頹然無語，良久才道：「慕容垂爲何願和我決鬥？」

向雨田道：「首先，是他不認爲你可以穩勝他；其次，他也看出你不敢殺他，他可以放手而爲，你則有所顧忌，故他大增勝算；最後，也是最重要的，這已成他唯一扭轉敗局的機會，像慕容垂如此視天下群雄如無物者，絕不會錯過。」

燕飛嘆道：「在那樣的情況下，我如何擊敗他？」

向雨田道：「就算不使出小三合的奇招，憑你的陰陽二神合一，仍有足夠挫敗他的能力，分寸要由你臨場拿捏，我有十足信心你可以勝得漂漂亮亮。」

燕飛道：「慕容垂願賭卻不肯服輸又如何？」

向雨田苦笑道：「那我和你都會變成瘋子，所有荒人都會瘋了，衝往燕軍見人便殺，慕容垂該不會如此愚蠢。」

燕飛深吸一口氣道：「我找個機會和小珪說吧！」

向雨田道：「不是找個機會，而是到月丘後立即要你的小珪就此事表態，弄清楚他的心意，我們才能依此目標調整戰略，如果拓跋珪斷然拒絕，我們須另想辦法。」

燕飛長身而起，道：「明白了！繼續趕路吧！」

進軍日出原，實是拓跋珪一生中最大的軍事冒險。當慕容垂曉得他駐軍月丘，會猜到龍城軍團凶多吉少，因他既知道慕容垂藏軍獵嶺，自該探到龍城軍團的所在。而慕容垂唯一扭轉局面的方法，就是趁龍城軍團兵敗的消息尚未傳至，軍心還沒有受挫，另一方面他拓跋珪則陣腳未穩的一刻，以壓倒性的兵力，從獵嶺出擊，把他打垮。拓跋珪卓立月丘的最高地平頂丘上，鳥瞰星空下的平野河流，大地籠上一層霧氣，令視野難以及遠。

這一仗最大的風險，不在對方人多，因爲己方高昂的士氣，據丘地以逸代勞的優勢，會把軍力的差距扯平。風險在對手是慕容垂。一直以來，慕容垂都是拓跋珪心中最畏懼的人，在兵法上，慕容垂乃天縱之才，用兵如神，將士均肯爲他效死命，故數十年來縱橫北方，從無敵手。不過這個險是完全值得的。拓跋珪計算精確，這回慕容垂慌忙來攻，準備不足，難以持久，只要能頂著慕容垂的第一輪猛攻，其勢必衰，最後只有撤退一途。此戰能倖保不失，將會消除己方戰士對慕容垂的懼意，令手下感到自己是有擊敗慕容垂的資格和本領。

身邊的楚無暇喘息道：「還有個許時辰便天亮了，爲何仍不見敵人的蹤影？」

拓跋珪從容道：「慕容垂來了！」

楚無暇登時緊張起來，左顧右盼，道：「在哪裏呢？」

拓跋珪微笑道：「無暇緊張嗎？」

楚無暇苦笑無語，面對的是有北方第一兵法大家的慕容垂，誰能不戰戰兢兢？

拓跋珪淡淡道：「早在平城伏擊赫連勃勃一役，我便想出這個誘敵來攻之計，現在情況正依我心中所想進行，無暇該興奮才對。」

楚無暇不解道：「難道那時族主已猜到慕容垂發兵到獵嶺嗎？」

拓跋珪心忖我不是神仙，當然無從猜測慕容垂會來自何方，不過卻曉得有紀千千這個神奇探子，令慕容垂再難施奇兵之計。就在此時，四面八方同時響起蹄聲，慕容垂終於來了，且毫不猶豫地全力進攻。拓跋珪大喝道：「放火箭！」待命身後的號角手，立即吹響起長號，發出他下的命令。數以百計的火箭從月丘的外圍射出，目標不是敵人，而是廣布在月丘四周，過百堆疊起如小山、淋了火油的柴木枯枝，登時熊熊火起，映照得月丘外周圍一帶一片火紅，而月丘則黑燈瞎火，不見半點光芒。一時間敵我分明，攻來的敵人完全暴露在火光裏，但又欲退無從。儘管是長途奔襲，燕人仍是軍容整齊，分八隊來犯，其中兩隊各三千人，從正面攻至，目的只是要牽制他們。

慕容垂真正的殺著，是從後繞擊，硬撼他們的後防和兩邊側翼，把騎兵衝擊戰的優點，發揮盡致。只看慕容垂來得無聲無息，事前不見半點先兆，驟起發難又是如此來勢洶洶、聲威駭人，便知慕容垂在組織突襲上是何等出色。如果拓跋珪不是早有準備，此戰當是有敗無勝，還要輸得很慘。戰號再起，一排排的勁箭從月丘外圍的陣地射出，敵騎則一排一排墜跌地上，揚起漫天塵土，與夜霧混合在一起。在這一刻，拓跋珪清楚知道，過了今夜後，慕容垂再非每戰必勝的戰神。

劉裕踏入謝家院門，隨行的只有四個親兵，因他不想予謝家他是挾威而來的印象。接待他的是梁定都，他代替了宋悲風以前在謝家的位置，且是熟悉劉裕的人，可是以劉裕現在的身分地位，梁定都實不夠資格和未符禮節。劉裕這次到訪謝家，是想和謝混好好面談，舒緩他們之間的緊張關係，謝混若是識相的，好該親身來迎，那一切好辦，但眼前情況顯非如此。

梁定都落後一步，低聲道：「大小姐正在忘官軒恭候大人，大小姐因抱恙在身，不能親到大門迎迓，請大人見諒。」

劉裕道：「孫少爺呢？」

梁定都苦笑道：「孫少爺外出未返。」

劉裕嘆了一口氣，心忖自己是肯定了謝混在家，方到烏衣巷來，這小子是擺明不想見自己。

梁定都壓低聲音道：「孫少爺曉得大人會來，從後門溜掉了。」

劉裕訝然朝梁定都看去。梁定都似猛下決心，恭敬的道：「定都希望能追隨大人。」

劉裕心中一顫，想到樹倒猢猻散這句話，謝家的確大勢已去，連府內的人亦生出離心，梁定都透露謝混的事，正是向自己表示效忠之意。心中感慨，輕描淡寫的道：「現在還未是時候，遲些再說吧！」

劉裕眞的不忍心拒絕這個可算宋悲風半個弟子的「老朋友」。梁定都立即千恩萬謝，以表示心中的感激。

此時來到忘官軒正門外，看到掛在兩邊「居官無官官之事，處事無事事之心」的對聯，別有一番以前所沒有的感受，而到此刻他才明白謝安當年的心境，感同身受。比起謝安的瀟灑磊落，他是自愧不如，根本不是謝安那種料子。「大人！」劉裕被梁定都從迷思中喚醒過來，吩咐手下在外面等候，逕自進入忘官軒。軒內景況依然，但劉裕總感到與往昔不同，或許是他心境變了，又或許是因他清楚謝家現在凋零的苦況。

謝道韞仰坐在一張臥几上，蓋著薄被，容色蒼白，見劉裕到，輕呼道：「請恕我不能起身迎接持節大人，大人請到我身旁來，不用拘於俗禮。」

劉裕生出不敢面對她的感覺，暗嘆一口氣，移到她身邊，坐在爲他特設的小几去。伺候謝道韞的小婢施禮退往軒外。

謝道韞道：「大人是否爲小混而來呢？」

劉裕忙道：「夫人請叫我作小裕，我也永遠是夫人認識的那個小裕。」

謝道韞露出一個苦澀的表情，滿目憂色，似要費很大的氣力，方能保持思路的清晰，道：「我怎會不明白小裕的心意，小混剛回來，你便來了，該是想化解和小混之間的僵局。唉！現在年輕的有年輕的想法，我身體又不好……」

劉裕痛心的道：「夫人好好休息，不要爲小輩的事煩惱，很快便可康復過來。」

謝道韞平靜的道：「康復又如何？還不是多受點活罪，我能撐到今天，看著玄弟的夢想在你手上完成，我已感到老天爺格外開恩。」她說的話和神態，勾起他對謝鍾秀彌留時的痛苦回憶，熱淚哪還忍得住，奪眶而出。

謝道韞微笑道：「小裕確實仍是以前的那個小裕。告訴我！那只容小混犯三次錯誤的警告，並不是你想出來的。」

劉裕以衣袖抹掉流下臉頰的淚漬，道：「的確是別人替我想出來的辦法，我是否做錯了？我眞的很後悔，警告似對孫少爺不起半點作用。」

謝道韞輕輕道：「這種事，哪有對錯可言？人都死了！我實在不想說他，但要怪便該怪小琰，他的冥頑不靈，不但害了自己，還差點拖累了你，這是安公也料不到的事。幸好小裕你有回天之術，否則情況更不堪想像，眼前情況得來不易，小裕你要好好珍惜。」

劉裕誠懇的道：「小裕會謹記夫人的訓誨。」

謝道韞道：「桓玄的情況如何？」

劉裕道：「小裕這回來拜訪夫人，正是要向夫人辭行。現在我正等候前線的消息，一旦捷報傳來，我須立即起程到前線去，指揮攻打江陵的戰事。」

謝道韞道：「我知小裕貴人事忙，不用再等待小混了，他大概不會在初更前回來。唉！我再管不著他。」

劉裕心中暗嘆，謝混錯過了和他化解嫌隙的最後機會，而謝道韞亦來日無多，一俟謝道韞撒手而去，他和謝混之間再沒有緩衝，情況的發展，不再受任何人控制。

謝道韞心疲力倦地閉上眼睛。劉裕低聲道：「夫人好好休息，待我誅除桓玄後，再來向夫人請安。」接著後退三步，「噗通」一聲跪下，恭恭敬敬地叩了三個響頭，含淚去了。同時他心中生出不祥的預感，這或許是他見謝道韞的最後一面。

黃昏時分，燕飛和向雨田趕抵日出原，看到月丘仍飄揚著拓跋珪的旌旗，方放下心頭大石。昨夜顯然有過一場激烈的戰鬥，視野及處仍有不少人骸馬屍，工事兵正在收拾殘局，就地挖坑掩葬。外圍的防禦工事則在緊鑼密鼓地進行著，最矚目是月丘東線，倚丘挖開一道長達二里，深逾丈、寬丈半向前突出的半圓形壕溝，挖出的泥土堆於內岸靠攏，泥堆本身便高達半丈，加強了壕坑的防禦力。兩人直奔營地，戰士認出燕飛，立時引起騷動，呼喊震天，波及整個丘陵區。

正在那區域當值的叔孫普洛聞聲趕至，隔遠見到燕飛，大喝道：「燕爺是否帶來好消息呢？」

燕飛以鮮卑話回應道：「幸不辱命！龍城軍團再不復存。」他的話登時引起另一陣震天喝采聲，戰士們奔相走告。叔孫普洛亦大喜如狂，躍下馬來，就那麼領著兩人如飛般往帥帳所在的平頂丘掠去。

沿途向雨田留心營帳的分布，不由心中暗讚，比之慕容垂和慕容隆父子的營法，拓跋珪是毫不遜色的，依月丘的特殊環境，做到營中有營、營營相護，方便靈活、相互聯繫，能應付任何一方的攻擊。三國之時，蜀王劉備傾舉國之力攻打孫吳，竟把營帳布置成一條七百里長的長線，被孫吳的大將陸遜覷準其弱點，遣手下持火攻之，猛攻一點，蜀軍立告土崩瓦解，成爲「火燒連營八百里」流傳千古的故事。於此可見立營的重要性，可關係到戰爭的成敗。登上平頂丘上，特大的帥帳出現眼前，位於長近三百步，寬若百餘步的高地中央，周圍插上各色旗幟，代表著不同的軍團，不論從任何一方看上丘頂來，均可見到隨風飄揚的旌旗。

拓跋珪坐在帳門外，楚無暇正爲他包紮受傷的左臂，另一邊是長孫嵩，似剛向他報告軍中的事。親兵把守帥帳四方。拓跋珪的目光像兩枝箭般朝他們射來，接著露出一個燦爛的笑容，予人他是從心中笑出來的感覺。夕陽沒入西山之下，發出萬道霞彩，映照著成了一個小黑點的平城，益發顯得帥帳所在處氣象萬千，拓跋珪更有不可一世的懾人氣勢。

拓跋珪霍地立起，搖頭嘆道：「你們終於來了！我盼得頭都長了！」

長孫嵩和楚無暇連忙隨他站起來，後者有點兒害羞的朝他們施禮。向雨田立定，暗推燕飛一把。

此時拓跋珪舉步朝他們走過來，目射奇光，邊走邊道：「小飛該比任何人都清楚，我自懂人事以來，一直苦待這一刻的來臨，終於盼到了。」

燕飛迎了上去，笑道：「我一路趕來，一路擔心是否仍可見到你的帥旗飄揚在日出原上，現在亦放心了。」兩人齊聲歡呼，擁作一團。向雨田帶頭呼喝，眾人一起和應，立即引起丘頂下四面八方傳來的歡呼吶喊，士氣直攀上沸點。

拓跋珪離開燕飛少許距離，銳目生輝的道：「小飛你告訴我，龍城軍團是否已潰不成軍呢？」

燕飛笑道：「若非如此，你怎見得著我們？」眾親兵又再爆響歡呼。

拓跋珪心滿意足的放開燕飛，與來到他們身旁的向雨田進行抱禮，欣然道：「你既是小飛的兄弟，也是我拓跋珪的兄弟，一日是兄弟，永遠是兄弟。」

向雨田問道：「昨夜慕容垂是否吃了大虧？」

拓跋珪放開向雨田，微笑道：「或可以這麼說。昨夜臨天明前，慕容垂領軍來攻，我雖然早有準備，仍應付得非常吃力。坦白說，慕容垂確不負北方第一兵法大家之名，其戰法令人嘆爲觀止，像一波接一波的驚濤巨浪般，在個多時辰內不住衝擊我們的營地，此退彼進，令我們沒有喘息的空間。曾有個時刻我還以爲再挺不住，最驚險是慕容垂親自領軍，突破我們的右翼，攻入陣地，幸好最後被我硬逐出去，我左臂的傷口，就是拜他的北霸槍所賜。」燕飛和向雨田你看我我看你，均想不到昨夜之戰，如此激烈凶險。

燕飛道：「傷亡如何？」

拓跋珪道：「我方陣亡者八百多人，傷者逾二千，不過慕容垂比我更慘，死傷達五千之眾，我敢肯定未來幾天，我們再不用擔心他。」說罷挽著兩人的手臂，朝帥帳走去，先介紹長孫嵩和楚無暇予向雨田認識，接著道：「無暇快向小飛賠罪問好，我這位兄弟是心胸廣闊的人，不會再和你計較舊事。」

楚無暇欠身施禮道：「燕爺大人有大量，請恕無暇以前不敬之罪。」燕飛還有甚麼話好說的，只好向她回禮。

向雨田忽然伸個懶腰，道：「我要找個地方好好休息，族主和燕兄可好好一敘，以訴離情。」

燕飛立即頭皮發麻，曉得向雨田在暗示他打鐵趁熱，向拓跋珪提出要求。拓跋珪像感覺到向雨田的心意，訝然朝燕飛瞧去，道：「小飛是否有話要和我說呢？」

燕飛苦笑道：「正是如此！」

拓跋珪欣然道：「向兄請進敝帳內休息。」又對楚無暇道：「由你負責招呼向兄。」

向雨田毫不客氣，拍拍燕飛肩頭，在楚無暇帶領下進入帥帳。

拓跋珪笑道：「桑乾河旁有一處叫『仙人石』的地方，景致極美，我們就到那裏聊天如何？」燕飛點頭應好。

拓跋珪仰首望天，嘆道：「今晚會是星光燦爛的一夜。馬來！」親兵忙牽來兩匹戰馬。

拓跋珪道：「誰也不用跟來，有我的兄弟燕飛在，任何情況我們都可以輕鬆應付。」說罷與燕飛踏鐙上馬，從北坡馳下平頂丘去，所到處，盡是直沖霄漢的激烈呼喊。

劉裕剛從烏衣巷轉入御道，蒯恩領著十多騎奔至，欣喜如狂的隔遠嚷道：「打贏了！打贏了！」劉裕全身泛起因興奮而來的麻痹感覺，毛孔根根直豎，勒馬停在路中。

蒯恩催馬直抵他馬頭前，滾下馬背，伏地稟告道：「接到前線來的大喜訊，果如大人所料，湓口的敵人，在大將何澹之指揮下，傾巢而出，以一百二十艘戰船，偷襲桑落洲，被我軍和兩湖軍戰船共一百九十艘夾擊於大江之上，幾乎全軍盡墨。我軍趁勢攻克湓口，佔領尋陽，故特遣人來報。」又道：「祭廟的牌位均在尋陽尋得，現正以專船恭送回京。」

劉裕感到一陣暈眩，不是身體不適，而是太激動了。自進據建康後，他一直在苦候這一刻的來臨，曾經想過親自到前線去，卻在劉穆之力勸下打消此意，因而患得患失，現今驟聞勝報，滿天陰霾盡去，心中的快慰，實難以言宣。與桓玄的決戰即將來臨，今晚他會起程到尋陽去，再沒有人能阻止他。桓玄的小命，必須由他親手收拾，作一個了結。此戰並不容易，桓家在荊州的勢力根深柢固，便像百足之蟲，死而不僵，他會小心對付，絕不會因勝生驕，輕敵致誤事。

劉裕道：「小恩上馬！我們邊走邊談，我要弄清楚桑落洲之戰的詳細情況。」

仙人石是位於桑乾河南岸河彎處的亂石群，其中有七塊巨石特別高聳，彷如人體，又似欲渡河，故名之爲仙人石。在漫空星斗下，燕飛和拓跋珪並肩坐在一塊平坦如桌面的巨石上，河風吹得他們衣袂飄揚，如若仙界來的神人。

拓跋珪仰望夜空，滿懷感觸的道：「忽然間，我感到逝去了的童年歲月又回來了。記得嗎？我們以前在大草原時，總愛觀望星空，談我們的理想和抱負。哈！你很少說自己，都是我說的多，但你是最好的聆聽者，沒有你，我在草原的日子會黯然失色。」接著朝燕飛瞧去，誠懇的道：「長大後，我們在很多方面出現分歧，但絲毫不影響我們之間的手足之情。唉！有些事是我不想做的，但爲了拓跋族，我是別無選擇。你有甚麼心事想說，直接說出來，爲了你我可以做任何事。」

燕飛苦笑道：「不要那麼輕率承諾，你聽完再說最後這句話吧！」

拓跋珪輕鬆的道：「小飛你太小看我了，爲了你！我的確可以作出犧牲。小珪在你面前，仍是以前的那個小珪。」

燕飛沉聲道：「我要求你營造出一種形勢，令我可挑戰慕容垂，賭注便是千千和你的大業。」

拓跋珪露出深思的神色，接著輕柔的道：「還記得我們初遇萬俟明瑤那一刻的情況嗎？」

燕飛不明白拓跋珪爲何岔到風馬牛不相關的事上去，卻也給他勾起心事，暗忖自己怎會忘記。那時他們已到山窮水盡的絕境，偏在這樣的時刻，萬俟明瑤像上天派來最動人的聖禮，一朵鮮花般出現在人世間最乾旱和沒有生機的沙漠，那種震撼和絕處逢生的感覺，只有他們兩人明白。他點頭表示記得。

拓跋珪道：「初時我還以爲是臨死前海市蜃樓的幻象，也從沒有告訴你，當時我心中在想甚麼，趁這機會告訴你吧！」

燕飛訝然瞧他，奇道：「除了萬俟明瑤外，你仍可以想及其他嗎？」

拓跋珪欣然道：「仍是與萬俟明瑤有關，我想到的是，若你沒有把水囊裏最後一口清水留給我，我可能沒那個命看到她。」

燕飛虎軀劇震。拓跋珪仰天笑道：「你現在該清楚我的答案，兄弟！我對你的要求絕無異議。」

燕飛喜出望外，道：「小珪！」

拓跋珪倏地彈起來，從容道：「事實上你提出的方法，是唯一擊敗慕容垂的方法。縱使加上你們荒人，燕人又士氣受到重挫，但對方兵力仍遠在我們之上，配合慕容垂出神入化的軍事手段，我們能保月丘不失，已是非常難得。」又深深凝望在前方流過的桑乾河，沉聲道：「沒有人能在戰場上壓倒慕容垂，在現今的情勢下更不可能辦到，燕人對他像對天神般崇拜，就如南方北府兵對謝玄的崇拜，在燕人的心中，天下間根本沒有人能擊倒慕容垂。假設你能當著燕人把他擊敗，慕容垂不敗的形象會被徹底摧毀，他的神話也完蛋了，由那一刻開始，北方天下再不是慕容垂的天下，而是我拓跋珪的天下。」拓跋珪旋風般轉過身來，面向燕飛道：「我們和慕容垂的賭注，就是如果他贏了，我會拱手讓出平城和雁門兩座城池，且退往長城外，否則他便須交出紀千千主婢。我對你有十足的信心，正如燕人相信慕容垂是戰場上不倒的巨人，我肯定沒有人能在單挑獨鬥的情況下贏我最好的兄弟。」

燕飛心中一陣感動，又有點難以相信，道：「謝謝你！」

拓跋珪背著燕飛在石塊坐下，雙腳懸空，沉聲道：「我現在最害怕一件事，那也是慕容垂扭轉局勢的唯一辦法。」

燕飛道：「是否怕他一方面把你牽制在日出原，另一方面卻親自領軍，突擊我們荒人部隊呢？」

拓跋珪嘆道：「如果慕容垂這麼愚蠢，我是求之不得。現在的邊荒勁旅，是天下最難纏的部隊，各種人才，應有盡有，高手如雲，最難得的是自古到今，從沒有過一支部隊，全由亡命之徒組成，人人自願參與，爲的是崇高的目標、邊荒集的榮耀。在這樣一支部隊的全神戒備下，襲擊的一方反淪於被動，吃虧的也只會是慕容垂。」

燕飛皺眉道：「那你擔心甚麼呢？」

拓跋珪沉聲道：「我擔心的是慕容垂於此關鍵時刻，放棄紀千千，把她們主婢送還你們，如此我將陷於孤軍作戰之局。」燕飛渾身一震，說不出話來。

拓跋珪轉過身來，盤膝而坐，道：「所以我用了一點手段，好讓慕容垂不會忽然變得聰明起來，我本想和你商量過才進行，時間卻不容許我這麼做。唉！你不要怪我，爲了拓跋族，我是別無選擇。」

燕飛苦笑道：「說吧！唉！你這小子之前說的甚麼別無選擇，原來是另有含意。」

拓跋珪微笑道：「你最明瞭我。昨夜之戰結束後，我派人送了一封信給慕容垂，說只要他肯交出紀千千主婢，我可以放他一條生路，讓他和手下安然返回中山，否則我會令他們沒有一個人能活著回去。」

燕飛頹然無語。拓跋珪仍是以前的那個拓跋珪。以慕容垂對拓跋珪的仇恨，雖然明知拓跋珪說的是反話，亦絕不會在這樣的情況下交出千千主婢，否則顏面何存？事實上他很難怪責拓跋珪，也不想荒人忽然退出，那將陷拓跋珪於萬劫不復的絕境。說到底自己是半個拓跋族的人，如果發生了那樣的事，他只好和拓跋珪並肩奮力抗戰，直至最後一口氣。

拓跋珪道：「我明白慕容垂，即使現今處於下風，仍有必勝的信心，他高傲的性格是不容許他向我們屈服的，而交還千千主婢，恰恰是百口莫辯的屈服行爲，收了我的信後，我最害怕的情況將不會出現。如你能在敵我雙方眼睜睜下擊敗慕容垂，將是兩全其美的好事。表面上看我似是沒有爲你設想，事實上我不但是爲自己，也是爲了你。小飛你能袖手旁觀嗎？」

燕飛苦笑道：「你這小子，我眞不知該感激你還是怪你。好吧！順便向你說另一件事，此戰之後，你要讓小儀解甲歸田，任由他過自己的生活。」

拓跋珪愕然道：「小儀這麼怕我嗎？」

燕飛道：「你自己做過甚麼事，心知肚明，不要再說這種話了。」

拓跋珪舉手投降道：「甚麼都好，只要你不怪我便成。」

燕飛嘆道：「你這小子，令我感到對不起荒人。」

拓跋珪道：「沒有那般嚴重吧！又怎關你的事呢？爲了最後的勝利，我可以做任何事，一切都是爲大局著想。」

燕飛道：「小儀的事，我當你是答應了。君子一言……」

拓跋珪接口道：「快馬一鞭。我會親自和小儀說，保證不會陽奉陰違，你可以放心。」接著沉吟道：「在荒人抵達前，可肯定慕容垂不敢來犯，我希望你和向雨田能趕回去與荒人會合，增強荒人的實力。」

燕飛道：「如果慕容垂死守獵嶺又如何呢？」

拓跋珪欣然道：「那你們姬大公子製造的火器可大派用場，燕人眞的可能沒有一個人能活著回去。慕容垂是不會犯這樣的錯誤的，何況他的兵力仍在我們聯軍之上。戰爭的事由我來拿主意，你們只須配合我。」倏地彈將起來，長長吁出一口氣道：「既有了由你單挑慕容垂之計，我們要改變策略，只要你們能安抵月丘，我會營造出你希望出現的形勢，把紀千千主婢從慕容垂手上硬奪回來。且爲了減輕你對荒人的歉疚，我會盡所能減低荒人的傷亡，這是一個承諾，夠兄弟了吧！」

燕飛猶豫片刻，道：「你現在是完全接受楚無暇了！」

拓跋珪嘆道：「我不是不聽你說的話，且是無時無刻都記著你的警告，可是經我對她長時期的觀察，她的確有痛改前非之心，何況她對我直到此刻仍是有功無過，我怎忍心不給她改過自新的機會。在你眼中，她或許是圖謀不軌的妖女，但我只認爲她是失去了一切的可憐女子。我已成爲她最後的機會，她是聰明的女人，該知如何取捨。」

燕飛灑然道：「我首次希望是我看錯了，而你是對的。」說罷站了起來。

拓跋珪伸手抓著他兩邊肩頭，微笑道：「兄弟！還記得我們在邊荒集重遇的情景嗎？彷似昨天才發生。當時苻堅以移山倒海之勢，率領百萬大軍南犯，你更一點也不看好我。看！時移勢易，現在又是怎樣的一番情況？最令我高興的，是我們又再次並肩作戰。信任我，我會全心全意的為你未來的幸福盡力，我是不會令你失望的。」

燕飛坦然道：「在此事上，我是完全信任你。」

拓跋珪嘆道：「坐上這個位置後，和以前再不一樣，往日關係親密的人，距離都變遠了，小儀是個好例子，因為我們的想法再不相同。但只有你，仍是我最親近的兄弟，不會因任何事而改變，你喚我作小子時，我感到窩心的溫暖。我們走的路雖然不同，但燕飛永遠是我拓跋珪最好的兄弟。」

燕飛道：「我明白了！是回營地的時候了！」

燈火映照下，紀千千移到正憑窗外望，憂心忡忡的小詩身旁，道：「沒有甚麼事，便早點休息，你還未完全復元呢！」

小詩擔心的道：「外面發生甚麼事呢？自今早開始，不住有受傷的人送到寨內來治理，戰爭開始了嗎？」

紀千千道：「昨夜慕容垂領軍攻擊拓跋族的營地，現在看情況是無功而還，我們該高興才對。」

小詩害怕的道：「既然如此，為何小姐今天整日愁眉不展？究竟發生了甚麼事？」

紀千千心忖如果告訴她昨夜發生的事，保證可把膽小的她嚇壞。擠出點笑容道：「一天戰爭未分出勝負，我怎快樂得起來？更怕高興得太早。但從樂觀的一面看，慕容垂當日大破慕容永的情況將不會重演，鹿死誰手，尚未可知。」

小詩悽然道：「小姐……」

紀千千摟著她肩頭，道：「有甚麼心事，說出來給我聽，讓我爲你解憂。」

小詩泫然欲泣的嗚咽道：「縱然燕公子和他的拓跋族人大獲全勝，但我們……我們……」話未說完，已泣不成聲。

紀千千把她摟入懷裏，心中也是一片茫然。而她更曉得危機已迫在眉睫，當慕容垂回來後，誰都不知道他會不會再獸性大發。她該怎麼辦呢？是不是該通知燕飛？這樣做是否有害無益，徒擾燕飛的心神，打亂他的計畫？如燕飛不顧一切的來救她，結果會是如何？

想得心驚膽跳時，風娘來了，直抵兩人身後，道：「讓老身先伺候小詩登榻就寢。」紀千千訝然朝風娘瞧去。

小詩抗議道：「我仍未有睡意。」風娘伸指戳在小詩腋下，小詩登時失去知覺，全賴紀千千扶著，才不致倒在地上。

紀千千驚呼道：「大娘！」

風娘神情木然的道：「我是爲她好！」在另一邊攙扶著小詩，把她送到榻子上去。

紀千千無奈下爲小詩蓋上被子，不悅道：「爲甚麼要這樣做呢？」

風娘淡淡道：「聽到嗎？」紀千千注意力移到屋外，捕捉到正逐漸接近軍靴踏地的聲音。

風娘朝屋內伺候紀千千主婢的幾個女兵下令道：「你們給我到外面去。」女兵們呆了一呆，依言離開。

風娘在紀千千耳旁低聲道：「一切交由老身處理，小姐不用說話。」在風娘出手點昏小詩，紀千千便對她生出戒心，怕她對自己如法施爲，此時方知誤會了她。

足音抵達門外，一個漢人將領大步進來，目光落在紀千千身上，施禮道：「護軍高秀和，參見千千小姐，皇上有令，請千千小姐移駕。」

風娘冷哼道：「皇上早有嚴令，千千小姐的事，由我全權負責，皇上想見千千小姐，我怎會不知道的？」

高秀和大感錯愕，顯然只是依令行事，沒有想過會招風娘的不滿，囁嚅道：「皇上吩咐下來的事，末將只是依令執行，請夫人包涵。」

風娘道：「此事不合規矩，我要問清楚皇上，千千小姐才可隨你去。」

高秀和爲難的道：「這個……這個……」

風娘道：「不必多言，此事由我獨力承擔，皇上要怪罪，只會怪老身，不會怪到高將軍身上去。我現在立刻去見皇上，高將軍可留在屋外，待我回來。」說畢再不理高秀和，逕自出門見慕容垂去了。

卓狂生擔心的道：「我們不在，不知費二撇是否撐得住邊荒集的場面？」

跟在後方的紅子春怪笑道：「這個你放心，有財萬事興，而老費正是我們邊荒集理財的第一高手，只要管好財政，還有甚麼場面不場面的？現在壽陽等於邊荒集的兄弟城市，互相呼應，任何場面都應付得來。」

紅子春身旁的龐義道：「最怕是姚興之輩，見有機可乘，派人攻打邊荒集，我們便變成無家可歸了。」

卓狂生笑道：「這個我反一點也不擔心，先不說姚興自顧不暇，即使他有這個能力，也不敢冒這個險，長安離邊荒集太遠了，只要老費把所有人和糧資撤往壽陽，保證可把姚興的人活活餓死。哈！」

二千邊荒戰士，在星空下緩騎行軍，右方遠處是連綿不絕、起伏有致的太行山脈。休息一天後，他們兵分四路，每隊二千人，沿太行山之西朝北推進，每人隨身攜帶足夠五天食用的乾糧，輕騎簡甲，走來輕巧靈活，足可應付任何突變。據他們的推測，龍城兵團被徹底擊垮，將大出慕容垂意料之外，一時無法動員截擊他們。不過對慕容垂這個威震北方的無敵統帥，他們不敢掉以輕心，仍做足防襲的工夫。隊與隊間保持一里的距離，一半居前，一半在後，左右前後互相呼應。小軻領導的全體風媒三十多人，比大隊早半天出發，利用太行山的山險，在山脈高處放哨，只要敵蹤出現，肯定瞞不過他們。餘下的七千戰士，則採偏西的路線，押送運載糧食、物料和武器的騾車隊，靠著左方的黃河，朝平城而去。

當慕容垂發覺他們沿太行山而來，勢難對在日出原布陣的拓跋珪全力猛攻，因爲他們的全騎兵部隊，可快可慢，如截斷慕容垂退返獵嶺的歸路，即使慕容垂也要慘吃敗仗。晝伏夜行，對一般戰士是苦事，但荒人全是愈夜愈精神之徒，黑夜行軍，反對他們有利。一切依計而行，隨著不住接近主戰場，荒人的情緒亦不住的高漲，雖然仍沒有人想出如何從慕容垂的魔掌裏，救紀千千主婢出來的完善方法，但比之以前在千里之外的邊荒集束手無策，徒嘆奈何，已不可同日而語。

風娘進入帥帳，出乎她意料之外，慕容垂並沒有暴跳如雷，而是神色平靜，溫和的道：「坐！」

風娘這回去見慕容垂，其實心存死志，縱然犧牲性命，她也要力勸慕容垂對紀千千不可造次。在慕容鮮卑族裏，每一個人均曉得如此冒犯慕容垂，不論爲的是甚麼，都不會有好結果的。

風娘在一側坐下，目光投往慕容垂。慕容垂似有點羞慚的避開她的目光，道：「大娘誤會了，我請千千來，是要親自向她賠罪。」

風娘弄不清楚這是否他發自眞心說的話，不過她的確豁了出去，淡淡道：「自皇上派給老身負責照顧千千小姐主婢的任務，老身心中一直有一句話想問皇上，到了今天，更有不吐不快的感覺，請皇上賜准老身問這句話。」

慕容垂的目光終於往她移去，嘆道：「從小我們就一直情如姊弟，到今天情況並沒有改變，我或許不信任我的兒子，但卻絕不會不信任你，否則當年就不會冒死罪放你和墨夷明一條生路，直至今天我仍沒有後悔當年的決定。你和墨夷明之間究竟發生了甚麼事，我沒有問過半句，風娘你現在卻要來質詢我嗎？你要問的那句話，我已大約猜到是問甚麼了，最好是不要說出來，以免傷害我們之間的感情。」

風娘苦澀的道：「皇上對老身的大恩大德，風娘不敢有片刻忘懷，但我想要說出來的話，卻不能再藏在心裏，我更清楚只有我一個人敢說出來。」

慕容垂回復冷靜，道：「風娘是否要我釋放千千主婢，把她們送往正揮軍北上的荒人部隊呢？」

風娘沉聲道：「這是唯一能破拓跋珪的方法，如此荒人再沒有繼續北上的動力，荒人是絕不肯爲拓跋珪賣命的。」

慕容垂胸有成竹的微笑道：「這確實是拓跋珪最害怕的情況，荒人得回千千後，會掉頭便走，留下拓跋珪孤軍作戰。所以這小子寫了一封信給我，胡說八道甚麼只要我把千千主婢交出來，便放我一條生路，如此愚蠢的激將法，也只有拓跋珪那低智小兒想得出來。」

風娘喜出望外道：「皇上是不會中拓跋珪的奸計了！」

慕容垂從容道：「你對戰爭始終是外行，故只是著眼於一時的得失，致忽略了整體的形勢。對！表面看我的確是被逼在下風，小隆的軍團幾乎在霧鄉一役全軍覆沒，荒人部隊則挾大勝的餘威北上，氣勢如虹，昨夜我們突襲拓跋珪又無功而返，但事實就是事實，我們的兵力仍在對方的聯軍之上，如果正面交鋒，吃虧的肯定是他們。」

風娘色變道：「皇上仍不肯釋放她們主婢嗎？」

慕容垂淡然道：「試想想以下的情況，如果我把千千交給荒人，荒人立即撤走，拓跋珪會怎麼辦呢？那時他只剩下一個選擇，就是死守月丘。拓跋族戰士乃我燕族戰士以外當今天下最精銳的部隊，當曉得再無退路後，每個人都會奮戰到底，昨夜他們更展示出有守得住月丘的實力，而只要他們能穩守一個月，我們的糧資箭矢，將出現吃緊的情況，將士也會因長期作戰和大量傷亡，生出思歸之意，反對我們大大不利。」接著雙目明亮起來，道：「可是若我任由拓跋珪和荒人會師，形勢會是截然不同的兩回事。」

風娘不解道：「如此拓跋珪實力大增，豈非更能守住月丘嗎？」

慕容垂微笑道：「這個當然。不過拓跋珪還可以只顧死守月丘嗎？荒人是爲何而來？他們是妄想可以從我手上把千千奪走，絕不甘心留在月丘，不得不主動出擊，那時主動會落入我的手上，而拓跋珪與荒人之間將產生矛盾，成進退兩難之局。例如只要我擺出撤走的姿態，荒人可以眼睜睜看著我把千千帶走嗎？」一時間風娘無辭以對。

慕容垂欣然道：「你沒有想到吧！現在千千已成了我們致勝的關鍵，也只有把千千主婢掌握手上，方有一舉盡殲拓跋族和荒人的機會。當他們的兵力被削弱至某一程度，縱想守住月丘也有心無力，我們不但可以收復失地，且可趁勢奪下邊荒集，令南人一段時期內沒法北上騷擾，我則清除了一切障礙，可安心用兵關內，完成統一北方的大業。」

風娘心中一震，慕容垂確實看得透徹，荒人是為營救紀千千主婢而來，絕不會只安於守住月丘，當他們主動出擊，慕容垂便可憑優勢兵力，削弱和打擊他們。

慕容垂微笑道：「風娘剛才是否想問我，我慕容垂究竟是以江山為重，還是以美人為重？我可以肯定的告訴你，當兩者只能選擇其一，我會選江山，因為那關係到我大燕國的盛衰存亡，我個人可以作出任何犧牲。」

風娘呆看著慕容垂，呼吸急促起來。慕容垂道：「荒人詭計百出，而我則不能只顧看著千千主婢，保住她們主婢的重責落在風娘你的身上。在我軍之內，除我之外，只有你有勝過燕飛的本領。為了我們慕容鮮卑族，你必須全力助我，為顯示我的決心，必要時你可下手處決千千，那荒人將會發狂來攻，我們便可以迎頭痛擊，盡殲敵人。」

風娘感到頭皮發麻，全身冰寒，心中難過。她從沒有想過，對紀千千情深如海的慕容垂，竟會親口作出殺死紀千千的指示。

慕容垂又道：「為了我們慕容鮮卑族，為了在參合陂慘遭活埋的我族戰士，風娘你必須拋開對千千主婢的憐惜之意，全心全意的為我辦好這件事。千千主婢已成誘餌，絕對不容有失。你要設法安她們主婢的心，千萬不要讓她們曉得我心中的想法。趁荒人仍在北上途中，今晚我會進軍日出原，倚桑乾河設立營地，造成兩軍對峙的形勢。事關我族存亡，我沒有選擇，你也是別無選擇。」

風娘頹然道：「老身明白了！」

慕容垂仰望帳頂，冷然道：「拓跋小兒！你太高估自己了，這一仗將令你永遠再沒有翻身的機會。」

燕飛進入帳內，向雨田正盤膝打坐，在燕飛揭帳的一刻，睜開雙目，奇光閃閃的看著燕飛，緊張的問道：「如何？」

燕飛點燃帳內的羊皮燈，到他身前坐下道：「他答應了。」

向雨田訝道：「是否花了很大氣力說服他，你的表情這麼古怪的？」

燕飛道：「剛好相反，是正中他下懷，他爽快答應。」

向雨田警覺的從揭起的帳門望往帳外，皺眉道：「他去了哪裏？」

燕飛道：「他放心不下，親自去巡視陣地的新布置，今晚我們會把削尖的木條，安裝到壕坑內去。」

向雨田點頭道：「這確實是個有險可守的好地方，且後倚平城，糧草方面不成問題。」

燕飛嘆了一口氣。向雨田不解道：「既解決了最大的問題，爲何你卻像心事重重的樣子。」

燕飛苦笑道：「我自己都弄不清楚，或許是因敵我雙方，形勢均已改變過來，令我再不是那麼有把握。剛才小珪明示我們荒人必須聽他的指揮調度。唉！你也知我們荒人都是桀驁不馴之輩，習慣了自行其是，恐怕到月丘後，問題會立即出現。」

向雨田同意道：「對！說到底，我們和你的兄弟的戰爭目標並不相同，戰略亦會因此生異，這個問題很難徹底解決。」

燕飛道：「邊走邊想吧！」

向雨田問道：「我們到哪裏去呢？」

燕飛道：「去和我們的荒人兄弟會合，坦白告訴他們現在的情況，或許有人能想出解決的辦法來。」

建康。石頭城。江岸旁泊靠著三艘雙頭艦，桅帆滿張，隨時可以解纜起航。劉裕立在登船的跳板旁，心中激動的情緒，確實難以言表。他奮鬥多年，即使在走投無路的時候，仍不肯放棄，竭盡全力去爭取的形勢終於出現眼前。再沒有任何人事，能阻止他和桓玄正面對決，爲淡眞洗雪恥恨。他內心清楚知道，不論他成爲當今南方最有權力的人，又或是無名卻有實的帝王，淡眞永遠是他最鍾情的女子，他向她付出了全部的感情，爲她遭到生命中最沉重的打擊和創傷，也因她的屈辱和死亡負起畢生沒法彌補的遺憾。苦待的時刻終於來臨，只有手刃桓玄，方可舒洩他積鬱在心的仇恨。來送行的有王謐、王弘、蒯恩、劉穆之和江文清。劉裕的目光凝注在滔滔流過的江水上，迷茫的星空下，一重薄霧依戀在河面上，這道由西面無限遠處傾瀉而來的大河，把他和桓玄連接起來，中間是沒法化解的深仇大恨。

劉裕緩緩轉過身來，目光落在劉穆之身上。自己難道眞是南方新朝的眞命天子？否則劉穆之這個超級謀士，怎會出現得這麼及時，沒有他，自己肯定應付不了建康波譎雲詭的複雜政治。他的目光轉移到王謐身上，道：「我離開建康後，王大人最要緊穩住建康的情況。朝政方面，請倚重穆之的意見；軍事上，則由蒯將軍負起全責，他們兩人是我出師不在時的代表，王大人可以完全信賴他們。」王謐恭敬領命。劉裕絕不怕王謐會陽奉陰違，現在王謐的名位權力，是來自他的賜予，他不因王謐曾效忠桓玄而處死他，已是網開一面，何況還對王謐恩寵有加。

蒯恩道：「大人放心去吧！我們不會辜負大人對我們的期望。」

劉裕微笑道：「我很高興蒯將軍信心十足，記著如發生任何亂事，只要守住石頭城，可以應付任何突變。」蒯恩高聲領命。

王弘欣然道：「大人聲威如日中天，如有人敢不自量力，便是活得不耐煩了。」

劉裕微笑道：「記起當日我們在鹽城並肩作戰，對付海賊，到今天在這裏殷殷話別，豈是當初所能料及？回想前塵往事，有如一場春夢，令人感觸。」

王弘被他勾起情懷，道：「不知如何，自第一天認識大人，我便對大人生出信心。坦白說，在那之前，我從來沒有看對情況，但對大人，卻是首次沒有看錯。」

劉穆之笑道：「在最關鍵的情況下，作出最明智的選擇，足可令人終生受用不盡。」

劉裕微笑道：「請容我和文清說幾句私話。」四人欣然點頭。

劉裕把江文清牽到一旁，低聲道：「我離去後，文清千萬保重身體，不要胡思亂想，以免影響……」

江文清嗔怪的打斷他道：「知道了！你也要小心行事，不要輕敵大意。」

劉裕道：「我會比以前任何一刻更小心，當我回來時，會帶著桓玄的首級，以祭岳丈大人在天之靈。」

江文清柔聲道：「只要桓玄授首裕郎刀下，我心中的恨意將可煙消雲散，其他一切再不介意。」

劉裕心中湧起難言的滋味，自江文清懷孕後，她像變成了另一個人，從仇恨的死結解放出來，再不著意過去了的事，而是放眼美好的將來。自己的百結愁怨，也能得解嗎？

江文清的聲音在他耳旁響起道：「我會懂得照顧自己。謹祝裕郎此去一帆風順，旗開得勝，凱旋而歸。」

劉裕一陣激動。他終於有能力保護自己心愛的女子，再非像以前般有心無力。道：「朝廷的事，自有穆之先生和小恩去應付，文清不要費神，我們的孩子才是最重要。」

江文清粉臉一紅，垂首輕輕道：「眞嘮叨！現在的江文清，只想做個好妻子和慈母，其他的都不關我的事。」

劉裕呵呵一笑，拉著江文清的手回到登船處，與眾人逐一握手道別，登船去了。

〈卷十五〉

第八章◆勝利大道

第八章　勝利大道

燕飛睜開眼睛，星空曠野映入眼簾，意識重新進入他的腦海，頗有重返人世的感覺。向雨田坐在他左方十多步外一塊大石上，朝他微笑道：「燕兄從千千小姐處得到甚麼有用的情報呢？」

燕飛別頭朝日出原的方向望去，仍可隱見月丘上拓跋珪營地的燈火，吁出一口氣道：「慕容垂反擊了，獵嶺的燕兵拔營離開，山寨的防衛卻大幅加強，顯是怕我們劫寨救人。」

向雨田道：「紀千千在這兩天有沒有見過慕容垂呢？」

燕飛苦澀的道：「千千是欲言又止，但我感到她充滿焦慮，於是我告訴她現今是最關鍵的時刻，她絕不可以有任何事瞞著我，否則我會作出錯誤的決定，她才把這兩天發生的事說出來。」接著把紀千千道出的內容，毫無隱瞞的告訴向雨田。然後嘆道：「我的心有點亂，情況似乎非常不妙。」

向雨田沉吟片刻，點頭道：「風娘的轉變很奇怪，之前她是豁了出去的全力維護紀千千，但見過慕容垂後，她反變得冷淡起來，更沒有隻字片語提及見慕容垂的情況，教人奇怪。」

燕飛道：「千千說感覺到風娘心情沉重，似是正陷於沒法解開的矛盾和痛苦中。」

向雨田拍腿嘆道：「風娘被慕容垂說服了。」朝燕飛瞧去，雙目奇光閃閃的道：「風娘當然不會爲慕容垂一己的私慾而屈服，而是被慕容垂曉以民族生死存亡的大義，不得不再次站到慕容垂這一邊，由紀千千的維護者，變成紀千千的看管人。」又道：「我忽然有很大的危機感，如果今晚我們想不出辦法，會輸得很慘。」

燕飛皺眉道：「有這麼嚴重嗎？」

向雨田道：「我是旁觀者清。我有個猜測，就是慕容垂在民族大義和紀千千之間，已作出了選擇，也令他超越個人的私慾，回復冷酷無情、無敵統帥的本色，紀千千再非他的心障，反是致勝的關鍵。」

燕飛色變道：「他可以如何利用她們主婢？」

向雨田道：「你該曉得答案，例如慕容垂向我們發出警告，如三天內我們荒人不立即撤走，他會當眾處決紀千千主婢，那時我們怎麼辦呢？如果冒死出擊，將正中慕容垂下懷。你的兄弟肯同意這樣去送死嗎？」

燕飛嘆道：「大概不會。我有個感覺是小珪昨夜被慕容垂打怕了，故而認爲唯一可行之計，是由我單挑慕容垂。他還說過會盡量減低荒人的傷亡，而只有死守月丘，方可把傷亡減到最低，我太明白他了。」接而雙目殺機劇盛，道：「我們可否賭他一把，趁慕容垂把千千她們送往日出原之際，下手劫人？」

向雨田道：「成功的機會是微乎其微，慕容垂絕不會容我們得手，我們必須另想辦法。」

燕飛痛苦的道：「我們還有甚麼辦法可想呢？」

向雨田皺眉苦思，道：「現在我們最大的問題，再不是拓跋珪與我們之間的矛盾，而是紀千千主婢牢牢掌握在慕容垂手上，令他佔盡上風，控制主動。但假如我們能營造一種形勢，使慕容垂不敢動她們半根寒毛，我們一戰定輸贏的大計仍可進行，且不愁慕容垂拒絕。」

燕飛一震道：「你是否想到辦法？」

向雨田惆悵盡去，露出一個燦爛的笑容，哈哈笑道：「這叫天無絕人之路，任慕容垂兵法如神，智比天高，仍沒有想過我們有和紀千千遠距離對話的方法，從而掌握他的一舉一動。我的方法非常簡單，就是設法燒掉他的糧草。」

燕飛呆了一呆，接著雙目明亮起來。向雨田道：「此戰慕容垂籌畫多時，糧草儲備肯定充足，令他進可攻退可守，幾乎立於不敗之地。如果他的糧草被燒掉一半，加上龍城兵團的數千敗軍傷兵，將無法支持到他退返中山，屆時他將陷於進退兩難之局。」

燕飛點頭道：「對！若他只剩下五天的糧食，那時守不能守，退不能退，只有接受我挑戰的分兒。」

向雨田笑道：「到時或許只須百輛糧車，便可把紀千千主婢換回來，形勢會完全扭轉過來。」

燕飛道：「可是慕容垂有龍城軍團作前車之鑑，定會看緊糧倉，不會容我們得手。」

向雨田欣然從懷裏掏出藏有聖舍利的鍊子鐵球，從容道：「別忘記我高來高去的絕技，當日邊荒集高手如雲，卻沒有人能摸著我的衣角，何況現在還有你來配合我。小弟囊內尚有十個姬大少製造的毒煙榴火炮，足可燒掉慕容垂十座糧倉。」

燕飛道：「可是我們並不曉得山寨內哪座是糧倉，而情況根本不容許我們逐一尋找。」

向雨田道：「糧倉通常該設在遠離敵人的地方，在山寨內便該是寨內中央，任敵人在寨外放射火箭，仍難殃及糧倉。何況我有一項本領，就是能憑鼻子嗅到沙漠裏水的氣味，使我可在乾旱的沙漠尋得綠洲水源，雖然及不上方總巡的靈鼻，但在這麼一個山寨內將可大派用場。」

燕飛精神大振道：「要我如何配合你呢？」

向雨田道：「你裝作硬闖山寨去營救紀千千，能製造愈大的混亂愈好，我們不但要放火，還要阻止敵人救火。」

燕飛道：「何時行動？」

向雨田道：「當然是今晚，如果讓慕容垂帶走糧食，又或把糧食分散到不同地方儲存，我們將失去機會。慕容垂設糧倉時，根本沒有想過會有人來燒糧，我們成功的機會極大。」

燕飛跳將起來，道：「走吧！」

拓跋珪立在平頂丘，神色凝重地俯視東面平原移動著數以百計的火把。

楚無暇疑惑的道：「慕容垂在玩甚麼把戲？派人持著火把在兩里外處或進或退，左右移動。」

拓跋珪沉聲道：「這是燕人著名的火舞，更是慕容垂的惑敵之計，危險隱藏在火把光不及的暗黑中，如果我們依火把光判斷燕兵的位置和布置，貿然出擊，肯定吃大虧。」

楚無暇不解道：「族主既然沒有出陣攻擊，顯是看破慕容垂的詭計，慕容垂爲何仍不撤回去呢？」

拓跋珪道：「慕容垂的目標並不是要引我出擊，而是要令我不敢出擊。」

楚無暇愕然道：「慕容垂究竟要幹甚麼？」

拓跋珪沉聲道：「他是要夾河立營設陣，與我們形成對峙的局面。唉！」

楚無暇道：「如此不是正合族主之意嗎？族主爲何嘆氣呢？」

拓跋珪苦笑道：「慕容垂畢竟是慕容垂，這一著是連消帶打，害我們徹夜無眠，明天更沒有精力去騷擾他。自昨夜激戰後，我們一直沒好好休息過。」此時火把光朝他們的方向移來，直抵里許外近處，五百個燕兵齊聲呼喊，戰馬同時嘶鳴，擺出挑釁的情狀。

楚無暇道：「有甚麼關係呢？荒人未至，族主該沒有攻擊他們的打算。」

拓跋珪道：「我不是爲自己嘆息，而是爲我的兄弟燕飛惆悵，慕容垂斷然離開獵嶺，移師日出原，是因他掌握到此仗成敗的關鍵。」

楚無暇搖頭道：「我不明白！」

拓跋珪道：「慕容垂首要之務，是要在日出原立足，設立強大的陣地。月丘已被我們佔據，慕容垂唯一可憑之險，便是桑乾河。只要他夾河設置營地，將主力部隊部署在河的南岸，糧食物資武器則儲於北岸，可說已立於不敗之地，進可攻退可守。憑其優勢的兵力，我們實沒法奈何他，幸好慕容垂也奈何不了我們。」

楚無暇道：「如相持不下，最後退兵的肯定是慕容垂，族主爲何如此憂慮？」

拓跋珪慘然笑道：「問題是紀千千在他的手上，他會如何利用紀千千，眞的令我感到害怕。」

楚無暇明白過來，難怪拓跋珪會爲燕飛咳聲嘆氣。

拓跋珪道：「剛才我內心有兩個想法在劇烈鬥爭著，一個想法是傾全力出擊，務令慕容垂難以得逞；另一個想法是留在這裏，甚麼都不要做。你現在該知是哪個想法贏了。」

楚無暇一顫叫道：「族主！」

拓跋珪嘆道：「燕飛是天下間唯一能使我感情用事的人，可是我的理性仍是佔了上風，也使我感到愧對燕飛。唉！人生爲何總是令人無奈。」

楚無暇深切體會到拓跋珪內心的矛盾，一時說不出話來。

向雨田喚道：「我的娘！差點痛失良機。」

從山脊看下去，獵嶺的山寨處處是獵獵燃燒的火炬，映得寨內寨外明如白晝，其戒備的森嚴，遠在兩人估計之上。向雨田對糧倉所在的猜測完全正確，因爲位於正中的二十多幢房舍，大部份中門大開，一包包的糧貨送往等候的騾車上，一俟貨滿，騾車立即開出，加入直通寨門大路上，像螻蟻般銜著尾巴一輛接一輛的騾車大隊去，往日出原的方向緩緩而行。卸貨後的空騾車則不住折返，好作另一輪的運送，形成來去兩隊見首不見尾或見尾不見首的騾車長龍。寨牆上滿布弓箭手，環繞寨牆的數十座箭樓亦擠滿了人，人人全神貫注，監察遠近的情況，只要有敵人出現，肯定立遭數以百計勁箭同時招呼，縱然燕飛有擋箭的本領，也絕對沒法倖免。寨內道路交會處，部署著一組又一組全副武裝的戰士，糧倉頂處也有箭手站崗，換了來犯者不是燕飛和向雨田，誰都要徒嘆奈何，臨陣退縮。而假設兩人仍有別的選擇，也不會以身犯險。

燕飛嘆道：「好一個慕容垂，深明此仗勝敗的關鍵，我猜他會放棄獵嶺的山寨。如須撤返中山，便改採太行山北端的軍都關，把山寨一把火燒掉。」

向雨田道：「慕容垂高明得教我心寒，若不是你老哥從紀千千處得到即時的情報，我們將失之交臂。過了今夜，慕容垂已把糧資轉移到無隙可乘的平野之地。」

燕飛皺眉觀察五十丈下的山寨，道：「你仍有把握嗎？」

向雨田問道：「慕容垂在下面嗎？」

燕飛閉上雙目，半晌後睜開來，道：「千千已到日出原去，看來慕容垂亦到了那裏去主持大局。」

向雨田舒一口氣道：「沒有像慕容垂和風娘那級數的高手坐鎮，大添我們成功的機會，只要你能燒著大寨正門一段路的數輛運糧車，便可製造我們所需的混亂，騾子可沒有性的，對嗎？」

燕飛道：「要神不知鬼不覺地繞到那裏去，需小半個時辰。」

向雨田搖頭道：「太花時間了，我可以把你送入寨內去。」

燕飛愕然道：「那和送死有甚麼分別？」

向雨田道：「辦法不是沒有的，可是你必須回復狀態，否則肯定是去送死。」

燕飛心中一震，向雨田說得對，自曉得紀千千險被慕容垂所辱，他一直心神恍惚，全賴向雨田來出主意。

向雨田續道：「只看你到此處後，不能立即感應到紀千千是否正身在寨內，便知你因過度關心紀千千，致心神失守，陰神與陽神無法渾然爲一，精神功力大打折扣。如果你不能回復過來，不但你老哥性命難保，小弟也要賠上一條命。」

燕飛遍體生寒，全身如遭雷擊，倏地清醒過來，精神進入晶瑩剔透的道境。向雨田立生感應，喜出望外道：「燕飛你眞行，令我佩服的燕飛又回來了。」

燕飛道：「說出你的辦法。」

向雨田壓下心中興奮的情緒，雙目異芒爍閃，沉聲道：「我可以運勁讓你橫度三十丈的距離，直抵寨牆處，保證敵人驟然驚覺時，已來不及發箭，縱有一兩個反應特別快的人，及時射箭，但也沒法拿得準頭。千萬別讓任何人纏上你，只要你用寨牆借力，可到達最接近的屋脊，那時敵人投鼠忌器，外圍的箭手將對你再沒有威脅，這是第一步。」

燕飛點頭道：「第二步又如何？」

向雨田道：「在降落屋脊前，你必須擲出毒煙榴火炮，讓毒煙迅速蔓延，覆蓋著糧倉一帶的廣闊範圍，方便我行事。」

燕飛道：「我哪來時間點燃榴火炮的火引呢？」

向雨田道：「寨內火把處處，只要你把榴火炮投在火把處，便可以借火，憑你老哥的本領，該是輕而易舉的事。然後你趁亂直闖寨門的位置，搶火把去燒糧草，引起更大的混亂，到聽得我以長嘯示意，立即溜回這裏來看熱鬧。」

燕飛叫絕道：「好計！」

向雨田掏出六個榴火炮，逐一遞給燕飛，讓他藏在腰懷處，道：「你先筆直騰起，我會拍上你的腳底，送君入寨。」

燕飛倏忽間功力提升至巔峰狀態，示意道：「準備！」

向雨田道：「記著不要施展小三合的招數，否則傳入了慕容垂耳裏，會令他不敢和你交手，明白嗎？」

燕飛輕鬆笑道：「可以不開殺戒，我是絕不會殺人的。」說畢從藏伏處兩手按地，往上騰竄，向雨田吐氣輕叱，兩掌閃電推出，正中燕飛靴底。

燕飛像離弦之箭般沖天而去，剎那間橫過崖壁與寨牆間遙闊的空間，飛鷹翔空般往山寨的外圍投去。寨牆和箭樓上驚呼迭起，人人慌忙把弓箭上弦，但大部分人一時仍未弄得清楚來敵在哪裏，看到者則已來不及發射。燕飛像一道電光般，剎那間來到山寨東寨牆上方，守在牆頭的箭手紛紛彎弓搭箭，卻都遲了一步。燕飛兩掌下推，強大的掌勁匯聚成流，如若暴風般向落點的敵人狂壓下去。敵人紛紛往後挫跌，變作滾地葫蘆，不要說放箭，一時哪還爬得起來。整個山寨的敵人被驚動了，叱喝聲此起彼落，戰號急鳴。「蓬！」掌風拍在牆頭處，燕飛就借那反震之力，凌空一個翻騰，斜斜的往中央的糧倉投去。

勁箭從各處樓房射出，但正如向雨田預料的，不是射空，便是不及，紛紛落空。燕飛兩手從懷中掏出榴火炮，以連珠的手法擲出，命中分布在糧倉一帶的多支火炬。「砰！砰！砰！」隨著榴火炮一個接一個燃燒爆炸，一團團的黑煙旋捲而起，迅速蔓延，轉眼已把糧倉一帶的地域沒入毒煙裏去，且還不住擴散。姬別製的榴火炮，是以硝石、硫磺、狼毒、砒霜等混合火藥裝成，產生的毒煙雖非致命，卻足可使吸入毒煙者口鼻流血，刺激敵人眼目，癱瘓敵人的戰力，一時間原本戒備森嚴的敵寨，亂作一團。未受波及處的敵人，亦被毒煙所阻，兼視野不清，無從施援。燕飛運轉眞氣，使個千斤墜，抵達實地。四周全是慌張的敵人，發狂的騾子，且因毒煙迷眼，茫不知燕飛來到身旁。燕飛曉得成功在望，哪還敢猶豫，在黑煙裏閉氣疾行，順手奪來一支火把，朝塞滿糧車直通寨門的主道撲去。

「千千！千千！」「燕郎！」燕飛在心靈的奇異空間問道：「千千你在哪裏呢？」

紀千千應道：「我現正坐在馬背上，小詩在我身旁，位置是桑乾河的南岸，可以遠眺你兄弟拓跋珪的陣地。燕郎啊！發生了甚麼事呢？山寨起火了，燕人都顯得很慌張，慕容垂亦馳返獵嶺去了，我從未見過慕容垂這樣的神色，他害怕了。」

燕飛道：「你身邊還有甚麼人？」

紀千千道：「除風娘外，還有十多個女兵和百多個燕族戰士，他們該屬慕容垂的親兵系統，全是精銳的戰士，其中有幾個更是高手。」

燕飛道：「千千不用害怕，山寨的火是我們放的，目的是燒掉慕容垂的糧草，現在成功了，餘糧將不足以支持慕容垂返回中山，令慕容垂陷於絕境，他只剩下一個選擇，就是以你們來換取安全撤退。」

紀千千的喜悅如潮水般湧進燕飛靈神的天地去，呼道：「燕郎啊！」

燕飛道：「千千再不用擔心慕容垂獸性發作，在現今的形勢下，他是不敢傷害你，因爲你已成爲他唯一的談判籌碼，失去你是他負擔不起的事。」

紀千千答道：「明白了！我會以死相脅，教慕容垂不敢造次。」

燕飛道：「千千只要耐心多等三天，待我們的荒人兄弟到達，一切可以依計畫進行。說不定憑百輛糧車，可逼慕容垂把你們交出來。我要走了！」

紀千千歡喜的道：「燕郎珍重！我和小詩懂得好好照顧自己。」

燕飛睜開眼睛，山寨的情況映入眼簾，寨內大部分房舍均被波及，整個山頭陷進濃煙裏，如此猛烈的火勢，再沒有任何人力能阻止。

向雨田的聲音在他耳旁響起道：「慕容垂劣勢已成，士氣更受到最沉重和致命的打擊，任他三頭六臂、兵法如神，也無回天之力。我們可以走了！」

燕飛由衷的道：「謝謝你！」

向雨田伸手搭上他的肩頭，微笑道：「我至少有一半是爲自己的小命著想，因爲我曾當眾許諾，在救回紀千千主婢前絕不退縮。哈！」

燕飛笑道：「我們走吧！」兩人離開峰脊，此時第一線曙光，出現在東面的地平處。

拓跋珪立在平頂丘上，神情古怪看著遠方獵嶺不住冒起的黑煙。在他兩旁的楚無暇、長孫嵩、叔孫普洛和一眾親兵，人人面露疑惑之色，反是對正於五里許外，建立起夾河壕陣雛形的燕營沒有著意留神。

叔孫普洛道：「或許是慕容垂下令燒寨，以免手下因有退路而鬥志不強，此爲破釜沉舟之計。」

長孫嵩搖頭道：「可供六、七萬人支持一段長時間的糧草，豈是一夜半晝能從崎嶇難行的山區，全轉移往日出原，慕容垂方面肯定出了嚴重的事故。」

叔孫普洛道：「天氣這般潮濕，絕不會失火，除非……唉！但怎麼可能呢？」

拓跋珪瞥了身邊的楚無暇一眼，暗忖當有手下大將在場，楚無暇會識相的不發一言，安守本分，如此知情識趣，確是難得。淡淡道：「沒有可能的事已發生了。」

長孫嵩愕然道：「誰能在燕人全神戒備下，放火燒掉他們的糧貨？」

拓跋珪油然道：「燕飛再加上一個向雨田，可以創造任何奇蹟。」話猶未已，燕飛現身右方丘緣處，眨眼間來到眾人身旁。

拓跋珪雄軀一震，向燕飛道：「兄弟！是你們幹的嗎？」

長孫嵩和叔孫普洛連忙後退，讓燕飛直抵拓跋珪身旁，燕飛頷首應道：「我們至少燒掉慕容垂一半的糧食，加上龍城兵團的損失，慕容垂即使縮食，該捱不過十天，縱然他立即退兵，返中山途中也要糧絕不繼。」

拓跋珪雙目亮了起來，道：「沒有三、四天準備工夫，他休想撤軍，何況我會令他欲撤不得，進退兩難。」

長孫嵩道：「如果慕容垂立即遣人飛報中山，而假設中山的慕容寶能在數天之內籌集大批糧食，但沒有二十天的時間，也休想送到日出原來，慕容垂現在可說是陷於絕境，我們大勝可期。」

燕飛搖頭道：「慕容垂是不會退兵的，因爲他手上有憑藉，並非處於一面倒的劣勢。」

拓跋珪嘆了一口氣，道：「向雨田在哪裏？」

燕飛道：「他去通知荒人，要他們進軍至燕人營地南面，布陣立營，好與我們成犄角之勢，制衡慕容垂。」

拓跋珪皺眉道：「這似乎與我們原先議定的計畫不同。」

燕飛平靜的道：「我有幾句話，想和你私下說。」

拓跋珪露出一個苦澀的表情，道：「你們全給我退往丘下去。」

長孫嵩和叔孫普洛交換個眼神，領頭下丘去了，眾親兵慌忙跟隨，楚無暇在拓跋珪另一邊輕撫一下拓跋珪手背，這才去了，轉眼間眾人走得乾乾淨淨，丘上只剩下拓跋珪和燕飛。

拓跋珪嘆道：「說吧！我的好兄弟！」

燕飛淡淡道：「昨天當你答應由我挑戰慕容垂，你心中並不認爲那是可行的，對嗎？」

拓跋珪苦笑道：「那時我心中怎麼想並不重要，最重要是我肯支持你。燕飛畢竟是燕飛，沒有可能的事終於變成事實。以前若慕容垂接受你的挑戰，他便是蠢蛋笨貨，但現在已成他唯一的機會，因關係到他慕容鮮卑族的生死存亡。你心中有甚麼想法，儘管說出來。」

燕飛道：「我要向慕容垂提出一個他沒法拒絕的要求，就是以他的安全撤走，換回千千和小詩。」

拓跋珪頹然道：「這是行不通的，你送他足夠的糧食後，他大可以翻臉不放人。在這種情況下，沒有協調的可能性，根本是行不通的。」

燕飛道：「先不談論是否行得通的問題，回答我你是否肯作出這樣的犧牲？」

拓跋珪苦澀的道：「你不明白我！」

燕飛平靜的道：「錯了！我比任何人更明白你。」

拓跋珪朝他望去，雙目射出憤慨的神色，搖頭道：「你的話我絕不同意。你明白我甚麼呢？或許你對我的了解的確遠超過其他人，但你有沒有想過人與人之間互相的瞭解有多大的極限？我們每一個人都是孤立的，都是被切斷的個體，當我在參合陂下達活埋降兵的一刻，你能明白我心中的感受嗎？那是你燕飛沒法明白的心情。在那一刻，我感到自己是絕對的孤立，可是我知道自己別無選擇，只有這樣才可以擊敗慕容垂，如果我不這樣做，改天被活埋土下的將是我的族人。我為的不是自己，而是我拓跋族，而一切苦果，都要由我獨力承擔。你知道我心中的惶恐和痛苦嗎？你曉得我害怕睡覺嗎？在無人的深夜裏，我會從噩夢中驚叫醒來，但一切只能默默忍受。我很想可以像你在邊荒集般以喝酒來麻醉自己，但我卻要苦苦克制，誰願為一個酗酒的醉鬼賣命？燕飛！你來告訴我，你明白我嗎？」燕飛乏言以對。

拓跋珪眼神轉柔，慘笑道：「我期待一生的機會終於來臨。坦白說，即使兵力對等，我若和慕容垂正面對撼，我仍是敗多勝少，這方面我有自知之明，只有在不對等的情況下，我方能打敗他。而這情況正出現眼前，你卻來逼我放過這千載一時的機會，你明白我心中的矛盾和痛苦嗎？」

燕飛頹然道：「我還可以說甚麼呢？」

拓跋珪仰天悲嘯，似要盡洩心中激憤的情緒，然後倏地回復冷靜，微笑道：「兄弟！我說這番話，不是要傷害你，只是希望你明白我的感受。哈！說出來後，反而舒服多了。讓我告訴你我心中的決定吧！只要能把千千主婢從慕容垂手上奪回來，我願意付出任何代價，作任何的犧牲，只有一個條件。」

燕飛本已絕望，聞言大感錯愕，道：「甚麼條件？」

拓跋珪欣然道：「在說出條件前，我想先說明爲何我肯答應你，道理很簡單，因爲這是你最後一個機會，錯過了便要抱憾終生，而我縱然放虎歸山，但將來卻未必一定會輸。」接著目注燕飛，微笑道：「畢竟我遠比慕容垂年輕，時間是站在我這一邊。」

燕飛心中暗嘆。拓跋珪怪自己不了解他，或許自己是沒法完全明白他，又或許人與人之間是永遠沒法完全的了解對方，正如拓跋珪也不會明白燕飛的心態。自曉得仙門之秘後，燕飛對生命已起了天翻地覆的變化，在這人間世他雖只是過客的身分，但他和紀千千的愛卻是永恆的，爲能與紀千千攜手共赴洞天福地，他可以付出任何代價，包括投身他最厭惡的戰爭，便如拓跋珪爲了拓跋族的興替存亡，作出任何的犧牲，這也是他們之間最根本的矛盾。如果有別的選擇，他絕不願拓跋珪因他而痛失苦待的良機。

拓跋珪續道：「我的條件是你必須公然挑戰慕容垂，在千軍萬馬前挫敗他，把他作爲北方第一人的招牌拆下來。」

燕飛明白過來，更感到拓跋珪這個條件是他可以接受的，且是兩全其美的辦法，當然此亦爲一場豪賭，賭的是燕飛能在有顧忌的情況下，漂漂亮亮的打敗慕容垂。點頭道：「便如你所言。」

拓跋珪道：「你有把握在不傷他性命下擊敗他嗎？」

燕飛道：「我會盡力而爲。」

拓跋珪沉聲道：「必要時傷他的性命，總比讓他擊敗你好。」

燕飛點頭道：「我明白！」

拓跋珪笑道：「我放心了！等你的荒人兄弟來後，慕容垂敗局已成，我們便向他下戰書，指明要他在兩軍對壘的情況下與你進行決鬥，如果贏的是他，我們立即獻上百輛載滿糧食的騾車，你從此不再過問紀千千的事，我則立即率軍撤返盛樂，在我有生之年，不踏進長城半步。」

燕飛心中一震，道：「小珪！」

拓跋珪道：「我們的提議，必須是慕容垂不能拒絕的。假設贏的是你，慕容垂須放紀千千主婢回來，而我們仍贈他百輛糧車，以免他有缺糧之虞。我和慕容垂須當眾立下誓約，教誰都不敢失信於天下。」

燕飛嘆了一口氣。拓跋珪皺眉道：「我說的，不正是你心中所想的嗎？爲何你仍像滿懷憂慮的樣子？」

燕飛苦笑道：「我在害怕。」

拓跋珪訝道：「害怕甚麼？」

燕飛凝望他的眼睛，道：「我怕你騙我！」

拓跋珪失聲道：「騙你？」

燕飛神色凝重地緩緩道：「當我擊敗慕容垂的一刻，將是燕軍最脆弱的一刻，如果你把握時機，揮軍進擊，大有可能擊潰燕人，我就是害怕你不肯錯過那個機會。」

拓跋珪回望他好半晌，點頭道：「你的確比別人明白我，我也不想瞞你，我確實曾起過這個念頭。

但你放心吧！我早放棄了這個想法，因爲我不想內疚終生，覺得對你不起，不是因你爲我做過的事，而是因爲你是我的好兄弟。如果我拓跋珪騙你，教我拓跋珪亡國滅族，不得好死。這樣夠了嗎？」

燕飛歉然道：「算我錯怪了你。」

拓跋珪移到燕飛身旁，伸手摟著他肩頭，遙指慕容垂的營地，吁出一口氣道：「兄弟！你未來的幸福就在那裏。自你娘去後，我一直千方百計想令你快樂起來，但總沒法成功。現在唯一的解藥就在眼前，我拓跋珪會這麼殘忍，一手破壞你的未來嗎？在此事上你可以絕對的信任我，而我們之間互相的信任，正是此戰成敗的關鍵。」

燕飛心中一陣感動，他清楚拓跋珪的爲人，雖然在很多事上不擇手段，但絕不會拿本族的存亡來發誓，這證明了他的誠意。

拓跋珪道：「你有想過一種情況嗎？」

燕飛道：「是否慕容垂不肯應戰，只以千千和小詩威脅我們荒人立即退兵呢？」

拓跋珪啞然笑道：「我想的是另一種情況，慕容垂該不會如此愚蠢，因爲在缺糧的情況下，傷害你的千千，慕容垂肯定只有一條死路可走。我想到的，是慕容垂願賭卻不肯服輸，不肯依諾把千千和小詩交出來。」

燕飛道：「那時我們將別無選擇，只好全力進攻，與慕容垂決戰沙場。」

拓跋珪沉吟片晌，苦笑道：「這恰是我最害怕的情況。慕容垂的兵力仍在我們之上，如果他蓄意激怒我們，引我們出擊，主動權將操控在他手上，吃大虧的會是我們。所以我們必須有心理準備，在任何情況下都要忍，直忍至慕容垂糧盡，我們便贏了。」

燕飛色變道：「如果他處決了千千和小詩又如何？」

拓跋珪苦笑道：「你想爲她們報仇，定要死忍，這是唯一擊敗慕容垂的方法，單打獨鬥他該非你的對手，可是在沙場上，卻從沒有人能奈何他。我們縱有拚死之心，但始終是血肉之軀，只逞勇力必敗無疑。」

燕飛頹然道：「明白了！」

拓跋珪微笑道：「小飛你千萬不要氣餒，戰場上千變萬化，機會不住呈現。憑你的蝶戀花，加上向雨田，只要能掌握敵人的某個破綻弱點，說不定能創出奇蹟。」

燕飛回復平靜，點頭道：「我是絕不會失去鬥志的。向雨田正在等我，我要走了。」

拓跋珪放開他，肅容道：「我會盡一切力量，爲你從慕容垂手上把美人奪回來。」

燕飛拍拍他肩膀，逕自去了。

劉裕船抵尋陽，舉城歡騰，民眾爭相出迎，在劉毅、何無忌、魏詠之、程蒼古、老手、高彥等簇擁下，進入太守府。於大堂坐下後，劉裕先問桑落洲之戰，劉毅立即眉飛色舞、繪影繪聲，詳細報上。劉裕只看何無忌等人的神色反應，便知劉毅誇大了自己的功勞，不過在這等時刻，哪來閒情與他計較。劉裕聽畢先誇獎眾人，然後問起桓玄的現況。眾人目光都落在高彥身上，顯然這個邊荒集的首席風媒，即使遠離邊荒，仍是消息最靈通的人。

高彥欣然道：「桓玄令我想起死而不僵的百足之蟲，他在荊州的底子確實非常深厚，就在返回江陵的二十多天，集結了二萬兵力，戰船一百餘艘，武備完整，表面看來確實陣容鼎盛，但我們都曉得他是外強中乾，不堪一擊。」

劉裕微笑道：「百足之蟲，死而不僵，正是桓玄最精確的寫照，我們絕不能掉以輕心，必須和他鬥智鬥力，否則縱能勝他，亦要傷亡慘重，不利將來。」又笑問道：「爲何不見小白雁呢？」

高彥若無其事輕鬆的道：「我的小雁兒雖已爲人婦，可是仍是那麼害羞，怕見大人。」他的話登時引起哄堂大笑。

程蒼古瞇著眼陰陽怪氣的道：「小白雁何時嫁了你呢？我好像沒喝過你們的喜酒。」

高彥沒有絲毫愧色的昂然道：「遲些補請喜酒，保證不會少收你賭仙的一份賀禮。」

劉裕心中湧起溫暖的感覺，遙想當年在邊荒集高彥初遇小白雁立即暈其大浪、神魂顛倒的傻模樣，似才在昨夜發生，當時自己還嚴詞警告他，勸他勿引火上身，那時怎想得到，竟然會是一段天賜良緣的開始。世事之難以逆料，莫過於此。

何無忌道：「告訴大人，保證大人你也不會相信，前天桓玄竟派人來遊說我們，說如果我們肯撤離尋陽，解散軍隊，可給我們一個改過自新的機會。我的娘！桓玄是否正在作夢呢？」

魏詠之嗤之以鼻道：「他正是癡人說夢。」

劉裕皺眉道：「這顯示桓玄仍是信心十足，他爲何這麼有信心呢？」

劉毅道：「說到底仍是高門和寒門對立的心結作祟。荊州一帶城池的將領，全是出身高門大族，更累世受桓家的恩惠庇蔭，對大人自是抱懷疑的態度，故而桓玄方能在這麼短的時間內重整兵力，集結大軍。現時巴陵的兩湖軍已移師尋陽，毛修之則守著白帝城，不敢妄動，令桓玄可全力對付我們。以桓玄的狂妄自大，加上順流之利，大有可能於我們北上途中，順水反撲，我們仍不是佔盡上風。」

儘管劉裕對劉毅心存芥蒂，但亦不得不承認劉毅這番話有見地，並想到如果他眞的成了自己的敵人，絕不容易應付。點頭道：「宗兄所言甚是。所以若要擊垮桓玄，不可只憑勇力，必須先分化桓玄的支持者，否則縱能斬殺桓玄，仍是後患無窮。」接著又道：「各位有甚麼好提議？」

眾人均面露難色，正如劉毅所言，高門和寒門的心結並非朝夕間發生的事，兩者間沒有信任的基礎，高門將領支持桓玄，不是對桓玄有好感，而是希望保著特權和利益。

劉裕胸有成竹的道：「桓玄和荊州將領的關係，乍看似是牢不可破，事實上則非常脆弱，只要我們能讓他們曉得利益不會受損，當可達到分化他們的目標。」

程蒼古皺眉道：「問題在他們根本不信任我們，更不要說在他們心裏根本看不起寒門。」

劉裕道：「我們可以用誠意打動他們。」

劉毅道：「如何令他們感覺到我們的誠意？」

劉裕問道：「我們可以從支持桓玄的人中，找出一個聲譽高且有影響力的人來，作點的突破。便如我在建康重用王謐，立即安定了建康高門的心，現在則是重施故技，但保證有神效。」

眾人無不精神大振。除程蒼古和高彥外，人人清楚王謐效應的威力。何無忌的腦筋靈活起來，道：「這樣的一個人，非桓玄的大將胡藩莫屬，此人忠良正直，在荊州聲譽極高，但一向不爲桓玄所喜，雖然如此，要說動他卻不容易。」

劉裕道：「若讓他曉得桓玄毒殺親兄又如何呢？」

程蒼古拍腿道：「此正爲削減荊州軍民對桓玄支持的絕計，可是大人有眞憑實據嗎？」

劉裕信心十足的道：「人證物證，早給桓玄毀滅。不過我已掌握桓玄弒兄的確切情況，而胡藩該是清楚當年桓沖忽然病死的情況的人，只要以當年的事實印證我的話，他當會作出正確的判斷。此人現在哪裏？」

魏詠之答道：「胡藩是參加桑落洲之戰的荊州將領之一，他的船被我們以火箭燒掉後，一身鎧甲仍能在水中潛行十多丈爬岸逃生，但因所有通往江陵的水陸交通，全被我軍封鎖切斷，他只好逃往附近的鄉鎮去。」

何無忌笑道：「算這小子走運，因我們正準備去抓他。」只聽魏詠之等對胡藩逃走的情況和去向瞭若指掌，便知道他們控制一切，掌握主動。

劉裕道：「我會親自去見他，以表示我對他的誠意。」眾人無不稱善。

程蒼古道：「假如桓玄弒兄的醜事透過胡藩之口廣為傳播，桓玄會有怎樣的反應呢？」

劉裕微笑道：「當然逼得他更急於求勝，以免夜長夢多，軍心更趨不穩。去見胡藩事不宜遲，我要立即動身。」

魏詠之請纓道：「由我領路。」

劉裕沉聲道：「胡藩最能影響的主要是荊州的高門將領，但民間我們亦要做工夫，須在短時間內把桓玄弒兄之事廣為傳播。」

高彥拍胸道：「這個包在我身上，三數天內，桓玄弒兄會成為江陵城內街談巷議的事。」

劉裕道：「高彥你同時放出消息，任何人能斬下桓玄的頭顱，提來見我，均會獲賜黃金百兩。」又沉聲道：「我不是認為取桓玄的首級可由別人代勞，我的目的是要桓玄在風聲鶴唳下步步驚心，飽嘗眾叛親離之苦，逼他不得不孤注一擲，與我決戰於大江之上。」眾人轟然應喏。

劉裕微笑道：「一切依計而行，希望我回來時，桓玄的船隊已離開江陵。」說罷隨即起身，眾人慌忙隨之站起來。

高彥神色古怪的道：「我有幾句話想私下和劉爺說。」

劉裕欣然道：「我們邊走邊談如何？」

太行西原。邊荒大軍在日落前停止前進，在一道小河兩岸紮營，生火造飯。離日出原只有兩天的行程，沒有人敢懈怠下來，由姚猛和小軻指揮的探子隊，偵騎四出，並於高地放哨。王鎮惡、龐義、慕容戰、拓跋儀、屠奉三、紅子春、卓狂生和姬別七個荒人領袖，來到北面一處高地，眺望遠近形勢，趁尚有落日的餘暉，觀察明天的行軍路線。自昨天開始，他們改晝伏夜行爲白晝行軍，以防慕容垂派人借夜色的掩護伏擊施襲，對用兵如神的慕容垂，膽大包天的荒人亦不敢掉以輕心，因早領教過他的手段。

紅子春仰首望天，道：「看天色，未來數天的天氣該不會差到哪裏去。」

太行山在右方縱貫千里，雄偉峻峭，險峰屹立，危岸羅列，幽岩疊翠，巉絕石怪，山花爛漫，嘆爲觀止。姬別道：「慕容垂似是全無動靜，究竟是吉兆還是凶兆呢？」

龐義擔心的道：「燕飛和向雨田早該回來了，可是直到現在仍未見兩個小子的蹤影，令人難以放心。」

屠奉三微笑道：「沒有人須爲他們擔心，他們不立即趕回來與我們會合，該是看準慕容垂沒有異動，如果我所料無誤，拓跋族已成功牽制著慕容垂。拓跋當家，我的猜測有道理嗎？」

拓跋儀同意道：「敝主該已在月丘立穩陣腳，以敝主一向的作風，必有能抵擋慕容垂全面攻擊的完整計畫，不會被慕容垂輕易攻破。」

卓狂生欣然道：「此戰我們已佔盡上風，穩握主動，當我們抵達日出原的一刻，慕容垂該知大勢已去，因為我們兵精糧足，慕容垂則失之後援不繼，糧線過遠，相持下吃虧的肯定是敵人。」

慕容戰憂心忡忡的道：「換了對手不是慕容垂，我會同意館主的看法。慕容垂是禁得起風浪和考驗的人，何況他兵力仍在我們一倍之上，更令人憂慮的是千千和小詩在他的手上，如果他拿她們的性命作要脅，我們將陷於進退兩難的處境。」

王鎮惡苦笑道：「他不用拿千千小姐和小詩姑娘的性命威脅我們，只要帶著她們撤返中山，我們該怎麼辦？追擊嗎？明知那是死亡陷阱，卻又不得不投進去。」

龐義色變道：「怎麼辦好呢？以前沒聽過你提及這個可能性，現在才說。」

拓跋儀道：「老龐不要怪鎮惡，事實上人人心中有數，只是沒有說出來，而我們只能走一步算一步。」

王鎮惡道：「戰場上瞬息萬變，很多事要臨場方可作出決定。到日出原後，形勢將清楚分明，到時再想辦法。」

卓狂生道：「龐老闆你不用擔心，我總感到小飛和老向兩個小子眉來眼去，似有他們的辦法，不過因事尚未成，故不說出來吧！對燕飛我們要有信心，他既能屢創奇蹟，這回諒不會例外。」

慕容戰點頭道：「對！燕飛不是說過會營造出一個令慕容垂屈服的形勢嗎？他們之所以尚未回來與我們會合，可能正朝這方向努力。」

姬別嘆道：「這是最樂觀的看法。坦白說，愈接近日出原，我愈害怕，慕容垂可不是容易應付的。」

王鎮惡沉聲道：「慕容垂是我爺爺最忌憚的人，曾多次向苻堅進言要除去他，只是連苻堅也沒有那個膽量，更怕因而令帝國四分五裂。」

卓狂生道：「不要再說令人喪氣的話，慕容垂又如何？我們能行軍直抵此處，足證明慕容垂也有破綻和弱點。」

屠奉三一震道：「哈！看是誰來了。」

眾人依他的指示看去，在夕照的最後一抹輝芒裏，兩道人影出現地平遠處，如飛而來。龐義大喜道：「是小飛和老向。」

姬別渴望的道：「希望他們帶來的是好消息，我現在很脆弱，受不起任何打擊。」

燕、向兩人轉眼間來到里許外的山丘上，還向他們揮手打招呼。卓狂生笑道：「看他們龍精虎猛的模樣，便知他們勝券在握，不會令我們失望。哈！我的天書該有個圓滿的結局。」接著一拍背囊道：「否則我就把天書燒掉，因爲再沒法寫下去。」

兩人迅速接近，最後奔上丘坡。龐義按捺不住，大喝道：「是好消息還是壞消息？」

向雨田長笑道：「當然是好消息，我們立即舉行沒有鐘樓的鐘樓會議，讓我們作出可令人人興奮的布告。」說到最後一句話，兩人已抵眾人身前。眾人齊聲歡呼怪叫，一洗沉重的氣氛。

劉裕和高彥並肩舉步踏出大門，走下台階，劉裕見他仍是欲言又止，似是難以啓齒，訝道：「有甚麼事，這麼難說出口嗎？」

高彥向他使個眼色。劉裕會意過來，要左右退往遠處，道：「放心說吧！」

高彥湊到他耳旁道：「小白雁要我向你老哥求情，希望能放胡叫天一馬。」

劉裕想了想，方記起胡叫天是聶天還派在大江幫的奸細，同時省覺自己的確不大把江海流的仇恨放在心上，心中不由有點歉疚。道：「你高小子既爲他說話，我當然會把此事包攬在身上，不再追究，請清雅安心。」

高彥想不到劉裕這麼容易說話，爲之大喜，又懷疑的道：「大小姐該不會有問題吧？」

劉裕記起江文清送別時的神態模樣，欣然道：「大小姐怎會有問題？她現在不但沒有閒情去理江湖的事，對任何事都沒有過問的興趣，只要我們能幹掉桓玄便成。何況是你高小子親口爲胡叫天求情，她那方面你不用擔心。」

高彥大感臉上有光采，道：「你眞夠朋友，劉裕仍是以前的劉裕。」

劉裕笑道：「你當我是甚麼人，少說廢話，你是否準備留在兩湖呢？」

高彥雙目射出憧憬的神色，悠然神往的道：「宰掉桓玄後，我會和小白雁到邊荒集去，聽千千在鐘樓之巔彈琴唱曲，然後會在邊荒集過一段寫意的日子，之後要看小白雁的心意，她喜歡回兩湖嘛！我陪她回來，只要她高興便成。」

劉裕笑道：「人說出嫁隨夫，你卻是娶妻隨妻，你這小子眞幸福。」

高彥有感而發道：「當年因我你們才有機會去見千千，豈知卻便宜了燕飛那小子，我眞是忌妒得要命，哪想得到幸運轉眼降臨到小弟身上。我之所以和雅兒有今天，自身當然有努力，但若不是諸位大哥幫忙，肯定不會有眼前的局面，我心中很清楚。」

劉裕心中感慨，高彥比起自己，單純多了，在遇上小白雁前，努力賺錢，努力花錢，猶記得自己正爲淝水之戰忘情投入的時刻，這小子還邀自己到建康去花天酒地，現在則有雁萬事足。可憐自己宰掉桓玄後，還要返回建康去，面對永無休止的明爭暗鬥。誰是聰明人？清楚分明。道：「想不想當官呢？我可以派你當老程的副手。」

高彥嚇了一跳，道：「萬萬不可，否則雅兒會揍扁我。」

劉裕嘆道：「你的雅兒肯定是聰明人，爲官實在不易。」

此時魏詠之親自牽馬至，笑道：「你們談完了嗎？」

劉裕拍拍高彥肩頭，道：「好好的享受老天爺的賞賜，現在你不用忌妒人了，但羨慕你的人肯定不會是少數，包括我在內。」

高彥欣然道：「快去快回，宰掉桓玄後，雅兒將再沒有心事。」

劉裕從魏詠之手上接過韁繩，踏鐙上馬。魏詠之和十多個親隨，紛紛翻上馬背，隨劉裕走出大開的外院門，旋風般去了。

經過兩天晝夜不息的努力，燕人植木爲垣、周圍掘壕塹，建成所謂「塹柵」的營寨。營帳夾河設置，以四道浮橋連接桑乾河兩岸，周圍砍木立柵，成爲能抵禦矢石的防禦工事，高低不齊的木柵頂部，便是現成的女牆，供箭手藏身其後發箭，柵後還挖掘壕溝，即使木柵被破，敵人仍難越溝而來。塹柵完成後，燕人方歇下來好好休息，以應付將臨的戰事。外圍防禦與最接近的營帳相距千步，是要防止敵方重施故技，以能飛遠的神火飛鴉襲營。位於桑乾河南岸的營地比對岸營地長上三、四倍，橫亙日出原，達四里遠，假如燕人從營東撤走，營寨將成有效的障礙，阻擋敵方追兵。緊貼塹柵有三十多座高達五丈的哨台，戰士在其上可監察遠近形勢，一覽無遺，作戰時又可作箭樓之用，居高臨下射殺來犯的敵人。

橫貫草原南北的營寨，充分地顯示出燕人不愧北方無敵的雄師，擁有驚人的戰備效率，絲毫不因被敵方燒掉大部分糧食而有半點驚惶失措。憑其優勢兵力，加上有防禦力的營寨、將士對慕容垂的崇拜和信念，燕人幾可說立於不敗之地，唯一的問題在糧食方面，當糧盡之時，任燕人三頭六臂，亦抵不住飢餓的侵蝕，最後也要任人宰割。勝敗的關鍵，就看在那可怕的情況出現前，慕容垂能否率領燕人，大破拓跋族和荒人的聯軍。情況微妙異常。紀千千主婢被安置在柵內之柵的營帳裏，由風娘率高手看管監護。木柵圍起方圓五百步的地方，位處南岸營地離河二千步處，若遇上危機，可迅速把她們主婢遷往北岸，確實用了一番心思。

這晚天氣極佳，夜空星羅棋布，氣候溫和。紀千千和小詩坐在帳外地蓆處，視野被局限在柵欄內，只有仰首觀天，方感受到失去已久的自由。紀千千向神情木然的小詩道：「詩詩！不用害怕呵！」

小詩悽然道：「小姐！」

紀千千低聲道：「詩詩該開心才對！最後的時刻終於來臨，我們脫身在望。」

小詩垂首道：「小姐沒察覺到燕人對我們的態度有很大的改變嗎？大娘也沒那麼和顏悅色了。小詩有甚麼事並不打緊，最怕他們對小姐不利。」

紀千千想起燕人近日仇視的目光，心中也很不舒服。道：「燕飛燒了他們的糧食嘛！他們的怨恨無處發洩，只好拿我們作出氣的對象。不過詩詩不用擔心，慕容垂絕不敢對我們怎樣，因爲我們已成他的護身寶符。」

小詩愕然，大訝道：「小姐一直和我在一起，怎會曉得山寨的火是燕公子放的呢？」

紀千千微笑道：「詩詩想知道答案嗎？」小詩肯定地點頭。

紀千千輕輕道：「還記得我說過能和燕飛作遠距離的心靈傳訊嗎？當時詩詩還怕我變瘋了，擔心得要命。現在我再重申一次，這教詩詩難以相信的情況，確實存在著，所以我們並不是孤立的。這次慕容垂的奇兵之計之所以觸礁，正因我向燕飛送出消息。現在慕容垂陷入快要缺糧的絕境，而我們的荒人兄弟離開這裡只有兩天的馬程，當他們抵達後，慕容垂敗勢已成，而唯一可解決問題的方法落在我們身上，在別無選擇下，慕容垂也只有放人換糧，所以我說詩詩你不但不用憂心，還該高興才對。」

小詩聽得目瞪口呆。紀千千笑道：「仍不敢相信嗎？」

此時風娘來了，直抵兩人身前，容顏灰黯的在對面坐下，嘆了一口氣。自火燒山寨後，風娘尙是首次主動和她們近距離接觸。兩人呆瞪著她。

風娘看看紀千千，又看看小詩，神情苦澀的道：「我剛從皇上那裏回來。」

紀千千正心忖不是慕容垂又要自己去見他吧！風娘續道：「你們心裏在怪老身嗎？」

紀千千搖首道：「我們怎會怪大娘呢？事實上千千很感激大娘的維護，更明白大娘的爲難處。」

風娘露出一個心力交瘁的表情，道：「沒有人能料到事情會發展到如今的情況，老天爺眞愛作弄人。」

紀千千和小詩交換個眼神，試探地問道：「現今是怎樣的情況呢？」

風娘微一錯愕，似在考慮可透露多少給她們主婢知曉，沉吟片刻，滿懷感觸的道：「皇上終於遇上旗鼓相當的對手，敵人高明得教他難以相信，著著領先。現在我只希望此事能和平解決。皇上雖然堅拒我的提議，認爲仍大有勝算，但老身卻不是這麼想，以對方顯示出來的能力和才智，皇上最終也要認命。希望千千小姐和小詩可早日回家吧！」

她雖是語焉不詳，但深悉內情的紀千千，已猜到風娘剛才是力圖說服慕容垂，請他交出她們倆，以換取安然撤返中山。只是慕容垂仍不肯答應，故風娘氣憤難平，忍不住向她們吐苦水，同時安慰她們。風娘對她們的愛惜，確實發自眞心。在這舉目無親的地方，風娘是她們尙覺溫暖的唯一源頭。

紀千千感動的道：「風娘！」

風娘露出警覺的神色，低聲的道：「我說的話，千千小姐和小詩心裏知道便成，不要讓其他人知道。晚了！早點休息吧！」

紀千千返回帳裏，小詩放下門帳後，移到她身旁耳語道：「眞的嗎？」

紀千千愛憐的摟著她肩頭道：「小姐何時騙過你呢？慕容垂之所以著著落在下風，正因爲有小姐我這個神奇探子，暗中向燕飛通風報訊，慕容垂便像詩詩般，作夢也想不到世間竟有此異事。」

小詩雀躍道：「我到現在仍感難以相信，但我知道小姐是不會騙我的。」

紀千千柔聲道：「還記得江大小姐以邊荒公子的名義，送了幾車女兒家的用品來嗎？」

小詩悠然神往的道：「怎會忘記呢？到邊荒集的第一夜，眞的是非常刺激，當時我怕得要命，但現在回想起來，卻教人懷念。」

紀千千欣然道：「記得龐老闆說過甚麼話嗎？」

小詩忘形的嬌笑道：「當然記得，他大叫甚麼兄弟們上，看看究竟是一車車的刺客，還是一車車的禮物。哈！說得眞有趣。」

紀千千大有深意的笑道：「詩詩記得很清楚。」

小詩立即霞燒玉頰，一時無言以應。紀千千最擔心的是小詩，能開解她，令她對將來生出希望，紀千千亦因此心情大佳。自離開邊荒集後，她還是首次有心花怒放的動人感覺，因爲未來再不是漆黑一片。

慕容垂策馬沿塹柵緩馳，巡視南岸的營地，這是他的一貫作風，不論對手是誰，從不輕敵大意。追隨他身後的將領親隨，見他沒有說話，都不敢作聲，默默跟著。慕容垂表面看神色冷靜，事實上他內心的思潮正翻騰不休。直至目睹數十座糧倉陷進火海的一刻，他仍有勝利在手的把握。不論是拓跋珪進軍日出原，甚至龍城兵團被破，皆未能動搖他必勝的信心。因爲他清楚自己的實力，也清楚對手的實力。可是當糧倉化爲黑煙灰燼，他像首次從不敗的美夢中驚醒過來，面對殘酷無情的現實，認識到自己也有被擊倒的可能性，並首次對強擄紀千千生出悔意。他本以爲可以憑自己的過人魅力、誠意，讓她目擊他東伐西討的威風，改變紀千千，令她把對燕飛的愛轉移到他身上去。可是他失敗了，且是徹底的失敗。假如他任由紀千千留在邊荒集，現今該不會陷於進退兩難的局面。天下間亦只有憑燕飛的身手，加上荒人凌厲的火器，方能於軍營最森嚴的戒備下，造成如此致命性的破壞。

他曾考慮過風娘的建議，以紀千千去換取糧食和安全撤返中山，但隨之而來的後果卻是他難以承擔的。在此消彼長下，拓跋珪會乘氣勢如虹的時機，輕易奪取平城和雁門以南的馬邑、陽曲、晉陽、離石、潞川、長子甚至洛陽諸城，而無功而返的己方大軍，在元氣未復下，又被太行山阻隔，只能坐看拓跋珪不住壯大，直至無人可壓制他。慕容垂很清楚拓跋珪的本領，縱然在兵微將寡的時候，仍能威脅他大燕國的存亡，而大燕國除他本人外，再沒有人能是他的對手。慕容垂目光投往月丘的敵陣，這兩天拓跋珪並沒有閒下來，不住加強陣地的防禦力，增加他攻破月丘的難度。他想過繞道進攻平城或雁門，可惜建造攻城工具需時，糧食的短絀也不容他這般做，唯一扭轉局面的方法，仍繫於紀千千主婢身上，他再沒有別的選擇。慕容垂為這個想法感到痛苦、無奈和歉疚。不過若是過去可重演一次，他仍是會帶走紀千千。

卓狂生來到倚樹獨坐的向雨田身旁，蹲下道：「還有一天半的行程，後天正午前，我們將會抵達日出原。」

向雨田「嗯」的應了一聲，不置可否。卓狂生微笑道：「你該是喜歡獨處的人，所以遠離營地到這裏來休息，更捨營帳而幕天席地。」

向雨田仰望星空，淡淡道：「你說得對！我習慣了獨來獨往的生活。坦白說，我不但不愛群居，還不喜歡和人說話，因為很少人能令我感到有趣，他們說話的內容大多是不著邊際、沒有意義的。至於我為何到這裏來？倒與是不是愛住帳幕無關，而是我要守在最前線，以比任何人更快一步察覺到危險。」

卓狂生啞然笑道：「你老哥是否在下逐客令呢？」

向雨田道：「若我要逐客，才不會長篇大論的說出來。不過如果你是想聽我說自己的故事，大可省回時間，不用白費心機。」

卓狂生搖頭道：「我不是想知道你的任何秘密，而是要向你表達心中的感激。」

向雨田訝道：「為何要感激我？」

卓狂生欣喜的道：「因爲你沒有下手宰掉高小子，以實際的行動，來表明你是我無可懷疑的忠實擁護者，難得你是如此超卓高明的人物，令我大感榮幸，人生難求一知己，我不感激你該感激誰呢？」向雨田苦笑以對。

卓狂生道：「眞不明白你這樣一個人，竟忽然會變成小飛的朋友。」

向雨田頭痛的道：「又來了！」

卓狂生舉手道：「不要誤會，只是隨口的一句話，你可以選擇不回答。」又問道：「你是不是常有危機四伏的警覺呢？」

向雨田想也不想的聳肩道：「這是個態度的問題，就看你如何去看待生命。人自出生後，事實上無時無刻不受到死亡的威脅，生命本身同時包含了脆弱和堅強的特質，一般人會選擇忘掉死亡，我的選擇卻是面對它，且因此而更能體會活著的意義。你老哥還有別的問題嗎？」卓狂生識趣的去了。

桓玄一身鎧甲軍服，在十多個親衛高手簇擁下，直奔外院，桓偉攔著他去路，道：「皇上千萬三思，現今是宜守不宜攻。」

桓玄止步皺眉道：「不要攔著朕，朕已仔細考慮過利害，此實爲扭轉局勢的最佳時機。」

桓偉嘆道：「現在我們剛立穩陣腳，但士氣未復，絕不宜輕舉妄動。」

桓玄不悅道：「勿要危言聳聽。桑落洲之戰，我軍雖敗，但敵人亦有傷亡，如能乘此機會，以雷霆萬鈞之勢、順流之利，攻其措手不及，一舉破敵，將可令整個形勢逆轉過來，再駐軍湓口，阻敵人西上，然後從容掉頭對付毛修之，收復巴陵，那時天下仍是我們桓家的天下。勿要多言，你給朕好好看緊江陵。」

桓偉苦惱的道：「我們對敵人現今的情況只是一知半解，而江陵城內卻滿布敵人的奸細，貿然出兵，後果難測。」

桓玄怒道：「抓奸細是你的責任，還要來說朕？」

桓偉退往一旁，垂首無語。桓玄冷哼一聲，逕自出門去了。

劉裕剛從船上下來，何無忌、劉毅、程蒼古和高彥等一擁而上，人人神色興奮。跟在劉裕身後的魏詠之道：「發生了甚麼事？」

高彥搶著道：「小劉爺金口一開，果然天從人願，個許時辰前，收到江陵來的飛鴿傳書，桓玄已於黃昏時，分水陸兩路傾巢而來，意圖偷襲尋陽，請小劉爺定奪。」

劉裕全身一震，雙目爆起前所未見的異芒，緩緩道：「眞想不到，桓玄竟會這麼便宜我。」

劉毅道：「從水路來的荊州軍戰船共一百三十五艘，戰士達一萬二千人，由桓玄親自指揮，陸路來的有五千人，領軍者是其部將劉統和馮稚兩人。」又道：「只要我們作好準備的工夫，據城堅守，可重挫桓玄，令他無功而回。」

劉裕像沒有聽到劉毅說話般，沉著的道：「我們有多少人？」

何無忌答道：「我們現今可用的戰船共八十二艘，戰士一萬一千人，可以隨時起程。」

劉毅愕然道：「大江上無險可守，且對方戰船比我們多，佔有順流之利，我們如與他在大江上決戰，於我們不利。」

劉裕淡淡道：「在崢嶸洲伏擊他又如何呢？」

劉毅無辭以對。崢嶸洲位於尋陽上游半天船程的位置，像桑落洲般是位於江心的小島，可供他們把戰船隱藏起來。

劉裕斷然道：「桓玄若晝夜不息地趕來，也要近兩天的時間方可以抵達崢嶸洲，有足夠的時間讓我們在島上設置投石機和火弩箭。事不宜遲，我們須在一個時辰內起航。」

魏詠之道：「陸路來的荊州軍又如何應付？」

劉裕道：「何須應付？只要我們能擊垮桓玄，其他人還成甚麼氣候？」又向高彥道：「你教藏身江陵城的兄弟，收到我們在崢嶸洲的捷報後，立即廣爲傳播，務要令江陵人心惶惶，失去反抗之心，明白嗎？」高彥大聲答應。

劉裕深吸一口氣，徐徐道：「桓玄的末日終於到了。」

第九章◆邊荒傳說

第九章　邊荒傳說

「燕郎！燕郎！」燕飛閉上眼睛，進入元神的精神層次，回應道：「我離千千愈來愈接近了，如計畫不變，後天可抵日出原。」

紀千千喜孜孜的道：「燕郎燒掉慕容垂的軍糧，開始見成效了！風娘剛才告訴我，她曾勸慕容垂以我們來交換糧食和安全撤退，只是慕容垂仍不肯服輸，但風娘預估他遲早要屈服。」

燕飛道：「千千要有心理準備，風娘的猜測只是她主觀的願望，像慕容垂這種人，只要有一線機會，絕不會罷手放棄。」

紀千千不解道：「糧盡之時，慕容垂如何撐下去呢？」

燕飛道：「所以我說千千心裏須有個準備，現今慕容垂手上唯一的籌碼，就是千千和詩詩，他會設法營造一種形勢，令我們荒人不得不捨命來救，讓他可盡殲我們。」

紀千千大吃一驚，幾乎心神失守，中斷心靈的連結，道：「那怎麼辦好呢？肯定會嚇壞詩詩。」

燕飛暗嘆一口氣，道：「你必須鼓勵詩詩，教她堅強起來，千萬不要氣餒，苦難轉眼過去，詩詩必須爲未來的好日子提起勇氣。」

紀千千道：「慕容垂只能以我們來威脅你們，對拓跋珪該沒有任何作用。你們可否等慕容垂糧盡的一刻方到日出原來，那便不愁他不屈服了。」

燕飛苦笑道：「難在我們沒法知道慕容垂何時糧盡，若讓慕容垂知道我們用的是緩兵之計，絕不會坐以待斃，而會不顧一切的撤退，那時我們只有狂追的分兒，恰正落入慕容垂的陷阱去。」

紀千千沮喪的道：「千千高興得太早了。」

燕飛道：「千千放心，當適當的時機來臨，我會公開挑戰慕容垂，開出他無法拒絕的條件。相信我，我定可把你們救出來，很快我們又可以在一起了。」

紀千千道：「千千信任你，燕郎珍重。」

聯繫中止。燕飛睜開虎目，映入眼簾是拓跋儀的臉孔，他正呆瞪著自己。

燕飛問道：「甚麼事？」

拓跋儀道：「崔宏和他的人到了。」依照原定的計畫，崔宏和他手下五千拓跋族戰士，負責把載滿糧食的騾車護送到平城去。現在形勢有異，計畫隨之改變，大夥兒會合後，共赴日出原，以應付燕人或許會趁他們長途跋涉、人疲馬倦、陣腳未穩的時刻來襲。

燕飛聞言起身，道：「我們須立即舉行到日出原前最後一場會議。」

拓跋儀明白過來，曉得燕飛定是從紀千千處得到最新的情報。

八十二艘戰船，披星戴月的在遼闊的大江航行，逆流西上。劉裕卓立在「奇兵號」的指揮台上，迎著河風，衣袂拂揚，確有君臨天下的威勢。左右伴著他的是魏詠之和老手，兩人見他神馳意飛的模樣，都不敢說話擾他。這一刻劉裕心情的暢美，是沒法形容的。桓玄這次自尋死路，事實上是有跡可尋，雖然他從未見過這個平生最痛恨的大敵，但對他的了解，卻或許超越桓玄對自己的了解。

像桓玄這種高門子弟，目中無人，狂妄自大，他要得到的東西，會千方百計，不擇手段的去奪到手上。在荊州，他是要風得風，要雨得雨，而當他想得到某人或某物，會一意孤行，從來不理後果，淡眞便是在這樣的情況下成了犧牲品。當桓玄成爲南方最有權勢的人，再沒有人，包括他自己在內，可遏制他篡朝奪位的野心。事實上他並沒有顧及後果。在魔門精密的部署和周詳的計畫下，桓玄輕易除去聶天還和郝長亨兩大勁敵，還以風捲殘雲的姿態，不費吹灰之力的攻克建康，斬殺司馬道子父子，聲威之盛，一時無兩。如果他能於此關鍵時刻，沉著氣和魔門繼續合作，依照原定的計畫，憑其尊貴的出身，推行正確的策略，確大有機會成爲新朝的天子。可是桓玄的劣根性很快顯露出來，以爲一切功勞全歸自己，建康只是另一個江陵，令他完全失控。內則視建康高門如無物，把司馬德宗當作奴才，再不肯聽魔門的逆耳之言，還把魔門的人排斥於權力中心之外；外則不把他劉裕放在眼裏。

當魔門驟然撒手再不管桓玄的事，如果桓玄能認清楚形勢，集中全力對付他劉裕，即使失利，亦不致敗得這麼快這麼慘。可是桓玄的性格和出身害了他，使桓玄打從心底看不起他劉裕，而桓玄本身是絕對禁不起挫折和打擊的人。忽然間，桓玄醒覺建康並非江陵，在建康他只是個不受歡迎的佔領者，沒有人眞心的支持他，這個想法令他生出懼意，棄建康逃返老家江陵。可是重返江陵後，荊州諸將均向他表態效忠，他的錯覺又回來了，以爲一切依舊，荊州軍仍是桓溫時期的無敵雄師，而他更急於雪恥，重振威風，就是在這樣沒有自知之明的心態下，妄然發動孤注一擲的反擊。劉裕比任何時刻更清楚知道，桓玄的小命正緊握在他手上。淡眞呵！爲你洗雪恥恨的時刻眞的來臨了。

「咯！咯！咯！」尹清雅的嬌聲，在艙房內響起道：「是不是高彥那個小子？又有甚麼事了！」

高彥推門而入，向坐在艙窗旁的尹清雅嘻皮笑臉道：「老夫老妻，還有甚麼事比爲你解悶兒更重要。哈！我見你的艙房燈光火著，當然要過來看看。」

看著高彥掩上房門，來到身旁坐下，尹清雅沒好氣道：「誰和你是老夫老妻？你最好檢點些，不要以爲立了些小功小勞，我會格外寬容你。噢！放手！」

高彥收回剛捏了她臉蛋不規矩的怪手，心滿意足的嘆道：「終於到了收拾桓玄這個奸賊的時候，雅兒開心嗎？」

尹清雅雀躍道：「人家正是因太興奮，所以睡不著。我們眞的可以打敗他嗎？」

高彥道：「你可以放十萬個心。桓玄比起我們的小劉爺，實在差遠了。老劉這小子眞的不賴，場場硬仗，卻是每戰必勝。桓玄這蠢傢伙打過甚麼大仗？兩人根本不能相比。」

尹清雅半信半疑的道：「希望這次不會是例外。」

高彥神舒意暢的閉目道：「雅兒只須看我的神情，便知我這個最害怕上戰場的人也毫不害怕，尤其我們現在乘的是『奇兵號』，有南方第一操舟高手老手把舵，縱然在戰火漫天的大江之上，仍可倒頭大睡，高枕無憂。上戰場哪有如此這般寫意的？而事實偏偏是這樣。」

尹清雅兩眼上翻，道：「眞誇張！」

高彥睜眼朝她瞧去，道：「我們生多少個孩子好呢？」

尹清雅左右臉蛋立即各升起一朵紅雲，大嗔道：「誰和你生孩子？」

高彥大樂道：「雅兒猜會是誰呢？來！讓我哄雅兒入睡，醒來時，該身在崢嶸洲了！」

燕飛偕向雨田，來到遠離營地北面的一個小山崗上，苦惱的道：「看來慕容垂是不肯罷休的了。」接著把與紀千千的最新對話詳細道出。

向雨田皺眉苦思片刻，道：「你的心是否很亂？」燕飛點頭應是。

向雨田道：「這正爲慕容垂最厲害的手段，可利用紀千千主婢，擾亂你們的心神，令你們喪失理智，作出錯誤的判斷、錯誤的行動。換成是拓跋珪，保證慕容垂難以得逞。」

燕飛道：「你說出了我們最大的弱點和破綻，不過即使曉得如此，但關心則亂，所以我找了你這個最清醒的人到這裏來想辦法。」

向雨田道：「你肯定找對了人，我是旁觀者清，慕容垂既拒絕了風娘和平解決死結的提議，顯示他心有定計。可預見他只有在無計可施的情況下，方肯接受你的挑戰，而現在明顯他仍未陷入這個田地。」

燕飛頹然道：「我最害怕的情況，是甫抵日出原，慕容垂趁我們人疲馬乏之際，公然表示要在某時某刻處決千千和小詩，那時我們該怎麼辦呢？」

向雨田斷然道：「慕容垂只是虛張聲勢，他肯定不敢下手。」

燕飛搖頭道：「你太小覷慕容垂了！像他這種人，作出了於他最有利的選擇後，是絕不會改弦易轍，教人恥笑。試想如下的一種情況，如他在陣地外架起高台，堆滿淋上火油的柴枝，然後把千千和小詩縛在高台的木樁上去，再點火焚燒，我們還有別的選擇嗎？」

向雨田仍保持冰雪般的冷靜，點頭道：「這個大有可能發生，且是無法化解的毒計，我們肯定會發了瘋般衝過去拚命，結果會是我們全軍覆沒，還被慕容垂搶去糧食，拓跋珪也同時完蛋。」接著思索道：「可是慕容垂同樣要冒最大的風險，如果我們忍得住手，完蛋的肯定是他，那時他只好把千千和小詩從火場裏救出來。對嗎？」

燕飛道：「我們忍得住嗎？且你還算漏了一個可能性，就是慕容垂處死她們後，可循太行山北的軍都關退卻，再派人死守軍都關，讓他可以從容退往中山，只要途中得中山來的援軍接應，他便不用完蛋。記著他的兵力仍是在我們之上。」

向雨田道：「另一個可能性，是慕容垂於我們長途跋涉抵達日出原的一刻，立即帶著千千和小詩詐作從軍都關退走，引我們去追擊，吃虧的也肯定是我們。」

燕飛痛苦的道：「我們不得不承認，主動權仍緊緊控制在慕容垂手上，而我們則被他牽著鼻子走。」

向雨田雙目異芒閃閃，沉聲道：「你沒有想過奪取軍都關，斷慕容垂的退路嗎？」

燕飛道：「當然想過。可是或許我們能攻下軍都關，卻絕無法抵受得住慕容垂的反撲，最後軍都關仍要重入他手上，沒有任何分別。」

向雨田微笑道：「那就要看我們攻陷軍都關的時機，你真的心亂了。」

燕飛倏地進入晶瑩剔透、萬里通明的精神境界，不是因向雨田的警告，而是掌握到救回紀千千的訣竅。慕容垂之所以敢拿大燕的命運來豪賭一場，皆因他仍有退路，九死裏尚有一生，可是如能斷去他的退路，慕容垂仍敢冒這個險嗎？慕容垂將會陷身絕局，唯一的出路就是接受燕飛的挑戰——一個他沒法拒絕的挑戰，不論是勝是敗，他和七萬戰士均可安然度過此劫。當然勝和敗是有天淵之別的，勝則不但可繼續擁有紀千千，且可把勁敵逐出中原，敗仍可以安全離去，再謀東山復起的機會。這是慕容垂在進退無路下最佳的選擇。

向雨田欣然道：「老哥回復正常了。凡事有利必有弊，你因有與紀千千心靈傳遞消息的異能，故可以掌握慕容垂的一舉一動，甚至慕容垂的心態，故令我們著著領先，可是亦因與紀千千的心靈連結，深切感受到紀千千情緒上的波動，反過來影響你的情緒，致道心失守。」

燕飛點頭道：「事實確是如此，愈接近成功的階段，我得失之心愈重，千千對我太重要了，若失去她，我絕對消受不起。」

向雨田道：「如果沒有紀千千暗裏的通風報信，我們會猜測慕容垂將因惡劣的形勢屈服，而誤判敵情。你到過軍都關嗎？那是穿越太行山北端的峽道，兩邊是高山野林，道路崎嶇不平，忽起忽落，只可容雙騎並行。長達五里的峽道中間處有座石堡，樓高二丈，可容納百來個戰士。以慕容垂近七萬之眾，要從這麼狹窄的山道撤走，怕要二、三天時光，所以如果慕容垂膽敢殺死她們，絕對是冒上天大的危險。」

燕飛道：「你既熟知軍都關的情況，由你來告訴我該如何做吧！」

向雨田雙目奇光閃閃，道：「我們仍然依計畫往日出原推進，好令慕容垂以爲我們中了他的奸計，事實上到日出原去的只有崔宏的拓跋族戰士和裝滿糧貨的騾車。抵達日出原後，於慕容垂陣地南面平野布下騾車陣，只守不攻。由於拓跋族戰士絕不像你們荒人般，會因紀千千主婢遇險而不顧一切的進攻，故此慕容垂本萬無一失的毒計，將再不起任何作用。」

燕飛深吸一口氣道：「說下去！」

向雨田道：「我們的荒人部隊全體潛往軍都關，包括你和我在內的精銳特擊隊先行一步，在崔宏抵達日出原前半個時辰，攻陷軍都關的石堡。憑你和小弟的身手，加上姬大少凌厲的火器，肯定可以辦到。然後我們將慕容垂把守軍都關的軍隊逐出峽道，我們則蜂擁而出，在軍都關外布陣，斷去慕容垂的退路。慕容垂雖然兵力遠在我們之上，可是在拓跋珪和崔宏兩軍牽制下，肯定動彈不得，這時便該是向慕容垂送出戰書的最佳時刻，逼他接受你的挑戰。」

燕飛叫絕道：「好計！」

向雨田道：「慕容垂當然仍可以紀千千主婢威脅我們，卻變成拿全軍甚至整個大燕國的命運作賭注，實乃智者所不爲。」

燕飛道：「小珪可親赴敵陣外與慕容垂公開對話，親口代我向他挑戰，讓慕容垂的手下人人清楚明白是怎麼一回事。如果在這樣的情況下，慕容垂還退縮不敢應戰，改而拿千千她們來要脅我們，會失盡軍心。小珪明白慕容垂，他會懂得拿捏分寸。」

向雨田沉聲道：「拓跋珪會依你的話去做嗎？」

燕飛道：「他是不會在這樣的情況下出賣我的，我會讓小儀去向他解說清楚。」

向雨田道：「這是拓跋珪證明自己是否燕兄好兄弟的最佳機會，很快我們會知道答案。」

燕飛道：「我們回去吧！人該到齊了，可以立即舉行會議，研究行動的細節。」

向雨田微笑道：「慕容垂向以奇兵制勝，這次我們卻反以奇兵制他，肯定他到現在仍不曉得岔子出在哪裏，想想都覺諷刺荒誕。這回慕容垂受挫而回，威名盡喪，實非戰之罪。」

燕飛欣然道：「千千固是此仗成敗的關鍵，是慕容垂夢想不及的事，但向兄的幫忙亦起了決定成敗的作用，我是非常感激的。」

向雨田啞然笑道：「我們之間何用說這些話呢？你感激我，我感激你，你我心照不宣。」

燕飛笑道：「大家不用說客氣話了。我有滿天陰霾散去的美妙感覺，精神更回復清明的境界，似能看透未來的情況，有十足的把握和信心。」

向雨田道：「信心歸信心，卻千萬勿要輕敵，慕容垂是個難測的人，不可以常理來測度他，我們最要緊隨機應變。」

兩人對視而笑，充滿知己難求，有會於心的意味，然後趕返營地去了。

劉裕的船隊分作三隊，以「奇兵號」為首的主力部隊共三十二艘戰船，包括十二艘雙頭艦，藏在崢嶸洲的東端，如敵艦順流而來，一意全速直撲下游的尋陽，將於過了崢嶸洲後方驚覺他們的存在，且順流水急，其時悔之已晚。這支船隊戰力最強，「奇兵號」固有老手這水戰高手把持，負責雙頭艦的又全由原大江幫精於水戰的兄弟掌控，肯定可把敵人的船隊分中截斷，變成纏戰的局面，桓玄勢失順流勝逆流之利。另兩支船隊各二十五艘戰船，分由劉毅和何無忌兩人率領，埋伏於崢嶸洲下游兩岸，當桓玄的船隊被截斷，前頭的戰船被逼往下游躲避，他們會從藏處奮起狠擊，殺敵人一個措手不及。三十座投石機和二十架火弩箭，卸往崢嶸洲，布於南北岸緣處，覆以樹枝草葉，以掩人眼目。這個陸岸戰陣由程蒼古指揮，劉裕撥了二千戰士給他，當桓玄的船隊大亂的當兒，他們對敵艦的破壞力是無可估量的。劉裕於天明前抵達崢嶸洲，到日上中天的時候，一切布置均已妥善完成，餘下的就是等待桓玄來自投羅網。

「奇兵號」的艙廳裏，劉裕和魏詠之吃午飯之時，高彥神情興奮的回來，報告道：「警報系統完成，用的是我們荒人的手段，第一個哨站設於離崢嶸洲五十里處的上游高地，日間以鏡子反射陽光，晚間則以燈火傳信，保證可先一步掌握敵人的形勢。」又道：「晚間通信用的是由我親自設計的大燈籠，五面密封，只有一面見到燈光，不虞敵人看到。」

魏詠之笑道：「我們北府兵也有這個玩意，也是由你設計的嗎？」

高彥笑道：「讓我威風一次成嗎？我這條不知是甚麼命，無論到哪裏去，總有人愛和我抬槓。咦！爲何不見我的小雁兒，她肚子不餓嗎？」

劉裕道：「不用擔心，我們已照你小雁兒的吩咐，把飯送到她的艙房去。嘿！她像有點兒怕我，你究竟在她那裏說過我甚麼壞話呢？」

高彥叫屈道：「我不但沒有說你壞話，還在她面前大讚你英明神武、夠江湖義氣，絕不會因當了大官忘記昔日的江湖兄弟。」不待劉裕答話，又向魏詠之道：「老魏！特製燈籠或許是你有我有，沒啥出奇，但傳信手法卻肯定是老子我獨創的，可精確報上敵艦的情況，例如分作多少隊，前後左右分隔多遠，桓玄的帥艦在哪個位置諸如此類，明白嗎？」

魏詠之沒好氣道：「我現在明白的是爲何會有這麼多人和你過不去了。」

劉裕道：「你猜桓玄大約於何時到達這裏？」

高彥看看毫無反應的魏詠之，訝道：「你在問我嗎？」

劉裕淡淡道：「你是邊荒的首席風媒，最善觀風，不問你問誰呢？」

高彥大感光采，道：「據老子猜測，現在吹的是東風，桓玄是順流，我們則是順風。哈！扯遠了！如果桓玄沒有中途停留，該於戌時前抵達崢嶸洲。」

魏詠之搖頭道：「桓玄是不會作中途停留的，要偷襲尋陽，必須借夜色掩護，先燒掉我們停在碼頭的戰船，隨之登岸包圍尋陽，待陸上部隊到達後再全力攻城。」

劉裕平靜的道：「我要教桓玄來得去不得。」

高彥道：「桓玄此仗肯定輸個一敗塗地，甚至全軍覆沒，不過桓玄逃生的機會卻比任何人大，因爲這奸賊的膽子比我還小。你們沒有聽過嗎？他的帥艦旁永遠跟著四艘特快的風帆，每艘有六個力士負責操舟，名之爲護航，事實上是桓玄怕死，形勢不對時，只要跳上其中一艘，立即可以遠颺，逃之夭夭。」

魏詠之訝道：「你怎能知道得這麼清楚？」

高彥傲然道：「我是甚麼出身的？以出賣消息維生的人，最懂收買情報。有錢使得鬼推磨，我買通桓玄下面的人，自然甚麼都清楚。」

劉裕道：「你到過江陵嗎？」

高彥神氣的道：「今時今日我是甚麼身分地位？何用我去冒險？只要發出指示，自有兩湖幫的兄弟去做。」

劉裕頭痛的道：「如給桓玄逃返江陵，要抓他須再費一番工夫。」

高彥道：「他這次是傾力而來，留在江陵的兵員只有數百之眾，桓玄豈敢待在江陵等我們去宰他？我敢肯定他回家後，立即踏上逃亡之路。」接著雙目亮起來，道：「我有個擒殺桓玄的計畫，就是我先一步趕往江陵去，親自指揮在江陵的情報網，設法收買桓玄的將領，只要桓玄返回老家，他的一舉一動將全落在我眼裏，那時不論他逃到哪裏去，也沒法逃出劉爺的掌心外。」

劉裕精神大振，又擔心的道：「我最怕你有甚麼閃失，我如何向你的小白雁交代呢？」

高彥信心十足的道：「我別的不行，但說到跟蹤和逃跑，卻是一等一的高手。待我現在去和雅兒說幾句話別，立即上路。哈！她肯定會隨我去的。」

劉裕道：「記著！不論情況如何變化，桓玄的小命必須由我負責收拾，明白嗎？」高彥答應一聲，一縷輕煙般的去了。

夜霧迷茫裏，荒人兵分二路，朝軍都關出發。經議會討論後，荒人修正了向雨田最初提出的計畫，令整個行動更切合現實的情況，更能生出效用。一路是負責突襲軍都關石堡部隊，人數不過五百，但全是高手，包括燕飛、向雨田、屠奉三、卓狂生、慕容戰等在內。他們深入太行山，攀山越嶺，晝夜不停地趕路，到此時已走了一晝半夜，中間只小休半個時辰，是爲要在抵達軍都關後，仍有數個時辰好好養息，恢復元氣，以待適當時機攻奪要隘。另一路是近萬的荒人戰士，人人輕服輕騎，攜帶三天的乾糧，由王鎮惡指揮，緊貼太行山西面借林木掩護，晝伏夜行，務求能神不知鬼不覺地潛往日出原。這支部隊還派出百個精選的好手，由姚猛、小軻、紅子春和姬別領隊，在前面開路，遇上敵人的探子，先一步收拾對方，以免洩露主力大軍的行藏。崔宏的五千拓跋族戰士和糧車隊，則依原定路線行軍，目標地點是燕人營地南面五里處的平原。這時領路的向雨田剛登上一個山嶺，蹲了下來，往下望去，還向後方的燕飛等人打出停止的手號。屠奉三忙令隨來的荒人止步，留在各自的位置。燕飛等直抵向雨田兩旁，齊朝下方瞧去，無不倒抽一口涼氣。

太陽剛下山，劉裕收到桓玄船隊進入五十里的警戒範圍，立即全軍動員，艦隻紛紛起錨，移往指定的攻擊位置。「奇兵號」在六艘雙頭艦的護航下，埋伏在崢嶸洲東南角的位置，艦上不論投石手或火箭手，人人蓄勢以待，只要接到命令，立即向敵艦發動最猛烈的攻擊。立在指揮台上的劉裕，心情亦不由緊張起來，不過他曉得這只是暫時的現象，當戰爭如火如荼的展開，他的心神會進入澄明通透的境界，像當年謝玄於淝水之戰般，帶領軍隊取得全面和決定性的勝利。江風徐徐吹來，崢嶸洲及其上下游一帶水域，暗無燈火，一片死寂，益發蘊含著一股暴風雨欲來前般的壓力。

身旁魏詠之看罷崢嶸洲南面近處山頭的燈號傳信，欣然道：「桓玄的船速沒有半點慢下來的跡象，桓玄這次肯定中計。」

劉裕深吸一口氣，道：「離我們有多遠？」

魏詠之答道：「還有十五里！」

劉裕道：「我們盡量讓敵人駛往下游去，最好是敵人全駛往下游，我們才順流銜著他們尾巴追殺，如此將可在這裏解決桓玄。」

魏詠之道：「恐怕很難辦到。據燈號顯示，桓玄的艦隊分作三隊，每隊又分左右兩組。先頭部隊共三十艘戰船，與中隊的五十艘戰船相隔兩里許的距離，主力艦隊離中隊更遠，足有三、四里。當先頭船隊越過崢嶸洲，桓玄的『荊州號』仍在七、八里外，如果我們尚不發動，會失去時機。」又道：「最佳的攻擊時機，是當敵人中隊駛經崢嶸洲的一刻，我們可把敵隊斷爲兩截，再借崢嶸洲的投石機和弩箭機，迎擊敵人停不下勢子順流而來的主力船隊，當無忌他們重創下游的敵艦後，便可逆流而上，與我們合殲敵人的主力船隊。」

劉裕罵道：「膽小鬼。」

魏詠之曉得他罵的是桓玄而非自己，笑道：「幸好他是膽小鬼，否則我們可能仍在攻打建康呢！」

劉裕低聲道：「來了！準備！」布在他們身後的號角手、鼓手、旗手、燈號手，人人提起精神，準備把劉裕發下來的命令第一時間傳送開去。

卓狂生脫口嚷道：「我的娘！」他們伏身處離下方峽道尚有四、五里遠，山嶺間更是水霧繚繞，卻完全不影響他們的視野，因為峽道燈火通明，映照出數以千計的大燕戰士，正在辛勤忙碌的開山劈石，把峽道拓寬。從他們的位置看下去，可見到軍都關的石堡和中間那截三里許長的山道，首尾都在視野之外，不過可以想像情況該與眼前所見相同，燕人正忙個不休。路中坐著一批批燕兵，人人精赤著上身，顯是暫作休息，回氣後會接替力竭退下來的燕兵，繼續開闢山道。軍都關頂彷如城牆，四周由垛子環繞，中設城樓，內藏往下層去的通道。石堡位於山道正中的高地，接通石堡的山路往東西傾斜，形成兩道長坡。石堡本隔斷東西，不過此時石堡兩邊均開出通路，可從左右繞過去。石堡頂上布滿箭手，山路兩旁的高處亦有燕兵站崗守衛，刁斗森嚴，令人望之生畏。眾人晝夜不停地趕來，卻從沒有想過會有眼前局面出現。

燕飛道：「你們看！」眾人循他的指示瞧去，在石堡西道斜坡的兩旁，大批燕人在砍伐道旁的樹木，樹倒下後立即去枝清葉，只剩下主幹後，便送往坡頂，堆滿路邊。

慕容戰沉聲道：「慕容垂用的是撤兵之計，這些木幹是要設檑木陣，阻截追兵。」

屠奉三搖頭道：「慕容垂是不甘心就這麼退卻的，何況仍未能解決軍糧的問題。他開拓山道，是怕我們於他處死千千主婢時，竟能苦忍著不出手，他便須由軍都關撤返太行山之東。慕容垂確不愧北方第一兵法大家，算無遺策。」

向雨田道：「我同意屠當家的見解，憑其優勢兵力，邊戰邊退，慕容垂確大有機會撤往軍都關，再憑關固守，大軍改在太行山東面布陣，如此可立於不敗之地。至於軍糧的問題，由於我們被阻截於軍都關之西，他便可從容四出打獵，採摘野果、野菜，只要中山方面送來糧食，他將可全面反攻，取得最後的勝利。」

卓狂生道：「現在該怎麼辦呢？」

燕飛微笑道：「我們先派人到首尾兩端探看，弄清楚整條峽道的情況，然後進入攻擊的位置，一切依原定計畫進行，那時檑木陣該已弄妥，敵人的氣力亦用得所餘無幾，我們則至少有四、五個時辰好好休息，在有心算無心下，縱然對方人數在我們十倍之上，也擋不住我們突如其來的猛攻。」

向雨田欣然道：「就這麼決定，現在我最想看到的，是慕容垂驚聞軍都關被奪的反應和表情。」

敵艦從兩旁魚貫而去，駛往峥嶸洲下游，只在船首船尾各掛上一盞風燈，像飄蕩江水上的燐光鬼火，情景詭異陰森。大江一帶被水霧籠罩，令人有點分不清楚是雨還是霧。峥嶸洲黑漆一片，埋伏東端的船隊與霧夜融為一體。劉裕放下心頭大石。如果敵艦遍掛燈火，肯定己方的船隊會無所遁形，兼之敵艦為怕撞上峥嶸洲，採取遠離峥嶸洲的航道，使他們能避過敵人耳目。

不到兩刻鐘，敵人先頭部隊的三十艘戰船，離開峥嶸洲的水域範圍。劉裕發出升帆的指令。燈號手立即傳出訊息，燈光只向南北兩方發放，不虞被正往下游駛去敵艦上的敵人察覺。三十二艘戰船上的戰士全體動員，帆帳迅速升起。同時點燃掛在主桅的巨型綠色風燈，以資識別敵我。此時敵人中隊剛至，經崢嶸洲南北的水道，往下游疾駛去，片刻光景，已有近二十艘敵艦駛經兩旁。

劉裕大喝道：「去！」鼓聲立即轟天響起，號角長鳴。最先發動的是崢嶸洲上蓄勢以待，由程蒼古主持的伏兵，一時投石機、弩箭機齊奏催命之音，巨石、火弩箭、火箭分從崢嶸洲南北兩岸高地送出，交織出由一道道火痕組成的羅網，往駛經的敵艦暴雨般罩去。埋伏在東端的北府兵艦隊，從隱藏處蜂擁而出，戰士射出的火箭，雨點似的投往被攻個措手不及的敵人。「轟！」領頭殺出的「奇兵號」，鐵鑄的船首攔腰撞上駛過的敵艦，硬生生撞得對方木屑濺飛，船體破裂，往橫移開，碰上另一艘不幸剛於此時駛至的己方戰船，兩艘船同時傾斜下沉。「奇兵號」的戰士齊聲歡叫。

老手大喝連聲，指揮手下，「奇兵號」借風力來個急轉彎，逆流西上，一艘正著火焚燒、迎頭而來的敵艦避無可避，又被「奇兵號」攔腰撞個正著側傾下沉。隨行的六艘雙頭艦，如出柙的猛虎，憑其靈活的特性，從左右搶出，直攻敵艦。劉裕朝大江上游望去，已曉得勝券在握，入目皆是潰不成隊的敵方船艦，或著火焚燒，或緩緩下沉，至或互相碰撞，亂成一團。敵人的中隊已潰不成軍，再無反擊之力。下游方向亦傳來震江的喊殺聲，顯示何無忌和劉毅的兩支船隊，正向敵人發動無情的攻勢。視野可見的江面盡成火海，濃煙蔽天，情況慘烈至極點，而大戰仍是方興未艾，敵方的主力部隊收不住勢，隨傾瀉而來的水流進入崢嶸洲的水域，也進入了崢嶸洲陸岸戰陣火箭投石的射程內，紛被擊中。劉裕再發命令，擂鼓聲再起，戰船上的戰士齊聲吶喊，三十二艘戰船分作兩路，從崢嶸洲南北水道逆流順風西上，對敵艦迎頭痛擊。

「小詩！到我身旁來。」容色蒼白的小詩，來到紀千千右側坐下。自天明後，她們被禁止離開營帳，外面的守衛顯著加強。風娘來看過她們兩次，每次都是默然無語，神色凝重，益發添加即將有大事發生，那山雨欲來前的緊張氣氛。紀千千倒沒有甚麼，小詩卻抵受不住沉重的壓力，怔忡不安。

紀千千神色平靜的柔聲道：「我曉得詩詩心中非常害怕。雖然我們看不見，卻聽到外面軍馬調動的聲音，大戰似將一觸即發。但詩詩定要信任我，我和詩詩都會度過難關，今天將是我們留在這裏的最後一天，一切苦難會在今天結束。」

小詩熱淚泉湧，飲泣道：「可是……」

紀千千道：「不要哭泣，在這個時刻，詩詩須堅強起來。今天絕不易過，你對我最好的支持，就是勇敢的面對一切。」

小詩強忍淚水，但仍忍不住抽噎。紀千千愛憐的摟著她肩頭，湊到她耳旁輕柔的道：「燕郎已想出拯救我們的完美計畫，情況在他的控制之下，慕容垂當然不會這麼想，還以爲自己穩立不敗之地，可是戰爭從來是你死我活的無情玩意，事實會令他大吃一驚。」

小詩仰起淚眼，看著紀千千悲切的道：「小姐！如果你有機會逃走，千萬不要像上回般錯過，不用再理我。」

紀千千痛心的道：「傻瓜！小姐怎會捨你而去？相信我，我們一定可以一起離開。」

小詩顫聲道：「小姐！」

紀千千又湊到她耳旁輕輕道：「我曾告訴你的事是眞的，主動權已落入燕郎手中，再不由慕容垂有別的選擇，待會拓跋珪會代燕郎向慕容垂提出單打獨鬥的挑戰，賭注便是我們。不論發生甚麼事，你都要保持信心，即使似在絕望的環境裏，也不要失去希望。」

小詩道：「眞的是燕公子告訴小姐的嗎？」

紀千千道：「到了這個時刻，我還會騙你嗎？我們的荒人兄弟，已抵達日出原邊緣林區處，正等候適當的時機。另一支拓跋族的精銳部隊，現朝日出原推進，於正午進入日出原。」

小詩嬌軀一顫，道：「眞的嗎？」

紀千千沒好氣的道：「原來你這丫頭到此刻仍是半信半疑。我不答你是眞的還是假的，因爲答案立即揭曉，我要你親身目睹即將發生的事。」接著秀眸射出憧憬的神色，道：「生命不是挺奇妙的嗎？人並不懂得珍惜其眼前所擁有的東西，直至當他失去擁有的一切，方驚覺曾擁有過的是多麼的珍貴。得而復失固令人難受，但失而復得卻令人格外驚喜，而最精采處是你重新得到的再不是以前的東西，因你會以全新的態度去珍惜和看待它，縱然是以前視之爲平常不過的事物，也有了嶄新的意義。小姐在建康時，總愛追求新鮮的事物，到今天才明白，問題並不在是否新鮮和刺激，而在乎個人的心境。回到邊荒集後，詩詩不要忘記我這番話，要好好的珍惜周遭的一切，好好的掌握自己的生命。」

小詩想要說話，紀千千低聲道：「風娘來了！」

話猶未已，風娘揭帳而入，神情木然的道：「小姐請隨我來，皇上要見小姐。」

拓跋珪負手立在平頂丘東邊緣處，俯瞰慕容垂的營地，目光落在燕兵南岸營地正中處的一座高台。每逢在平野立寨，須在周圍設置望樓箭塔，以收憑高制下之效。但營寨的將帥，亦必須能登高望遠，俾可掌控全局，指揮作戰。燕營高起三丈的高台，正是慕容垂的指揮台，有慕容垂在其上坐陣，在其糧盡之前，任拓跋族和荒人如何狂攻猛打，肯定是損兵折將而回的結果。

拓跋珪搖頭嘆道：「慕容垂你真的可以那麼狠心嗎？」

俏立在他右後側的楚無暇問道：「族主何有此言？」

拓跋珪若無其事的道：「你看不到堆積在營地南端的柴枝嗎？如我估計無誤，慕容垂會在荒人到達後，把柴枝移往寨外，堆成小山，然後在柴堆中間豎起兩根木樁，將紀千千和小詩縛於其上，再引火燃點，先燒外圍的柴枝，那時荒人再沒有其他選擇，只好拚死去救火救人，而慕容垂則全軍出動，順手奪糧。」

楚無暇道：「可是到來的只是我們的戰士呵！」

拓跋珪啞然笑道：「這正是最精采的地方，當慕容垂看到來的只是崔宏的人，方驚覺又輸一著，且是沒法翻身的一著。」

楚無暇由衷的道：「人說邊荒集人才濟濟，奇人異士不計其數，我一直對此心存懷疑，但到今天再不得不服氣。」

拓跋珪心忖奇人異士正是燕飛，若不是他擁有與紀千千互通心曲的能力，此仗肯定敗得一塌糊塗。

楚無暇目光投往地平遠處，位處太行山脈北端的軍都關，道：「當荒人奪下軍都關，族主會怎麼做呢？難道真的依荒人的計畫，爲奪得紀千千主婢，任得慕容垂離開嗎？」

拓跋珪微笑道：「我的目標是擊敗慕容垂，燕飛的目標是奪得美人歸，乍看兩個目標似有矛盾，事實上卻是二合而爲一。當紀千千主婢安全回來的一刻，我已完成了對我兄弟燕飛的承諾，那時將由我主事。明白嗎？」

楚無暇一雙美眸明亮起來，點頭道：「明白了！」

整個營地沸騰起來，燕兵一組組有秩序的在調動，留在本營的亦忙著整理裝備，秣馬厲兵，充滿大戰即臨的氣象。紀千千在二十多個燕人高手押送下，隨風娘朝高台的方向走去。沿途風娘一言不發，面無表情，令人難知她心中正轉動著的念頭，又或許只是一片空虛。自被慕容垂俘虜後，紀千千首次生出自己是囚徒的強烈感受。她不理落在身上的目光，保持心境的澄明，默默跟在風娘後方，也不去猜想慕容垂因何事召見她。終於風娘停下來，原來已抵登上高台的木梯，紀千千往上瞧去，見到圍繞台頂四周的木欄杆，卻不見有人。

風娘沉重的道：「皇上在台上，千千小姐請自行上去見他。」

紀千千往風娘望去，風娘垂下頭，避開她的目光。紀千千暗嘆一口氣，走前兩步，正要舉步登階，忽然心生驚兆，但已來不及應變，風娘的十指像十枝利箭般刺在她背上，剎那間擊中她三十多個大小穴道。

紀千千渾身發麻，血氣不暢，似是全身提不起任何勁力，往後便倒。風娘從後把她扶著，湊到她耳旁悽然道：「小姐！對不起！我只是奉命而行，到這時刻我已沒有別的選擇，只好聽天由命。我這套手法只會禁制你的眞氣，令你沒法提氣運勁，其他一切如常，痠麻過後，你會回復氣力。禁制的功效只有六個時辰，禁制會隨著你氣脈的運轉天然解除。唉！」

紀千千方寸大亂，也不知該不該恨風娘，果然酥麻的感覺轉眼消失，她又憑自己的力量站直嬌軀。

風娘退後一步，回復平靜，冷冷道：「小姐！請登階。」

到這時候還有甚麼好說的，紀千千往上望去，慕容垂正憑欄看下來，淡淡道：「千千！上來吧！」

紀千千心忖剛才風娘偷襲自己的情況，定是在慕容垂的監視下進行，難怪風娘說沒有別的選擇。暗嘆一口氣，舉步登上木階，慕容垂往後退開。紀千千一步一步的走上去，暗想幸好這不是慕容垂的帥帳，而是光天化日下眾目睽睽的高台，否則後果不堪想像，她縱想自盡也有心無力。不過又想到慕容垂行事難測，他要幹甚麼便做甚麼，誰敢干涉他？幸好又想到風娘絕不會讓他公然做這種傷天害理的事，心裏稍有著落。就是在這種忐忑不安的惡劣心情下，紀千千登上高台。

慕容垂正憑欄遠眺日出原南面草野盡處的丘林。沉聲道：「千千！請到我這邊來。」

紀千千輕舉玉步，抵達他身後，嘆道：「我們之間還有甚麼話好說的呢？」

慕容垂滿懷感觸的道：「我們怎會發展到這種田地？上天對我眞不公平。」紀千千默然不語。

慕容垂旋風般轉過身來，雙目厲若暴閃，灼灼的打量紀千千，道：「這是千千最後的一個機會，只要你說一句話，血流成河的場面便不會出現，否則不但燕飛要死，你的荒人兄弟亦沒有一個能活著回邊荒集去，一切已控制在我手上，沒有人能改變這個情況。」

紀千千衝口而出道：「情況眞的控制在你手上嗎？」

慕容垂雙目射出警覺的神色，倏地衝前，伸手抓著她雙肩。紀千千抿嘴不語，心知他誤會了，以爲風娘陽奉陰違的沒有制著她，故此她仍有自盡的能力。慕容垂露出古怪的神色，顯然察覺風娘的禁制仍牢不可破，接著雙目熾熱起來。紀千千心叫糟糕，知他因接觸自己致獸性發作，失去自制力，意欲侵犯她。

紀千千終鬥不過心中恐懼，掙扎道：「放開我！」

慕容垂搖頭嘆道：「放開你！這算甚麼話？我得不到的，任何人也得不到，千千太不明白我了。」

就在此時，號角聲起。慕容垂一震放手，轉身望去。蹄聲從草原南面傳來，忽然間數以千計的騎士從林木間馳出，隊形整齊，旗幟飄揚，燕營內的戰士人人舉頭望去。慕容垂像忘記了紀千千似的，瞪大雙目，直抵欄緣處。紀千千鬆了一口氣，差點想乘機溜下高台去，又捨不得居高臨下目睹眼前動人心弦的情景。太陽高懸中天。她心忖：燕郎沒有騙我，拓跋族的五千精銳果如他所言般，於正午抵達日出原，攻擊軍都關的時候亦到了。數千戰士浪潮般湧來，直抵燕營南面五里許處，布成戰陣，還不斷叱喝呼叫，士氣激昂至極點。隨後而來的是八組騾車，秩序井然地到達騎陣後方，然後一字排開。不論是紀千千還是慕容垂一方的人，均曉得二百多輛騾車是特製的，隨時可變身為有強大防禦能力的騾車陣，不怕衝擊。慕容垂縱目四顧，忽然目光凝定往東面十多里處軍都關的方向，面露恐懼之色。紀千千心想你現在該知主動再非在你手上，也不由佩服慕容垂腦筋的靈活，當發覺來者沒有荒人，立知不妙。

營地驚呼四起。一團又一團的濃重黑煙，從軍都關峽道處冒起來。慕容垂尚未有機會作出反應，蹄聲驟響，無數的荒人戰士，從貼近太行山的林區疾馳而出，像衝破堤岸的河水般傾瀉往日出原，沿太行山萬馬奔騰的往峽道的入口風馳而去。營地的燕人除了目瞪口呆外，再沒法作出任何阻止的行動。慕容垂不是沒想過敵人封鎖退路的可能性，他派出猛將精兵，據守軍都關，又開拓峽道，設置檑木陣，正是針對如眼前般的情況。只要一方面固守峽道，另一方面出兵夾擊，肯定可粉碎敵人的圖謀。卻從沒有想過敵人拿捏的時機如此精確，乘軍都關守軍連續三天不停工作，力盡筋疲的一刻，發動猛攻。大批的燕人被荒人突襲軍都關的部隊驅趕出來，當他們驚覺荒人正從左方漫野殺至，登時失去鬥志，亡命的往營地奔去。軍都關已告失守。現在燕人唯一的退路，只剩下連接桑乾河兩岸的四道浮橋，先不說浮橋負荷力不足和難抵從上游來的攻擊等問題，縱能撤往對岸，要返中山，還要繞過太行山，在缺糧的情況下兼要應付敵人的追擊，後果不堪想像。慕容垂別頭往紀千千瞧去，臉上再沒有半點血色。

風帆抵達江陵城的碼頭，入目的情景，令桓玄看得心驚膽戰，不明所以。江陵城門大開，城民扶老攜幼的從城門逃出來，出城後四散落荒而逃，卻不見任何守兵。碼頭上一片混亂，舟船紛紛駛離，彷如末日來臨。

桓玄不待風帆靠岸，從船上躍起，落在碼頭上，向四周狼奔鼠竄的人大喝道：「發生了甚麼事？」

一人迎了上來，後方還跟著十多個守軍，道：「稟告皇上，千萬不要入城，城內亂民造反，非常危險。」

桓玄定神一看，才瞧清楚來人是心腹大將馮該，失聲道：「桓偉到了哪裏去？」

馮該答道：「皇上船隊於崢嶸洲被伏擊的消息傳回來後，桓偉大將軍立即收拾細軟財物，離城去了，臣將曾勸他留下，他卻說了一番難聽的話，然後不顧而去。」

桓玄整條脊骨寒森森的，體內再沒有半絲暖意，更忘了痛罵桓偉，不能置信的道：「消息怎會這麼快傳回來的？」

馮該頹然道：「崢嶸洲燒船冒起的火光黑煙，數十里內清晰可見，往東去的漁舟貨船紛紛折返，消息已傳遍整個荊州。」

桓玄臉上血色褪盡，顫聲道：「朕該怎麼辦？」

馮該道：「現在江陵再不可待，皇上必須立即離開。」

桓玄生出眾叛親離、山窮水盡的絕望感覺，急促的喘了幾口氣，道：「到哪裏去？」

馮該仍保持冷靜，道：「愈遠愈好！如能逃往蜀境內的漢中，當可保安全。臣願全力保護聖駕。」漢中由桓玄堂兄弟桓希鎮守，念在親屬之情，當肯收留桓玄。

桓玄不由回頭朝風帆瞧去，昨夜他見大勢已去，立即乘機跳上風帆，憑其輕快靈活，掉頭逃回來，幸保小命。回想起來，猶有餘悸。馮該看穿他的心意，道：「皇上絕不能經大江入蜀，聽說毛修之的船隊正沿江東下，朝江陵駛來，要走須走陸路。」

桓玄環目四顧，身邊剩下不到二十人，自己則如喪家之犬，舉目無助，當日威風八面的進佔建康，哪曾想過會有今天。桓玄慘然道：「我還有甚麼路可走呢？就走陸路吧！」

日出原上，形勢清楚分明。表面上，慕容垂夾河成陣，雖是三面受脅，仍是佔有上風。可是荒人據軍都關之險，進可攻退可守；崔宏的部隊，則有騾車陣作防禦屏障，亦可穩守陣地。如兩方相持下去，一俟燕人糧盡，將是慕容垂末日的來臨。現在慕容垂手上唯一可討價還價的本錢，就是紀千千主婢。震駭過後，慕容垂回復無敵主帥的氣概，移到高台西欄處，遙望月丘。紀千千默默立在他後方，強壓下心中的興奮和激動，不露形色，以免觸怒慕容垂。

此時一隊人馬從月丘越壕而至，直抵燕營外二千多步的近處。慕容垂發出不得妄動的指令，緊盯著一馬當先的拓跋珪。紀千千還是首次見到拓跋珪，心情古怪，一方面她曉得拓跋珪是可活埋數以萬計生人、而神色不變的狠心人，又知道他是燕飛最好的兄弟，她和小詩的命運正控制在他的手中。拓跋珪勒馬停定，身後的百多個親隨連忙止步。慕容垂雙目殺機大盛，冷哼一聲。

拓跋珪露出一個冷酷的笑容，大喝道：「拓跋族之主拓跋珪，請燕主慕容垂對話。」

慕容垂從容道：「兩軍相對，只有手底見個眞章，還有甚麼廢話要說？」他沒有提氣揚聲，聲音自然而然的廣傳開去，營內燕人無不聽得清楚分明，齊聲叱喝，以助其主的威勢，表示死戰的決心。

遠在數里外的荒人和拓跋族戰士雖聽不到他們的對答，但卻聞得燕人的喝叫，忙作反應，一時吶喊之聲此落彼起，震動草原。待喊叫聲漸消，拓跋珪目光箭矢般射往高台上的慕容垂，冷然道：「我說的是否廢話，燕主聽過後自然分明，敢問燕主仍有一聽的興趣嗎？」

慕容垂後側的紀千千暗叫厲害，拓跋珪正針對慕容垂的話作出反擊，欺的是慕容垂被逼處下風，儘管心中千萬個不情願，也要聽清楚拓跋珪要求對話的原因，看是否會有利於他的轉機。果然慕容垂臉色微變，顯是心中大怒，但仍不得不壓下怒火，道：「我在聽著！」

拓跋珪肅容道：「我拓跋珪今日來此，是要爲我的兄弟燕飛向燕主叫陣，雙方單挑獨鬥一場，如果燕主得勝，我拓跋珪立即送上糧車百輛，並立即撤返盛樂，在燕主有生之年，永不踏入長城半步。我拓跋珪於此立誓，以拓跋族的榮譽作出承諾，沒有一字是虛言。」

他說的話傳過來的一刻，燕營變得鴉雀無聲，只有戰馬的嘶叫聲，點綴沉重的靜默。紀千千芳心劇顫，這才明白燕飛說過的，拓跋珪會開出慕容垂沒法拒絕的條件，後果竟是這般嚴重。

慕容垂雙目射出難以置信的神色，沉聲道：「敗的是我又如何？」

拓跋珪露出一個燦爛的笑容，登時化去了他予人狠辣無情的感覺，道：「燕主仍可得到百輛糧車，但必須立即送還毫髮無損的千千小姐和婢女小詩。燕主如肯接受我的建議，請爲此立誓，以保證履行承諾。」

慕容垂回頭瞥紀千千一眼，才再望著拓跋珪，道：「如何才算分出勝敗？」

紀千千心中忐忑狂跳。在整個日出原數以萬計的人裏，她是第一個曉得慕容垂心中決定的人。從慕容垂看她的眼神，她掌握到他的心意，他明亮起來的眼睛，正顯示出他心中因能扭轉敗局而來的興奮和必勝的信心。

拓跋珪笑道：「高手對決，誰勝誰敗，自是清楚分明，如果我的兄弟燕飛不幸落敗的話，我拓跋珪留下百輛糧車，收屍掉頭便走，不會再有半句廢話。」

慕容垂長笑道：「好！你的兄弟燕飛既要送死，我慕容垂怎會拒絕？並於此立誓，一切如拓跋族主所言，如有違諾，教我慕容垂永遠回不到中山。」

拓跋珪欣然道：「好！好！請燕主派人到我營地來，商量大家可以接受的安排，希望決戰可在日落後立即進行，燕主可有異議？」

慕容垂大喝道：「一切如你所言，日落後，我便與燕飛決戰於日出原上，看是他的蝶戀花厲害，還是我的北霸槍了得。」話聲剛落，燕營已爆起震天喝采聲，令人感受到燕人對慕容垂近乎盲目的信心。

紀千千心中一陣激動，在敵人的營地裏，只有她明白這場決戰得來的不容易，同時亦患得患失，心忖若燕飛有甚麼不測，自己想自盡亦辦不到。拓跋珪哈哈一笑，掉頭返月丘去了。

在西斜春陽的照射下，桓玄隨著馮該，在三十多名親兵護送下，沿著大江南岸慌不擇路的急奔，忽然馮該停了下來，桓玄來到他身後，滔滔江水橫亙前方。

桓玄訝道：「爲甚麼停下來？」

馮該道：「皇上聽不到追兵的馬蹄聲嗎？」

桓玄功聚雙耳，果然東面處隱隱傳來蹄音，自己因心神不屬，竟沒有留意，駭然道：「怎麼辦？」

馮該冷靜的道：「我們泅水到江中的枚回洲，休息半個時辰，待天色全黑，再泅往北岸，如此必可避過追兵。」

桓玄不悅道：「那爲何先前我們不坐船渡江，節省時間？」

馮該從容道：「皇上明察，我們首要之務，是要令敵人不知我們逃往哪裏去，故必須採取惑敵之計，方有機會潛赴漢中，如果人人看到我們在北岸登陸，便難收惑敵之效。」

桓玄一想也有道理，同意道：「我們泅水過去。」領頭投入河水裏去。

紀千千回到帳幕內，小詩不顧一切的投入她懷裏，喜極而泣。紀千千擁抱著渾身抖顫如受驚小鳥的愛婢，憐惜的道：「沒事了！沒事了！」

小詩只知哭泣。紀千千此時與一般弱質纖纖的女子沒有任何分別，辛苦的扶她坐下，道：「詩詩現在相信了嗎？」小詩抬起頭來，淚眼露出不好意思的神色，愧然點頭。

紀千千舉起羅袖爲她揩抹淚痕，微笑道：「詩詩該笑才對！今晚我們便可重獲自由了。讓我們再次舉行夜火會，由龐老闆主持烤羊腿的慶祝儀式。還記得龐老闆的烤羊腿嗎？建康高朋樓的烤羊腿也還不如呢？對嗎？」

小詩點頭同意，又擔心的道：「燕公子眞的可以打贏慕容垂嗎？」

紀千千正爲此憂心，只好安慰她，湊到她耳旁輕輕道：「讓我告訴詩詩一些秘密，甚麼竺法慶、孫恩全是燕郎的手下敗將，他們均是有資格與慕容垂一爭長短的絕頂高手，還有甚麼好擔心的？」

小詩根本不曉得竺法慶是何方神聖，但孫恩的大名，卻是如雷貫耳，聞言稍覺安心，平靜下來。想說話，忽又害羞的垂下頭去。紀千千蘭心蕙質，觀其神知其意，欣然道：「詩詩是否想問，龐老闆是不是來了呢？」

小詩霞燒粉臉，不依道：「小姐！」

紀千千微笑道：「來營救我的詩詩，怎可以缺了龐老闆的一份兒？待會詩詩便可以見到他。」接著又道：「順便告訴詩詩，高公子因事留在兩湖，故這次並沒有隨大隊來。」小詩點頭表示知道，卻沒有絲毫介懷的神色。

倏地帳門揭開，風娘神色古怪的現身帳門處，舉步而入，帳門在她後方垂落。紀千千心叫糟糕，自己因穴道受制，不能察覺她來到帳門外，憑風娘的靈耳，也不知她聽去她們多少對話。

風娘來到兩人前方，緩緩跪坐，難以置信的道：「小姐怎曉得邊荒集的首席風媒到了兩湖去，這次沒有來呢？」

小詩嚇得花容失色，望向紀千千。紀千千則強作鎮定，若無其事的道：「我只是隨口安慰詩詩，大娘不必認眞。」連她自己也感到這個藉口牽強，要安慰小詩，該說高彥來了才對。同時也曉得慕容垂對荒人做足了搜集情報的工夫，故清楚高彥的行蹤。

風娘用神的看紀千千，滿臉疑惑之色，道：「可是小姐說得一點也沒錯，高彥的確到了兩湖去。」

紀千千知道自己愈要解釋，欲蓋彌彰下，愈會引起風娘的疑心，只好苦笑道：「我還有甚麼話好說呢？」

風娘審視紀千千好半晌後，嘆道：「甚麼都好！希望這次因小姐而來的危機，可以用和平方法解決，只要大軍能安全回到中山，其他的事我便不管了。唉！也輪不到老身去管。」

紀千千低聲問道：「大娘以爲燕飛可以勝出嗎？」

風娘神色凝重起來，道：「我不知道。不過我們由上到下，都沒有人認爲皇上會輸給燕飛。最關鍵的原因，是皇上可殺死燕飛，但燕飛卻絕不能殺皇上，小姐該明白當中微妙的情況。」

紀千千點頭表示明白，道：「既然如此，爲何大娘的語氣，卻似看好燕飛？」

風娘苦笑道：「或許只是我的願望，希望你們能重獲自由。還有另一個原因，像拓跋珪這種人，絕不會因兄弟之情而斷送了民族的未來，如果他不是有十足的信心，是不會答應這樣的一場決戰。」紀千千欲語無言。

風娘道：「是時候了！千千小姐和小詩請隨我來，拓跋珪開出的其中一個條件，是你們必須在最前線觀戰，讓他們清楚你們的情況。」

桓玄和手下們甫登枚回洲南岸，對岸便傳來人聲蹄音，往西而去，不由暗叫好險。馮該喝了一聲「搜」，其手下的十多個親兵立即四下散開，隱沒在江島的林木裏去。桓玄心中一陣感動，想不到自己落難之時，仍有如此忠心耿耿之士，誓死追隨。他生爲桓溫之子，一生呼風喚雨，橫行霸道，哪想過有這麼的一刻，心中的惶恐，確實難以向外人道。不由想起當日司馬道子倉皇逃離建康，也該是這般的心情，這個想法，令他的心酸痛起來，非常難受。

馮該道：「皇上請隨屬下去！」領路穿過岸林，直抵位於島中央的空曠平地。恭敬的道：「請皇上好好休息。」

桓玄和親隨們折騰了一夜，又徒步趕了十多里路，身疲力倦，聞言連忙坐下，此時日降西山，江風徐徐吹來。馮該道：「屬下們會在四方放哨，如有追兵到洲上來，我們可立即從江水遁走，保證可避過敵人。」

桓玄感動的道：「將來朕東山再起之時，必不會薄待卿家。」

馮該連忙謝恩，然後離開，當抵達桓玄視野不及之處，展開身法，往島東的一座高丘掠去，登上丘頂，奔下斜坡，兩道人影從岸邊的林木間掠出，攔著馮該去路，赫然是高彥和尹清雅。

馮該欣然止步，道：「幸不辱命！」

尹清雅雀躍道：「奸賊中計了。」

高彥老氣橫秋的道：「馮將軍做得好，統領大人必重重有賞。」

馮該謙虛的道：「能爲統領大人效勞，是馮該的光榮，只希望以後能追隨統領大人，爲他盡心辦事，便心滿意足。」

一個聲音從林內傳出來道：「馮將軍肯爲我效力，我無任歡迎。」

馮該大喜望去，只見一人龍行虎步地領先從林木間大步走出來，身後是數以百計的北府兵將。馮該慌忙下跪，恭敬道：「末將馮該，拜見統領大人。」

劉裕來到他身前，雙手同時打出手勢，部下們立即兵分兩路，從他左右繞過，潛往桓玄的方向。

劉裕把馮該扶起來，雙目閃閃生輝，輕描淡寫的道：「桓玄的時辰到了。」

日出原。月丘。百輛糧車，聚集在燕營南面里許處，讓慕容垂派人檢驗，以確保沒有欺騙的成份。

崔宏親自領軍監督，如慕容垂稍有異動，試圖奪糧，會立即發射火箭，焚毀糧車，當然交易立告中斷。依協定當慕容垂戰敗放還紀千千主婢，糧車會同時讓燕人駕返營地，一交一收，清楚分明。在月丘陣地和燕營間的正中處，插著數十支尚未燃點的火炬，圍繞成一個直徑約五百步的大圓圈，界畫出慕容垂和燕飛決戰的場地。太陽此時降至西面地平處，在平城後方散射著艷麗的霞光，襯托得平城似與仙界相連，更增神秘詭異的美態。

平頂丘上卻瀰漫著使人心情沉重的緊張氣氛，雖說人人對燕飛信心十足，可是誰都知道要擊殺慕容垂，燕飛可以辦到，可是在不殺他的情況下，要他輸得口服心服，或無法不認輸，卻是難比登天的一回事。荒人盼望多時的一刻終於來臨，但戰果是如此難以逆料，怎不教荒人心如鉛墜，被得與失決定於一戰之內的沉重壓力，逼得透不過氣來。拓跋珪一方的人更不好過，比起荒人，他們對燕飛的了解和信心更不足，但燕飛的成敗卻決定著他們未來的命運。燕飛一旦敗北，他們多年來的努力和所流的鮮血，將盡付東流。拓跋珪在此等生死成敗的時刻，盡顯他對燕飛的兄弟之情，以堅定不移的神態，下達一個接一個的命令。

燕飛是丘上神態最輕鬆自如的人，嘴角掛著一絲笑意，雙目閃閃生輝，令人感到他正處於巔峰的狀態下。荒人領袖除王鎮惡留在軍都關指揮荒人部隊外，全體移師平頂丘，好作此戰的觀者和見證。此時卓狂生、龐義、慕容戰、屠奉三、拓跋儀、紅子春、姬別、姚猛和向雨田在燕飛左右排開，目光全投往燕營的方向。

卓狂生道：「只要小飛能把慕容垂擊倒地上，那任慕容垂如何不服氣，也要俯首稱臣。」

屠奉三嘆道：「像慕容垂這樣的高手，只要一息尚存，便不會倒下。」

龐義道：「不如就令他北霸槍離手，他也不能賴賬不認輸。」

慕容戰苦笑道：「都說你是外行，要慕容垂鋼槍離手，恐怕比擊倒他更困難。」

向雨田沉聲道：「慕容垂被譽爲北方第一高手，數十年來從未遇上敵手，可知他的內功槍法，已臻達凡人體能的極限。要擊敗他，卻又不能殺他，只有非凡人的的武功才能辦到。」

眾人聽得倒抽了一口涼氣，那豈非是說，根本沒有人能在這樣的限制下挫敗他嗎？燕飛卻知道向雨田在提點他，須以小三合的終極招數，方有擊敗慕容垂的可能，但如何巧妙的運用小三合，又不致發展到變爲硬拚個你死我亡的局面，並不容易。

另一個曉得燕飛不是一般凡人的卓狂生，聞言精神一振，點頭道：「對！只有非凡人的武功，方可以擊倒慕容垂。」

龐義擔心的道：「最怕在某種情況下，小飛不得不全力反擊，一時錯手殺了慕容垂，那便糟糕透頂。」

姚猛打個寒噤害怕的道：「如果慕容垂命喪小飛劍下，燕人肯定會把千千和小詩亂刀分屍。唉！」

紅子春「呸」的一聲，喝道：「不要說不吉利的話。我最怕的是小飛因不敢傷慕容垂的小命，有所顧忌下發揮不出威力，變成一面倒的挨打局面。」

姬別苦笑道：「老紅說出我心中最害怕的情況。」

拓跋珪的聲音在眾人後方響起，笑道：「對我的兄弟最要緊有信心，小飛我祝你旗開得勝，載美而歸。是下場的時候了！」

紀千千和小詩並騎而行，隨大隊緩緩馳出營地西面的出口，往決戰場去。自離開營帳後，風娘一直不離兩人左右，女兵們則換上慕容垂的親衛，看外表便知無一不是精銳高手。依協定雙方可各派出五百人在近處觀戰，其他人則必須留在本陣裏，且不得有任何軍事上的調動。紀千千往月丘方向瞧去，由於內功受到禁制，令她的視力大受影響，如此遠的距離，只勉強看到己方人馬同時離開月丘陣地而來。圓形決戰場的百多支特大火炬正熊熊燃燒，映得草原紅光閃耀，情景詭異可怖，尤增人心頭沉重的壓力。紀千千往右旁的風娘瞧去，她似是滿懷心事，若有所思的看著前方。紀千千循她目光望去，發覺她在注視慕容垂。

慕容垂離她們十多個馬位，簇擁著他的是二十多個胡漢大將，包括他的兒子慕容隆和慕容農。他們正在交談，人人神色凝重，似乎在爭論某件事。紀千千心中一顫，照道理若有事商量，該在離營前說好，且慕容垂說的話就是命令，豈容其他人爭辯。想到這裏，禁不住用心去聽，只恨內力被制，除馬蹄踏地的聲音外，再聽不到任何對話。就在此時，丹田忽然滾熱起來，紀千千尚未弄清楚是怎麼回事，被風娘施法後一直沒法凝聚的內勁，倏地利箭般從丹田往後衝上督脈，過玉枕關，經天靈穴，再下通任脈，眞氣運轉，聽覺立時回復靈銳，剛好捕捉到慕容垂說的話，道：「個人榮辱，比起民族的盛衰存亡，是微不足道的事，我意已決，你們照我的話去辦。」慕容垂這番話結束了爭論，再沒有人敢發言。

紀千千又驚又喜。驚的是慕容垂這番話該是大有深意，但她卻沒法掌握他意之所指；喜的是風娘的禁制竟然約束不住她的至陽之氣，令她提早恢復武功。隊伍此時離決戰場約半里的距離，依協議停止前進，隊形變化，改作打橫排開，令人人可面對決戰場。在風娘指示下，紀千千和小詩移往最前方的位置，風娘則策馬來到兩人中間處，不著痕跡的把她們分隔開。紀千千朝前方望去，登時視野無限地開闊，以火炬築成的決戰圈呈現眼前，越過不停跳閃的燄火，己方的隊伍已抵達另一邊離決戰場半里許處，以同樣的方式變陣。她的心忐忑狂跳，不由自主地搜索燕飛的影蹤，驀地其中一人躍下馬來，大步朝決戰場走去。一股莫以名之的動人感覺進佔她全副心靈，他的步伐是如此肯定有力，充滿著節奏的美感，顯示出一往無前、排除萬難的決定和信心。在這一刻，她直覺，即使強如慕容垂，亦沒法阻止燕飛。慕容垂冷哼一聲，在紀千千右方甩鐙下馬，沒有看紀千千一眼，直朝燕飛這個他平生最大的勁敵和情敵邁開步伐。

太陽沒進西山之下，枚回洲漆黑一片，河風陣陣拂來，可是馮該和他的手下卻一去不回，沒有任何動靜聲息。桓玄終按捺不住，派出親兵去問個究竟。他的氣力回復大半，開始感到飢腸轆轆，才想到已十多個時辰沒有吃過東西。想到自出生後，一直豐衣美食，今天還是首次挨餓，大感英雄氣短，又心生悔意，後悔沒有聽桓偉的忠言，魯莽出兵，致招峥嶸洲全軍覆沒的苦果。自懂事以後，他不論做甚麼事，都從不後悔，此刻尚是首次反省自己的所作所為，只恨悔之已晚。再等了一會，前往尋人的親兵亦是杳如黃鶴，桓玄不妥當的危機感覺愈趨強烈，倏地跳將起來，眾親兵連忙隨之躍起，人人面面相覷，手腳冰冷，心寒膽跳。

桓玄道：「我們走！」話猶未已，獵獵聲起，四周千多步外出現無數火把光，把他們團團圍在正中處，數以百計的弓箭手，正彎弓搭箭，瞄準他們。桓玄和眾親兵嚇得魂飛魄散，沒有人敢移動分毫。

前方一人大步走來，喝道：「除桓玄外，其他人只要拋下兵器，可自由離開，這是最後一個機會。」

桓玄壓下心中的驚惶，怒叱道：「來者何人？」

那人仰天長笑，笑聲透露出無盡的悲愴，然後笑聲倏止，道：「桓玄你聽清楚，本人劉裕是也。」

「叮叮噹噹」，武器立即拋滿桓玄四周的草地上，接著眾親兵一哄而散，保命逃生去了。到劉裕來到桓玄前方三丈許處，只剩桓玄孤零零一個人。劉裕打出手勢，包圍的箭手收起弓矢，改爲拔出長刀。

桓玄現在最想做的事是硬闖突圍，可是劉裕的氣勢正緊鎖著他，令他不敢妄動。在這要命的時刻，桓玄心中浮現出司馬元顯被俘後，押送來見他時的面容神態，耳鼓中似乎仍響起他說劉裕會爲他報仇的那句話，當時自己還譏笑他，卻沒想到司馬元顯的話竟會變成眼前的現實。兩人還是首次見面，目光像刀劍般交擊。

劉裕心中翻起滔天巨浪，自淡眞死後，他一直苦待的一刻終於盼到了，想起若非此人，自己的一生絕不會如眼前的樣子，一時百般滋味在心頭。冷然道：「桓玄你想不到會有今天的情況吧！念在你貴爲『九品高手榜』的首席高手，我就予你一個決鬥的機會，看看你的斷玉寒有多大的能耐？」

桓玄生出希望，連忙道：「勝的是我又如何呢？」

劉裕啞然笑道：「你以爲會如何呢？如果你眞的這麼有本領，便試試看能否再避過萬箭穿心貫體的死運。哈！」

桓玄大怒道：「這不公平！」

劉裕神態輕鬆起來，聳肩訝道：「公平？你何時曾對人公平過呢？你以前恃勢淩人、以強欺弱時，有想過公平嗎？桓玄你不但愚蠢，且是混賬！」

桓玄露出疑惑神色，忍不住的問道：「我有一個奇怪的感覺，我們不是今天才首次見面嗎？爲何你卻像對我有深仇大恨的樣子？」

猶記得當年王淡真縱體投懷的一刻，她毫無保留熾烈的愛，令他變成天地間最幸福的男人，擁有她就像擁有人世最珍貴的寶物，但正是桓玄，以最鄙卑可恨的方式，把淡真奪去，令她含辱而終。那種仇恨，是傾盡三江五河之水，也沒法洗去的。劉裕沉聲道：「當我的刀子貫穿你身體的一刻，我會讓你知道答案。」

桓玄仰天長笑，然後笑聲倏止，雙目凶光畢露，道：「我只想問一句，我們動手期間，會有其他人插手嗎？」

劉裕搖頭嘆道：「每一個人都在進步，只有你這蠢材不住退步，這是否高門子弟的劣根性呢？從來不懂得從錯誤中學習。」驀地拔出佩刀，照頭向桓玄劈去。

桓玄斷玉寒出鞘，架著劉裕的厚背刀，發出一聲清脆的鳴響。眼看應是勢均力敵，桓玄的臉孔忽然漲紅起來，接著挫退半步。眾人齊聲歡呼喝采，更添劉裕的氣勢，叫得最凶的是小白雁。此時人人看出若純以刀勁論，劉裕實勝桓玄半籌，但高明如小白雁者，更知桓玄已被逼處下風守勢。

桓玄卻是心中叫苦，若在正常的情況下，他這半步不但不會退，且可施展精微手法，絞擊對手的厚背刀，來個連消帶打，只要能搶佔上風，大有機會殺死對方。最理想當然是制著劉裕，那時便可討價還價，保命逃生，只恨現在卻不是正常的情況。從峥嶸洲逃到枚回洲，是他一生中最惶恐無助的時刻，彷如從天上的雲端直掉到地上的污泥裏，體能大幅消耗，心膽俱喪，武功發揮不出平時的五成，縱有拚死之心，卻無拚死之力。反之劉裕卻正處於最佳的狀態下，這平平無奇的一刀，實是劉裕精氣神全注其內的一刀，有撼天搖地的威勢。桓玄終於明白劉裕剛才冷嘲熱諷的含意，是笑自己仍是不明形勢，眼前擺明是絕不公平的情況，而這種情況正是劉裕一手營造出來的。劉裕並不是要給自己公平決鬥的機會，而是一心要殺死自己。明白歸明白，可是高手過招，棋差一著，回天乏力。桓玄眞氣被劉裕狂猛的刀勁硬逼回去，逆脈而衝，登時血氣翻騰，眼冒金星，不要說反擊，能於退半步後立穩已非常不容易。

劉裕鬱積的仇恨和怨氣盡洩於此一刀之中，心中的痛苦卻是有增無減。更曉得已爭取得主動上風，厚背刀從斷玉寒彈起，旋風般轉身，厚背刀迴飛一匝，橫掃桓玄腰身，不予桓玄回氣的空檔。他之所以在反攻桓玄的連場大戰中，取得節節勝利，皆因戰略運用得宜。這次與桓玄的決戰，亦經過精心的部署。他一直深深記著屠奉三的提點，桓玄縱有千萬缺點，但無可否認的是桓玄確爲武學的奇才，其斷玉寒能繼九韶定音劍後，成爲江左高門的第一名器，實非僥倖。而他的目的是要手刃桓玄，爲淡眞洗雪恥恨，而非是要得到擊敗「九品高手榜」上第一高手的榮耀，所以他巧妙布局，務要削弱桓玄的體力鬥志，使他在眾叛親離、四面楚歌的絕境裏，失去戰力和高手的沉著。正因掌握了桓玄的弱點，所以一上場，他採取以硬撼硬的策略，逼桓玄硬拚，他要讓死亡的陰影籠罩桓玄，令桓玄恐懼害怕，受盡壓力和折磨，直至他授首的一刻。當他旋轉之際，劉裕一直強壓著對王淡眞的思憶和愛憐，此刻似山洪暴發，狂潮般湧過心靈的大地，再抑制不了。

「噹！」厚背刀橫掃在桓玄反手疾擋的斷玉寒處，發出如悶雷般勁氣正面交鋒的響音，相擊處迸出火花。這回桓玄更是不濟，被劉裕掃得連人帶刀，橫跌向左方。四周爆出轟天吶喊聲，人人看得喜出望外，皆因料不到戰況如此地一面倒，桓玄如此不中用。北府兵一眾將領，卻明白這樣的戰果才合理，此更爲上慣沙場的北府將領如何無忌、魏詠之者，看不起高門子弟的原因。劉裕的刀法是從沙場實戰千錘百鍊培養出來的刀法，而養尊處優的高門子弟如桓玄者，卻欠缺這種沒有其他方式可取代的鍛鍊。在正常的情況下，桓玄或可以壓倒劉裕，但在沉重的壓力下和逆境裏，劉裕登時把桓玄比下去，更何況桓玄正處於絕境，其意志力連一個普通上慣戰場的北府兵都不如。劉裕的心神正處於極度異常的狀態中，他的心被復仇的恨火熊熊燃燒著。最大的痛苦，來自他對王淡眞噬心的內疚，如果當日他不顧謝玄的反對，與王淡眞私奔到邊荒集，王淡眞便不用受辱自盡。另一方面他的精神卻保持在晶瑩通透的巔峰狀態下，有如在烈火裏一點永不融解的冰雪，完全地掌握著最大仇敵的狀況，更清楚桓玄已失去平反敗局的能力。桓玄根本沒有機會發揮他精微的刀法，劉裕的以拙制巧，打開始便克制著他。

劉裕狂喝一聲，厚背刀如迅雷擊電般襲向桓玄。桓玄臉上血色褪盡，奮起還擊。「叮叮噹噹！」劉裕的厚背刀堅定不移的向桓玄砍去，一刀比一刀強勁，一刀比一刀刁鑽，全無成法可言，卻是沙場殺敵最實際有效的刀法，每一刀都是避強擊弱，針對敵人的破綻弱點而發，如水銀瀉地，無隙不覷。桓玄節節敗退，全無反擊之力。圍觀者人人心向劉裕，搖旗吶喊，高彥首先帶頭大嚷道：「桓玄倒下！」接著全體附和，只聽「桓玄倒下」的呼喊聲，潮水般起落，撼動著枚回洲，刺激著桓玄的心神。「嗆！」桓玄踉蹌跌退，劉裕則凝立不動，厚背刀鋒直指桓玄。四周登時變得鴉雀無聲，人人睜大眼睛，看桓玄會不會就此一倒不起。桓玄終於勉強立定，披頭散髮，容色蒼白如厲鬼，雙唇顫震，握刀的手也抖動起來，再沒有半點風流形相，更不要說帝王的風采。接著桓玄的左肩、右腰和右大腿處同時滲出血跡，浸透衣褲，原來已中了劉裕三刀，變成強弩之末。

劉裕仰天笑道：「桓玄你有想過會有今天嗎？還待在那裏幹甚麼？是否想流盡鮮血？還不過來受死？」桓玄狂喝一聲，提起全身勁氣，箭矢般往劉裕投去，斷玉寒化作長芒，反映著四周的火把光，直擊劉裕。王淡眞盛裝坐船往江陵的情景，浮現劉裕心湖，這是令他最神傷魂斷的一幕，他永遠不會忘記，不過一切會隨著即將發出的一刀作個了結，過去會隨他手刃桓玄深深埋葬在記憶的最深處，他要面對的，正是眼前撲過來拚命的人，間接或直接爲他締造的未來。劉裕心神進入止水不波的武道至境，左拳擊出，正中斷玉寒，轟得斷玉寒激蕩開去，收回拳頭時，腰身猛扭，趁桓玄空門大露之時，厚背刀直搠而去。桓玄留不住勢，幾乎是把自己送向刀鋒。厚背刀貫腹而入。桓玄全身劇顫，軟伏劉裕身上。劉裕湊到他耳邊以他僅可耳聞的聲音道：「這一刀是爲淡眞送給你的，淡眞正是我劉裕最心愛的女子，桓玄你清楚了嗎？」桓玄雙目射出難以相信的神色，接著兩眼一瞪，就此斷氣。

紀千千同時矛盾得要命。她終於想通慕容垂那幾句有關個人榮辱的話，極可能是與他履行諾言的誓約有直接關係，因爲慕容垂立誓時說，如有違誓，他將永遠見不到都城，那也只是與個人有關，不像拓跋珪是以整個拓跋族立誓。慕容垂赴決戰場時沒有看她，是不是心中有愧呢？以拓跋珪的精明，怎會察覺不到慕容垂在誓言中取巧。或許對拓跋珪來說，只要慕容垂死掉，其他的事再不放在他心上，但拓跋珪難道沒想過慕容垂即使戰敗，拚著犧牲自己的個人榮辱，也不會把她們主婢交出來嗎？這個與她和小詩最有關係的切身消息，也是最關鍵的消息，她卻沒法向燕飛傳送，怕的是擾亂燕飛心神，令他因方寸大亂而飲恨於慕容垂的北霸槍下。這是生命裏最奇異的時刻，她再分不清楚甚麼是希望？甚麼是絕望？兩者間似難有明顯的分界線。

當慕容垂甩鐙下馬的一刻，燕飛的注意力從紀千千和小詩身上移開，集中到慕容垂去。向雨田說得對，慕容垂的武技確已臻達凡人體能的極限，任何一個動作，動作與動作之間，都是完美無瑕，不露任何弱點破綻。要在不殺他的情況下擊敗他，是根本不可能的，而最有可能的結果，是自己在有所顧忌下，落敗身亡。要擊敗慕容垂，必須雙管齊下，就是出奇不意，再加上使出小三合的終極招數。由於兩人曾經交手，所以慕容垂對他早有定見，對他的劍法更是心中有數，正是慕容垂這種柢固根深的偏見，成為慕容垂沒有破綻中的唯一破綻。破綻是慕容垂的心。慕容垂不但是兵法大家，且是武學的一代宗師，不論群戰獨鬥，經驗均無比豐富，一旦讓他守穩陣腳，展開攻勢，而自己又不能施展小三合與他比拚誰能捱至最後的一刻，將會重演當日與向雨田詐作生死決戰的情況，他燕飛只能見招拆招，以保不失，陷入被動的劣況。而憑慕容垂的識見眼光，會逐漸摸清楚他的虛實，陰水陽火對慕容垂的威脅力，將不住削減。當那種情況出現時，他唯一保命的方法，就是以小三合作反擊，結果仍然不是你死便是我亡，這也是燕飛最不願見到的情況。

此時他和慕容垂離決戰場各有百多步的距離，兩人以同一速度緩緩前進，宛如預先約好似的。整個日出原鴉雀無聲，除了火炬獵獵作響，和夾雜在吹過草原長風中的馬嘶騾鳴，天地一片肅殺。兩方於近處觀戰者，無不生出透不過氣來、難堪壓力的沉重感覺。燕飛曉得自己必須在這百步間想出取勝的方法，否則他不是永遠再沒法憑自己的力量離開戰圈，就是永遠失去紀千千和小詩。荒人的所有希望、拓跋族的盛衰存亡，全落到他肩頭去。對！要擊敗慕容垂，勝負須決定於一招之內，如此方能出奇不意，以奇制勝，就像這次慕容垂在戰場上被逼處下風，不得不冒險接受挑戰，正因他們有紀千千暗中通風報信，遂能以奇制奇，令慕容垂一籌莫展，不予慕容垂另一個反敗為勝的機會。同樣的道理，可用於眼前的決鬥中。「轟！」燕飛的腦際如被閃電擊中，元神提升，陰神陽神渾融為一，精神靈覺提高至超越凡人的無上層次。一切都變慢了，慕容垂的速度也似放緩下來，事實當然是一切沒變，變的是燕飛本身的速度，他的感覺正以快上一線的速度在運轉，相比下慕容垂的步伐慢了起來，雖然只是微僅可察的變化。離戰圈只餘十多步遠。慕容垂雙目神光電射，一眨不眨地瞪著燕飛，每一步都是那麼肯定，每一步都保持同樣的速度，由雙手持槍改爲單手持槍，接近他的炬燄呈現出受壓的異況，往內彎折過去。燕飛體內陰水陽火同時運行，在這一刻，他忽然感激起孫恩來，如非與孫恩有合力開啓仙門的寶貴經驗，他燕飛將沒法拿捏開啓仙門力道上的輕重，現在他卻是心中有數。

「嗤嗤嗤嗤！」慕容垂的北霸槍彈上天空，化作無數槍影，形相姿態威猛至極點，盡顯其北方霸主不可一世的氣概，令人見之心寒膽喪，卻沒有人吶喊喝采，因爲觀戰的每一個人，心中的負荷實在太難消受了。兩人同一時間進入決戰場。

「錚！」蝶戀花出鞘，人人生出奇異的感覺，反映著燄光的蝶戀花，再不是普通利器，而是充盈靈性的神物。除向雨田和紀千千外，沒有人明白爲何對蝶戀花有這種古怪的感覺，可是事實偏是如此。

慕容垂踏入戰圈，矛影消去，北霸槍眞身現形，被他以右手握著槍尾，直指星空，情景詭異。蝶戀花遙指慕容垂。驀地北霸槍從高處落下，到槍鋒遙對蝶戀花劍鋒的剎那，慕容垂改變單手擎槍的握法，變爲雙手持槍，接著也不知是人推槍還是槍帶人，北霸槍如離弦之矢，以驚人的高速向燕飛疾刺而去，觀者立時生出慘烈的感覺，彷似草原星空、天和地，全被此能驚天地、泣鬼神的一槍牽引，這在眞氣積蓄至頂峰發出的一槍，實有無可抗禦的威勢。更令人震慄的是慕容垂在戰略上的高明處，把長兵器和重兵器的優點發揮盡致，只要搶得一線的上風，可趁勢追擊，直至對手落敗身亡。

就在慕容垂發動攻擊的一刻，燕飛掠出，蝶戀花橫過虛空，往慕容垂的北霸槍刺去，正面迎擊慕容垂。但所有人都不知道，包括對手慕容垂在內，燕飛在移動的速度上是克制著的，極力保持著與慕容垂同樣的速度，依目前雙方的距離，蝶戀花和北霸槍的交擊點，恰在戰圈正中的位置。絕大多數的人並不明白，燕飛爲何如此愚蠢？縱使兩人功力所差無幾，但如此正面硬撼，慕容垂勢必佔了長兵器和重兵器的便宜，尤其是北霸槍爲精鋼打製，燕飛的蝶戀花動輒有寸斷碎裂的可能性。沒有人能在事前料到，情況竟會如此發展。慕容垂雖感到不妥當，可是他的北霸槍已成一去無回之勢，連他身爲物主亦沒法改變即將發生的事。圍起決戰場的百支火炬均呈現燄火收縮的奇異情況，可見兩人的氣場，是如何強大和驚人。戰圈一帶倏地轉暗，令情況更趨凶險。倏忽間，兩人從五百步的距離，縮減至三十步，眼看劍槍眨眼間交擊，令任何人都意想不到的變化出現了。在快無可快的速度下，燕飛驀地增速，這個超越了凡人體能的改變，頓然令似是注定了的命運徹底改變過來。交擊點再不是在圈內正中的位置發生，而是偏往慕容垂的一方。

高手相爭，特別是慕容垂和燕飛這個級數的絕頂高手，每招每式，均心連手、手連兵器，自然而然達至最精微的計算，得出最佳的成果。慕容垂的一槍，正是這種計算下的攻擊，其眞氣的運轉，恰於接觸對手劍鋒的剎那，攀上最巔峰的狀態，催發出他能臻達最強勁的攻擊。燕飛的改變，是根本不可能的，偏偏在眼前鐵證如山般發生，登時令慕容垂預算落空，出現了差之毫釐的破綻，可是慕容垂已沒法變招，根本不可能變招。燕飛一方的拓跋族戰士和荒人，來不及喝采叫好，不但因他們緊張得難以呼吸，更因戰況變化得太快，沒有人趕得上那種速度。

二十步。燕飛臻至他陰陽二神合一的速度上限，蝶戀花再生微妙變化，由直擊改爲往下沉去，然後往上斜挑。人人心頭劇顫，上挑的力道當然及不上直擊，且燕飛如此臨時變招，肯定在氣勢和勁力上都及不上先前直擊而去的威力，縱使可挑中槍頭，肯定沒法改變慕容垂的槍勢，燕飛爲何如此愚蠢？只有燕飛和旁觀的向雨田明白，別人的不了解是當然的，因爲燕飛用的並不是凡世的招數，而是能破碎虛空的終極絕招——「仙門訣」。水中火發，火中水生。至陰之水和極陽之火，從燕飛腕脈注入蝶戀花去，最奇異的現象在觀者不能置信的情況下出現，長劍一邊變得雪般淨白，另一邊則化爲火般通紅，便像一白一紅兩道光燄，從下往上以一個充滿了某種無法形容玄理的弧線，疾挑北霸槍鋒。

燕飛和慕容垂在萬眾期待下，終於正面交鋒。蝶戀花挑中北霸槍。四周火炬同時熄滅。所有人期待劍槍交接的聲音沒有響起，戰圈在兩方火把光不及的中間處沒入黑暗裏，決戰的兩人也似從草原上消失。在敵對雙方所有人的心臟似要躍咽喉而出，緊張得要命的時刻，戰圈中心處出現一點強烈至令人無注直視的烈芒，接著是激雷般的爆響。最奇怪是烈芒的照射並不及遠，只映照出蝶戀花挑中北霸槍尖的剎那光景，倏又消去。「轟！」除燕飛和向雨田外，沒有人能明白發生了甚麼事，但後果卻是清楚分明。

燕飛和慕容垂再次現出身形，感覺就像剛才他們被絕對的黑暗吞噬，星光月照再不起絲毫照明的作用，到此刻黑暗才再次把他們吐出來。兩人同時往後拋飛。燕飛首先著地，踉蹌挫退數步，方勉強立定。慕容垂卻如斷線風箏直往己方拋擲，落地後直滾在地上，翻翻滾滾十多步，始跳將起來，手上仍握著北霸槍，但只剩下槍柄，槍鋒兩尺多長的另一截，消失得無影無蹤。兩人的距離拉遠至十多丈，慕容垂更跌出戰圈外。草原上鴉雀無聲，剛才發生的事太震撼了，兩方的人均尚未回過神來。慕容垂握著槍柄在發呆，既不能相信，更不明白。卓狂生等則全看呆了眼，沒有可能的事終於變成可能，燕飛不但成功把慕容垂擊倒地上，還成功使他的武器「離手」。

燕飛此時全身發軟，剛才在蝶戀花劍鋒開啓了一個一閃即逝的「小仙門」，雖未足供人穿越，但已成功破掉慕容垂驚天動地的一槍。所有人仍是駭然無語，目光則全落在提著斷槍呆立的慕容垂，看他肯不肯認敗服輸，履行諾言。燕飛更擔心的是，慕容垂雖受創傷，卻並非很嚴重，如果他堅持再戰，真力過度損耗的自己，肯定會喪命於他的斷槍之下。慕容垂仰望夜空，臉上露出決斷的神色，忽然拋開斷槍，沉聲道：「我輸了！」拓跋珪的一方首先爆起震天的喝采歡呼，接著是月丘和崔宏的戰士，最後輪到軍都關的荒人狂呼大叫，人人都知道燕飛贏了。燕人觀戰隊伍內的紀千千亦欣喜如狂，卻因周圍所有人都神情木然，故不敢表現出來。紀千千把握時機呼喚燕飛，可是燕飛卻因耗用真元，茫無所覺。慕容垂目光投往燕飛，沒有說話。呼叫聲逐漸沉落下去，片刻草原又回復先前肅默的情況。另一邊的拓跋珪容色不變的看著慕容垂，他最希望看到的情況，正在眼前發生著，對燕飛，他是盡了兄弟的情義，現在一切就要看慕容垂是否肯履行誓約承諾。他保持緘默，因他比任何人更明白慕容垂，不願因自己的說話影響情況的發展。燕飛的真氣逐漸回復，但仍未達可以再次全力出手的程度。

慕容垂往後退去，連退二十多步後方停下來，縮短了與己方人馬的距離，背向著己隊，沉聲喝道：「給我把千千小姐和小詩送過來。」

小詩驚喜的「呵」的一聲叫出來，往紀千千瞧去，後者卻露出戒備的神色，沒有回應她的目光。左右眾將正欲執起牽引紀千千主婢的馬韁，風娘喝止道：「千千小姐和小詩兩人，由老身負責。」

紀千千朝風娘瞧去，見她一臉堅決的神色，顯然在此事上絕不會讓步。

慕容農面露難色，道：「這是……」風娘毅然截斷他，接著兩手伸出，分別抓著紀千千和小詩坐騎的韁繩，排眾而去，在這樣任何微小動作都可招致誤會的時刻，誰敢動粗阻止她？

荒人們大感不妥當，照協議，此時慕容垂該先行派出手下，把糧車駕回營地去，收糧和還人同時進行。可是因紀千千主婢仍在慕容垂手上，沒有人敢出言反對。燕飛亦心生疑惑，只恨最少還要一盞熱茶的工夫，他才可勉強再出手。由於他現時距離慕容垂近五十丈，遠水難救近火，妄然出手反會招致慕容垂的激烈反應，故只能靜觀其變，心中的焦慮，直接影響到他復元的速度。

紀千千往風娘瞧去，她看來神情平靜，紀千千卻曉得風娘如自己般，正懷疑慕容垂履行諾言的誠意。剛才慕容垂的全力一擊，仍在紀千千腦海裏留下深刻的印象，天下間恐怕只有燕飛能破他這力能裂石開山的一擊，自己雖然有長足的進步，可是未成氣候的至陽之氣，實在難抵慕容垂如此一擊。她終於明白了，值此民族生死存亡的關頭，慕容垂不但拋開了個人的榮辱，還拋開了對她的愛戀，準備犧牲她和小詩，好引得荒人亡命來攻，拓跋珪則進退兩難，當荒人被收拾後，拓跋珪的末日也不遠了。看著愈來愈接近的燕飛，她的情緒愈趨低落，雙方是如此接近，可是無形的刑場卻把他們阻隔開來，劊子手正是離她只有三十多步，背向著她的慕容垂。紀千千默默運功，提聚功力。從沒有一刻，她是如此痛恨慕容垂。

倏地慕容垂拔身而起，在高空連續兩個翻騰，凌空一拳朝紀千千轟去。拓跋珪一方人人驚駭欲絕，向雨田首先飛身下馬，如飛奔去，接著屠奉三、慕容戰等夾騎衝出。拓跋珪大喝道：「殺！」領先追著荒人而去，登時帶動全軍，人人不顧性命的朝慕容垂所在處殺去。這邊的慕容農亦祭出佩刀，大喝道：「爲慕容鮮卑族而戰。」領軍朝前衝去。燕飛就在慕容垂雙腳離地的一刻掠出，只恨速度及不上平時的一半，不由生出絕望的感覺。誰都知道，沒有人能挽回即將發生的慘事。

拳風令紀千千差點窒息，她沒暇去看小詩的情況，正要拚死還擊，旁邊的風娘已躍離馬背，大喝道：「小姐快帶小詩走。」紀千千醒覺過來，完全出乎慕容垂和風娘意外的騰身而起，掠往小詩，安然落在小詩身後。「砰！」慕容垂一拳命中風娘胸口，連他也沒想過風娘會全不擋格的捱他一拳，風娘眼耳口鼻同時綻出鮮血，全身骨骼碎裂，但死前一雙眼神仍似在告訴慕容垂，她再沒有欠慕容垂甚麼。風娘屍身往後墜跌的一刻，紀千千催馬斜斜衝出。慕容垂臨危不亂，先消去風娘護體氣勁的反震之力，雙腳落地後橫移過去，又一拳往紀千千背心擊去。不過氣勢已洩，加上剛才一拳牽動到被燕飛重創的內傷，此拳實大不如前，用不上平時兩成的功力。紀千千見燕飛已奔出戰圈，離她和小詩不到百步的距離，精神大振，拋開對慕容垂武功的恐懼，扭身反手，一掌往慕容垂的鐵拳擊去。

拳掌相接，最令人意想不到的事發生了，「啪」的一聲，紀千千嬌軀劇震，慕容垂卻應掌拋飛，還凌空噴出一口鮮血。趕來的燕飛、向雨田、荒人和拓跋珪一方的戰士，人人喜出望外，不能相信。紀千千不理翻騰的血氣，一手控韁，另一手摟著小詩，雙腳則不住夾馬催行，戰馬放開四蹄，如飛奔向燕飛。拓跋珪一方歡聲雷動。燕飛此時眼中只有紀千千和小詩兩人，再沒有閒情去留意慕容垂的情況。紀千千勒收韁繩，令戰馬減速，一股莫以名之的喜悅，在全身流動，唯一的遺憾，是風娘犧牲自己，以換取她們的生命和自由。小詩全身抖顫，這回卻不是因驚慌所致，而是不可能的事終於變成可能，再沒法控制心中的激動情緒。燕飛終於趕至，大叫道：「千千！」紀千千從馬背上俯身落下，投入燕飛安全溫暖的懷抱裏。戰士們從他們兩旁馳過，潮水般往敵人衝殺過去。

《邊荒傳說》全書完

後記

老人嘆道：「終於說完這台書了，多少天了？」

團團圍著他坐在宗祠長石階上的三十多個小孩子，連忙豎起小手指數日子。這群小孩最大的只有十二歲，最小的不到五歲，其中一個大眼睛的小女孩首先嚷道：「今晚是第二十三夜了！」

在老人兩旁的風燈映照下，三十多雙天眞的眼睛充滿著期待、渴望和好奇的神色，牢牢的瞧著他。

自從老人到這個民風純樸的小山村後，村內的孩子多了一個前所未有的娛樂，晚飯後集中到這裏來，聽老人講邊荒的故事。

小男孩抱怨道：「書還未完結呢！怎麼就說說完了？」

說書老人大部分臉龐都被花白的髮鬚掩蓋，令人感到他額頭上三道深深的皺紋特別明顯矚目，一雙眼睛更被眼皮半掩著，有點似看不見東西，可是當他說書說到心馳神往的時候，他的眸珠會從眼皮內射出懾人的神采。聞言微笑道：「任何故事，總有終結的時候，今夜將是我在曲水村最後的一夜，你們有甚麼事想知道的，趁現在問，錯過今夜將再沒有機會，因為連我自己都不知會到哪裏去，更不曉得會不會回來。」

一個小孩嚷道：「那惡人慕容垂最後是否被燕飛宰掉了？」

老人乾咳兩聲，點頭道：「問得好！慕容垂雖然傷勢頗重，但在手下拚死保護下，逃回營地去。如果慕容垂能拋開一切，立即覓地療傷，說不定可以復元過來。可是他為了大燕國，強把傷勢壓下，連夜通過浮橋往北岸撤軍，繞過太行山東端，欲返回中山去，還親自領軍抗拒拓跋珪的追擊，終於傷勢復發，未到中山便一命嗚呼，應了他違諾的誓言。自此大燕國一蹶不振，而拓跋珪則取慕容垂而代之，成為北方的霸主。」

另一個小女孩問道：「紀千千有沒有嫁給燕飛呢？」

老人撚鬚欣然道：「荒人並沒有參與追擊慕容垂的戰役，大隊返回邊荒集去，邊荒集由那一天開始進入它的全盛期。紀千千有沒有嫁給燕飛，沒有人清楚，也沒有人著意，邊荒集從來不是一個講禮俗的地方，只知燕飛和紀千千一直形影不離，他們在邊荒集生活了近三年，然後飄然而去，從此不知所蹤，再沒有人見過他們，也沒有人聽到關於他們的消息……唉！」

年紀最大的小孩訝道：「老公公你為何嘆氣呢？」

老人苦澀的道：「沒甚麼，只是一時感觸吧！至於紀千千的愛婢小詩，成了第一樓的老闆娘。老龐是個認眞的人，迎娶小詩時在第一樓大排筵席，但賓客太多了，結果喜酒足足喝了七日七夜，是邊荒集罕有的盛事。」

年紀最小的女孩羞怯的問道：「之後呢？」

老人雙目射出緬懷的神色，道：「燕飛攜美離去後，邊荒集的興盛仍持續了十幾二十年，直至邊荒集的元老死的死，走的走。到最後一個元老、夜窩族的領袖姚猛離開邊荒集，邊荒集終走上衰亡之路。此時的天下，逐漸形成北方的拓跋珪和南方的劉裕對峙的局面，兩人均明白邊荒集在戰略上的重要性，在再無顧忌下，雙方力圖取得邊荒集的控制權，荒人夾在中間成為磨心，情況轉趨惡劣，商旅更視邊荒集爲畏途，再不能回復以前的盛況。」又嘆道：「唉！我眞的要走了！」

眾孩童紛表不依。老人微笑道：「我也捨不得你們，可是別村的孩子正等待著我呢？」

一個小孩天眞的問道：「你說的故事是眞的嗎？」

老人緩緩起身，道：「你當它是眞的，它便是眞的；你當它是假的，它便是假的。眞眞假假，人生本來就是這麼一回事。」接著從紛紛起立的小孩之間穿過，踏上通往村口的石板路。眾小孩追在他身後，直送他至村口。

老人轉身張開雙手，攔著孩童，笑道：「天下無不散之筵席，龐老闆的婚宴雖長，七天後還是結束了。回家睡覺吧！願你們今晚人人有個好夢。」接著轉身便去。

其中一個小女孩高聲叫道：「邊荒集還在嗎？」

老人長嘆道：「爲何要知道呢？」接著以他蒼老沙啞的聲音唱道：「北望邊荒猶萬里，狂歌烈酒惜凋殘！英雄美人今何在？孤石大江獨釣魚。」歌聲遠去，隨老人沒入林木間的暗黑裏，但他悲愴的歌聲，仍縈繞眾人的耳際。

義熙十二年八月，劉裕大舉北伐，先鋒部隊分四路挺進，一路由王鎮惡、檀道濟自淮、泗進取許昌、洛陽；一路由沈林子、劉遵考率領水師，以配合和支援王鎮惡；一路由沈田子、傅弘之領軍，進攻武關；最後一路是王仲德的水軍，自淮入泗，自泗入清，由清水進入大河。劉裕則親率主力大軍，進入邊荒，直撲邊荒集，當他抵達邊荒集，荒人早作鳥獸散，人去樓空彷如鬼域。劉裕在眾將簇擁下，由東門入城，策騎於東大街上，第一樓矗立前方，記起前塵往事，當年在邊荒集的日子，不勝欷歔。「邊荒集終有一天，毀在你的手裏。」屠奉三這句話，言猶在耳，似是在昨天說的，但眨眼已過十多個寒暑。劉裕生出無奈的哀傷感覺。他比任何人都清楚，這次北伐不論成敗，邊荒集將不再存在。勝的話，邊荒重歸版圖之內，變成帝國其中一座城池；如是無功而返，他必須下令徹底摧毀邊荒集，以免落入勁敵拓跋珪手上，成爲拓跋珪最前線的基地、攻打南方的踏腳石。憶起了往昔在邊荒集的動人歲月，比對起眼前荒涼圮毀的情景，尤添愁緒。

邊荒集的故人中，他見過高彥，前年高小子從兩湖攜妻兒來見他，方曉得小白雁爲他生了三個兒子兩個女兒，劉裕還破戒陪他喝了三晚酒。自手刃桓玄後，他沒有一天閒著，無法抽身到邊荒集去探一眾老朋友，到得知燕飛和紀千千離開邊荒集，也就大感意興索然，再沒有動過到邊荒集來的念頭。今天終於來了，卻是這麼的一個局面。正想得入神，親兵來報，說在古鐘樓上發現一個鐵箱，以條子封著，條子上寫著「劉裕親啓」四個字。劉裕大訝，連忙催馬朝古鐘場奔去，直上鐘樓之巔，只見在觀遠台正中處，四平八穩放著一個尺半見方、高二尺的鐵箱子，封條果然寫著「劉裕親啓」四字。劉裕認得是卓狂生的墨跡，心中一動，道：「你們給我退下去。」眾親兵親將依言離開，到只剩下他一個人，劉裕在鐵箱前屈膝跪坐，撕去封條，找到鐵盒的開關，揭開盒蓋，一看下熱淚登時奪眶而出，再忍不住被邊荒集勾起緬懷不能挽回的過去的深刻情緒。鐵盒內裝載的是一疊厚厚的手抄本，上書《邊荒傳說》。

新人間叢書158

邊荒傳說〈卷十五〉

作　者—黃　易
副總編輯—葉美瑤
編　輯—邱淑鈴
美術設計—翁翁・不倒翁視覺創意
執行企畫—黃千芳
校　對—余淑宜、陳錦生、黃易
董 事 長
發 行 人—孫思照
總 經 理—莫昭平
總 編 輯—陳蕙慧
出 版 者—時報文化出版企業股份有限公司
10803 台北市和平西路三段二四〇號三樓
發行專線—（〇二）二三〇六—六八四二
讀者服務專線—〇八〇〇—二三一—七〇五・（〇二）二三〇四—七一〇三
讀者服務傳真—（〇二）二三〇四—六八五八
郵撥—一九三四四七二四時報文化出版公司
信箱—台北郵政七九～九九信箱
時報悅讀網—http://www.readingtimes.com.tw
電子郵件信箱—liter@readingtimes.com.tw
法律顧問—理律法律事務所陳長文律師、李念祖律師
印　刷—凌晨印刷有限公司
初版一刷—二〇〇七年三月五日
初版四刷—二〇一三年三月十四日
定　價—新台幣二〇〇元
⊙行政院新聞局局版北市業字第八〇號

ISBN 978-957-13-4613-7
Printed in Taiwan

國家圖書館出版品預行編目資料

邊荒傳說〈卷十五〉／黃易著. --初版.
--臺北　市：時報文化, 2007〔民96〕
冊；　公分. --（新人間叢書；158）

ISBN 978-957-13-4613-7（卷15；平裝）

857.9　　95025861